国家社科基金后期资助项目"中国当代文学中的'陕西经验'研究（19FZWB023）"阶段性成果

陕西师范大学中国语言文学"世界一流学科建设"成果

陈彦论

杨　辉　著

中国社会科学出版社

图书在版编目（CIP）数据

陈彦论 / 杨辉著. —北京：中国社会科学出版社，2020.12
ISBN 978-7-5203-7576-4

Ⅰ.①陈⋯　Ⅱ.①杨⋯　Ⅲ.①陈彦—文学研究
Ⅳ.①I206.7

中国版本图书馆 CIP 数据核字（2020）第 244309 号

出 版 人	赵剑英
策划编辑	王丽媛
责任编辑	张　潜
责任校对	刘　洋
责任印制	王　超

出　　版	中国社会科学出版社
社　　址	北京鼓楼西大街甲 158 号
邮　　编	100720
网　　址	http://www.csspw.cn
发 行 部	010-84083685
门 市 部	010-84029450
经　　销	新华书店及其他书店

印　　刷	北京明恒达印务有限公司
装　　订	廊坊市广阳区广增装订厂
版　　次	2020 年 12 月第 1 版
印　　次	2020 年 12 月第 1 次印刷

开　　本	710×1000　1/16
印　　张	17.5
字　　数	260 千字
定　　价	96.00 元

凡购买中国社会科学出版社图书，如有质量问题请与本社营销中心联系调换
电话：010-84083683
版权所有　侵权必究

总　序

　　陕西师范大学中国语言文学学科至今已经走过了 70 多年的发展历程。数代学人培桃育李、滋兰树蕙，在学科建设、人才培养、科学研究以及社会服务等方面取得了令人瞩目的成就，涌现出了一批蜚声海内外的硕学鸿儒，形成了"守正创新、严谨求实、尊重个性、兼容并包"的学术传统和"重基础训练、重理论素质、重学术规范、重人文教养、重社会实践、重能力提高"的人才培养特色，铸就了"扬葩振藻、绣虎雕龙"的学院精神。数十年来，全体师生筚路蓝缕、弦歌不辍，获得中国语言文学一级学科博士授予权，中国语言文学一级学科博士后科研流动站，中国古代文学学科也跻身于国家重点学科；建成"国家文科（中文）基础学科人才培养和科学研究基地"，教育部、国家外国专家局"长安与丝路文化传播学科创新引智基地"，教育部"2019 年全国普通高校中华优秀传统文化传承基地""陕西师范大学语言资源开发研究中心""陕西文化资源开发协同创新中心"等多个省部级科学研究平台；汉语言文学专业为教育部特色建设专业、陕西省名牌专业、入选陕西省"一流专业"建设项目，秘书学专业和汉语国际教育专业也入选陕西省"一流专业"培育项目；形成了从本科、硕士、博士到博士后完整的人才培养和科学研究体系，中国语言文学学科走上了稳健、持续发展的道路。

　　2017 年，中国语言文学学科被教育部列入"世界一流学科"建设学科，迎来了难得的发展机遇。中国语言文学学科全体师生深知"一流学科"建设不仅决定着我校中国语言文学学科能否在新时代开创新局面、取得新成就、达到新高度,更关乎陕西师范大学的整体发展。在学校的正确领导下,各有关部门同心协力,兄弟院校及合作机构鼎力支持,文学院同仁更是呕心沥血、发愤图强,学科建设取得了显著成效。为了及时汇总建设成果,展示学术力量,扩大学术影响,更为了请益于大方之家,与学界同仁加强交流,实现自我提高,我们汇集本学科师生的学术著作(译作)、教材等,策划出版"陕西师范大学中国语言文学世界一流学科建设成果"丛书和"长安与丝路文化研究"丛书,从不同的方面体现我们的研究特色。

  丛书的出版得到了陕西师范大学学科建设处、社会科学处以及有关出版机构的大力支持,在此一并致谢!

  作为陆路丝绸之路的起点与丝路文化中心城市高校,我们既承载着历史文化的传统与重托,又承担着新时代的使命与责任。作为新时代的中国语言文学学科,既古老又年轻,既传统又现代,包容广博,涵盖古今中外的语言与文学之学。即使是传统的学术学科,也是一个当下命题,始终要融入时代的内涵。用一种人人参与、人人分享的形式,借助于具体可感的学术载体,传播中华优秀传统文化,发扬中华优秀传统文化,彰显中华现代文明,这是新时代人文社会科学工作者的重要使命。"士不可以不弘毅,任重而道远。""一流学科"建设永远在路上,中华优秀文化的发扬光大永远在路上。我们将不忘初心,不辱使命,努力前行!

陕西师范大学文学院院长 张新科
2019 年 10 月 30 日

目 录

绪论 当代"文统"的赓续问题及其意义 …………………… (1)
    第一节 "总体性"与建构的现实主义 …………………… (3)
    第二节 "新人"与"新世界"的双重可能 ………………… (13)
    第三节 思想和审美资源的多样化 ………………………… (21)

第一章 "古典传统"与新境界的展开 …………………… (30)
    第一节 "四时气象"与章法布局 ………………………… (32)
    第二节 古典思想的多元统合 ……………………………… (37)
    第三节 "戏""梦"互证与寓意笔法 ……………………… (40)
    第四节 精进之途与超越之境 ……………………………… (48)
    第五节 余论:"古典传统"与当代长篇小说的"经典化" …… (52)

第二章 多元统观与新"文统"的融通、再造 ………… (57)
    第一节 思想传统的"古""今"融通 …………………… (58)
    第二节 审美表现方式的多元统合 ………………………… (66)
    第三节 "文"与"艺"的互通 …………………………… (75)
    第四节 余论:"返本"以"开新" ……………………… (82)

第三章 "人"之境况的独特省思 ………………………… (86)
    第一节 "日常生活"与人的尊严 ………………………… (87)
    第二节 "普通生活"的意义问题 ………………………… (93)

第三节 "小人物"的生存本相 ……………………………… (102)
　　第四节 "物"的寓意与"人"之境况的互参 …………………… (106)

第四章　总体性、生命经验与民族精神 …………………………… (113)
　　第一节 "总体性世界"书写的新可能 ………………………… (113)
　　第二节 人间随处有乘除 ……………………………………… (116)
　　第三节 书写民族精神生生不息的力量 ……………………… (121)

第五章　文学与艺术的融会互通 …………………………………… (125)
　　第一节 "道"与"技"的辩证 …………………………………… (125)
　　第二节 "技艺"修习的"内""外"工夫 ………………………… (130)
　　第三节 "道""技"的互通与证成 ……………………………… (133)
　　第四节 朝向"艺术"的"通路" ………………………………… (140)

附录一　中国当代文学研究中的"古典转向" ……………………… (153)
附录二　"通三统"与文学史新视域的敞开 ………………………… (188)
附录三　戏剧与小说的交互影响
　　　　——在陕西美术博物馆的对谈 ………………………… (230)

参考文献 ………………………………………………………………… (260)

后　记 …………………………………………………………………… (271)

绪论　当代"文统"的赓续问题及其意义

作为重要的剧作家和小说家,自20世纪90年代初迄今,陈彦以"西京三部曲"(《迟开的玫瑰》《大树西迁》《西京故事》)为代表的现代戏以及以《西京故事》《装台》《主角》为代表的长篇小说分别奠定了其在当代文学不同领域中的重要地位。对其作品的研究史略作考察,不同论者的知识谱系和意识形态以及与之相应之思想和审美观念的"分歧"格外值得注意。此种"分歧"并非表现为对作品价值高下的论争,而是不同文学史观的内在分野及其在具体作品评判过程中关注重点的差异。历史性地考察此种差异及其症候意义,是深入探析陈彦作品之于当代文学核心传统及当下创作意义的先决条件。

在"新时期文学"四十年的重要时间节点,回顾20世纪80年代迄今之文学史叙述的主流形态及其所关涉之复杂多元的问题论域,一个悬而未决的重要问题必将再度引发持久而广泛的关注,即如何以历史化的方式,重新激活肇始于1942年,且在当代文学前三十年中以强有力的姿态形塑当代文学的基本面向的革命现实主义文学传统,从而在当下语境中有效完成对这一"未完成"的传统的接续。此问题无疑关涉赵树理、柳青,以及在20世纪80年代迄今之历史氛围中有心接续社会主义文学传统的路遥及其他作家作品的文学史评价问题。也因此,在贾平凹长篇小说《带灯》中的主人公带灯的评价问题上,陈晓明表达了他内在的犹疑,"带灯这个人物在我们现当代文学的人物谱系中意味着什么"。"这个很难的问题其实困扰我很长时间,包括我写《中国当代文学主潮》那个书的时候，我觉得也是面对一个非常难解决的问题，就是我们怎么去评价我们曾经有过的一段叫作社会主义文学"。即便意识到该问题的重要性，但具体如何阐释，却似乎面临重重困难。[①] 此种困难在多重意义上关涉到20世纪80年代以降文学史叙述成规及其所表征之观念的内在分歧，亦与意识形态叙述重心的转移密切相关。以"断裂论"结构之中国现当代文学史在重新确立"'五四文学'（启蒙文学）主体地位"的同时，将左翼文学、延安文学"边缘化"，"表现在'当代文学'中，则是'新时期文学'的主体地位的确立以及'50—70年代文学'的边缘化"。更有甚者，在更为激烈的"断裂论"中，"'50—70年代文学'被逐步排除在'现代文学'之外"，且被置入"文学/非文学（政治）、启蒙/救亡乃至现代/传统等类型化的二元对立中加以确认"[②]。自晚清开启，至"五四"强化的文化的"古今中西之争"及其所形塑之二元对立的思维模式，仍在多重意义上影响着文学史观念的基本面向。缘此，则无论"一体"到"多元"、"庙堂"（广场）与"民间"，还是"共名"与"无名"，均分享着同一种非此即彼式二元对立的思维方式，在表层的"解放"的能量之外，不可避免地存在着对另一种思想及审美资源的"遮蔽"和"压抑"。因是之故，作为"重写文学史"实践中重要文学史构想的"20世纪中国文学"或许并不能涵盖"20世纪中国"所有的"文学现象"。其以"未曾自觉的'现代性'"和"不加反思的'文学性'"读解"20世纪中国"，既存在着"漠视'革命'这一20世纪中国最重要的现象"的问题，亦无法理解"'农村/农民'这一20世纪中国最大的群体"。[③] 而"人民的文

---

① 丁帆、陈思和、陆建德等：《贾平凹长篇小说〈带灯〉学术研讨会纪要》，《当代作家评论》2013年第6期。

② 李杨、洪子诚：《当代文学史写作及相关问题的通信》，《文学评论》2002年第3期。

③ 罗岗、张高领：《在新的历史条件下重返"人民文艺"——罗岗教授访谈》，《当代文坛》2018年第3期。依罗岗之见，返归"人民文艺"的先决条件，是"在文学史研究上超越'五四文学'与'延安文艺'、'当代文学'与'现代文学'、'中国新文学'与'二十世纪中国文学'、文学史的'革命叙事'与文学史的'现代化叙事'"等一系列二元对立，"重新回到'20世纪中国文学'鲜活具体的历史现场和历史经验，再次寻找新的、更具有解释力和想象力的文学史研究范式"。

艺"的兴起作为20世纪中国社会文化"三千年未有之大变局"的深层历史寓意亦"被迫"消隐。"底层"突围的困难,"新伤痕文学"所表征之历史和现实难题,以及更为宽泛的"80后"面临的现实和精神困境,均或隐或显与此有关。而重建直面现实的"宏大叙事",或接续柳青和路遥传统,尝试在"总体性"意义上书写大时代及其间个人和群体命运的历史性变化,必然面临偏狭的文学史观念所致之评价的困难。此外,超克"五四"以降之现代性理路,在古今贯通的大文学史视域中考察陈彦作品与古典传统的承续关系,并将其视为现实主义拓展的可能性之一,亦颇为重要。如论者所言,在古今分裂的意义上开显之"五四"现代性传统虽有其历史合理性,但在"五四"诸公所面临之历史与文化语境已发生变化的新的历史语境下,① 以返本开新的姿态重续古典传统正当其时。要言之,超克"新时期"以降诸种文学史观念之局限,在更具包容性的视域中重新梳理文学与历史和现实双向互动的思想及审美路径及其意义,无疑属有效阐释具有多重资源汇聚意义的陈彦的创作的前提。而如何处理"五四"新文学传统、1942年《在延安文艺座谈会上的讲话》以降之社会主义文学传统,以及中国古典传统之间的复杂关系,仍属无法绕开的重要论题,亦为本书展开的基本视域和重点所在。

第一节 "总体性"与建构的现实主义

自20世纪90年代迄今,无论现代戏还是小说创作,关注不同时期普通人在具体的历史和现实氛围中所面临之迫切问题,且在宏阔的视域中肯定性地回应时代的精神疑难,属陈彦作品一以贯之的重要特征。如马克思所论,密切关注"从事实际活动的人,而且从他们的现实生活

---

① 参见[美]宇文所安《过去的终结:民国初年对文学史的重写》,载《他山的石头——宇文所安自选集》,田晓菲译,江苏人民出版社2006年版,第279页。

过程中""揭示出这一生活过程在意识形态上的反射和回声的发展"[1]尤为重要。因为,"生活,实践是反映的基本出发点,而从这个基本出发点去反映现实的生活关系"[2],属反映方法的基本特点之一。也因此,历史视域、现实关怀,甚至对未来的可能的希望愿景的总体性的体察程度,一定意义上影响到作品对现实发掘的广度、深度与高度。而能否超越单一的观念限制,自更为宽广的历史、现实和思想视域中整体性地思考现实问题,并在此基础上洞悉现实发展的内在规律,则直接决定作品时代价值和现实意义的高下。对此种视域有极为深入的写作经验的路遥因之格外强调柳青遗产的如下特征:柳青"并不满足于对周围生活的稔熟而透彻的了解;他同时还把自己的眼光投向更广阔的世界和整个人类的发展历史中去,以便将自己所获得的那些生活的细碎的切片,投放到一个广阔的社会和深远的历史上去检查其真正的价值和意义"。也因此,"他的作品不仅显示了生活细部的逼真精细,同时在总体上又体现出了史诗式的宏大雄伟"[3]。亦是其以《创业史》虚拟空间的营构表征20世纪50年代的总体性问题,从而成为"十七年"文学具有里程碑意义的重要作品的根本原因所在。在写作《平凡的世界》时,路遥努力在更为宏阔的视域中以"某种程度的编年史方式"全景式展现1975—1985年十年间"中国城乡广泛的社会生活"。既力图"用历史和艺术的眼光观察这种社会大背景(或者说条件)下人们的生存和状态",也就不能回避对生活"做出哲学判断","并要充满激情地、真诚地向读者表明自己的人生观和个性"[4]。其旗帜鲜明的"倾向性",自然因是而起。

在柳青、路遥传统延续性的意义上,不回避对生活做出个人判断,努力在社会的大背景下以现实主义精神回应时代的精神疑难,为陈彦创

---

[1] 转引自 [德] 汉斯·科赫《马克思主义和美学》,漓江出版社1985年版,第585页。
[2] [德] 汉斯·科赫:《马克思主义和美学》,漓江出版社1985年版,第585页。
[3] 路遥:《柳青的遗产》,载路遥《早晨从中午开始》,北京十月文艺出版社2012年版,第137页。
[4] 路遥:《早晨从中午开始》,北京十月文艺出版社2012年版,第20—21页。

作的要义之一。而20世纪90年代迄今之历史和现实氛围与20世纪50年代及20世纪80年代之间的差异,使得陈彦对"恒常价值"①的坚守以及对身处底层的"小人物"命运遭际的关切分外具有值得反思的症候意义:其所持守之现实主义创作方法及所依托之思想传统作为"反潮流"的"潮流"意义,庶几近乎路遥20世纪80年代对柳青传统核心面向的延续之于彼时文学主潮的意义。基于此,其作品也时常与潮流化的观念存在着内在的抵牾。而自更为宏阔之视域观之,其所坚守之价值观念自有其无法替代的重要意义。此种价值观念与一时期潮流化观念间的"错位",恰正说明陈彦对思想观念的"变"中之"常"的深刻洞察。眉户现代戏《九岩风》的创作,起因于陈彦对20世纪90年代初时代问题的深切思考。在"万元户"成为"时代英雄"之时,陈彦却注意到在发展经济的过程中的"反面形象",从而"着力塑造了靠巧取豪夺发家,而最终又沦为赤贫的孔贵仁的形象"。②该形象及其所昭示之时代问题在20世纪90年代初无疑具有"反潮流"的意义,却可被视为"新伤痕文学"的"前史",在此一思想理路的延长线上得到更为深刻的阐释。③孔贵仁的命运遭际,后来在《主角》中刘四团这一形象上得到了更为深入的发挥,表明陈彦对现实人生观察之全面和深刻。延续同样的思想理路,《迟开的玫瑰》(1998)不同于彼时潮流化写作对于"成功"人士普遍性观照,而将目光投向那些身处"底层"且无法被纳入新的历史想象的"小人物"。"1998年,当时大家都在写女强人、住别墅的女人,但我不解,只有那些人的生活是有价值的吗?更多的普通老百姓就是这样生活的,他们的生活难道就没有价值了吗?"④

---

① 陈彦反复申论之"恒常价值、伦理、道德观",是指"经过人类历史检验,并继续适用于今天社会秩序建构、人的全面发展"的重要内容。不拘古今中西,一切有价值的精神成果均可纳入其中。陈彦:《边走边看》,上海文化出版社2012年版,第373页。
② 陈彦:《直面现实 拥抱生活》,《当代戏剧》1999年第2期。
③ 可参见杨庆祥《重建一种新的文学——对我国文学当下情况的几点思考》,《文艺争鸣》2018年第5期。
④ 陈彦:《现代戏应剥离时尚 进入精神深层》,载陈彦《边走边看》,上海文化出版社2012年版,第371页。

围绕乔雪梅"人生价值"的探讨在多重意义上乃是 1954 年《中国青年》所刊发之署名王一山的读者来信所涉之问题的再现，也从另一侧面说明关于"幸福"（人生价值）评价的新标准和新价值"往后不断强化的逻辑以及遭遇的危机"①。置身 20 世纪 50 年代总体性的历史和文化语境之中，王一山所面临的难题可以借由"劳动"与"德性政治"的意识形态关联而得到根本意义上的解决。② 而对于乔雪梅"牺牲"个人价值以肩负家庭重担的奉献精神的意义的理解，却必须依赖温欣等人思想觉悟的提高。其间暗含的复杂的历史意味，庶几近乎文学史关于梁生宝形象真实性的分歧及其所涉之内在问题。而在特定历史阶段随交大西迁至西安的一代知识分子同样必须面对两种人生价值观念之分歧所造成的精神的阵痛。作为第一代西迁人，苏毅秉承其父遗风，以极强的精神定力，克服现实的重重困境而义无反顾地投身大西北建设，其间虽面临诸多历史性困境却初心不改。其为父亲所作墓志铭无疑属此种精神的凝聚："天地做广厦，日月做灯塔，哪里有事业，哪里有爱，哪里就是家。"③ 其所谓"事业"，也非普通意义上的个人成就，乃是与宏大的历史性实践密切相关，具有崇高的美学内涵。但此种牺牲"小我"而成就"大我"的精神并不能自然发生，孟冰茜返归上海的夙愿及其对后代返乡的设定无疑与彼时现实问题密切相关。因是之故，其子苏小眠立志扎根新疆以及其孙苏哲意图完成祖父未了之愿的选择无疑包含着不同时流的复杂寓意。"从一个'西迁'家庭入手，用五十年的跨度，把他们三代人的感情、事业、人生与国家的命运紧密相连起来，从中折射出中国知识分子""不计个人得失、牺牲小我、成就大我的拳拳的报国之心"。④ 此

---

① 罗岗：《人民至上：从"人民当家作主"到"社会共同富裕"》，上海人民出版社 2012 年版，第 122 页。

② 对此问题及其历史变迁之深层寓意的详细申论，可参见蔡翔《革命/叙述：中国社会主义文学—文化想象》第五章"劳动或者劳动乌托邦的叙述"，北京大学出版社 2010 年版。

③ 此段作为《大树西迁》点题之笔在剧中反复出现。见《陈彦精品剧作选：西京三部曲》，太白文艺出版社 2018 年版，第 134 页。

④ 陈彦：《不能释怀的触摸——秦腔现代戏〈大树西迁〉创作手记》，载陈彦《边走边看》，上海文化出版社 2012 年版，第 202 页。

种家国意识和淑世情怀,如剧中人周长安所论,乃是一种"使命"感,无论社会如何变化,此种价值坚守乃社会之脊梁所在。从木秀林(《九岩风》)、乔雪梅(《迟开的玫瑰》)到苏毅、孟冰茜(《大树西迁》),不同人物所处之环境及面临之问题虽有差别,但其核心却有内在的延续性。即在"个人"与"时代"、"自我"与"他人"之间,做个人人生的重要选择。此种选择无疑切中不同时期之重要社会问题,而主人公无一例外地完成了对"小我"的克服,从而"重建"其价值观念。因是之故,以对作为社会象征行为的叙事虚构作品的精心营构,"总体性"地回应时代的精神疑难,为陈彦建构的现实主义的要义之一。其观照现实的宏阔视域,以及努力在总体的意义上肯定性地解决现实问题的种种尝试,使其与"新时期"以降之"正面强攻现实"的写作方式存在着根本性的精神分野。此种分野既与文学观念关联甚深,亦与作品所属之思想及审美谱系颇多关联。

基于对"新时期"以降之文学思潮和流派及其文学文本现实意义的整体性反思,有论者对"先锋文学"及其所依托之思想和审美资源之"局限"有过如下反思:因悬置文学之社会功能,仅在个人情绪之表达上着力用心,当代文学已然逐渐失去作用于现实的功能。"情感信服力的不足"和"社会反思能力"[1]的欠缺使得文学已无力回应迫切的现实问题。此种功能曾在"五四"以降之文学史中发挥极大之作用,甚或影响到中国作为现代民族国家的建构问题。无须援引詹姆逊关于文学之"政治无意识"的相关论断,仅就20世纪中国文学的总体状态而言,悬置文学的社会功能,的确属对文学意义的"窄化"。20世纪90年代得到广泛讨论的"纯文学",其核心问题即在此处。如论者所言,"由于对'纯文学'的坚持,作家和批评家们没有及时调整自己的写作","使得文学很难适应今天社会环境的巨大变化",也无法建立和"社会的新的关系",自然无从"以文学独有的方式对正在进行的巨大

---

[1] 艾伟:《对当前长篇小说的反思》,《当代作家评论》2006年第2期。

社会变革进行干预"。① 不同于"纯文学"的思想理路，经由现代戏的实践，陈彦极为重视文学的社会功能及价值，且努力从肯定性意义上解决现实的复杂疑难。此种解决并不局限于狭窄的范围，而是向极为广阔的生活世界敞开。"作家、艺术家生命气象的强弱，生命格局的大小，使命担当意识的自觉程度，决定了他作品的宽度、厚度与高度"。进而言之，"大的作家和艺术家其实都在思考大问题，路遥正是这样一位作家，他从生活过的陕北小村庄看起，一直把眼光放大到县、地区、省乃至全国，全面思考着一个民族的精神和发展走向，大至贫困问题，中国的物质和精神在那个年代的平衡问题，细到对毛茸茸的底部生活的重视，无不折射出他宽阔的生命精神与情怀，贴着大地行走，站在云端俯瞰，最终成就了路遥《平凡的世界》的宏大与广阔"。② 基于同样的考虑，在完成秦腔现代戏《西京故事》之后，陈彦觉得"当下城乡二元结构中的许多事情"因篇幅所限，未能有更为清楚深入的表达，因此有近五十万字的长篇小说《西京故事》的创作。在舞台剧因自身艺术特征的限制的未尽之处，长篇小说有更为丰富宏阔的表达。"我在写城市农民工，随之与他们产生对应关系的各色人等，也就不免要出来与他们搭腔、交流，共同编制一种叫生活的密网"③。罗天福一家的"西京故事"，因之并不局限于文庙村，也并不仅与房东西门锁、郑阳娇及其他农民工发生关联。"'西京故事'就是中国故事，作家笔下的'文庙村'就是当下中国社会的象征与缩影"④。罗甲成的现实和精神的双重困境亦不能在与孟续子等人的关系中得到解释。凡此种种，无不与新世纪的第二个十年的社会文化的总体性氛围密切相关。因是之故，就空间

---

① 转引自张均《当代文学研究中的"纯文学"问题》，《首都师范大学学报》（哲学社会科学版）2017年第2期。在分析"纯文学"的局限之后，张均以为"告别'纯文学'的方法，将视野从文本和个体灵魂延伸到'历史深处'的'力的关系'或历史的动态变迁之中，则实在是学术走向开阔之境的必经之途"。如是思路，用作超克"纯文学"局限的方法亦无不可。

② 陈彦：《艺术家要有大气象大格局》，《中国艺术报》2015年4月1日。

③ 陈彦：《西京故事》，人民文学出版社、太白文艺出版社2013年版，第432页。

④ 吴义勤：《如何在今天的时代确立尊严？——评陈彦的〈西京故事〉》，《当代作家评论》2015年第2期。

而言，由塔云山到西京城的文庙村，牵涉到极为开阔的现实；而以所涉之人物论，无论身在学院的童教授，基层领导贺冬梅，房东郑阳娇，还是塔云山外出打工的蔫驴，与罗甲成同寝室的朱豆豆、孟续子等，无不代表时代复杂总体的不同面向，并分属不同之阶层，却从不同层面影响到罗天福一家的命运。由此，陈彦既在生活的细部展现罗天福一家所面临之现实难题，亦尝试在更为宏阔之现实视域中，总体性地观照其困境并努力探讨超越困境的可能。

同样宏阔之现实视域，亦属《主角》的特征之一。"《主角》当时的写作，是有一点野心的：就是力图把演戏与围绕着演戏而生长出来的世俗生活，以及所牵动的社会神经，来一个混沌的裹挟与牵引。我无法企及它的海阔天空，只是想尽量不遗漏方方面面"①。《主角》的核心人物虽为忆秦娥，但其所着力描绘的"主角"的更具普遍性的复杂寓意，却并不局限于忆秦娥一人。在"诗与戏、虚与实、事与情、喧扰与寂寞、欢乐与痛苦、尖锐与幽默、世俗与崇高的参差错落中"，陈彦力图"发掘生命和文化的创造力与化育力"，小说因是成为"照亮吾土吾民的文化精神和生命境界的'大说'"。② 其书写之精微处，即便在厨房，廖耀辉与宋光祖之间围绕何人当为"掌做"之明争暗斗此起彼伏。而胡三元与郝大锤纠纷之缘起，亦与个人地位之高下密切相关。其他如米兰和胡彩香之纠葛，薛桂生与丁至柔之矛盾，无不与此有关。而如是矛盾的"同义反复"，乃忆秦娥生活之常态。在宁州有楚嘉禾等人的明枪暗箭，在省秦仍有龚丽丽、楚嘉禾等人从未消停的恶意攻击甚或暗中构陷。由此，《主角》从多个角度多种层面，切近20世纪70年代中期迄今中国社会复杂状态的诸多面向。忆秦娥个人命运之"贞下起元"与大历史之革故鼎新密切关联。"旧戏解放"亦与彼时时代主题之宏大变革密不可分。大历史主题的转移自然引发个人命运的"天翻地覆"。也因此，忆秦娥及胡三元、胡彩香、米兰、刘四团等等人物甚或"秦腔"

---

① 陈彦：《主角》，作家出版社2018年版，第894页。
② 吴义勤：《生命灌注的人间大音——评陈彦〈主角〉》，《陕西日报》2018年2月1日。

的命运，均是高度历史性的，几乎与改革开放四十年之社会变化处于"同步"状态。

即便意识到刁顺子们彻底改变命运的希望的微茫，且以"蚂蚁"的意象表征其对此类生活之基本状况的冷峻观察，陈彦却无意在"正面强攻"的意义上完成对现实的书写。强调文学的总体性及其与社会现实的复杂关联与在非总体性、去意识形态化之思想理路中建构之文学观念的根本性区别，在于对"文学"——其价值、功能及意义——理解的差异。其间暗含的思想纷争在多重意义上乃是关于"无边的现实主义"及其限度的争论的历史性循环。因注意到"颓废派"作品潜在的"意识形态"性质，苏契科夫并不赞同加洛蒂无限制拓展现实主义边界的理论构想。在他看来，"围绕现实主义而进行的争论极其鲜明地揭示出争论双方立场和审美观的分歧，揭示出在理解艺术的社会使命以及现实主义和现代主义关系方面的差异"。不同立场和审美观的根本性分野，并不在艺术表现技巧，而在于此种技巧所彰显之世界观念。"资产阶级美学家和作家们强调艺术对意识形态其他领域的虚假的自主性，为的是否定艺术的社会意义，把艺术禁锢在'纯粹的'、'没有利害关系的'审美感受的领域中"，进而使"艺术发展的图景极度简单化"，其在"人类生活和社会中的作用遭到削弱"。[1] 关于表层的技巧的分歧并不能掩盖其内在的意识形态（就该词的原初意义而言）纷争及其历史和现实寓意。在被文学史认定为现实主义退潮的20世纪90年代，秦兆阳与何启治关于《九月寓言》评价的分歧之根本原因即在此处。[2] 是为两种意识形态间之复杂博弈，并非单纯的文学观念的分歧。

如路遥在"一个'同一性'的制度、文化开始分裂的特殊历史时期"坚持一种"'同一性'的想象，并把它转化为现实的文学行为"时所面临的历史性难题——此种"同一性"已然缺乏如柳青时代的宏大

---

[1] ［苏］B. 苏契科夫：《关于现实主义的争论》，载［法］罗杰·加洛蒂《论无边的现实主义》，吴岳添译，上海文艺出版社1986年版，第234，236页。

[2] 参见李云雷《秦兆阳：现实主义的"边界"》，《文学评论》2009年第1期。

叙事的制度性支撑，陈彦或亦难以通过特殊的"认证原则、传播方式把这种'同一性'撒播到读者群中"，并"试图构建一个'坚不可摧'的文化的'共同体'"。①秦腔现代戏《西京故事》演出近千场并获得极为广泛的积极回应的现实，亦不能表明罗天福一家的现实与精神难题的解决方式可以推广到更为普遍的领域，并从根本上解决这一阶层所面对的核心问题。有论者尝试在新的历史条件下重返"人民文艺"的根本用心亦在此处。其认为，"人民文艺"一直在讨论的"人民大众"，强调的是作为一种"想象"的政治共同体。②此亦为柳青赋予梁生宝一种"新的农民的本质"的根本用心处，"'解放'的意义对于绝大多数农民来说，只意味着自己的解放或者是建立在血缘和地缘基础上的'家族'的解放"，但梁生宝对此的理解则迥然不同，他"一下子就抓住了'解放'的抽象意义，并从中找到了自己的真正的本质"。此种本质的根本性意义在于，"对'咱们'这一'想象的共同体'的认同意味着他不但从封建的地主政治压迫下解放出来，而且还能迈出更重要的一步——从统治中国农民几千年的封建思想中解放出来"并深刻领会到"解放"所开启之新的"现代性事业"的根本意喻，③此后的"创业"自然蕴含着创造"新世界"并于其中自我创造的内在价值。而随着时代核心主题由"革命"转向"现代"，此种现代性事业的重心亦发生转移。那些曾经赋予"底层"以极大的"尊严"的"劳动"的深刻的政治意涵亦渐次退却，罗天福一家依靠诚实劳动安身立命的价值坚守虽能获致一定意义上的"尊严感"，却无法一劳永逸地解决其阶层本身的内在困境。《创业史》的"未完成"昭示着同样的问题，"社会主义现实主义"所追求的"'总体性世界'的文学书写"及其所要求的"理论与实践、主体与客体的统一"必然需要借重"社会体制形态"，一当其所

---

① 杨庆祥：《路遥的自我意识和写作姿态——兼及1985年前后"文学场"的历史分析》，《重读路遥》，北京大学出版社2013年版，第54页。
② 罗岗、张高领：《在新的历史条件下重返"人民文艺"——罗岗教授访谈》，《当代文坛》2018年第3期。
③ 李杨：《50—70年代中国文学经典再解读》，山东教育出版社2002年版，第153页。

依赖的文学与政治的"联动机制本身发生变化乃至断裂时,文学就逐渐开始显露其有限性,被迫从政治化实践机制中'脱落'出来"。①而置身仍在延续的社会转型期,为身处底层的普通人之生活意义赋予一种想象性的解释,远较无视现实的复杂性简单开出解决方案更为重要。因为,"试图以塑造的方式揭示并构建隐蔽的生活总体",并包括"历史情况自身所承载的一切破裂和险境"②,从而将境况之种种纳入虚拟的总体性空间中且赋予其以系统的意义,乃小说创作的目的之一。一如论者曾将社会主义现实主义的使命定义为"不仅仅是在现在批判地描绘过去的东西",其要意还在于"肯定革命在现在所获得的一切,阐明社会主义未来的崇高的目的"。③而相较于批判地描绘过去和现在,阐明未来崇高目的的肯定性书写似乎更为紧要。延此思路,则陈彦在《西京故事》之后写作《装台》与《主角》,或许亦属一种"无法回避的选择",为从肯定性意义上回应时代的精神疑难之基本理路的自然延续。

质言之,尝试在更为宏阔的社会历史及现实视域中深度观照时代的精神疑难,并努力接续已然"退隐"的极具历史症候意义的总体性范畴,且于其间探讨时代及人之可能性,为陈彦建构的现实主义的特征之一。此种总体性无疑包含丰富复杂的历史和现实意蕴。如柳青以《创业史》的写作应和20世纪50年代意识形态对"新世界"和"新人"的双重询唤,努力以叙事虚构作品虚拟空间及其间人事的营构肯定性回应时代的核心问题,陈彦的诸多作品亦从不同侧面涉及当下社会的核心问题的不同面向,并尝试提供可能的解决方式。自20世纪90年代《九岩风》迄今,社会核心问题于不同语境中之流变,自然召唤与之相应的总体性思考与时推移的观念调适。就此而言,陈彦一以贯之的思想理路及审美偏好并不能在"新时期文学"所彰显之启蒙及个人的基本理路中得到恰切的阐释,而是需要返归至十七年甚至延安文艺的基本传

---

① 贺桂梅:《"总体性世界"的文学书写:重读〈创业史〉》,《文艺争鸣》2018年第1期。
② [匈牙利]卢卡奇:《小说理论》,燕宏远、李怀涛译,商务印书馆2012年版,第53页。
③ [苏]奥泽洛夫:《社会主义现实主义的若干问题》,新文艺出版社1957年版,第31页。

统。是为陈彦写作不同于当下现实主义的重要特征。其之于"未完成"的社会主义文学传统的内在的接续的价值,无疑更具现实的症候意义。

第二节 "新人"与"新世界"的双重可能

既在具有复杂历史与现实意涵的总体性意义上回应时代的精神疑难,塑造与"新世界"相应之"新人"形象,自然属其题中应有之义。而"新人"也并非"某种固有的属性,而是在历史实践的过程中建构起来的实体和主体"。他与"人民共和国"相互定义,均属"现实中的政治性存在",且"都在给定的历史条件下不断创造自己的历史"。"新人"的谱系,因之与时代的核心问题互为表里。书写"新人""在一个现实的政治和伦理空间中"如何"寻找新的自我",[①] 也便成为陈彦作品的重要特征。但其对"新人"及其历史性实践的理解,并不等同于"新时期"以降文学主潮之核心取向,而是与路遥20世纪80年代的写作一般,包含着赓续革命现实主义传统及其内在的质的规定性的重要内容。

虽未使用"人民文艺"这一极具历史症候意义的重要概念,陈彦对身处底层的小人物的历史与现实命运的深度关切仍然表明其思想的重心,在新的"人民文艺"的谱系之中。他并不赞同历史题材仅关注帝王将相与才子佳人,现实题材只关心劳模精英及成功人士,以为此种关切并不"接地气",且存在着"严重脱离人民大众"的问题。创作者应"多接触老百姓的心理",写出"他们的痛痒",尤为重要的是,从骨子里"流淌为弱势生命呐喊的血液"。是为戏曲的"创造本质和生命本质"[②],亦是陈彦小说创作关注之重点所在。"有人说,我总在为小人物立传,我是觉得,一切强势的东西,还需要你去锦上添花?……因此,我的写作,就尽量去为那些无助的人,舔一舔伤口,找一点温暖与亮

[①] 张旭东:《文化政治与中国道路》,上海人民出版社2015年版,第15页。
[②] 陈彦:《边走边看》,上海文化出版社2012年版,第373页。

色，尤其是寻找一点奢侈的爱。"① 即便在以秦腔名伶为主人公的《主角》中，陈彦借各种阶层各色人等的命运遭际对人之普遍性命运的思考，仍不脱其一以贯之基于"人民"立场的价值关切。② 乔雪梅（《迟开的玫瑰》）在个人命运与家庭（社会）责任之间的艰难选择和价值坚守，无疑贴近底层人物之基本现实，且由之生发出对个人生命价值的另一种具有崇高意义的思考。此种思考亦并不借重将"个人"置于"社会"（他人）之上的思想资源，而是着力强调扎根于社会的个人"牺牲"和奉献的内在价值。历史地看，作为中国社会"三千年未有之大变局"的要义之一，身处底层的普通人以前所未有的历史主体的身份登上历史舞台。是为《创业史》所敞开之"新世界"与"新人"交互生长之核心要义，亦关涉到文学与历史、现实互动之问题的核心。基于对毛泽东《在延安文艺座谈会上的讲话》的理解，从事"新人物"的"新的思想、意识、心理、感情、意志、性格……的建设工作"③ 是柳青创作《创业史》的根本目的。此种目的自然有基于宏阔的现实的总体性考量的历史意味，并非人物塑造那么简单。④ 20 世纪 80 年代初中期，身处已然不同于"十七年"文学的"新时期"的历史语境之中，路遥经多方考量仍坚守柳青传统，其根本性的考虑即在此处。其间暗含之个人命运与大历史变化的内在关联之深层寓意，非有切身之生命实感经验而不能道。⑤ 此种思想理路在 20 世纪 80 年代之"反潮流"意义及其所遭遇的文学史的冷遇，表明两种关于"人"的想象间之复杂博弈。是为"十七年文学"两种研究理路的内在分歧。此种分歧意味着"关

---

① 陈彦：《装台》，作家出版社 2015 年版，第 433 页。
② 值得注意的是，在《主角》后记中，陈彦特别提及其因一个新闻事件而一度停笔。而支撑其继续写作的，恰恰是对普通人命运的关切。见陈彦《主角》，作家出版社 2018 年版，第 899 页。
③ 柳青：《和人民一道前进——纪念毛泽东同志〈在延安文艺座谈会上的讲话〉十周年》，载蒙万夫等《柳青写作生涯》，百花文艺出版社 1985 年版，第 29 页。
④ 参见拙文《再"历史化"：〈创业史〉的评价问题——以洪子诚〈中国当代文学史〉为中心》，《西北大学学报》（哲学社会科学版）2016 年第 1 期。
⑤ 参见拙文《路遥文学的"常"与"变"——从"〈山花〉时期"而来》，《中国现代文学研究丛刊》2018 年第 2 期。

注'穷苦人'的社会主义文化与今日精英本位的主导文化之间存在根本差异"①。也因此，柳青与路遥的写作乃是关于"人"的另一种想象性实践的结果，具有不容忽视的历史和现实意义。

几乎在同样的意义上，《西京故事》可以被视为路遥传统在21世纪的回响。困扰路遥的主人公的"城""乡"之辩仍属21世纪第二个十年诸多底层人物所必须面对的现实难题。柳青多年前关于文学作品经典化以六十年为一个单元的说法得到了确凿无疑的印证——后世的历史性评判终究压倒同时代人的观念而更为切近文本生产的历史性背景，也更符合历史语境的客观要求。对文学作品的价值评判如是，对作品所涉之历史事件之评判亦复如是。然而时隔多年后，总体性观念与时推移的自然调适已使时代主题发生变化。此种变化自然影响到置身大历史之中的个人命运。相较于20世纪50年代的"新人"梁生宝和20世纪80年代的"新人"孙少平、孙少安，《西京故事》中可视作为21世纪第二个十年的"新人"的罗甲秀、罗甲成必须面对更为复杂的现实和精神境遇。可以作为"新人"梁生宝极为强大的精神后援的总体性观念在20世纪80年代已非孙氏兄弟所能分享，具有丰富之历史寓意的"劳动"及其所持存之价值和尊严在《平凡的世界》中几乎成为人物一厢情愿的精神的姿态。在塔云山这一远离城乡冲突的封闭世界，罗天福及其所坚守之价值观念已然面临日渐逼近的来自外部世界的挑战，而一当置身文庙村这一交叉地带（城中村），诸多潜在的矛盾被一一激发且一再强化。即便起早贪黑累断筋骨，罗天福一家仍然无法从根本上改变命运。郑阳娇的蛮横和逼迫以及偶入工地推销千层饼被打，均不过是此种冲突的不同面向，其根本仍在经济地位所造成之阶层分野。一如孙少平半生奋斗的结果可能不过是他人人生的起点，无论罗甲成如何努力奋

---

① 张均：《"十七年文学"研究的分歧、陷阱与重建》，《文艺争鸣》2015年第2期。

斗，也似乎并无与沈宁宁等人共享同等资源的可能。① 尤需注意的是，《西京故事》的世界已无如《平凡的世界》中贯穿始终的道德理想主义。看似善解人意、令人心动的童薇薇也无法成为田晓霞的再现，也自然不能为罗甲成承诺一段美好的恋情。即便进入名校却仍身处底层的罗甲成最终因无法承受种种压力而愤然出走，虽在罗天福精神的感召之下重返校园，但并不意味着其拥有了超越个人境遇的可能。在作品的结尾处，沈宁宁等人相继有了足以教罗甲成们艳羡不已的去处。罗甲成、罗甲秀克服"毕业即失业"的方式是"创业"这一具有21世纪历史和现实独特寓意的方式。他们依靠数年所学将千层饼做成连锁店，在即将从容展开的未来可能获得更具象征意义的"成功"。无论"失败"还是"成功"，罗天福一家的命运均是高度历史性的。而个人命运的根本性变革，仍以社会的变革为基本前提。是为陈彦"重启""孙少平难题"的要义之一。

在总体的制度性资源（如梁生宝的种种行为均有来自时代强有力的思想及制度的支持）匮乏的境况下，罗甲成、罗甲秀以个人"创业"（与梁生宝"创业"的集体性质形成极具历史意味的"反差"。此亦为80后参与性危机产生之根源）克服现实困境的方式未必具有一定意义上的普遍性。此种对现实疑难的缓解也或许仅在象征的意义上发生效用，陈彦对此无疑有更为深入的洞察。如贾平凹几乎在同一时段尝试以重启"社会主义新人"的思想及美学谱系的方式表达其现实忧虑，却只能以"新人"的"幽灵化"作结所昭示的问题一般，② 总体性和制度性资源的匮乏，使得陈彦在"路遥传统"的基本框架之中象征性解决现实疑难的种种努力难以全功。与时代主题与时推移的自然调适一般，《大树西迁》《迟开的玫瑰》及《西京故事》之后，陈彦借对中国古典文学与文化传统沉潜往复、从容含玩而悟得之思想及审美观念尝试赋予

---

① 参见拙文《"一代人"的"表述"之难——杨庆祥〈80后，怎么办？〉读札》，《中国现代文学研究丛刊》2018年第3期。

② 参见陈晓明《他能穿过"废都"，如佛一样——贾平凹创作历程论略》，载李伯钧主编《贾平凹研究》，陕西师范大学出版社2014年版，第56—57页。

如罗天福般难于从根本意义上改变命运的人物以生之意义和尊严。此种思考无疑属古典思想及其所持存之人世观察境界之再生。长篇小说《装台》《主角》及其中"新人"之不同于路遥传统的新的思想、心理和情感，均需在这一思想及审美谱系中加以阐释，而不能简单地被目为"传统"或"守成"而归入另册。

相较于"新人"罗甲成们虽屡遭挫折却总能化险为夷从而以勇猛精进的姿态朝向未来的"上出"之境，刁顺子和他的兄弟们却被迫只能面对周而复始循环往复的"轮回"般的命运。就根本而言，已无纯然美好的希望愿景等待他们阔步踏入，陈彦也无意于将他们的生活纳入某种理想的幻象之中。基于对现实人生的敏锐洞察，陈彦充分意识到此类人物及其根本性的"局限"所在。"问题是很多东西他们都无法改变，即使苦苦奋斗，他们的能力、他们的境遇，也不可能使他们突然抖起来、阔起来、炫起来"。他们极为艰难的现实处境也使得童话般缓解困境无能和无力。"他们永远都不可能在森林里遇见连王子都不跟了，而专爱他们这些人的美丽公主，抑或是撞上天天偷着送米送面、洗衣做饭，夜半飘然而至，月下勾颈拥眠的动人狐仙。"[①] 也因此，陈彦无法简单地延续路遥传统中极为重要的道德理想主义以化解极为尖锐的现实问题，而必须重新切近更为复杂且坚硬的现实。但根本的问题仍在马克思的经典论断所昭示的思想现实之中，"哲学家们只是用不同的方式解释世界，而问题在于改变世界"。[②] 在如《创业史》般来自外部自上而下的思想及制度性资源匮乏的境况下，以现实的方式化解矛盾变得分外艰难。如是阶层既定命运的根本性变革尚需时日。因是之故，"在农民事实上不可能快速转移入城市，农民收入不可能得到迅速提高的情况下，站在农民主体立场的新农村建设的核心，是重建农民的生活方式，从而为农民的生活意义提供说法。"[③] 此处所谓之"农民"，换作"底

---

① 陈彦：《装台》，作家出版社 2015 年版，第 432 页。
② 转引自金寿铁《"改变世界"的新哲学及其文化遗产》，《中国社会科学》2010 年第 3 期。
③ 贺雪峰：《新农村建设与中国道路》，载薛毅编《乡土中国与文化研究》，上海书店 2008 年版，第 67 页。

层"亦无不可。《西京故事》之后,陈彦在《装台》《主角》中对底层,甚或可以扩而大之的"所有人"的生之意义的探讨,即属在更为广阔的思想资源中,为"人"的生活意义提供说法的尝试。

如是努力,也并非没有文学的先例。沈从文1934年返乡途中对"真的历史是一条河"的体悟,即包含着另一种读解普通人命运的思想路径。不同于"五四"以降"人"的发现的启蒙立场,沈从文意识到普通生命内在的正大庄严。"他们那么庄严忠实的生,却在自然上各担负自己那分命运,为自己,为儿女而活下去。不管怎样活,却从不逃避为了活而应有的一切努力。他们在他们那分习惯生活里、命运里,也依然是哭、笑、吃、喝,对于寒暑的来临,更感觉到这四时交替的严重。"① 也因此,"沈从文作品里的人,与启蒙的新文学里的人不同",前者无疑"大于"后者。② 作为他们生活世界的基本背景的,既有精神意义上的千年传统渐次累积形成之文化人格之基本依凭,亦有个体生命与天地自然齐同之内在节律。如此,人自有由内而外生发之勃勃生气,并非概念化、图式化的"现代观念"所能简单概括。是为其生之意义本身自有,不假外求的原因所在。延续沈从文对普通人生活意义的如是理解,余华以"生活"与"幸存"区分两种理解福贵命运的视域。后者的评判乃出自"外部",如"启蒙"观念自上而下的特征;而前者则源自"内部",属一种对对象如其所是的理解。此种"内""外"之辩,恰属两种思想路径之基本分野。以淡化宏大之历史背景,表明类同于许三观们的普通人命运之非进步的循环特征,为余华对现实冷峻观察之一种。③ 而经由对身处极端境况且无由解脱的福贵们的命运的悉心书写,余华则表明源自古典思想之人世体察仍有不容忽视的当代价值。以

---

① 沈从文:《历史是一条河》,载《沈从文全集》(卷十一),北岳文艺出版社2009年版,第188页。
② 参见张新颖《沈从文九讲》,中华书局2015年版,第二讲第三节。
③ 如李今所论,《许三观卖血记》"所隐示的重复不变的社会结构使它能够超越左翼文学传统的个别历史与个别意识形态,而彰显出没有历史轮回的底层命运。"见《论余华〈许三观卖血记〉的"重复"结构与隐喻意义》,《中国现代文学研究丛刊》2013年第8期。

"人是为了活着本身而活着,而不是为了活着之外的任何事物而活着"为核心意旨的文本的"高尚"之处在于,"活着"本身内在价值的正大庄严。如是理路,在陈彦的笔下得到了可谓淋漓尽致的发挥。一如福贵、许三观们既定命运类如存在主义的悲怆性质,刁顺子们"只能一五一十地活着,并且是反反复复,甚至带着一种轮回样态地活着"。但即便身处生命之艰难境况,他们却"不因自己生命渺小,而放弃对其他生命的温暖、托举与责任,尤其是放弃自身生命演进的真诚、韧性与耐力。他们永远不可能上台",成为时代的焦点所在,但他们在台下的行进姿态,却是"有着某种不容忽视的庄严感"。[1] 此种关于刁顺子生之意义和尊严的书写,无疑接通了另一更为悠远的精神传统。而忆秦娥历经个人命运之兴衰际遇、起废沉浮之后,仍以儒家式的精进姿态化解来自生活世界的重重压力。个人对社会的责任感和担当意识,是忆秦娥即便面临"死生"之际,却仍不至于颓然的根本原因所在。她从"人民"中来,最终又"返归"人民之中。陈彦在作品结尾处对忆秦娥命运的如是处理,无疑包含着更为复杂的时代寓意。忆秦娥个人命运的转换与"新时期"社会之革故鼎新同时展开,亦表征着大历史的变革之于个体命运的重要意义。作为"新时期"的贯穿性人物,忆秦娥的命运遭际无疑具有更为深入的历史意涵。她如罗天福一般,属江山社稷的脊梁。其所坚守之勇猛精进之价值信念亦属民族精神生生不息之要义所在。在新的历史和现实情境中,忆秦娥可被视为与"新时代"互证的"新人"。是为陈彦反复申论"主角"之复杂寓意的根本用心。

历史地看,从梁生宝到孙少平、孙少安,再到罗甲成、罗甲秀以及刁顺子、忆秦娥,"新人"所面临的历史性难题随着时代主题的变化而有着并不相同甚至截然二分的意义。此种变化无疑属延续革命现实主义及其所依托之宏大叙事而对不同时代社会问题的不同回应。此亦为

---

[1] 陈彦:《装台》,作家出版社2015年版,第432页。

"典型人物"无法脱离"典型环境"说的题中应有之义。而其内在的问题亦有根本的连续性。在当代文学"越来越自我,越来越中产阶级化"的基本语境中,对现实主义的重要性的重申必然与对"一个更加广阔的世界的关注",以及对"更多的群体性的'人'的关注"密不可分。然而其间最为重要也更为迫切的问题仍然是如何"捍卫""中国革命的理念"以及如何使"中国革命的正当性"① 持续彰显。是为接续"未完成"的社会主义文学传统的要义之一。如论者所言,"捍卫现实主义这个成就斐然的主要文艺流派的原则",非关马克思主义奠基者的个人偏好,而是因为"这些原则渗透着公开地和真诚地为劳动人民的解放服务的愿望"。亦属马克思和恩格斯革命世界观内在规定的自然要求,"同马克思主义理论的实质本身紧紧地联系在一起"。② 进而言之,一种社会主义的总体性,必然包含着独特的历史进步意义以及与之相应的无产阶级的阶级意识。"群众运动"与"革命"也并非简单的组织问题,而是有着无产阶级自我生成和发展的内在意义。而如"阶级意识"作为"'主体'的过程的真理本身"亦随着实践的变化而辩证发展一般,"新世界"不断创生过程中对新的"问题"的生产和克服的辩证自然要求"新人"作为意识形态主体的内涵的不断迁移。③ 是为从梁生宝、孙少平到罗甲秀、罗甲成思想及困境差异的根本原因。对如上问题所属之思想和审美谱系的反思和重建,属赓续社会主义文学传统的内在要求,具有更为深入的思想和现实意义。

---

① 周展安、蔡翔:《探索中国当代文学中的"难题"与"意义"——蔡翔教授访谈录》,《长江文艺评论》2018年第2期。

② [苏]乔·米·弗里德连杰尔:《马克思恩格斯和文学问题》,郭值京等译,上海译文出版社1984年版,第192页。

③ 如卢卡奇所论,"无产阶级的阶级意识,作为'主体'的过程的真理本身,远不是稳定不变的,也不是按机械'规律'向前运动的。它是辩证过程本身的意识;它也同样是一个辩证的概念。因为只有当历史的过程迫切需要无产阶级的阶级意识发生作用,严重的经济危机使这种阶级意识上升为行动时,这种阶级意识的实践的、积极的方面,它的真正本质才能显示出它的真实形态"。见[匈牙利]卢卡奇《历史和阶级意识:关于马克思主义辩证法的研究》,杜章志、任立、燕宏远译,商务印书馆1999年版,第96—97页。

第三节　思想和审美资源的多样化

就其要者而言，在当下语境中拓展现实主义之思想及审美资源的方式有二：其一，在新的历史和时代条件下"重启"具有深刻历史意涵的社会主义文学传统，接续柳青、路遥所开辟之革命现实主义的核心精神，以总体性地书写纷繁复杂的当下现实，充分发挥文学作为社会象征行为的独特的经世功能和实践意义；其二，在古今贯通的视域中接续中国古典文脉，且以超克西方文论作为"前理解"的新的理论视野中激活古典思想阐释当下问题的理论效力，以开出文本的新的思想视域和审美境界。以秦腔现代戏为"中介"，陈彦得以统合柳青以降之革命现实主义传统及中国古典传统。秦腔现代戏起源于延安，与1942年《在延安文艺座谈会上的讲话》发表前后的历史氛围及现实问题密切相关。早期代表作《中国魂》《一条路》《血泪仇》等均有极为鲜明的时代特征。而民众剧团的创作实践，也为毛泽东《在延安文艺座谈会上的讲话》提供了"重要素材"。毛泽东的诸多思想，也影响到秦腔现代戏诞生阶段的重要面向。[①] 时隔七十余年后，历史性地回顾民众剧团的"生命历程"，陈彦意识到"毛泽东倡导的'新秦腔'运动，以及由此开拓出的民族戏曲现代戏的艺术实践"，充分体现出"'人民性''大众化''民族化'以及生活是文学艺术'唯一的源泉'"等理论的深刻性和现实性。而"真正深入到人民大众中去，深刻探讨社会问题，关注大众精神生态"，仍属现代戏的重要价值所在。[②] "戏曲唯有始终站在民众立场上，坚持独立思考，持守美学品格，守望恒常价值、恒常伦理……敢于担当，勇于创新，与国家、民族同呼吸、共命运，才可能赢得与时代艺术同步发展的空间。"[③] 延此思路，则无论早期作品《九岩风》《留下

[①] 陈彦：《毛泽东与秦腔》，载陈彦《说秦腔》，上海文艺出版社2017年版，第39、49页。亦可参见陈彦《中国戏曲现代戏从延安出发》，《光明日报》2012年5月21日。
[②] 陈彦：《中国戏曲现代戏从延安出发》，《光明日报》2012年5月21日。
[③] 陈彦：《边走边看》，上海文化出版社2012年版，第161页。

真情》,还是现代戏代表作"西京三部曲",长篇小说《西京故事》《装台》《主角》,无不有极为浓重的现实关怀,并切近不同时期不同层面较为迫切之现实问题。此为陈彦承续秦腔现代戏之基本精神的面向之一。而作为"现代戏"的源头,秦腔经典剧目及其所持存之思想和审美精神,亦在多个层面影响到现代戏的品质。"在中华文化的躯体中,戏曲曾经是主动脉血管之一。许多公理、道义、人伦、价值,都是经过这根血管,输送进千百万生命之神经末梢的"。"无论儒家、道家、释家,都或隐或显、或多或少地融入了戏曲的精神血脉,既形塑着戏曲人物的人格,也安妥着他们以及观众因现实的逼仄苦焦而躁动不安、无所依傍的灵魂。"[①] 也因此,经由对古典戏曲的沉潜往复,从容含玩,陈彦得以接通中国古典文脉,而有新的境界的开显。此种开显,无疑以《装台》《主角》最具代表性。

以思想境界论,《装台》《主角》已不局限于"五四"以降文学的现实观察及其所开启之思想面向,而有更为宏阔之精神视域。此种视域属古典传统思想境界之再生,有着不同于"西京三部曲"时期之新的"总体性"意涵——一种融汇古今的思想为其核心特征。基于对"中国故事"的"中国式"讲法的思考,陈彦以为,"《红楼梦》的创作技巧永远值得中国作家研究借鉴"。而"松松软软、汤汤水水、黏黏糊糊、丁头拐脑",为其所理解的小说风貌。[②] 此种小说诗学,无疑与《金瓶梅》《红楼梦》所代表之中国古典小说传统密切相关。相较于现代小说的"空旷","《装台》所承接的传统中,小说里人头攒动、拥挤热闹",有一种"盛大的'人间'趣味"。其间人物众多,且"各有眉目声口"[③],各色人等,亦无不穷形尽相、跃然纸上。而古典小说所开显之人世观察,亦属《装台》之后陈彦作品的特征之一。陈彦充分意识到刁顺子们的现实境遇已然无法在罗天福、罗甲秀们所依托之总体性框

[①] 陈彦:《主角》,作家出版社2018年版,第897—898页。
[②] 陈彦:《主角》,作家出版社2018年版,第898页。
[③] 李敬泽:《修行在人间——陈彦〈装台〉》,《西部大开发》2016年第8期。

架中得到解决,因是之故,一种源于中国古典思想的人世观察及其意义得以显豁,并成为刁顺子们的尊严所系且发挥其重要之现实效用。是故,"《装台》或许是在广博和深入的当下经验中回应着那个中国古典小说传统中的至高主题:色与空——戏与人生、幻觉与实相、心与物、欲望与良知、美貌和白骨、强与弱、爱与为爱所役、成功和失败、责任和义务、万千牵绊与一意孤行……"[①] 凡此种种,构成了刁顺子、蔡素芬、刁菊花、韩梅以及与他们密切相关之各色人等生活世界的复杂面向。刁顺子"命运"的结构性循环因之包含着陈彦借古典传统之人世观察的冷峻处及深刻处。而作品临近结尾处,置身生活的无可如何之际,刁顺子似乎瞬间领悟到其命运的根本形态:"花树荣枯鬼难挡,命运好赖天裁量。只道人世太吊诡,说无常时偏有常。"[②] "无常"为命运之难以把捉,"有常"则为其同一结构的循环往复。如金圣叹七十回本《水浒传》"以'忠义堂石碣受天文、梁山泊英雄惊恶梦'使故事戛然而止",就此亦"提供了足以和第一回对称抗衡的起承转合",从而"给人以强烈的天道循环的结构感受"。[③] 此种布局之真意在于"延绵不断的回转,所以我们可以进而把这类似无了局的结构视为一种无休止的周旋现象"。[④]《装台》以蔡素芬嫁入刁家,引发其与刁菊花之"冲突"起笔,而以周桂荣携女进入刁家,引发新一轮"冲突"作结。其间蔡素芬与刁菊花、刁菊花与韩梅及刁顺子之矛盾冲突构成《装台》家庭矛盾的核心,而蔡素芬在刁菊花重重逼迫之下选择离开,则为新的结构性冲突提供可能。虽未对周桂荣进入刁家之后的生活有进一步的展开,但前述细节以及刁菊花丈夫被抓整容失败的"现实"却极有可能使其心理更为扭曲,从而有变本加厉的"恶行",作品也因之向可以预知的未来敞开。类似的处理,在秦腔现代戏《西京故事》中已有呈现。罗天福一家的西京梦"圆满"之际,另一无论家庭构成还是基本处境酷

---

① 李敬泽:《修行在人间——陈彦〈装台〉》,《西部大开发》2016 年第 8 期。
② 陈彦:《装台》,作家出版社 2015 年版,第 427 页。
③ [美] 浦安迪:《中国叙事学》,北京大学出版社 1995 年版,第 80 页。
④ [美] 浦安迪:《中国叙事学》,北京大学出版社 1995 年版,第 80 页。

似罗家的家庭进入西京,不难预料,他们也将面临如罗天福、罗甲秀、罗甲成一般的困境,但是否将如前者一样得以圆满,则属未知之数。以此处理,陈彦无疑表达了其对城乡二元结构下底层人命运的普遍性的思考。就其根本而言,此种命运之循环往复,并非现代性以降之线性思维所能解释。其根本用心处,与中国古典思想之人世观察密切相关。就其要者而言,以"推天道以明人事"为基本特征的古典思想之重要一脉,源自先哲对外部世界变化之道之仰观俯察而得之智慧。从"春生、夏长、秋收、冬藏"的四时流转中,明了"天地之大纪",而"循环往复"为其核心特征。无论朝代更迭、人事代谢,无不遵循此理。此种思想,凝聚于《周易》之中。"《周易》经传的卦序,却是《既济》置于《未济》之前,亦即先终后始。然而,先终后始,并不是说终在始之前,而是强调'终而又始'的概念,是故,"终"并非"真正结束","而是结束之后又再次开始"。"此种'再次开始'的观念,正是《既济》卦置于《未济》之前,而以《未济》卦为终的用意"。一言以蔽之,"《周易》经传强调的是天道循环不已的概念,也是'终而又始,始而复终'的概念"。① 如是生生不息、循环不已,乃自然及人事之常道。无论《红楼梦》之"四时气象",还是"奇书文体"之时空布局及章法,无不与此种思维密切相关。而章法布局仅为其末,其核心仍在于对自然、历史及人事之规律的观察。柄谷行人对"历史"之"反复"的洞见,虽未必得自对《周易》思维的体悟,但根本性之运思理路并无不同。以此思维观察"历史",便有"合久必分,分久必合"之说;观照人事,则可知如刁顺子般命运遭际的结构性反复,或属人事根本性的吊诡之处——说无常时偏有常。历史及人事与时推移,变动不居,然而其间之"不变"处,或许包含着对世运及人事更为深刻的洞察。

因无外在的精神依托,刁顺子命运的反复,也便无根本性的"超克"的可能。刁顺子的命运遭际,在忆秦娥身上得到结构性的"重

---

① 赖世烱、陈威瑨、林保全:《从〈易经〉谈人类发展学》,台北:文史哲出版社2013年版,第181—182页。

复"。换言之，如是"命运"之循环往复，乃"人"之命运之基本特征。无论身在宁州，还是省秦，"主角"忆秦娥一时一地的生活世界具有同样的"结构"——围绕她形成的关系模式具有惊人的相似性——赞成与反对总是同时出现，在"毁掉"其"生活"的同时却"成就"其"事业"。然其根本处境，如作品临近结尾处对"主角"忆秦娥之生命历程"总括"之"背景"所示："人聚了，戏开了，几多把式唱来了。人去了，戏散了，悲欢离合都齐了。上场了，下场了，大幕开了又关了……"① 端的是你方唱罢我登场。无论何人身处何地，所面临之问题并无本质区别，不外是些怨憎会、爱别离、求不得及其所引发之种种事项。而其间人物的成败、生死、荣辱、起落，出入进退、离合往还则循环不已。"成了，败了；好了，瞎了；红了，黑了；也是眼见起高台，眼见他台塌了"，忆秦娥前有胡彩香与米兰之明争暗斗，后则有甫一登台即广受赞誉的宋雨可能面临的同样的境况。如是种种，无不说明"一个主角，就意味着非常态，无消停，难苟活，不安生"。"要当主角，你就须得学会隐忍、受难、牺牲、奉献。"忆秦娥也就"这样光光鲜鲜、苦苦巴巴、香气四溢，也臭气熏天地活了半个世纪"。从宁州到省秦，楚嘉禾及其同类之结构性功能一如既往，忆秦娥之现实遭际也因之不断反复。"主角看似美好、光鲜、耀眼。在幕后，常常也是上演着与台上的《牡丹亭》《西厢记》《红楼梦》一样荣辱无常、好了瞎了、生死未卜的百味人生。台上台下，红火塌火，兴旺寂灭，既要有当主角的神闲气定，也要有沦为配角"的"处变不惊"。② 如是境况，庶几近乎《红楼梦》繁花着锦、烈火烹油之盛与"大荒""大虚"之境的辩证所彰显之人世观察，亦近乎《水浒传》及《三国演义》共通之"咏史"主题："历史与虚构化约而得的生命教训，读者汇合而成自己的认知：世间的荣耀原来转眼都倏忽。"③ 然"贾宝玉几经人世浮沉，遍尝酸甜

---

① 陈彦：《主角》，作家出版社 2018 年版，第 882 页。
② 陈彦：《主角》，作家出版社 2018 年版，第 894 页。
③ 余国藩：《〈红楼梦〉、〈西游记〉与其他：余国藩论学文选》，生活·读书·新知三联书店 2006 年版，第 52 页。

苦辣"之后，终至于"大梦醒来，彻悟生命倏忽，一切虚若浮云"却并非《主角》之核心意旨。在身处极大困境而无可如何之际，忆秦娥也曾有出尘之思。其在寺院的短暂经历却并未将其导引至"空门"，从而一劳永逸地解决其生之困境并求得身心之安妥。却在"内忧外患"交相逼迫之际，短暂的迷茫转向对"唱戏"作为"布道"及自我修持之意义的体悟，从而更坚定其积极用世之正精进的信念。"宝玉必须遵行道家游宴自如、忘其肝胆的大自在精神，并彻底拔除其蟊蝥根源，才能翕然逍遥，超脱乎迷惘之上。"① 忆秦娥却经由对"责任"与"信念"的儒家式坚守克服现实与精神的双重困境。是为"天行健，君子以自强不息"之进取精神之重要表征，亦是其思想境界虽相通于《红楼梦》等古典文本，却超克其"局限"的要义所在。

质言之，《装台》及《主角》所开启之境界，与中国古典文脉之核心要义密切相关。而古典思想之人世观察在此两部作品中的效用，已充分说明超克现代性视域，在古今贯通的文学史观念中完成中国古典思想及审美的现代性转换的重要意义。② 如沈从文超克"五四"以降启蒙传统关于"人"的价值想象的思想框架，而有对身处天地之间的人之根本性处境如其所是的观察一般，陈彦亦充分意识到在制度性思想匮乏的状态下肯定性缓解罗天福、罗甲秀们的现实困境的无奈和无力，因之有《装台》《主角》借古典思想开出其人世观察的重要尝试。此亦为"总体性"在延续内在的质的规定性的基础上与时推移的自然调适的重要表征。相较于偏重古典思想"柔"性一路所惯常导向的颓然之境，陈彦则坚守勇猛精进的文化的刚性特征。因是之故，《西京故事》《装台》及《主角》虽有对人之兴衰际遇、悲欢离合之无奈及无力处的深刻洞察，其间人物及其所寄身的世界可依托之思想路径亦维度多端，却并不颓然，而是始终朝向精神的"上出"一路。进而言之，如忆秦娥般以

---

① 余国藩：《〈红楼梦〉、〈西游记〉与其他：余国藩论学文选》，生活·读书·新知三联书店 2006 年版，第 84 页。
② 对此问题的进一步探讨，可参见拙文《"大文学史观"与贾平凹的评价问题》，《小说评论》2015 年第 6 期。

儒家思想为核心，统摄佛、道二家的思想路径，乃"儒家社会主义共和国"题中应有之义。其要义有二：首先，"中华的意思就是中华文明，而中华文明的主干是儒家为主来包容道家、佛教和其他文化因素的"。此说无疑内含着超克"古今之争"的"古今贯通"的思想理路；其次，"'人民共和国'的意思表明这共和国不是资本的共和国，而是工人、农民和其他劳动者为主体的全体人民的共和国"，即"社会主义的共和国"。其意亦在于以《在延安文艺座谈会上的讲话》以降之社会主义文学传统及其内在规定性为核心，统摄他种传统。而发掘其根本内涵，必然涉及"通三统"的问题。① 此种贯通亦并不仅止于文化思想及文学资源的选择，而是"中国道路"内在的规定性使然。

"小说作为赋予外部世界和人类经验以意义的尝试"，必然包含着"人类生活最终的伦理目的"②。是故，"伟大的现实主义作家，是那些以某种方式充分参与他们时代生活的人，那些不仅是观察者又是行动者的人"③。延此思路，于总体性的宏阔视域中展现丰富复杂的生活世界，并塑造与"新世界"相应之"新人"形象，且以丰富多样的思想资源尝试肯定性地回应现实的精神疑难，可视为陈彦作品现实主义的基本特征，也充分说明"生活是创作的唯一源泉"的说法的真理性和当下意义。此种"生活"并非走马观花、浮光掠影式的外部"观察"，而是扎根于丰富而鲜活的生命的实感经验之中，并突破既定的文学观念的限制，向无限的可能性敞开。也因此，写作者得以处于对"新生活"和"新人"的发现之中，发现那些被既定观念遮蔽的人与物、历史和现实、观念和方法，以及表现新的世界的多样的可能性。无论《西京故事》《装台》，还是《主角》，陈彦熟悉他笔下的人物。那些人物和他们

---

① 甘阳：《中国道路：三十年与六十年》，载贺桂梅编《"50—70年代文学"研究读本》，上海书店出版社2018年版，第336—337页。此处所说的"通三统"，与甘阳所论并不相同，是指中国古典传统、"五四"传统与社会主义文学传统的贯通。

② [美]弗雷德里克·詹姆逊：《马克思主义与形式——20世纪文学辩证理论》，李自修译，百花洲文艺出版社1995年版，第146—147页。

③ [美]弗雷德里克·詹姆逊：《马克思主义与形式——20世纪文学辩证理论》，李自修译，百花洲文艺出版社1995年版，第170页。

的生活或许原本就是作者生活的一部分,他在他们中间,和他们一同体会个人命运的兴衰际遇、喜怒哀乐、悲欢离合,以及其与大历史间之复杂关联。陈彦充分意识到,在仍在持续的社会的转型期,如刁顺子们的命运或将继续,但他们的生活仍有不容忽视的庄严和自内而外散发出的勃勃生气。忆秦娥虽历经内外交困之境却仍以儒家式的精进姿态化解重重矛盾,从而担负个人之于社会的责任的行为无疑属"天行健,君子以自强不息"的民族精神刚健之气的重要表征。他们或许是社会不可撼动的脊梁,承载着与时俱进的时代精魂。而书写他们和时代相互定义的复杂关系,也便有着更为复杂的历史和现实意涵。"人民共和国的立国根基不仅是一般意义上的破旧立新的前进运动,它也是不断突破主观的幻觉,包括理想主义的幻觉,一步步走向具体、实在的自我的真理性(反过来说也是局限性)的过程"[①]。换言之,"社会主义不仅不是革命的结束,反而孕育着新的革命"。此种"革命"的"内在构成因素"虽极其复杂,[②] 但其要义,或在于"新"与"旧",或"危机"与"对危机的克服"间之辩证过程。曼海姆申论之"意识形态"与"乌托邦"的辩证及其之于现实革故鼎新的重要意义,核心义理亦与此同。在此过程中,伴随着"新世界"意义的不断丰富,"新人"亦随之被赋予新的内涵。是为社会主义文学不断创化的要义之一,亦属现实主义的开放性的必要前提。

至此,有必要重温秦兆阳六十余年前对于现实主义文学及其可能的如下判断:"现实主义文学既是以整个现实生活以及整个文学艺术的特征为其耕耘的园地,那么,现实生活有多么广阔,它所提供的源泉有多么丰富,人们认识现实的能力和艺术描写的能力能够达到什么样的程度,现实主义文学的视野,道路,内容,风格,就可能达到多么广阔,多么丰富……如果说现实主义文学有什么局限的话,如果说它对于作家

[①] 张旭东:《文化政治与中国道路》,上海人民出版社2015年版,第18页。
[②] 蔡翔:《革命/叙述:中国社会主义文学—文化想象(1949—1966)》,北京大学出版社2010年版,第365页。

们有什么限制的话,那就是现实本身、艺术本身和作家们的才能所允许达到的程度。"① 就"现实本身"而言,改革开放四十年中国社会文化的巨变所包含之复杂的历史和现实,足以为作家提供极为广阔丰富的"素材"。再稍稍放宽视域,自"五四"以降中国社会与文化"三千年未有之大变局"之视域观之,则百年中国历史之沧桑巨变无疑包含着更为丰富的历史和现实内容。而以贯通古今的思想理路效法史家"究天人之际、通古今之变"之宏阔视域书写更具历史和现实意味的"中国故事",仍属文学创作"未思"的领域,有着极大的可供敞开的思想和文化空间。时至今日,在不放弃自身内在的质的规定性的基础上,现实主义已然呈现为极具开放性和包容性的状态,向人类一切优秀的精神成果敞开,并在融汇中西、贯通古今的宏阔视域下吸纳一切有益的经验,从而以更具象征性和表现力的方式完成对丰富复杂的现实的审美表达。无论中国古典文学传统、"五四"以降之新文学传统以及西方文学传统,均属可资借鉴之思想及审美资源。如是种种,最终与创作者个人之世界观念、思想视域、审美表达能力密切相关。"在中国,历史没有完结,无论文学还是作家这个身份本身都是历史实践的一部分,一个作家在谈论'现实'时,他的分量、他的眼光某种程度上取决于他的世界观、中国观,他的总体性视野是否足够宽阔、复杂和灵敏,以至于'超克'他自身的限制。"② 对正在进行中的现实的"介入"程度、文学观念和创作视域的宽广度以及思想和审美资源的丰富度,或为创作者自我"超克"的要义所在。就此而言,陈彦及其创作经验,无疑可为当下文学提供重要参照。

---

① 秦兆阳:《现实主义——广阔的道路——对于现实主义的再认识》,载秦兆阳《文学探路集》,人民文学出版社1984年版,第137页。
② 李敬泽、李蔚超:《历史之维中的文学,及现实的历史内涵——对话李敬泽》,《小说评论》2018年第3期。

第一章 "古典传统"与新境界的展开[*]

自《装台》(2015)出版迄今,关于陈彦作品的读解,大致在两种范式中展开。其一将其归入21世纪以降"底层"书写的范围中加以讨论,并由之上溯至左翼传统的底层关切,进而发掘其之于现实主义传统重要一脉的时代价值。此种讨论较多关注《装台》及《主角》中对较为迫切之现实问题的深度关切,以及此种关切所彰显之人物基本处境之历史和现实寓意。其核心视域,基于"五四"以降之现代传统。另一为以《红楼梦》等古典文本为参照,发掘《装台》《主角》中所蕴含之思想及审美与中国古典文脉间之关联,虽未必有内在的理论自觉,此种思路无疑已非现代性理论观念所能统摄,而与古今贯通的"大文学史观"理路相通。质言之,两种范式各有所本,有其并不相同的知识谱系和审美偏好,所见之重心亦略有不同,虽无"高下"之分,但其所涉之问题,却与"五四"迄今文化的"古今中西之争"所开启之思想理路密切相关。如不能超克其所形塑之"今胜于古""西优于中"的"古""今""中""西"二元对立之思维,则如上两种研究理路难免抵牾,亦难有"融通"的可能。如不在两种视域非此即彼式的状态中观照陈彦的创作,则可知两种理路均可切近文本之不同面向,自然亦各自包含"洞见"与"不见"。如融通两种理路,则可知陈彦作品既有对当

---

[*] 本章所论之"古典传统","是指'五四'新文化以前的中国文史传统,与西学源流中的古典传统并不相同"。对此问题的详细申说,可参见拙文《余华与古典传统》,《当代作家评论》2018年第3期及《"大文学史观"与贾平凹的评价问题》,《小说评论》2015年第6期。

下现实问题的深度关切，亦并不局限于现代传统，而有赓续古典文脉的尝试。以此为进路，则《装台》与《主角》可以阐发之义理维度多端，且均具一定的代表性。

在新作《主角》后记中，陈彦借拉美文学之核心品质与拉美独特之社会现实及人文、历史、地理间之内在关联说明"中国故事"的中国式"讲法"的重要性。"拉美的土地，必然生长出拉美的故事；而中国的土地，也应该生长出适合中国人阅读欣赏的文学来"。因是之故，"《红楼梦》的创作技巧永远值得中国作家研究借鉴"[1]。《红楼梦》所开启之小说美学不同于"五四"以降奠基于西方理性主义思想的现代小说传统，而有更为复杂的世界敞开。"松松软软、汤汤水水、黏黏糊糊、丁头拐脑"，为其风貌之一。而相较于现代小说的"空旷"，《主角》中亦人头攒动，"吃喝拉撒着上百号人物"。"他们成了，败了；好了，瞎了；红了，黑了"，端的是你方唱罢我登场。也"眼见他起高台"，"眼见他台塌了"。[2] 如是得失、荣辱、成毁、进退，各色人等怀着各样肚肠相继登场，演绎着与《牡丹亭》《西厢记》《红楼梦》"一样荣辱无常、好了瞎了、生死未卜的百味人生"，也不外是些怨憎会、爱别离、求不得诸般际遇所致之生之苦恼。也因此，置身生命无可如何之境，无论主角、配角，其借以破除困境的精神方式，也便有了更为普遍的意义。读者由此亦可明了"宠辱之道，穷达之运，得丧之理"甚或"死生之情"[3]。是为以《金瓶梅》《红楼梦》为代表之寓意小说的要旨所在，亦可说明陈彦《装台》与《主角》之思想及审美品质的核心特征。如沈从文笔下的人物逸出"启蒙"传统一般，刁顺子和忆秦娥及胡三元等人物，亦不能被简单地放置入小说的现代传统中加以考量。《装台》《主角》亦有如《红楼梦》一般之"主结构（部法）"和

---

[1] 陈彦：《主角》，作家出版社 2018 年版，第 898 页。
[2] 陈彦：《主角》，作家出版社 2018 年版，第 897 页。
[3] 转引自余国藩《〈红楼梦〉、〈西游记〉与其他：余国藩论学文选》，生活·读书·新知三联书店 2006 年版，第 93 页。

"次结构（章法）"之区分。① 其如《周易》"复卦"所申论之"循环往复"之理，足可以说明人事之兴衰荣辱、悲欢离合不出《周易》思想人世观察之基本范围。以古典思想为基本视域，因之可以阐发《装台》《主角》所蕴含之义理。就此而言，《装台》《主角》与中国古典"奇书文体"基本特征之内在关联，及其之于中国古典小说所表征之思想的承续意义，亦需在古今贯通的"大文学史"视域中得到恰如其分的阐释，就中尤以其与《周易》思维之世界观察之基本关联最为紧要。

第一节 "四时气象"与章法布局

论及"奇书文体"之"结构秘法"，浦安迪以为如《水浒传》等作品前后数回间"对称抗衡的起承转合"，予人以"强烈的天道循环的结构感受"。其布局之真意"在于绵延不断的回转"，如是"无了局的结构"可被视为一种"无休止的周旋现象"。② 其核心义理，与《周易》思维之基本特征关联甚深。"四时"之循环往复及"冷""热"交替的反复使用，其用意"往往联系到与易理相关的更加抽象的哲学概念"。由是"冷""热"交替之意义非独指天气冷暖，而具有"象征人生经验的起落的美学意义"，其间"热中冷""冷中热"的交替出现，乃"泛指大千世界里芸芸众生们生生不息的荣枯兴衰"。③ 循此思路，则贯穿于《装台》《主角》中生存情境的"结构性反复"，以及其前后数章间情境的呼应，或包含着陈彦对古典思想之人世观察重要一脉的体认与思考。依《周易》思维的核心义理，则如"春生、夏长、秋收、冬藏"之"四时"循环可以说明历史及人事之变化。

如《红楼梦》以"四时气象"表征人事兴衰交替之理，《装台》与

---

① 此为借自浦安迪评说"奇书文体"的重要术语。对此术语意义及特征之详细申论，可参见张惠《发现中国古典文论的现代价值——西方汉学家重论中国古代小说的独特结构的启示》，《中山大学学报》（社会科学版）2012年第3期。
② [美]浦安迪：《中国叙事学》，北京大学出版社1996年版，第80页。
③ [美]浦安迪：《中国叙事学》，北京大学出版社1996年版，第81—82页。

《主角》中对人身所处之基本情境的观察，亦暗合"四时"转换之基本法则。此种循环往复的特征在《装台》中表现为刁顺子命运的结构性反复，其开篇第一章为一循环之开始，此一循环在作品临近结尾处达至"巅峰"，继而又有新的循环的开始。其境庶几近乎《周易》思维之世界展开，"六十四卦虽然有六十四种时态，但此六十四种时态所代表的就是天道循环往复不已，以及终而复始始而又终的概念，而六十四卦虽然有三百八十四种变化，但最终所要揭示的道理即是事物的发展由初到盛，而后由盛转衰的往复循环不已的概念"。天道及万物运行之理如是，人事变化之理亦复如是，"人在现世之中，没有所谓永远的终点，也没有所谓永远的起点，而是永远在终而复始的，始而又终的循环状态之中"。①此种思维及其所生发之"循环"叙述，乃"奇书文体"章法及寓意之基本特征，无论具体人事如何变化，其核心义理，均在此消彼长、循环不已之基本结构中。浦安迪发觉吴承恩于《西游记》中多次提及"既济""未济"两卦，以"暗示《易经》的一个完整周期范式"。即如《序卦传》所论，"物不可穷也，故受之以'未济'，终焉"。其要在于循环往复，而非终止。而"既济""未济"两卦"由'坎'与'离'"，"水"与"火"组成，故而"使得寓言家有可能将之与叙事过程中的'水'与'火'形成呼应"②，从而表征"已渡""未渡"循环交替之理。此种循环，在"取经"为"已渡""未渡"之交替，在普通人事，则为"开端"与"结局"之交相转换，具体表现虽有不同，核心义理却并无差别。

延此思路，则《装台》之寓意可作如是解。相较于作者第一部长篇小说《西京故事》中核心人物罗天福一家虽有坎坷，却一味"上出"的境况，《装台》中的刁顺子及其同阶层人物已无根本性的命运变革的可能。他们"只能一五一十地活着，并且是反反复复，甚至带着一种

---

① 赖世炯、陈威瑨、林保全：《从〈易经〉谈人类发展学》，台北：文史哲出版社2013年版，第183页。
② ［美］浦安迪：《〈西游记〉与〈红楼梦〉中的寓意》，载《浦安迪自选集》，生活·读书·新知三联书店2011年版，第200页。

轮回样态地活着"①。时代已不曾为其承诺一种超克目下境况的未来希望愿景，其所谓的"未来"，因之不过是"既往"的"重复"，并不存在线性的"上出"的可能。作品展开之基本情境有二：一为刁顺子与大吊、猴子们为生计而不断"装台"的故事，是为其社会生活一面，无论装台之时间、地点，所面对之具体情况如何，其核心结构却并无不同，与"他者"围绕费用问题展开的纠葛也贯穿始终；一为先后娶妻两次以及其间所面临之家庭矛盾，矛盾冲突的对象，均在刁顺子和新妇与其女刁菊花之间展开。就此而言，作品第一章刁顺子的第三任妻子蔡素芬嫁入刁家，第八十一章其第四任妻子周桂荣进入刁家，恰构成作品一大循环——既有的结构已至"既济"，而以"未济"为"结局"，即表征新的循环之开启。而自第一至第五十七章，则着力于铺陈刁顺子和蔡素芬与刁菊花之间的矛盾冲突。冲突的形式虽变化多端，但矛盾却始终如一——刁菊花力图将蔡素芬赶出刁家以"返归"其所能接受之平衡。如是你来我往，矛盾此起彼伏，无论蔡素芬如何委曲求全，终不能承受刁菊花愈演愈烈的"打压"，从而以离家出走来缓解矛盾。此为刁顺子之家庭困境。其在数次装台过程中亦面临同一境遇之循环往复，艰难境况的根本性变革仅属南柯一梦。其在作品结尾处藉《人面桃花》剧中唱词表征刁顺子对个人命运之自我了悟："花树荣枯鬼难当，命运好赖天裁量。只道人世太吊诡，说无常时偏有常"。"无常"为命运之难以把捉，"有常"为其结构之同义反复。如此，陈彦写出了其对底层人命运之基本逻辑之深层洞察，作品所属之思想及审美已与《西京故事》大为不同。其中暗含之寓意，与余华《许三观卖血记》庶几近之。"它所隐示的重复不变的社会结构使它能够超越左翼文学传统的个别历史与个别意识形态，而彰显出没有历史的轮回的底层命运"②。一当如罗甲秀、罗甲成们与大历史的内在关联不复存在，则刁顺子的命运因之

---

① 陈彦：《装台》，作家出版社2015年版，第432页。
② 李今：《论余华〈许三观卖血记〉的"重复"结构和隐喻意义》，《中国现代文学研究丛刊》2013年第8期。

仅属同一情境之结构性循环,其间并无内在的超越的可能。陈彦亦由是返归古典传统之人世观察之中,且于其间探讨"底层"生之"意义"。而由《西京故事》向《装台》之转换,不仅止于思想及审美方式的"中年变法"。其要义在于根本性的人事阐释视域的转换,包含着更为复杂的历史和现实寓意。

不独《装台》,《主角》之章法及寓意亦复如是。在《装台》故事的核心空间中,刁顺子的故事与忆秦娥几无交织,作品中亦不曾书写两种全然不同的职业之间之交汇。"装台人与舞台上的表演,完全是两个系统、两个概念的运动",彼此之间偶或有照面,却并无"交集","装台的归装台,表演的归表演",两条线"永远都是平行得交汇不起来的"①,但自"人"之境况观之,如刁顺子可以从"苦情戏"中意会到戏中情境与个人生命之实感经验之交相互参,舞台上的主角忆秦娥之个人生活同样与戏文可相互参照,他们在幕后,"常常也是上演着与台上的《牡丹亭》《西厢记》《红楼梦》一样荣辱无常、好了瞎了、生死未卜的百味人生",台上台下,一样是"红火塌火,兴旺寂灭"②循环交替之情境。也不外是些"悲喜""离合""盛衰"之辩,以此"传统两极场景的无休止轮替来结撰作品",亦属《红楼梦》叙述之紧要处。曹雪芹"细心营造出这些鲜明对照的人生经验侧面之间的逻辑关联"及相互贯通之处。而自"悲欢离合、荣枯盛衰这些俗见的轴线看去",则场景之否泰沉浮,情势之此消彼长正暗含"阴阳哲理的结构范例"。《红楼梦》以"四时"转换为基本结构,叙述个人命运之"炎""凉"交替,由数个小循环形成一大循环所表达之经验,要妙亦在此处。进而言之,"小说情节安排之特点,不是遵循一个从困境到结局,或从幻灭到觉醒的辩证发展过程,而是从'悲中喜'到'喜中悲'、从'离中合'到'合中离'的无休止轮替"③。"轮替"无疑为其核心,亦说明

---

① 陈彦:《装台》,作家出版社 2015 年版,第 431 页。
② 陈彦:《主角》,作家出版社 2018 年版,第 894 页。
③ 《浦安迪自选集》,生活·读书·新知三联书店 2011 年版,第 210—211 页。

即便境遇之情景有变,其运行规则,仍不脱"兴衰""悲喜""离合"交替之理。戏剧所阐发之"生老病死,宠辱荣枯,饥饱冷暖,悲欢离合"亦属浦安迪所论之"二元补衬",忆秦娥所面临之红火塌火、好了瞎了、荣辱无常亦循此理。是故,"荣辱""悲喜""兴衰""进退""成败""毁誉"等对立因素之辩证,成为主角忆秦娥生活世界之基本内容。其技艺起于宁州,大兴于省秦,却在人事代谢(宋雨的兴起)中转"衰"(其需让位于"新人"宋雨即此之谓),而又在九岩沟重"兴",乃"兴衰""进退"之喻;而随着其技艺的不断精进,由宁州唱至省秦,一举成名誉满天下之际,"谤"亦随之,楚嘉禾不遗余力的恶意构陷,使其数度陷入困境而难于自拔,是为"荣辱""毁誉"之辩;自十一岁赴宁州学戏,至五十余岁功成名就,期间四十余年无论事业还是家庭,均教其历经"悲喜"之交织,历遍"成败"之转换,然而仍有不断"上出"之境。《主角》全书首尾相贯,其谋篇布局之紧要处,乃如《三国演义》"有首尾大照应、中间大关锁","真一部如一句",亦如《金瓶梅》"一百回如一回,必须放开眼光,如一回读"。作品开篇第一回叙述忆秦娥"起"于九岩沟,至末尾则"回归"于此,虽无《红楼梦》首尾"真假"对应之喻,仍属"首尾"之"照应"。期间"起落""兴衰""悲喜""沉浮""荣辱"等际遇之转换,其核心义理类同于《红楼梦》"冷热循环,大观园明言雪景;阴阳倚伏,《红楼梦》由看梅花"[1]之理。张新之因是以《周易》"复""渐"二卦读解《红楼梦》,用心即在此处。要言之,《主角》之"主结构(部法)",与"五四"以降现代小说之线性叙事似无不同,然而其"次结构(章法)",则类同于《红楼梦》。其核心思维,乃属中国古典思想境界之再生。亦如浦安迪所论,中国叙事文学之基本结构模型,"不外乎是中国传统思想中的阴阳五行的基本模型——从《易经》到理学各种思潮的理论基础——的一个变相"。是故,"二元补衬"及"多项周旋"

---

[1] (清)曹雪芹、(清)高鹗:《红楼梦》三家评本,上海古籍出版社1988年版,第1986页。

之小说技法的广泛使用足以说明"绵延交替"和"反复循环"的情节所反映之"阴阳五行概念""最终构成了中国小说的生长变化的模型"①，虽未必有意识接续中国古典小说此一传统，但此种理路，却可以说明《装台》《主角》的思想及审美方式。相较于对中国古典小说语言及笔法的简单效法，陈彦小说无疑更为切近中国古典小说精神及审美之核心。《主角》中反复出现之宗教意象，根本用意即在此处。

第二节 古典思想的多元统合

既相通于"四大奇书"之思想及审美方式，《装台》《主角》自然难免与中国古典思想之核心面向内里相通。如"四大奇书"虽各有所本，独具各样风貌，重心亦各不相同，然其核心思想，不脱以儒、道、释三家思想为核心之中国古典思想传统。或以儒家思想为核心，作"修身养性"之反面文章，如《金瓶梅》；或兼容道家思想，却终以佛家为终极解脱之法，如《西游记》。其他如《水浒传》《三国演义》，亦是此理。宋明思想及其所依托之核心精神资源所开出之不同路向，在"四大奇书"中无疑均有呈现。置身全新之现实语境，《装台》《主角》虽与"奇书文体"之寓意方式颇多关联，却并不拘于"成法"，而有新的境界的开显。

先以《主角》之境界论。即便详细铺陈悲喜交织、荣辱无常之理，却并不如《金瓶梅》《红楼梦》般一味颓然，终教人醒悟任何欲望与执念，均属梦幻泡影，如露亦如电。亦即深谙"炎""凉""盛""衰""成""毁"交替之理，却不以颓然之境观照人事，反倒因洞见荣辱兴衰、离合往还之理后更以正精进的姿态朝向未来。如是理路，乃是在儒、道、释三家思想之中选择以儒为核心，融通佛道之思想路径。如是路径，无疑切近中国思想之基本特质。如将儒家思想解作"在知识层次之上的人生社会之'常理、常道'"，则可知如此"一套本乎人性、

---

① [美]浦安迪：《中国叙事学》，北京大学出版社1996年版，第95页。

顺乎人情的学问,不但可以根据它来完成圆满的德性人格,开创充实丰富的人生",扩而大之,亦可"建立安和乐利的人间社会",是为"儒家'己立立人、成己成物'"之"文化常道的性格"①,亦属其由"内圣"开出"外王"之核心理路。忆秦娥虽为"个体",然其所承担之社会角色显然超越单纯个体之局限,而可以表征更具普遍性也更为复杂之社会现实问题。当个人身处生命无可如何之境,亦即舞台坍塌事件与刘红兵出轨相继发生之际,忆秦娥希望于佛门青灯古卷获致内心的安宁。她读《皈依法》《地藏菩萨本愿经》和《金刚经》,亦于山中古寺中体会清寒、清凉、清苦及清冷之气(此"清"字,正与俗世中之"热闹"形成鲜明对照,乃"冷""热""凉""炎"之喻),希望借此"能把一切痛苦、烦恼"悉数抛却。②其偶然一现的如莲的喜悦,似乎瞬间可以与物齐同而得见本来。但主持的开示,却指向更为宏阔的世界:"修行是一辈子的事:吃饭、走路、说话、做事,都是修行。唱戏,更是一种大修行",其要在于亦可"度己度人"③,与佛门义理境界相通。如仅求一己之安宁,则皈依佛门,独伴青灯古佛或为选择之一,但相较于度己度人之大功德,独善其身便属"小道"。而"正是这份对'大功德'的向往,而使她避过独善其身的逍遥,重返舞台,继续起唱戏这种度己化人的担当"。④是为先儒虽"雅好老庄",却"归本孔孟"的题中应有之义。苏东坡虽深通佛道义理,却仍以儒家思想应世之深层原因亦与此同。⑤以"佛""道"处"变",而以"儒"处"常",乃士大夫精神选择之"常道"。进而言之,因"儒家之本"即是"中华文化之本",

---

① 蔡仁厚:《儒家思想的现代意义》,台北:文津出版社1987年版,第18页。
② 陈彦:《主角》,作家出版社2018年版,第625页。
③ 陈彦:《主角》,作家出版社2018年版,第641页。在后记中,陈彦对此亦有明确说明:"我的主角忆秦娥,在九死一生的时候,也曾有过皈依佛门的念头。恰恰是佛门主持告诉她:唱戏更是度己度人的大功德。"
④ 陈彦:《主角》,作家出版社2018年版,第895页。
⑤ 苏轼初好贾谊、陆贽书,读《庄子》能"得心适志","后读释氏书,深悟实相,参之孔、老,博辨无碍,茫然不见其涯也"。"在学术思想上,苏轼一向坚持尊孔学儒的立场,却他还是从学术会通的观点关涉儒、道、佛三家"。参见姜声调《苏轼的庄子学》,台北:文津出版社1999年版,第7页。

"儒家以承续民族文化自任,而有自觉地要求不偏不倚,大中至正",因之"中华文化之本,与儒家之本,实无二致"。① 而以"儒"为本融通"佛""道",亦包含着更为复杂之政治文化意味②。陈彦以"正大"二字论说忆秦娥之选择,即属对儒家思想核心义理现实意义之高度肯定。质言之,"儒家思想是我国文化的主流",其核心为"人性论"。依孟子之见,"人是'仁义的存在',亦即是'价值、尊严的存在'"。"人""居天下之广居,立天下之正位,行天下之大道,得志与民由之,不得志独行其道。富贵不能淫,贫贱不能移,威武不能屈,此之谓大丈夫"。此为"儒者的人格型态,亦是在儒家教义下人人应达亦可达的人格型态"。③《主角》以数阕《忆秦娥》表征忆秦娥不同阶段之命运遭际,而以《忆秦娥·主角》作最终之总括:"转眼半百主角易,秦娥成忆舞台寂。舞台寂,方寸行止,正大天地。"其所彰显的,乃为儒家思想之核心精神。现实之起伏兴衰并不能消弭其精进向上之努力,是为"天行健,君子以自强不息"题中应有之义。也因此,《红楼梦》结尾处亦有"贞下起元"、万象更新之喻。不难预见,宋雨或会重演忆秦娥之成毁、荣辱起伏之境遇,但亦会以一己之力,促进戏曲之进步,从而完成个人之社会责任。如是循环往复,寒来暑往、沧海桑田,民族生生不息之要义,无不蕴含其中。

《装台》亦复如是,"在根本上,《装台》或许是在广博和深入的当下经验中回应着那个古典小说传统中的至高主题:色与空——戏与人生、幻觉与实相、心与物、欲望与良知、美貌和白骨、强与弱、爱与为爱所役、成功和失败、责任与义务、万千牵绊与一意孤行……"④ 如是种种,属刁顺子及其间各色人等各样际遇所表征之多重寓意。然而即便

---

① 蔡仁厚:《孔子的生命境界:儒学的反思与开展》,台北:学生书局1998年版,第124—125页。
② 对此问题及其意义之详细申论,可参见甘阳《通三统》,生活·读书·新知三联书店2014年版。
③ 郑力为:《儒学方向与人的尊严》,台北:文津出版社1987年版,第57页。
④ 李敬泽:《修行在人间》,《会议室与山丘》,中信出版社2018年版,第178页。

时刻身处内外交困、身心俱疲而无可如何之境,刁顺子却从未放弃对"生"之坚守。此种坚守也未必有更为宏大的意义,"这个刁顺子,他岂止是坚韧地活着,他要善好地活着,因此而弱,因此而卑微狼狈,但这一颗嚼不烂、砸不碎的铜豌豆兀自在人间"①。支撑他的,不过是关于生活的素朴的愿望。但也因此,这一个柔弱的人也便有了极为强大的足以和坚硬的世界抗衡的力量。他屡败屡战、愈挫愈勇,全然无视生活世界强加给他的重重障碍。管他外部世界如何安排,个人之于现实的责任从不放弃。整个世界也便奈何不了他。他也因之克服既往的困境,一次又一次重新站在新的困境面前。其柔弱中自有刚健。可谓大雄藏内,至柔显外。其对若干素朴的生活及为人原则的坚守,虽不复杂,却也蕴含着民族生生不息之精义。

就根本性之文学观念论,虽转益多师,于古典传统之多样可能中均有体悟,但陈彦无疑更为切近儒家之"经世"传统,偏于"载道"一路。此路径亦与"五四"以降文人之天下意识和济世情怀密切相关。自20世纪90年代迄今,其戏剧作品无不切近不同时期社会之核心问题,且有对此问题的正面回应。其对"恒常价值"的坚守,将"为弱势群体发言"视为写作之"创造本质和生命本质"的基本观念,亦说明其作品力量之来源,在于对历史与现实的深度关切。而其融通古今之思想理路,遂成就其作品之复杂寓意。

第三节 "戏""梦"互证与寓意笔法

戏与小说核心故事间之参差对照,亦属《装台》与《主角》作为"寓意小说"的重要特征,为陈彦写作之独特用心处。贯穿《装台》后半部分的剧作《人面桃花》故事之基本结构,庶几可与蔡素芬之境遇相参看。而刁顺子、蔡素芬喜欢的"苦情戏",差不多亦可说明其境遇的基本特征。而忆秦娥情窦初开之际,其所主演之《白蛇传》足以说

---

① 李敬泽:《修行在人间》,《会议室与山丘》,中信出版社2018年版,第174页。

明彼时其内心之情感体验，而《白蛇传》之基本寓意，似乎也蕴含着忆秦娥与封潇潇感情"结局"的基本走向。如是"虚境"与"实境"之对照及其之于作品总体寓意之重要作用，以"梦"境书写最为突出。

《装台》《主角》中均有对主人公梦境之详细铺陈，此种梦境亦包含着重要寓意。一如"梦"属《红楼梦》寓意之核心，在全书中具有"枢纽地位"。"梦"字不仅镌刻在贾宝玉的俗世的生命，亦为其故事之本质定位。① 对于"戏"与"梦"之于主人公现实经验之意义，谢肇淛《五杂俎》之评说至为精当："戏与梦同，离合悲欢，非真情也；富贵贫贱，非真境也。人事转眼，亦犹是也。而愚人得吉梦则喜，得凶梦则忧，遇苦楚之戏则愀然变容，遇荣盛之戏则欢然嬉笑。总之，不脱处世见解矣。"②

以《红楼梦》为参照，可知"梦"乃含有"镜鉴"之意。如"太虚幻境"与现实之参差，"风月宝鉴"之于人之生命实感经验之独特寓意。虽并不能确证曹雪芹"敷演《红楼梦》故事的最终目的"，是"达到崇高的宗教境界"，但曹雪芹以"变幻"之法，"一开始就把宝玉带到'太虚幻境'"，然后用诗与典，"作为振聩警钟，使宝玉悟道向佛"。③ 是为《红楼梦》叙述之紧要处，亦属其大关节所在，其后宝玉面临之诸般际遇及其起废沉浮，无不可以循此思路得到解释。《装台》作者亦熟知此法，刁顺子极具象征意味的梦，出自第六十五章。彼时因蔡素芬进入刁家所引发之家庭矛盾已因刁菊花的决定性胜利而告终，刁顺子重新回到作品开场前的境遇之中，其虽不具有对自我所处之生活世界诸般际遇的反思能力，却也因蔡素芬的被迫离开而心灰意冷，再无如作品前六十四章所述之隐忍与担当，其对自我生活之基本方式产生怀

---

① 对"梦"之于《红楼梦》总体寓意的重要作用，余国藩有极为详尽之分析。可参见余国藩《〈红楼梦〉、〈西游记〉与其他：余国藩论学文选》，生活·读书·新知三联书店2006年版，第90页。

② 转引自余国藩《〈红楼梦〉、〈西游记〉与其他：余国藩论学文选》，生活·读书·新知三联书店2006年版，第93页。

③ 余国藩：《〈红楼梦〉、〈西游记〉与其他：余国藩论学文选》，生活·读书·新知三联书店2006年版，第96页。

疑,从而意图去过类如退休干部的悠闲生活,决意再不"下苦",从此脱离前半生的"屈辱"与艰辛。然而大吊、猴子、三皮等人却无法"脱离"装台队伍的灵魂人物刁顺子而"独立"存在。在他们三番五次的劝说之下,刁顺子虽未应允"归队",但大吊女儿的状况却使刁顺子无法置之不理而仅求"独善其身"。其占据整整一章的"梦"也就在此际发生。然而其可谓复杂的梦,却并不构成某种如传统说部梦境叙述的寓言意义——即表明人事诸般际遇皆属虚妄,教人破除妄念而得见本来。"传统说部讲'梦',纵非全属悲观,至少满纸低调。"如《枕中记》《南柯太守传》诸作,"梦里经验常取为警世之用。梦境过客未必亲历诸般浮沉,梦中却可闻悉'宠辱之道,穷达之运,得丧之理',以及'死生之情'"。"故'梦'之为用大矣,适可表现小说的教化功能:虽未躬亲其事,梦中人却已亲阅其境,当可体悟世道实情",知"世俗成就无住,人生欢乐无常",如《枕中记》言之悲切,"'蒸黍未熟'",而"荣宠已过"。① 观者莫不就此了悟"一切有为法,如梦幻泡影,如露亦如电,当作如是观"之微言大义。因之其间梦境,自与"真实世界"形成"反照"——以说明人于现实生活世界所执念之种种,不过"虚妄",且转瞬即逝。刁顺子梦境所示显然不在此列。其于梦中化作普通蚂蚁之一员,在"上级"的指令之下努力搬运体积庞大的百脚虫。在此过程中既无须如现实世界中那般需靠"低三下四"赢得酬劳,亦无须通过攀附他者而获得生计。"劳动"能力之强弱为"蚁族"衡量个体之价值高下的唯一准则。普通蚂蚁亦无须反思其劳作之意义与价值,故而也无关于生之意义的诸多烦忧。如是境况,并不构成对刁顺子现实境遇的警示作用,反而从另一侧面确证其生存状态与"蚁族"根本意义上之同一性。此种关于"底层"命运的思考因之具有发人深省的复杂意涵。蚂蚁虽然弱小,但对生之责任的托举,却自有其庄严,化身为蚂蚁的刁顺子与"蚁族"同进取,共命运之际,"甚至还产生了一种身

---

① 余国藩:《〈红楼梦〉、〈西游记〉与其他:余国藩论学文选》,生活·读书·新知三联书店2006年版,第92—93页。

为蚂蚁的骄傲和自豪"①。此种骄傲与自豪，乃由其生命自内而外散发出来，属"本心"自有，不假外求。如是理路，约略近乎禅家义理，亦与沈从文20世纪30年代初返乡途中所见所思境界相通。那些在水上讨生活的水手，有极艰难的生，但也有希望、高兴和不悦。他们的希望仅在于多吃一碗饭、一片肉，有了钱去花在吊脚楼的女人身上去。他们也会不高兴，"为了船搁浅，为了太冷太热，为了租船人太苛刻"。但他们也常大笑大乐，"为了顺风扯篷，为了吃酒吃肉，为了说点粗糙的关于女人的故事"。"他们也是个人，但与我们都市上所谓'人'却相离多远！"沈从文"想好好的来写他们一次"，但总还嫌"力量不及，因为这些人就太大了"②，他们的生活，也"真可以说是庄严得很"！③这些人的"大"和"庄严"，正在于其逸出"五四"以降现代性传统的特征："当这些人出现在沈从文笔下的时候，他们不是作为愚昧落后中国的代表和象征而无言地承受着'现代性'的批判，他们是以未经'现代'洗礼的面貌，呈现着他们自然自在的生活和人性。"④ 如是"生活"和"人性"并非"五四"以降之启蒙传统关于"人"的想象所能简单框定，而缘起于延安文艺的新的"底层"和"底层人"的想象已无法延伸至刁顺子们的生活。既无自外而内的对既定生活境遇的超越，亦无自上而下的类如梁生宝们的制度性支撑，刁顺子们的生之意义必然需要依靠新的阐释的视域。"他们只能一五一十地活着，并且是反反复复，甚至带着一种轮回样态地活着"，而"这种活法的生命意义"，尚需有"更加接近生存真实的眼光去发现，去认同"⑤，而非"赋予"。一如"蚁族"自有其生命之责任与庄严，刁顺子也"不因自己生命渺小，而放弃对其他生命的温暖、托举与责任"，更不会"放弃自身生命演进

---

① 陈彦：《装台》，作家出版社2015年版，第348页。
② 沈从文：《湘行书简·水手们》，载《沈从文全集》卷十一，北岳文艺出版社2009年版，第129页。
③ 沈从文：《湘行书简·忆麻阳船》，载《沈从文全集》卷十一，北岳文艺出版社2009年版，第134页。
④ 张新颖：《沈从文九讲》，中华书局2015年版，第97—98页。
⑤ 陈彦：《装台》，作家出版社2015年版，第432页。

的真诚、韧性与耐力"。他们或永远不能成为"主角",但"他们在台下的行进姿态",仍有"某种不容忽视的庄严"。① 如是境况,并不从根本意义上超越蚁族之生活,且接近庄子"物化"之论。"物化者,万物化而为一也。万物混化而为一,则了无人我是非之辨,则物论不齐而自齐也"②。但庄子是论,重点乃在于"消解特定立场的偏执,及与天地万物为一体",其境正与"'吾丧我'和'天地与我并生,而万物与我为一'中心观念相互照应"。③ 然如前所述,刁顺子梦境所示,并无如《红楼梦》中宝玉游太虚幻境一节所彰显之使人顿悟人生如梦,从而破我执、去无明之作用。刁顺子之现实生活境况,与梦境所示并无根本不同,其亦无须从梦境与现实之参差对照中领悟"今是而昨非"之理。或者,陈彦书写此梦的目的,即在于表明梦境与现实、彼与此、物与我,甚至万物混融一体的境界。果然梦境甫一隐去,刁顺子"爬起来,走到院子一看,蚂蚁正在搬家",而大吊等人早已等候在门外,期待着刁顺子重返装台队伍,再去延续前六十四章详尽描述之生活。如是循环往复,至作品结尾亦不做"了断"。

或许因勘破"人"之境况的本质特征无论高低贵贱、贤愚不肖,无不遵循此理,陈彦延续大致相同之理路,去书写与刁顺子恰成"对照"的"主角"忆秦娥的命运遭际。自十一岁因偶然机缘赴宁州学戏,至五十余岁功成名就却仍身陷内外交困之境,凡四十年。而于生命的大关节处,忆秦娥亦有"梦境"的训示。因她将台塌人亡之恶性事件归结为自己的"声名"所致——"她要没这点名气,没几万人挤来看戏,娃娃们就不会在台底下钻来钻去,又哪会有台塌人亡的恶性事件发生呢?"④——嗣后的梦,也便有别有深意,却并非仅指向忆秦娥之个人困境。此梦并不如刁顺子般以类如"庄周梦蝶"的形式道尽其无从逃遁之生活真相,而是以中国古典小说关于身后(阴曹地府)"罪"与

---

① 陈彦:《装台》,作家出版社2015年版,第432页。
② 转引自陈引驰《无为与逍遥:庄子六章》,中华书局2016年版,第260页。
③ 陈引驰:《无为与逍遥:庄子六章》,中华书局2016年版,第260页。
④ 陈彦:《主角》,作家出版社2018年版,第615页。

"罚"的想象表明另一番道理。牛头、马面关于孰为"主角"的争论似乎表明"阴间"与"阳间"道理并无不同。而"地狱"惩罚的对象，均属牵绊于"虚名"者。那些强求"虚名"，争做"台柱子"（主角）者，均在此接受惩罚：那些于一望无边的黑暗断崖上，反复为自己带上八十斤重的金冠者，象征喜好桂冠的俗世中人；而在逼陡的斜坡上身背红红绿绿、金光灿灿的重物者，象征贪于"荣誉证书"者；其他如好为"台柱子"者，则在"上不着天，下不着地，没有生死，没有轮回"的天空"放漂"。① 其境庶几近乎《神曲》中但丁所游历之地狱之境况，那些贪食、贪财、贪色者于其间接受不同之惩罚，由此既表明但丁之现实批判，亦有惊醒世人之作用。如此梦境之生成，乃忆秦娥之"心象"使然，却并不能简单地概括为警示其超脱"尘网"，忘却"虚名"之意。即便在个人身处困境，几无超越的可能之际，以图"虚名"而自我解脱也非忆秦娥私心所向。虽不能说其始终以"安常处顺"的心态迎接现实生活世界诸般际遇之变幻，但汲汲于虚名，绝非其求技艺精进之初衷。无论在厨房灶台边苦练功夫，还是在棺材铺随乃师研习"吹火"，求一举成名而改变其生存困境，绝非忆秦娥努力之目的。功成名就后仍苦练不息，其为技艺的精进所付出的努力，断非常人所能想象，也就不能仅解作"虚名"使然。但人间世乃名利场，即便不以名利为目的，技艺精进至至高境界，名利自然随之而至。在忆秦娥声名日隆而有戏迷为其筹划"从艺四十年演出季"之时，关于"声名"之隐喻再次出现，且与第一次的梦境如出一辙。同样是牛头马面，同样为"医治"好图虚名的"大师病"而有更为严酷的惩罚："原来这里的拴马桩上，全绑着各种与自己劳动无关，却要在别人的成果上挂上各种名头的人。并且还要把自己的名字，挂在真正劳作者前边。而让那些流尽血汗的真正劳动者，彻底淹没在人名的汪洋大海之中。治疗的方法也很简单，就是自己打自己的嘴巴，一边打，一边喊：'我不要脸，我不要脸，我不要脸……。'直抽打到满脸是血时，有小鬼用铜瓢浇一瓢污泥

---

① 陈彦：《主角》，作家出版社 2018 年版，第 620 页。

浊水，混淆了血迹，再让自抽自打自喊。"① 忆秦娥此梦，为其心象之投射，却并不应局限于对其个人品行之批评。其寓意所指，无疑朝向更具普遍性之生存情境。其要义或在于，名利非不可求，但因求名利而伤身害命，则属缘木求鱼、胶柱鼓瑟，断乎不可。

两番梦境均与虚名浮利有关，且均出现在忆秦娥个人命运之重要关节，似乎也包含着促使其"顿悟"名利虚幻，不可久身的道理。即如庄子所论，"世人皆知有用之用，而莫知无用之用"，因之纵心于"自求肯定、自求高尚、自求炫耀，以满足于'有用'的虚荣中"，终止于因"有用"而受害。忆秦娥数度被污，其与生活世界中他者间关系的微妙难测，虽自认"无害"于他人，却不知身处名利纠葛之境，任何人难脱名缰利锁，亦无从逃遁由此而生之困境。此困境形成之根本原因，似可以庄子如是观念阐释之。"从外物之嫉害而言，他是被害者；但从自求有用以致受害而言，他却是自害者，所谓'山木自寇，膏火自煎'"之谓也。而如何超克此种困境，乃庄子思想之用心处。既不能遣去"有用"而拘泥于"无用"，"善行者无辙迹，最高明的处世，绝不可以执其一端而滞泥行迹"，应为"可有用，可无用，进而有无两遣"，其要在于"超越有、无相对"，亦即超越"定用"，而求"妙用无方"，"非有用，非无用，可有用，可无用的圆通境界"。② 如是，似可以化解忆秦娥反复面临之困境——楚嘉禾等人因嫉妒而生之诸多问题。本书作者虽对庄子思想颇多会心，却似乎并无意于以庄子所阐发之应世之道教忆秦娥对诸般困境应对自如，也无意于让忆秦娥如贾宝玉般历经人世沉浮之后有精神迅猛的成长。如书中"灵魂"人物秦八娃所论，"人事"不可不通，却也不可太通，不通，则易进退失据，太通，则易流于圆滑，二者皆不利于技艺的精进及个人精神的修持。也因此，忆秦娥对庄子思想的领悟仅作用于技艺的精进，几与应世之道无涉。虽

---

① 陈彦：《主角》，作家出版社2018年版，第845页。
② 颜昆阳：《庄子的寓言世界》，台北：汉艺色研文化事业有限公司2005年版，第112—115页。

有个人生命之实感经验与技艺之间的参差对照,也并不能使忆秦娥逐渐对外部世界之诸般问题应对自如。从十八岁崭露头角而遭他人忌恨,到五十余岁功成名就而"毁""誉"参半,忆秦娥从未习得对他人的恶意构陷泰然任之。极而言之,个人技艺的不断精进并未与应世的圆融相伴而生,她超越常人的领悟力,也仅止于唱戏,于世事洞明、人情练达上从未开窍。陈彦因是申论事业成就与个人"品性"之关系的另一番道理——技艺之至高境界乃属"愚"人的事业,过分精明而十分计较个人利害得失者,恐难达成。即如秦八娃所论,"大家说你傻,你还不喜欢听。其实你就是傻。正因为傻,你才成就了这大的事业;也因为傻,你才把自己的生活搞得一塌糊涂,有时甚至是狼狈不堪。"① 希图个人之声名,从而改变其生存状态,从未成为忆秦娥苦练技艺的目的。其身心所系,全在唱戏,名利却自然随之而生,但却从未为其所困。其心系一处,于此可见一斑。陈彦由此表达了其对并不限于戏曲相关人物的人之独特品质的理解。如其在《说秦腔》中所论,无论演员还是剧作家,其作品所以能臻于化境,言他人所不能言,无不与此种品质密切相关。即便个人命运之沉浮使其对人世之沧桑颇多感怀,此种感怀却从不曾促使其于人情练达上着力用心,外部世界诸般际遇的变化最终成就的,仍然是"惊天艺"和"绝活"。是为忆秦娥作为"主角"之一种之核心品质,亦是作者详尽铺陈其境遇的根本用心所在。因是之故,阐发"主角"所蕴含之微言大义,即属《主角》之重要题旨。如是论断几乎贯穿全书,不同人物身处不同境况对此自有不同论说,但其核心意旨却有内在的延续性。"主角就是自己把自己架到火上去烤的那个人。因为你主控着舞台上的一切。因此,你就需要有比别人更多的牺牲、奉献与包容。有时甚至要有宽恕一切的生命境界。惟其如此,你的舞台,才可能是可以无限放大的。"② "能享受多大的赞美,就要能经受多大的诋毁。同样,能经受多大的诋毁,你也就能享受多大的赞美。你要风里能来

---

① 陈彦:《主角》,作家出版社2018年版,第840页。
② 陈彦:《主角》,作家出版社2018年版,第851页。

得;雨里能去得;眼里能揉沙子;心上能插刀子。才能把事干大、干成器了。"① 如是题旨,在作品结尾处得以显豁。下部第四十四章关于忆秦娥四十余年命运及主角之寓意的一折戏,即属卒章显志,既道尽其艰辛,亦有发人深省之人生感怀,在在令人唏嘘不已。

第四节 精进之途与超越之境

虽就境界、笔法而言,《主角》近乎以《红楼梦》为代表之中国寓意小说,但以人物论,忆秦娥与贾宝玉仍存在着极大的差别。贾宝玉(顽石)"出身大荒/空,乃'因空见色/幻','由色生情',再'传情入色'",终止于"自色悟空","回归大荒",换言之,其"几经人世浮沉,遍尝酸甜苦辣,总算大梦醒来,彻悟生命倏忽,一切虚若浮云"②,乃《红楼梦》"真谛"所在。如此,贾宝玉与诸种"成长小说"或"教育小说"之主人公约略相近——经由个人于外部世界中经历命运之兴衰际遇、起废沉浮而了悟某种生之真谛。是故,由"开端"至"结尾",生活境遇自然翻天覆地,而个人身心亦"革故鼎新"。"往昔"与"今时"自是全然不同,甚或作品寓意所托,即在"悟已往之不谏,知来者之可追","已往"与"来者",也自然构成某种内在的冲突,而主人公必得于虚拟世界中历经诸般际遇之后,方能有此了悟。

忆秦娥显然并非此类。以思想及行至论,其或属"反成长"式人物。"反成长"并非"不成长",而是不以俗世所谓之"成长"为鹄的。现代小说主人公时常面对之"内心的诗歌与现实的非诗"之间的矛盾冲突似与忆秦娥之境遇并无不同,然现代小说对此类人物所处之如是情境之可能的路径,却并不能说明忆秦娥的精神进境及现实选择。忆秦娥亦身历"否定性的创伤"和"未完成的痛苦",但却并不落入现代

---

① 陈彦:《主角》,作家出版社2018年版,第841页。
② 余国藩:《〈红楼梦〉、〈西游记〉与其他:余国藩论学文选》,生活·读书·新知三联书店2006年版,第120页。

小说的如下成规之中：或坚守理想勇往直前，即便头破血流九死其犹未悔，如《少年维特之烦恼》中的维特；或放弃理想臣服于现实原则而获得世俗意义上之成功，如《高老头》中的拉斯蒂涅；抑或坚持己道，不愿臣服于现实，终只能选择迹近道家亦通于佛门之超然物外，如贾宝玉。忆秦娥自有其独特怀抱，但面临个人生命的死生之境之交替循环，却并不取维特或拉斯蒂涅及贾宝玉一路，而是呈现为个人技艺与时俱老和应世之道全然不通间极为奇妙之吊诡。作品开篇有其舅胡三元之频频启发，亦有胡彩香、苟存忠等前辈的不断"开示"。其中自然包含技艺之道和应世之法，然前者一味精进，后者则始终如一。陈彦于此呈现了另一种人物的独特品质——其生之价值与意义，全在"事业"，几与俗世无涉。这便可以理解何以忆秦娥作为演员日渐成熟，其演技亦臻于化境，对戏曲之道微妙难识之处，其秉有过人之领悟力，然其日常生活，却始终其乱如麻。或者，极而言之，这一人物之特质，即在于过人之禀赋和现实的无能间之参差对照。其一生的幸与不幸，亦无不与此有关。

作为忆秦娥几乎贯穿始终的精神导师，秦八娃早已发觉因教育程度的限制，忆秦娥必得依赖后天的努力方能弥补缺陷从而企及艺术的至高之境。故而为其开列书目，希望忆秦娥能够借此促成个人精神的"成长"——此"成长"无疑别有所指，与个人精神之自我完成并不完全对应，其终极所指，乃在于技艺的精进，而生命之实感经验与戏文中寓意的交相发明，亦属忆秦娥技艺精进的路径之一。然而遍览全书，则秦八娃所希望之路径并不为忆秦娥所取，其唱戏之技艺之精进，亦并不依赖后天知识的习得。依陈彦之见，"主角"之养成，途径有三："一是确有盖世艺术天分，'锥处囊中'，锋利无比，其锐自出者"；一是"能吃得人下苦，练就'惊天艺'，方为'人上人'者"；一是"寻情钻眼、拐弯抹角而'登高一呼'、偶露峥嵘者"。苟能"三样全占，为之天时、地利、人和"，"不成材岂能由人"？[①] 忆秦娥兼具前两者，却在"人事"上始终不"悟"。自宁州至省秦，从声名不彰到名满天下，忆

---

① 陈彦：《主角》，作家出版社2018年版，第890页。

秦娥从未"世事洞明",也自然不曾"人情练达"。依赖个人过人的天分和后天不懈的努力,其技艺虽一味精进,但生活世界却从来如一团乱麻。其无力应对在宁州一举成名之后数位诗人的追求,也不知如何拒绝刘红兵的"死缠烂打"。其私心所属,或在宁州时的搭档封潇潇。他们共同演绎许仙与白娘子的爱情故事之时因细微的情感波动乃忆秦娥感情生活中的动人一页。然而于此"情窦初开",却未能延续。其嫁与刘红兵并非"爱情"之水到渠成,而是外部世界的自然推动使然。虽在舞台上演绎诸多女性形象,也深谙风情万种之理,但其生活世界却索然寡味,即便如与封潇潇的偶然动心,婚后亦不复再有。如此"寡情",似乎也便惹出了刘红兵的出轨,亦从另一侧面说明其之身心所系,全在"演戏",而不遑他顾。诸般际遇之根本特征,凝聚于其如下感怀中:"一生追求奇绝巧,日循舞台绕三遭。不懂世外咋喧闹,只愁戏里缺妙招。""唱戏让我从羊肠小道走出山坳、走进堂庙,北方称奇、南方夸妙,漂洋过海、妖娆花俏,万人倾倒、一路笑傲",却也因之"失去心爱的羊羔、苦水浸泡、泪水洗淘、血肉自残、备受煎熬、成也撕咬、败也掷矛、功也刮削、过也吐槽",终止于"身心疲惫似枯蒿"。① 端的是内忧外患、身心俱疲、荣辱参差、苦乐相随,其成也,毁也,然而无论"成""毁",忆秦娥似乎别无选择。个人天纵之才仅开窍于"唱戏",其生之价值与责任亦在此处。从《庄子》"佝偻承蜩"的寓言中,忆秦娥体会到"用志不分,乃凝于神"之于"断崖飞狐"绝技练习之作用。"驼背翁算是个残疾人了,跟正常人无法相比。但他在捕蝉这一技巧上,却远远超过了常人。孔子就说这个老汉是:'用志不分,乃凝于神。'根本还是完全排除了外界的干扰,才把活儿做绝的。"② 其要在于"心物无间",艺术行为及养生处世之理亦复如是。"若任意念纷驰,情欲牵引,则心耗神亏,物我两得其害。"③ 忆秦娥由庄子这一寓言中意

---

① 陈彦:《主角》,作家出版社 2018 年版,第 881 页。
② 陈彦:《主角》,作家出版社 2018 年版,第 581 页。
③ 颜昆阳:《庄子的寓言世界》,汉艺色研文化事业有限公司 2005 年版,第 236 页。

会到凝神聚首之于技艺修持的重要作用，因之精进异常，但此寓言中所蕴含之"应世"的技巧，却未能影响到其面对个人际遇时的精神选择。

凡此种种，均可以归结为如下的判断：忆秦娥乃是为"秦腔"而生，其个人命运之浮沉，情感之变化均与秦腔有关，舍此无他。此乃"命定"，亦属"缘分"，陈彦借此发现了另一种人物。他们秉有过人的天分，也因这种天分而有超越常人的社会责任和使命担当。他们命定无法如常人一般去过普通的生活，但社会的进步却与他们的价值坚守和不懈努力密切相关。因是之故，忆秦娥属沈从文所论之于家国民族有重要之责任担当者，也因这种担当，和刁顺子、猴子等人有了区分——并非孰高孰低，而是不同类型之于社会之不同价值。极而言之，如不在"五四"以降启蒙意义上"人"之传统观之，则忆秦娥对俗世幸福的体会，未必多于身处底层的刁顺子。各人因禀赋际遇之不同，其社会责任自然也异，然而就社会之整全而言，似乎两类人物均不可或缺，均有其独特之意义和价值。他们并不相同的命运，构成了复杂多元的世界的总体面向，亦属陈彦作品着力用心之处，其对人间世之诸多面向之仰观俯察，对人之性与情之精深幽微处的详细铺陈，显然别有怀抱，也更具包容性。

质言之，《装台》与《主角》所蕴含之寓意非止一端，其与古典传统之内在关系亦说明历经"五四"新文化运动之变后，中国古典传统仍属当下文学所可以凭之传统之一，如有慧心，且能于古典文本中沉潜往复、从容含玩，则古典思想及审美传统，自可焕发其表征当下生活的解释和美学效力。一如胡文英《读庄针度》所言，"读《庄子》须把眼界放活，则抑扬进退，虚实反正，俱无定极。惟跟着神气之轻重伸缩寻觅将去，才能大叩大鸣，小叩小鸣"[①]。此处"《庄子》"，换作"古典传统"亦无不可。如能"把眼界放活"，破除古今分裂之文学史观，亦不"以西律中"，则可知古典传统之当下可能维度多端，有待识者从容"叩"之。

---

① 胡文英：《庄子独见》，华东师范大学出版社2011年版，第9页。

第五节 余论:"古典传统"与当代长篇小说的"经典化"

梳理和反思当代长篇小说经典化的路径与方法,文学史观以及与之相应的批评标准是无法绕开的重要论题。虽如艾略特所论,"从来没有任何诗人,或从事任何一门艺术的艺术家,他本人就已具备完整的意义。他的重要性,人们对他的评价,也就是对他和已故诗人和艺术家之间关系的评价"。但究竟以哪些"已故诗人和艺术家"作为参照,却是考校论者识力的重要维度。新时期以降,围绕当代文学后四十年若干重要作品评价的分歧,根本症结或在此处。就其要者而言,"五四"新文学传统、《讲话》以降之社会主义文学传统,甚或西方文学传统,乃是当代文学经典化过程中偶有参差,内里却颇多分野的数种重要的评价视域,在多重意义上决定了文本经典化的可能性及其基本面向。作品意义或彰显或被遮蔽,端赖论者所持之评价视域的包容度和适切性。时在百年历史巨变的合题阶段,如何在更具包容性和概括力的文学史视域中重构当代文学图谱,乃是具有历史和现实意义的重要问题。就中尤以赓续中国古典传统的当代文本的文学史评价问题最为突出,也最具症候意义。

切近此一问题,需对目下盛行之文学史观念略作考察。历史地看,现今作为文学史核心语法的叙述"成规",发端于"五四","成熟"于20世纪80年代文学观念的转型之际,此后数十年再无结构性变革。"重写文学史"及此后"再解读"等影响当代文学基本观念的核心理路,就其根本而言,内在精神可谓一以贯之。此种研究理路之兴起自有其不容忽视的历史合理性,但亦因历史阶段性问题的客观限制,不可避免地存在着一定的局限。其局限最为突出地体现在对中国古典传统和现当代文学关系之价值和意义的判断上。将"五四"以降之新文学视为在中国古典文学外别开一路,且在古今"断裂"的意义上叙述文学传统的古今问题,为其核心特征。然而即便在二十世纪初文学观念的鼎革之际,古典传统也深度影响着"五四"新文学观念和表达方式。此后百年间赓续古典文脉且开出新境界的写作亦代不乏人。缘此，汪曾祺在20世纪90年代初即强调当代文学研究者应有古典文学素养，并建议打通当代文学与古典文学。宇文所安亦意识到发端于"五四"的处理中国古典传统的理论视域的局限性，并提议超克此种视域，重解中国古典传统。惜乎均未得到理论界的积极回应。多年来在古今贯通的视域中有力地推动当代文学经典化进程的，仅李敬泽、吴义勤、孙郁、张新颖、郜元宝等数位评论家。相较于理论观念的滞后，当代文学近三十年来在古典传统思想和审美方式的赓续上已屡有进境，但却仍然面临着被遮蔽和忽视的问题。即以贾平凹《废都》之后数部作品的评价论，可知不同文学史观念如何影响到对作品意义的评判。局限于"五四"以降受容西方现代主义后现代主义的理论视域，即易将《废都》视为"拟古"之作而归入另册。而自以《红楼梦》为代表的明清世情小说传统看，则该作中的人世观察及其所开显之抒情境界的微妙精深处遂得显豁。贾平凹明确意识到，其"血地"商州乃秦楚交界处，为文化南北交汇之地，故其既能师法明清世情小说传统，得细腻柔婉之趣，亦可修习两汉史家笔法，具刚健正大气象。此仅就形式论，文学形式背后，乃是独特的文学和世界观念。故赓续古典文脉之要，在思想观念之古今会通。以古典思想所开显之视域处理二十世纪中国的历史与现实，为十余年来贾平凹写作之用心处。《古炉》将若干史实纳入古典"四时"叙述之中，以"冬""春""夏""秋""冬""春"六部表达"春生，夏长，秋收，冬藏"之理。背后乃有循环史观做底子，近乎《红楼梦》之人事展开，故而朱大柜的起落与夜霸槽就结构而言并无不同。如是世界观察在《老生》中得到了进一步的发挥。其中四个故事分别对应二十世纪的四个重要历史时段，人物也并不重合，但世事"变"中之"常"却一以贯之。不外起落、兴废、进退、荣辱、兴衰，之交替循环。再以《山海经》所持存之华夏民族的始源形象为参照，近乎《尤利西斯》的神话模式，作者用心于二者参差对照之中朗然在目。其新作《山本》亦是如此。在具体的人事展开的同时，引入更为宏阔的"自然"视域，即将人事纳入自然背景之中。而自然之运行又符合起落、兴废、盛衰循环往复之道。其间历史人事之进退、荣辱、成败虽变动不居,却不出自然之道的基本范围。如浦安迪论中国古典奇书文体所言,"中国传统思想中的阴阳五行的基本模式",乃是中国叙事文学的基本结构模型。故而绵延交替、反复循环,离合、悲喜、盛衰为作品之基本状态。《山本》无疑从此一传统中获益甚多。书中之"涡镇"在初稿中写作"乾坤镇"。涡镇之得名,与镇外黑河白河交汇时所形成之"涡潭"密不可分。而那涡潭"一半的黑河水浊着,一半的白河水清着,但如果丢个东西下去,涡潭就动起来",状如太极双鱼图。此为《山本》中之核心意象,书中主要人物重要故事均为其统摄。其理如某一日井宗秀梦境所示,无论云朵、树木、房屋、牲畜还是各色人等,皆为涡潭吸纳而去,翻腾搅拌为碎屑泡沫。乾坤镇虽在终稿中更名为涡镇,其象征意味仍然十分明显。而以《周易》思维为参照,则该作历史叙事之用心也不难察知。以此视域做宏大的历史观察之意义,当然可以进一步展开讨论,然而其作为古典传统创造性转换和创新性发展的探索之一种的价值,却不应草率评判。以无言而永在的"自然"为根本参照,做人事的深度观察,亦属沈从文文学的重要用心。20世纪50年代初,沈从文在前往内江途中,即意识到世运推移、人事代谢之后自然的"变"与"不变"处,并以之作为彼时专一书写人事的作品的更为宏阔的参照。以此视域看去,则人事便有另一番意义。沈从文自然思虑的未尽之处,在贾平凹作品中得到了可谓淋漓尽致的发挥。然而如何评价此种观念及其所敞开的文本世界的意义,却不可避免地存在分歧。此种分歧所关涉的,乃是不同文学史观念及评价视域的根本分野。

　　《装台》出版迄今所面临的评价状况亦是如此。自底层叙事之成规看,则《装台》为小人物立传,关切其命运遭际之用心不难察知。但该书并未局限于底层叙事之成规,即以自外而内的方式,为小人物的平凡人生赋予某种意义,而是努力如其所是地发掘平凡人生不依赖外部观念本身自有的内在价值和尊严。在种种源自外部的意义观察所不及之处,发现普通人人生的价值所在。此一思路,亦近乎沈从文在"启蒙"观念之外发掘普通人生命价值的路径。"这些人不需要我们可怜,我们应当来尊敬来爱。他们那么庄严忠实的生，却在自然上各担负自己那份命运，为自己，为儿女而活下去。不管怎么样活，却从不逃避为了活而应有的一切努力。"① 在同样意义上，陈彦希望为如刁顺子一般注定难以获致另一种人生的普通劳动者发掘生之意义和尊严所系。此种意义不局限于"五四"以降的启蒙传统，而是与古典传统内里相通。也因此，一当从更为透辟的意义上思考《主角》中忆秦娥的精神依托时，陈彦几乎自然地把眼光投向更为宏阔的思想传统。忆秦娥在生命的无可如何之境，曾寄身于寺院以求内心的安妥，最终却更为深入地意会到唱戏作为"布道"之一种的重要价值。此种由佛返儒的精神路径近乎"雅好老庄，归本孔孟"之途，乃是对人之在世经验的更为透彻的理解使然。亦即认识到人世的局限和无奈处，却并不导向颓然之境，而是努力最大限度地发挥个人之于外部世界的价值，借此获致精神的安妥。此种思路，无疑属古今思想会通的结果，包含着从宏阔的思想视域中理解现实问题的复杂用心。忆秦娥人生紧要关头的数番梦境，亦近乎《红楼梦》的梦境书写，有着映照现实人生经验的重要意义。一如中国古典奇书文体所开显之复杂精神世界，《主角》蕴含着多重思想和审美表现的尝试，其作为扎根于丰富复杂的当下现实，向多元传统敞开的视域，代表着当下更具统合性的文学观念。此种观念的文学史意义，仍有待进一步做更为深入的探讨。

不独贾平凹、陈彦作品与古典传统内里相通，汪曾祺、孙犁、阿城、张炜、阿来、格非、余华、苏童等作家作品，亦或多或少、或隐或显关联到古典思想和审美传统。凡此均说明虽有古今"分裂"的文学史叙述的限制，古典传统仍以无远弗届的影响力深度参与着当代文学的创化生成。而推进此类作品的经典化，融通中国古典传统和现当代传统为先决条件。运思理路大要有二：其一，以古今贯通的"大文学史观"超克古今"分裂"的文学史观念，以敞开更为宽广之评价视域；其二，

---

① 沈从文：《历史是一条河》，载《沈从文全集》（卷十一），北岳文艺出版社2009年版，第188页。

走出西方文论概念、范畴、术语的窠臼，重启中国古代文论的现代转换问题，以建构文论的中国话语，从而在更为恰切的批评视域中梳理赓续古典传统的重要文本的内在价值及其文学史意义。惟其如此，方能从根本意义上全面且系统地完成当代文学的经典化。① 此种具有范式转换意义的研究路向无疑涉及"五四"以降文学和理论观念的诸多难题，可谓道阻且长，但却可能是当下及未来文学研究无法回避的观念鼎革的重要路径，其紧迫性和现实意义无须多论。对此一问题更具历史和现实感的解决，或将促进当代文学真正迎来中国文艺复兴的新巨制时代。

---

① 参见拙文《"大文学史观"与贾平凹的评价问题》，《小说评论》2015年第6期。

第二章　多元统观与新"文统"的融通、再造

　　《主角》之前陈彦的写作，以文类论，计有小说、散文、戏剧（现代戏）、诗歌（歌词）、评论（此类亦可归入文章学意义上的散文一类）数种，尤以现代戏成就最为突出；以思想和审美资源论，则其既与延安文艺以降具有质的规定性的现实主义所依托之总体性思想和审美观念密切关联，亦谙熟中国古典传统。其在秦腔经典源流及艺术品格诸方面用力甚深，有多部重要作品行世。如其所论，举凡古典思想及其所开显之人世观察，无不显于经典剧作的意义世界之中。"在中华文化的躯体中，戏曲曾是主动脉血管之一。许多公理、道义、人伦、价值，都是经由这根血管，输送进千百万生命之神经末梢的。无论儒家、道家、释家，都或隐或显、或多或少地融入了戏曲的精神血脉，既形塑着戏曲人物的人格，也安妥着他们以及观众因现实的逼仄苦焦而躁动不安、无所依傍的灵魂。"①《主角》以一代秦腔名伶忆秦娥②四十余年命运之成败、毁誉、起落为主线，旁及百余与戏曲相关的人物的命运变化，进而彰显秦腔与大时代主题转换间的内在关系。其中所涉之世态人情、众生万象，以忆秦娥的生命际遇最具代表性。忆秦娥技艺修习的要诀及其与个人生命实感经验之间的互证会通，合乎庄子所论的艺术家的修养工

---

① 陈彦：《主角》，作家出版社2018年版，第895—896页。
② 忆秦娥原名易招弟，入宁州剧团前由舅舅胡三元改为易青娥，其才华初绽之后，则由剧作家秦八娃改名为忆秦娥。为行文方便，本章中统称忆秦娥。

夫。此种工夫以"解衣磅礴"开端,中经"心斋""坐忘"等,至"得之于心,应之于手"方始圆成。然而技艺的根本进境,非在技巧之娴熟,而在"主体"之修成。《主角》全书凡八十万言,于此着墨甚多,可谓用心极深。作者既无种种写作观念分际所常有的自我限制,故无论思想和审美资源,均向更为广阔的"传统"敞开。此"传统"亦不局限于文学,而有指称思想、艺术、社会种种的复杂意涵。《主角》因之属陈彦此前写作种种经验的融通和汇聚之作。以其多元融通的经验为参照,当代文学所能依凭之"传统",亦可有进一步丰富和拓展的可能。置身百年中国历史巨变的合题阶段,创造深度感应于时代的更具包容性和概括力的新文化,此亦为路径之重要一种。

第一节 思想传统的"古""今"融通

自20世纪80年代(亦可追溯至"五四"或"晚清")迄今,小说观念的"古""今""中""西"之辩,为文学和理论界探讨既久却莫衷一是的重要问题。受制于"五四"以降文学观念"成规"(即"以西例律我国小说")的"局限",[①] 部分研究者对中国古典小说"成见"甚多。尤以对古典小说所依托之思想传统及其世界展开之"非议"最为突出。即以《红楼梦》的评价论,有论者并不赞同太平闲人(张新之)以《周易》思维读解《红楼梦》之理路,以为其观念偏颇[②]。殊不知汉学家浦安迪精研中国古典小说数十年,最大的"发现",即是以欧洲小说传统为参照,发觉"许多界定小说文类的核心要素,乃传统中国叙事文学所独有"。就中尤以独特的世界观念最为典型。"中国文学自有一种解决二元问题的观念",此即"宇宙无始无终,无所谓末日审判,也无所谓目的的终极,一切感觉与理智经验的对立物,无不蕴含

---

① 参见谭帆《术语的解读:中国小说史研究的特殊理路》,《文艺研究》2011年第11期。
② 张新之将《红楼梦》解作此前重要经典的会通之作,"《石头记》乃演性理之书,祖《大学》而宗《中庸》",亦为"阐发《易》道之书"。张庆善却以为,此种观点"无疑是错误的。"参见张庆善《〈妙复轩评本・绣像石头记红楼梦〉序》,北京图书馆出版社2002年版,第8页。

其间,又两两互补共济、相依共存。尤为重要的是,尘世与超世、完美与不完美之间的辩证差别,也因此变得毫无意义,或者不过是互为补充的统一体"。① 缘此,《西游记》与《红楼梦》"穿织于人生万象流变的寓意",乃借自"'阴阳五行'的宇宙观加以表现"。此宇宙观无疑凝聚于《周易》之中,成为古人观照人之在世经验及世界基本运行原则的核心理路。"奇书文体"的寓意笔法,亦奠基于此。"传统中国叙事文学有一个惯例,一般倾向于从广大天下的形势,而不是从具体的物事的角度来假定人类存在的意义。"即便在日常生活经验世界之细密描绘上着墨甚多,却仍以宏大的人世观察为基础。即以作者造作的"小天地"影托"存在整体的大天地"。② 其间"精微"与"广大"之辩,乃古典"奇书文体"寓意之基本特征。如《西游记》以《周易》"元亨利贞"表明小说的"起点发端、取法于一个经验世界'新'的循环。"其中世运推移、人事代谢,以"二元补衬"和"多项周旋"③为基本特征。此特征《三国演义》《红楼梦》等作均有呈现。其前后照应,以及人事基本模式的循环,无不表明其所依凭之世界观念,源出于《周易》。虽以不同禀赋各有发挥,但基本结构,不出《周易》循环思维之核心模式。以此观念观照世界及人之在世经验,可知兴废、起落、荣辱、成败、得失、死生等等际遇,端的是"你方唱罢我登场"。一如春生、夏长、秋收、冬藏之"天道之大经"。四时转换、阴阳交替、盈虚消长,理在其中矣。狂风不终日,骤雨不终朝,天地尚如此,何况人事哉!也因此,大者如历史之兴废(《三国演义》"合久必分,久分必合"之喻),小者如普通人事之成败、得失(《金瓶梅》《红楼梦》"炎""凉"交替),无不循此理而动。对古典小说此种特征颇多会通之意的《主角》,其中世界关切、人事兴废等,就其大要而言,亦可作如是解。

---

① [美]浦安迪:《〈西游记〉〈红楼梦〉中的寓意》,载《浦安迪自选集》,生活·读书·新知三联书店2011年版,第189页。
② [美]浦安迪:《〈西游记〉〈红楼梦〉中的寓意》,载《浦安迪自选集》,生活·读书·新知三联书店2011年版,第192页。
③ [美]浦安迪:《中国叙事学》,北京大学出版社1995年版,第95页。

以总体章法论，《主角》的"大结构"，乃是四十年间时代及人物代际更替的大"循环"——忆秦娥因技艺超群、声名远播而"取代"胡彩香成为剧团台柱子，宁州剧团正式进入"忆秦娥时代"，为剧团人物代际更替的一大循环［对忆秦娥而言乃是事业之"起"（进），在胡彩香则为"落"（退）］；至忆秦娥养女宋雨甫一出场，即引发广泛关注，大有取代忆秦娥之势，省秦嗣后进入"后忆秦娥时代"，为另一循环［对宋雨为"起"（进），忆秦娥则为"落"（退）］。其间胡彩香与米兰，楚嘉禾、龚丽丽与忆秦娥等等围绕"主角"而展开的此消彼长的纷争为诸多小循环。不宁唯是，作者在书写戏曲人物之外，尚有更大的野心，即"力图把演戏与围绕着演戏而生长出来的世俗生活，以及所牵动的社会神经，来一个混沌的裹挟与牵引"。①也因此，该书以忆秦娥为核心，"拉拉杂杂写了她四十年。"又围绕着忆秦娥的四十年，"起了无数个炉灶"，作品因之"吃喝拉撒着上百号人物"。其职业、禀赋、性情虽各各不同，但总体生活境况与忆秦娥之命运遭际内里相通。不外求名谋利，熙来攘往，"他们成了，败了；好了，瞎了；红了，黑了"，"也是眼见他起高台，又眼看他台塌了"②。《主角》铺陈宋光祖与廖耀辉围绕孰为"掌做"而展开的此起彼伏的明争暗斗，因之并非闲笔，乃是以之映衬忆秦娥命运遭际之普遍性。其他行业，各色人等之生活境况亦不外如是。"大结构"之中，因之包含诸多"小结构"。"小结构"所包含之兴废、沉浮、进退之义理，与"大结构"并无不同。由是展示世态人情物理之自然原则。其间兴废、起灭，虽令人叹惋，却无可逃遁不能规避。诚可谓古今同慨、中西皆然。有诗为证："争名夺利几时休？早起迟睡不自由。骑着驴骡思骏马，官居宰相望王侯。只愁衣食耽劳碌，何怕阎君就取勾。继子荫孙图富贵，更无一个肯回头。"③此乃《西游记》之"好了歌"，为世态人情反复其道之恰切说明，适足

---

① 陈彦：《主角》，作家出版社2018年版，第893—894页。
② 陈彦：《主角》，作家出版社2018年版，第897页。
③ 转引自张文江《〈西游记〉讲记》，载张文江《古典学术讲要》（修订本），上海古籍出版社2018年版，第307页。

以总括《主角》人事兴废之义理。"天道循环不已",人事"终而又始,始而复终"。① 人生代代无穷已,江河年年流不尽,其是之谓乎!

不惟忆秦娥及其他人物之命运遭际如是,忆秦娥所依托之"秦腔",境况亦复如是。忆秦娥个人命运之"起""落",与秦腔境遇相应,乃是时代历史性主题与时推移使然。其"起"于20世纪70年代中后期,至20世纪80年代渐至第一个辉煌时期;再至20世纪90年代渐次边缘化,其被迫前往秦腔茶社"走穴",即与秦腔影响力逐渐衰微密不可分。其时剧团萧条,人才流失,处境艰难,几乎人人灰心,唯有对世事之"常"与"变"洞见极深的剧作家秦八娃劝告忆秦娥坚持练功,且坚信秦腔终有"贞下起元"之一日。此后不久,果然如秦八娃所料,时移世易,秦腔再度兴起,忆秦娥也迎来个人事业的第二个辉煌时期。此间秦腔之兴衰,义理与忆秦娥之命运起落并无不同,却是表征日月经天、江河行地之中,历史变化之基本状态,亦即浦安迪所论之以"小天地"影托"整体的大天地"之意。《三国演义》首尾之大照应,用心亦在此处。②

就其本质而论,忆秦娥及《主角》中各色人等之生存境况,约略与《红楼梦》之内在义理相通。不外是怨憎会、爱别离、求不得所生之诸般际遇,也未脱《红楼梦》世界观察之表象,将其视作《红楼梦》抒情境界之再生,似乎也无不可。如《装台》"或许是在广博的和深入的当下经验中回应着古典小说传统中的至高主题:色与空——心与物、欲望与良知、强与弱、爱与为爱所役、成功和失败、责任与义务、万千牵绊与一意孤行……"③《主角》详细铺陈人世的欢宴,却也难脱间或描绘盛筵必散之理。依然是鲜花着锦、烈火烹油,背后却有时间壁立千

---

① 赖世炯、陈威瑨、林保全:《从〈易经〉谈人类发展学》,台北:文史哲出版社2013年版,第182页。
② 如浦安迪所论,"《三国演义》开宗明义,即一语道破'天下大势,分久必合,合久必分'。"此语清楚地"透露了小说的'时间循环论'布局,在历史循环的哲学思想影响下",其"开端和结尾形成了时间结构上的照应。"见 [美] 浦安迪《中国叙事学》,北京大学出版社1995年版,第84页。
③ 李敬泽:《修行在人间》,《会议室与山丘》,中信出版社2018年版,第178页。

仞的森然及世界繁华热闹之后千秋万岁的大静。①忆秦娥所演绎之《白蛇传》《游西湖》等剧作，也依然是男欢女爱、生离死别、悲欣交集。而在戏外，其个人遭际亦与此同。"主角看似美好、光鲜、耀眼。在幕后，常常也是上演着与台上的《牡丹亭》《西厢记》《红楼梦》一样荣辱无常、好了瞎了、生死未卜的百味人生。"也因此，"台上台下，红火塌火，兴旺寂灭"②，是为常态。其虽无意于做"主角"，也无功名利禄心驱使，但"时势"将她推成"主角"，也教她历遍"主角"之起落、兴废、沉浮等等诸般际遇。其生活世界未曾一日安生，也真是一日遇佛，一日遇魔。生死存亡之际，利衰毁誉之场，却无从达观应对，教人如何不生出悲凉之感?! 其间部分人物，难脱盛衰交替、起伏无定之命运，落得个颓然凄然之境：封潇潇少年得志，堪称宁州剧团一代人物中之翘楚，却很快潦倒颓唐，终日醉酒，再无当年风姿；刘红兵一度风光无限，却下场凄惨；胡彩香亦属宁州剧团一时之选，未料晚年却以摆摊卖凉皮为生，其在夜市之上的一段唱，更是教米兰等人感慨万千；其他如廖耀辉晚年半身不遂，生活难以自理；刘四团命运之起伏无定……目睹如是种种，教忆秦娥如何不生出无限感慨："人啊人，无论你当初怎么鲜亮、风光、荣耀，难道最终都是要这样可可怜怜地退场吗?"③此间悲凉，非有历经死生之际而不能道。忆秦娥"吃了别人吃不下的苦头，也享了别人享不到的名分；她获得了唱戏的顶尖赞誉，也受到了唱戏的无尽毁谤。"其"进不得，退不能，守不住，罢不成。""非常态，无消停，难苟活，不安生。"④ 其或也难脱一般"主角"必然被新的"主角"取代的历史命运，此为人之在世经验的根本局限处，亦是忆秦娥终须面对的"大悲凉"所在，约略近乎《红楼梦》"好""了"之意。

---

① 参见李敬泽《为小说申辩——一次讲演》，载李敬泽《为文学申辩》，作家出版社2009年版，第3—4页。
② 陈彦：《主角》，作家出版社2018年版，第894页。
③ 陈彦：《主角》，作家出版社2018年版，第825页。
④ 陈彦：《主角》，作家出版社2018年版，第894页。

然而虽如《红楼梦》般极力铺陈人事兴衰起落之常道，也不乏作为底色的虚无之悲，《主角》却仍有"上出"于此者。故而弥漫于《红楼梦》中的"浩大的虚无之悲"，仅仅构成《主角》意蕴的一个层面。而如欲超克精神的颓然之境，则需要穿越《红楼梦》中作为基本视域的出尘之思。此为忆秦娥个人命运之大关节，亦属《主角》之大用心处。忆秦娥在舞台坍塌，刘红兵出轨，孩子痴傻等等外在困境风霜刀剑严相逼之际一度寄身佛门，希图于梵音禅语中觅得精神终极的平静与安稳。她读《大悲咒》《地藏菩萨本愿经》等佛家典籍，也约略有些了悟。此后其对廖耀辉、刘红兵等人所生之无缘大慈、同体大悲之心，即与此间经验密切相关。然而也正是在主持的开示之下，忆秦娥顿悟：唱戏，亦是一种"布道"，是"度己度人"的"大修行"。戏曲所蕴含之义理，自有其经世致用、感化人心的重要作用。是为戏曲作为"高台教化"之历史和现实意义所在。[①] 而对个体生命而言，忆秦娥既秉有"盖世天分"，如"锥处囊中"，锋利无比，其锐自出，属秦腔百年难得一见之"奇才"，"色"与"艺"皆为一时之翘楚，无人能及，也便应当主动承担更多之责任，须得学会"隐忍、受难、牺牲、奉献"，"能享受多大的赞美，就要能经受多大的诋毁。""要风里能来得；雨里能去得；眼里能揉沙子；心上能插刀子"[②]，惟其如此，方能把事干大、干成器。当此之际，忆秦娥已然明了个人生命之局限处，知晓唯有依托儒家式的责任伦理，充分发挥个人作为"历史中间物"的使命和担当，必然足以超克被迫"悄然退场"的历史命运。此即物我感通以显发个人生命价值之意，"人的生命不应该孤离疏隔"，而应该是"交相感通的"，"不但人己物我相通"，"上下古今相贯"，而"己身与家国天下，亦是密切相关而一气相连的"。以"一己"为出发点，可通向家庭、社会、世界、艺术，甚而宇宙等。如能"顺其位而明其分"，

---

① 陈彦对此有极为透辟的理解，参见《说秦腔》，上海文艺出版社2017年版。
② 陈彦：《主角》，作家出版社2018年版，第841页。

"便是人生意义之显发",亦最终"谋求人类福祉之增进"①,是为儒家人之位分之确定及其意义。依此逻辑,则忆秦娥既可从作为个人艺术"生命"之延续的养女宋雨身上获致此种精神的安妥,亦可如舅舅胡三元一般,重返乡里,完成个人的又一次艺术生命的绽放——如此,则其命运之"起""落",再成一大循环。其在作品结尾处重返省秦,以充分发挥技艺代际传承的责任,又与忠、孝、仁、义四位老艺人当年的行为相照应。个人作为"历史中间物"之责任担当,意义即在于此。

《主角》思想观念之多元融通,既表现在对秦腔及大历史之"常"与"变"的洞察,亦集中体现于忆秦娥个人生活及技艺修习之中。忆秦娥精神之根本依托,扎根于时代精神核心之中。此种精神资源也并不单一,而是有着统摄古典与现代传统的多样可能。其个人命运之正精进,约略相通于儒家之经世观念——个人抵御生命浩大虚无之悲的最为典型的方式,近乎儒家所论之三不朽。忆秦娥经由个人对秦腔艺术精神赓续及永续发展的卓越贡献,使其"声名"不至于湮没。何况其艺术生命借由养女宋雨而得以延续。此即人事代际更替之常道。而其于个人生命内外交困,几处于死生之境时,希图于佛门之中觅得内心之安宁,无疑属佛家精神之现实效力所在。但忆秦娥终究不曾全然抛却尘缘,只求一己之生命安顿,故而佛家思想于其生命历程之中,不过从另一侧面强化了个人现实担当更为复杂之意义。而其最为重要的技艺修习,则受益于道家(尤其是庄子)之处甚多。其可谓"内""外"兼修,"儒""道"会通。但这样一个人物,在当下语境之中,仍有另一个需要深入辨析的精神来路。《主角》思想古今融通之要义,或以此为最终落脚处。

自20世纪40年代迄今之"新人"谱系论,则忆秦娥生命行状之价值根基,或在陆萍、梁生宝、孙少平、带灯等的延长线上,有着古典传统所不能简单涵盖的更为复杂的内容。即便铺陈以"儒"统摄"佛""道"之思想理路,《主角》仍然是一部立足于当下思想和文化情境,以"返本"的姿态开出符合时代精神客观要求的"新"路的重要作品。

---

① 蔡仁厚:《儒家思想的现代意义》,台北:文津出版社1988年版,第167—169页。

故此，忆秦娥四十年间思想和人生境遇转变的另一重要特征，乃是如何深度处理"个人"与"集体"（他者）之关系。忆秦娥可以极为方便地从普通民众的追捧之中获致个人与时代的极为明确且坚固的联系，其短暂的居士生活以对更多人的责任担当而宣告终结，即与其个人生命价值与意义的自我确认的群体（集体）特征密切相关。此种关联，是在"个体和历史—结构之间，有效建立起既具体、感性，又思考、反省、辩证的感受、理解"的连接通道，个人生命之价值，于此获得与时代和社会的超稳定关系。① 所谓的一代人的"参与性危机"，借此亦可获得根本性的解决。是故，忆秦娥之命运遭际及其观念之变，表征的乃是秉有社会责任感和担当意识，有力地完成个人作为"历史中间物"之时代责任的典型形象，其与社会历史内在关系之要义，根基在于"个体的思想探索和审美创造最终处在同集体性普遍历史运动的关系之中"②。其价值未脱宏大历史总体性根本的成就力量。梁生宝、孙少平之于阶段性历史的重要意义亦在于此。③ 一如贾平凹《带灯》中"带灯"形象的寓意——在新的历史语境下，时代的阶段性问题成为带灯必须面对的基本生活情境。其特出之处在于，作为"江山社稷的脊梁"，她扎根于体制之中，代表"这个制度的正面的、前进性的，具有开启未来面向的人物"。她身上承载着时代的精神和现实困境并体现着解决困境的种种努力及其可能。其既表征着制度性观念的现实化，亦表征此种观念之限度所在。当个人无从解决日益尖锐的现实矛盾而被迫"幽灵化"之时，文本即呈现为"政治与道德、佛教的结合，也是善的伦理的结合"。④ "佛"的意象在带灯幽灵化之际的出现，表明贾平凹统合

---

① 贺照田：《当社会主义遭遇危机……——"潘晓讨论"与当代中国大陆虚无主义的历史与观念构造》，贺照田、余旸：台湾社会研究杂志出版 2018 年版，第 69 页。
② 张旭东：《"革命机器"与"普遍的启蒙"——〈在延安文艺座谈会上的讲话〉的历史语境及政治哲学内涵再思考》，《中国现代文学研究丛刊》2018 年第 4 期。
③ 参见拙文《现实主义的广阔道路——论陈彦兼及现实主义赓续的若干问题》，《中国现代文学研究丛刊》2018 年第 10 期。
④ 陈晓明：《穿过"废都"，带灯夜行——试论贾平凹的创作历程》，载林建法、李桂玲主编《说贾平凹》，辽宁人民出版社 2014 年版，第 149—150 页。

现代与古典传统的努力，亦说明思想观念之"古""今"融通，乃是超克"五四"以降文化的"古今中西之争"所开启之视域的局限，重建新的文化观念的必由之路。其意义并不仅止于文化观念的多元选择，而是与时代核心精神有着内在的关联。延此思路，可知忆秦娥不仅属秦腔四十年间赓续与发展中的关键人物，亦是可以指称更多行业、不同人群之历史和现实担当，表征坚韧卓越地维护"民族文化流衍赓续"[1]的重要形象。其意义乃扎根于现时代，又融通历史的多元思想，体现"天行健，君子以自强不息"的民族精神生生不息的力量的典范形象。亦属新的时代语境中以总体性观念为核心融通中国古典思想传统，开出奠基于新的时代的新经验，具有包容性和概括力的新文化的重要表征。

第二节 审美表现方式的多元统合

思想传统的"古""今"融通，终须落实于审美表现方式的多元统合。《主角》于此用心亦深。即便融通中国古典小说所依托之思想传统，详细铺陈围绕"主角"忆秦娥的个人命运遭际所展开的广阔的社会生活中人事之兴废，命运之起落，且不乏苍凉与悲苦之音，《主角》仍然渴望于此间生出民族精神的振拔气象。即其虽有吸纳明清世情小说传统笔法及意趣的种种表现，却不同于该传统常有的"柔婉"品质及底色之颓境，而是朝向"刚健"一路，包含"生生"之意，因之境界并不颓然。忆秦娥四十年间个人命运的起落与秦腔之兴衰互为表里，表征的乃是宏大历史的变化，遂开基于历史总体性的世界观察的宏阔之境。《主角》起笔于20世纪70年代中期，其时正值历史"贞下起元"之际。与大历史核心主题的转换相应的，是秦腔（旧戏）的再度兴起。忆秦娥因之有个人命运的第一次历史性的转机。虽未直接描述大历史之革故鼎新，秦腔及以忆秦娥为代表的各色人等的命运乃可读作大历史之形象化表征。自20世纪70年代中后期至21世纪第二个十年，凡四十

---

[1] 吴义勤：《生命灌注的人间大音——评陈彦〈主角〉》，《小说评论》2019年第3期。

年间，历史的阶段性主题或有转换，但其核心始终如一。而如何在宏大的历史视域中总体性地处理四十年间的生活经验，乃作者的大用心处。以忆秦娥为代表的远景近景中的近百个人物，亦可表征不同品性，各样类别之典型，其所构成之"合力"，推动着历史的精进之境。即便如始终作为忆秦娥"反面"的楚嘉禾，其种种作为之于忆秦娥命运的意义，近乎否定之典型靡菲斯特之于浮士德的作用。"总想作恶，却总是为善"此总结虽未必适用于楚嘉禾等负面形象，但自更为宽广之生命视域看去，其促进意义似乎并无不同。历史的细部的破裂并不能否定其总体的意义的超稳定性。即便身处秦腔衰微之际，秦八娃对戏曲复兴之信念，即属对历史"变"中之"常"的深刻洞察。如是种种，为《主角》之"实境"。其"虚境"在忆秦娥精神转型之际的数番梦境，以及作为其命运之总括的一折"戏"。"戏"与"梦"同，"梦"又何尝不是现实人生之映衬？！是为《主角》中"实"与"虚"交织对照的要义所在，亦是其统合多种审美表现方式之重要表征。

虽有诸多意象所营构之"虚境"拓展出更为复杂的意义空间，《主角》仍以扎实细密的现实书写为基础。如长篇小说《西京故事》重心虽在罗天福一家之"西京梦"及其在现实化过程中所面临之多重难题，但仍广泛涉及与罗天福一家存在"对应关系的各色人等"，他们之间互动共生，遂成丰富复杂的"生活密网"[1]，表征 21 世纪第二个十年中城乡二元结构中复杂的现实问题。[2] 此问题在社会实践意义上的解决，进而为身处其中的底层人物觅得生命的"上出"之境，乃《西京故事》的重点所在。故此，在 21 世纪第二个十年极具现实症候意义的总体视域中探讨如罗天福一家的命运遭际及其可能，为《西京故事》之要义。延续柳青、路遥以降基于时代总体性观念的现实关切，陈彦笔下的罗甲成个人的精神与现实的双重困境乃是 20 世纪 80 年代"孙少平难题"

---

[1] 陈彦：《西京故事》，太白文艺出版社 2013 年版，第 432 页。
[2] 参见吴义勤《如何在今天的时代确立尊严？——评陈彦的〈西京故事〉》，《当代作家评论》2015 年第 2 期。

在新世纪第二个十年的延续,其所面临之生存境遇表明城乡之辩及其所蕴含的现实难题迄今并未得到妥善的解决。是故,为其生活赋予价值似乎比单纯的现实反思更为紧要,罗甲成姐弟终在时代总体性观念的既定范围之内觅得个人命运转换的可能。此种可能多少包含着理想化的特征。一当同样身处底层的刁顺子面临大致相通的生存境况且无从缓解之时,一种源自古典思想的生命意义的观察遂得显豁,进而表明"五四"以降"人"之意义的设想的局限处。《装台》世界的重心,虽在广阔的底层,但仍然以装台人刁顺子的个人遭际为核心,串联起极为广阔复杂的生活世界。刁顺子们的命运遭际同样是时代总体面向的重要部分,其无奈、无力和根本局限处,表征着重申"人民文艺"所依托之思想观念的重要性和迫切性。①

《主角》同样以时代的总体性视域为核心,力图深度观照各色人等之命运遭际,其中上百个人物各有所本,有其表象不同却内里相通的意义,尤以忆秦娥最为典型。作为四十年时代变化的贯穿性人物,忆秦娥个人命运乃是高度历史性的,其起落、沉浮,均不脱时代或成就或限制的巨大力量之基本范围。其身在"体制"之中,仰赖体制而得以生命自由舒展。即便数番面临精神的死生之境,却仍以精进为核心,不入颓唐、绝望一路。是为自肯定性意义上书写时代人物之要义所在,亦属民族精神生生不息的"变"中之"常"。而"一旦在体制的正面意义上来塑造人物,就与现代主义思潮习惯表现的边缘人、局外人、陌生人显著不同"。也必然不可回避"现实主义的传统,甚至中国社会主义文学的传统"②的若干重要范畴。其要义有三:一为自基于历史连续性的总体视域中观照世界,肯定性地处理其间人物的命运变化,以充分发挥文学作为社会实践之一种的经世功能和现实意义;一为塑造体现时代精神的典型环境中之典型形象,以之表征更具普遍意义的生命情境;一为以具

---

① 对此问题的详细申论,可参见罗岗《"人民文艺"的历史构成和现实境遇》,《文学评论》2018 年第 4 期。

② 陈晓明:《穿过"废都",带灯夜行——试论贾平凹的创作历程》,载林建法、李桂玲主编《说贾平凹》,辽宁人民出版社 2014 年版,第 154 页。

有内在的质的规定性的现实主义传统为基础，书写丰富复杂的现实生活。三者皆有所本，远非文学观念所能简单概括。作为社会象征行为之重要一种，文学自然包含着想象并作用于现实的实践价值和伦理目的。故而在时代总体性观念之中处理人物和生活经验，乃是关于现实世界深度观察最具历史高度和现实深广度，也最能融括更为复杂的社会生活面向的重要方式。《主角》中各色人等命运似各有不同，但"起""落"，"沉""浮"，"兴""衰"，"死""生"，否泰交织之理并无二致。端的是"眼见他起高楼，眼见他楼塌了"，兴衰有时，但起伏无定。但此间却无如《红楼梦》般因洞见人之根本处境之后而生之"浩大虚无之悲"。即便生之境遇堪称艰难，忆秦娥生命之中仍隐然有超拔气象。其根本性的精神依托，乃是总体性思想所持存开启之生命价值和尊严。[①] 忆秦娥因之成为改革开放四十年具有典范意义的重要形象，包含着如带灯一般足以"引领历史前进"[②] 的复杂意义。而吸纳古典传统，以拓展现实主义的表现力，亦属《主角》多元统合的重要艺术特征。[③]

《主角》复杂之世界敞开，既扎根于当下的生活情境，亦融括丰富复杂的"传统"意象。其"虚""实"交织的艺术处理，相通于《红楼梦》等"奇书文体"的寓意笔法。尘世的日常欢宴对应着背后的大荒之境。古典戏曲虚实相生之寓意笔法，其境亦是如此。即便扎根于现实的基本情境，陈彦现代戏典范作品中仍不乏可与古典剧作对应之"寓意结构"——《西京故事》中东方雨与紫薇树，《迟开的玫瑰》中反复出现且屡屡堵塞的"下水道"等等，均有与核心故事对应之复杂寓意。此种笔法，尤以话剧新作《长安第二碗》最为丰富。就大结构论，《逼上梁山》《铡美案》《祭灵》《刮骨疗毒》《杨门女将》等秦腔

---

① 参见拙文《现实主义的广阔道路——论陈彦兼及现实主义赓续的若干问题》，《中国现代文学研究丛刊》2018 年第 10 期。

② 陈晓明：《穿过"废都"，带灯夜行——试论贾平凹的创作历程》，载林建法、李桂玲主编《说贾平凹》，辽宁人民出版社 2014 年版，第 153 页。

③ 对此问题的详细申论，可参见吴义勤《作为民族精神与美学的现实主义——论陈彦长篇小说〈主角〉》，《扬子江评论》2019 年第 1 期。

经典唱段与秦存根一家所面临之现实际遇恰成对照:《逼上梁山》对应1978年秦存根为解决温饱问题重操旧业(开葫芦头泡馍馆,只是将原"长安第一碗"改为"长安第二碗");《铡美案》对应秦存根费心引导诸子返归正途以免为祸乡里;《祭灵》对应二宝为救民困不幸牺牲;《刮骨疗毒》对应在长安第二碗被"污",面临生死存亡的紧要关头秦存根力挽狂澜之举;《杨门女将》则映衬秦家兄妹七人,即便四十年间面临种种困境诸般纠葛,最终仍统一于持守正道,以诚实劳动安身立命的乃父秦存根周围,表明"正(路)"终胜"邪(路)"的"大团圆"结局。① 贯穿全剧的无名氏及其子女反复出场,亦印证秦存根所持守之"常"道的价值和影响力。其间自然包含着极为复杂的现实寓意,四十年间大历史中世道人心之"常"与"变",乃是该剧之大用心处,可与《主角》之核心旨趣相参看。不独现代戏创作有此笔法,长篇小说《西京故事》《装台》于此亦着墨极多,其较之单纯的实境书写升腾而出的更为复杂的意义空间,即源出于此。小说《西京故事》同样延续同名现代戏的重要意象,罗天福及其母对老紫薇树的艰难守护(常道)与其后代罗甲成急功近利的价值观念亦有质性差别。东方雨老人则如东方智者,在罗甲成人生选择的重要关口启发其回归"正"途。《装台》中一出《人面桃花》,其核心情境与刁顺子和蔡素芬等人的家庭关系模式如出一辙。刁顺子在个人生活内忧外患之际的几番梦境,亦有映衬个人处境的复杂寓意。"蚂蚁"意象及其在梦境之中的处境种种,包含着作者极为浓重的底层关切。如是种种处理,貌似闲笔,却包含着极为复杂的寓意。此寓意所指,乃在作者身处其中的生活世界之诸般境况。延续《装台》之寓意笔法,《主角》亦在忆秦娥精神转型之际以数番梦境"反向"阐发生命之义理。其一在舞台坍塌事件之后,单团及三个孩子惨死,使得忆秦娥为之悔恨不已,以为悲剧的发生,乃是个人追名逐利之恶果。此一番梦境即围绕"虚名"展开。为争"主角",即便牛头、马面亦互不相让。而围绕孰为"主角"展开之明争暗斗,又上演了多

---

① 陈彦、陈梦梵:《长安第二碗》,未刊稿。

少人间的悲剧。故此梦境以教其顿悟"虚名莫求"为鹄的,近于《神曲》中地狱种种惩罚之现实训诫意味。第二番梦境出现于忆秦娥个人事业之巅峰期,同时亦可谓名满天下,谤亦随之之际。梦境内容仍不脱"名""利"二字。其中"'大师'矫治术""挂名矫治术"及"虚名矫治术""刮脸科研所"无疑皆可对应于若干具体的现实情境,此情景虽未发生于忆秦娥生活之中,但却并非无的放矢。① 数番梦境与现实"实境"之对照意义,即如"梦"在《红楼梦》中所具之枢纽地位,"传统说部讲'梦',纵非全属悲观,至少满纸低调。"如《枕中记》《南柯太守传》等唐人小说以梦境设喻,以为警世之用。教人借此明了"梦境过客未必亲历诸般浮沉,梦中却可闻悉'宠辱之道,穷达之运,得丧之理'及'死生之情'",故"'梦'之为用大矣,适可表现小说的教化功能"。② 忆秦娥的两番梦境,切实指向生活世界的具体情境,有则改之,无则加勉,近乎君子终日乾乾,夕惕若,厉无咎之意。

《主角》"虚境"之典范,当属忆秦娥精神转变重要关口的"一折戏"。此一折戏乃全书点睛之笔,为忆秦娥生命历程的"总括",亦属该作复杂意蕴之重要一维,道尽忆秦娥四十余年艺术和生命体验之曲折幽微。其间否泰交织、人事代谢,已有指称更为广阔的世界节律和复杂人生经验的意味。"唱戏让我从羊肠小道走出山坳、走进堂庙,北方称奇、南方夸妙,漂洋过海、妖娆花俏,万人倾倒、一路笑傲"。此其"顺境"。"唱戏也让我失去心爱的羊羔、苦水浸泡、泪水洗淘、血肉自残、备受煎熬、成也撕咬、败也掷矛、功也刮削、过也吐槽、身心疲惫似枯蒿。"此其"逆境"之写照。然"顺""逆","得""失"之间,忆秦娥乃有对"主角"之意蕴的透彻了悟:"主角是聚光灯下一奇妙;主角是满台平庸一阶高;主角是一语定下乾坤貌;主角是手起刀落万鬼销;主角是生命长河一孤岛;主角是舞台生涯一浮漂;主角是一路斜坡

---

① 对相关问题的详细申论,可参见拙文《陈彦与古典传统——以〈装台〉〈主角〉为中心》,《小说评论》2019 年第 3 期。
② 余国藩:《虚构的石头与石头的虚构》,《〈红楼梦〉〈西游记〉与其他:余国藩论学文选》,生活·读书·新知三联书店 2006 年版,第 93 页。

走陡峭；主角是一生甘苦难噙啕"，有道是"占尽了风头听尽了好，捧够了鲜花也触尽礁。"① 也不外"起""落"，"兴""废"，"得""失"，"荣""辱"，"成""败"，不脱两番梦境寓意的基本范围。而此一出戏同时具有双重意味，其既属"戏文"，亦属"梦境"。而"梦"与"戏"意义原本相通。"戏与梦同，离合悲欢，非真情也；富贵贫贱，非真境也。人事转眼，亦犹是也。""倏而贫贱，倏而福贵，俄而为主，俄而为臣，荣辱万状，悲欢千状"。"梦"之"吉""凶"，"荣""枯"，"不脱处世见解矣"。② 而"乾坤一戏场"，"一部廿四史衍成古今传奇、英雄事业、儿女情怀，都付与红牙檀板"。如"大千世界之形色景象，全体人类之欢欣苦楚，均于此中舒展显现，幻作一场淋漓痛快之戏情"。观者于此种场合"了悟生命情蕴之神奇，契会宇宙法象之奥妙"。③ 如是种种，不一而足。忆秦娥生命"巅峰"时期的此一出戏，终以"人聚了，戏开了，几多把式唱来了。人去了，戏散了，悲欢离合都齐了。上场了，下场了，大幕开了又关了"④ 作结，类如《装台》刁顺子所阐发之生命体悟："花树荣枯鬼难当，命运好赖天裁量。只道人事太吊诡，说无常时偏有常"之意。梦境可谓颓然，但梦醒之际，忆秦娥仍从秦八娃等人的劝告之中悟得个人作为"历史中间物"之价值所在，故而欣然重返人事更替代际传承的滔滔长河之中，去完成个人最后的社会责任，再无"眼前的一切是镜花水月，如电如露如梦幻泡影"⑤ 的根本性的"悲凉"之感。

如仅以"个体"之际遇论，忆秦娥此际确曾生出"面对自然节律，此生之有涯，宇宙之无尽"的"虚妄无力之感"。⑥ 此一感觉在《红楼梦》等古典作品中得到了可谓淋漓尽致的发挥，数百年后，亦在《废

---

① 陈彦：《主角》，作家出版社 2018 年版，第 881 页。
② 谢肇淛：《五杂组》，上海古籍出版社 2012 年版，第 282—283 页。
③ 方东美：《生命情调与美感》，载陈国球、王德威编《抒情之现代性："抒情传统"论述与中国文学研究》，生活·读书·新知三联书店 2014 年版，第 262 页。
④ 陈彦：《主角》，作家出版社 2018 年版，第 882 页。
⑤ 李敬泽：《〈红楼梦〉影响纵横谈》，《红楼梦学刊》2010 年第 4 期。
⑥ 李敬泽：《〈红楼梦〉影响纵横谈》，《红楼梦学刊》2010 年第 4 期。

都》之中"大放异彩",成为这一部堪称包蕴世纪末情绪的"颓废"之书的根本视域。《废都》中亦有人事虚无,诸境转空的寓意笔法,如周敏的埙乐,庄之蝶欣赏之哀乐,以及各色人等类如"永劫沉沦"之境,均蕴含人世之大喜大悲大苦大乐弥天漫地莫之能御无从逃遁的"浩大虚无之悲"[1]。有心接续《红楼梦》笔法,以用中国人的思维写"适合中国人阅读欣赏的文学"[2]的陈彦对此无疑了然于胸。但《主角》超克此一颓然境界之要义在于,重建"个体"与"群体"之根本性关联。历经个人命运之起废沉浮,甚或死生之际后,忆秦娥方深刻意会到生命的"悲感"。其无从逃遁无法超越不能无视的要点在于,"我们对人生与世界的关切并非是一个人与社会的、超验的命运的对抗,而是一个人面对自然节律,此生之有涯,宇宙之无尽,所生的虚妄无力之感"[3]。刘红兵出轨、刘忆惨死、石怀玉自尽等极端境况尚未使忆秦娥精神全然崩溃,全因其尚可寄身于"演戏",借由戏曲所营构之虚拟的生活幻象抵御来自外部世界的种种压力。但养女宋雨所表征的人事的代谢却足以教忆秦娥再度面临个人精神的死生之境。宋雨几乎"重演"了忆秦娥多年前"取代"胡彩香等老一辈艺术家的重要一幕。当忆秦娥目睹宋雨的巨大成功,她"傻眼了",并且"第一次感到了生存危机"。此一危机前所未有,乃是不可超越的自然节律使然。当此之际,忆秦娥必然悲从中来,情难自抑。若无"个体"与"集体"命运之内在关联,则忆秦娥终究无法纾解此种透彻心扉的"悲感"。此一点题之笔,乃借书中灵魂人物秦八娃之口道出。其如是劝告忆秦娥:"你把戏唱到这个份上,应该有一种胸怀、气度了。让年轻人尽快上来,恰恰是在延续你的生命。"为有醍醐灌顶、振聋发聩之效,秦八娃再有"诛心"之论:"你希望自己是秦腔的绝唱吗?"若非如是,则宋雨成为"小忆秦娥",乃是让忆秦娥"更加久远、深广地活在"[4]舞台之上的重要方式之一。

---

[1] 参见李敬泽《庄之蝶论》,《当代作家评论》2009年第5期。
[2] 陈彦:《主角》,作家出版社2018年版,第898页。
[3] 李敬泽:《〈红楼梦〉影响纵横谈》,《红楼梦学刊》2010年第4期。
[4] 陈彦:《主角》,作家出版社2018年版,第872—873页。

有此劝告做底子，忆秦娥反观自身戏曲生涯之起伏，终于领会到忠、孝、仁、义四位师父教其技艺的根本用心处，亦再度了悟乃师苟存忠临终之际关于"吹火"绝技之要妙及技艺修习要诀谆谆教诲的微言大义和良苦用心，进而不再痛苦纠结于一己之出入进退。《主角》"虚境"与"实境"于此交织，其要旨庶几近乎"抒情"与"史诗"的辩证。后者之意义推而广之，即可"看作世纪中期有关文学与社会、个人感兴与历史寄托的交锋"[①]。"卢卡契看出小说世界里自传化的倾向变本加厉；'追寻'神话的分崩离析；还有对时间患得患失的切身之痛。"而"如何超越抒情"，重返"史诗那样宏大有机的世界"，实为"现代人（包括卢卡契自己）最大的乡愁"。[②] 卢卡契以《小说理论》申明"总体性"思想之意义，再以《历史与阶级意识》一书将此说具体转化为一种行动的现实，根本用心，皆在此处。而对此问题的根本解决，或许仍需回到如下传统之中，"把个人的人生意义和集体意义、大历史意义联结"，而"能和集体意义、大历史意义正相关联结的人生意义才是正当的，真正的意义"。[③] 非此，则忆秦娥面对逝者如斯，不舍昼夜的类如四时交替般的人事代谢，终究难以超克生命终极之"悲感"与"虚无"。

"实"与"虚"，抑或"抒情"与"史诗"的辩证，以风格论，乃有融通两种品质的意义。此种融通，殊为不易。如姚鼐所论，文章之品性，不过"刚""柔"两端。普通人为文或刚或柔，唯通才能兼而有之。[④]《主角》既有扎实细密之现实书写，其细腻处类如新写实笔法，人事境界之开显，约略亦有世情小说之旨趣。但其意义并不局限于此。因秉有民族精神生生之境，《主角》内在隐然有超拔气象。此种气象乃

---

① 王德威：《现代"抒情传统"四论》，台北：台大出版中心2011年版，第29页。
② 王德威：《现代"抒情传统"四论》，台北：台大出版中心2011年版，第25页。
③ 贺照田：《当社会主义遭遇危机……"潘晓讨论"与当代中国大陆虚无主义的历史与观念构造》，载贺照田、余旸等著《人文知识思想再出发》，台湾社会研究杂志出版2018年版，第47页。
④ （清）姚鼐：《复鲁絜非书》，载贾文昭编著《桐城派文论选》，中华书局2008年版，第114页。

属"刚健"一路；而作品细部之描述，亦不乏"柔婉"之趣。此即《主角》融通多种表现方式，从而开出多元统合之新的艺术境界之要义所在。其他如数阕《忆秦娥》与忆秦娥生命体验之对照，数出"戏"与核心人物境遇之交相互参，均可归入"虚""实"之辩中作贯通解。

第三节 "文"与"艺"的互通

就全书之核心意旨论，《主角》中之"主角"，所指有二：一为忆秦娥（其他如胡三元、胡彩香、秦八娃等等均可归入此类）；一为秦腔（推而广之即可包括广阔的社会生活，历史之流变，时代阶段性主题之与时推移等等）。忆秦娥四十年间个人经历之成败、得失、荣辱、进退亦与秦腔的历史命运交相互参、互动共生，几无分彼此。其之所以技艺一味"上出"、精进不已，终成一代秦腔名伶，使秦腔诸般品质在新的时代语境下大放异彩，端赖四十年间于技艺、戏理、戏广泛所涉之世态人情物理、戏之百年流变传承不绝之精神和艺术流脉的仰观俯察、慧心妙悟上做足工夫，故终得之于心而应之于手，因演出臻于化境而堪称为秦腔而生之奇才。其诸多行状虽属虚构，但由其所演绎之戏理，技艺修习之次第及要诀，均非虚言，且皆有所本。一册《说秦腔》，囊括陈彦对秦腔之源流、品质，及经典剧作，著名艺术家技艺修习之道等等内在义理的细致梳理且多所发明。其间微妙精深处，既呈现于其数部现代戏作品之中，亦融通再造于《主角》之中，成为忆秦娥四十年技艺精进的根本依托，且有指涉更为广阔的艺术精神和艺术创作之修炼历程的重要意义。

忆秦娥四十余年技艺的修习历程，要妙首在能达"由技入道"，甚而"道"与"技"的浑同之境。"由技入道"乃是自"普通技艺"进入"艺术殿堂"的关键，其间成败，须经"一段艰苦而漫长的修炼历程"。次第如下：首先需确立"解衣磅礴"（"解衣"意表无拘无束的自由境界，"磅礴"意表旁若无人的自信表情）的"高尚感情与思想"，嗣后则需"摒弃'我执'"，方能"聚精会神于美的意象"，进而"能臻物化而达于物我为一的境界",当此之际,为由"技"入"道",终可臻于"艺术的高峰"。此间"技艺"修习的工夫乃属不可或缺的基础,其进境有赖于"精神修炼的提升并加以引导",个人之才能方能得到淋漓尽致的发挥。"技艺"与"精神"(主体)融为一体("心""手"合一),而能"'手'随心转",即属由"技"入"道"之境。[1]以下分而论之,忆秦娥"技艺"的"发蒙",在一折武戏《打焦赞》。依乃师苟存忠的说法,之所以以《打焦赞》"破蒙",全因"演员的'破蒙戏',最好是武戏,能用上功。不管将来唱文、唱武,拿武功打底子,都没坏处"。[2]《打焦赞》所涉之功夫有二:一为"耍棍花";一为"一对灯(眼睛)"。"耍棍花"之要,在练得"刀枪不入""水泼不进""莲花朵朵""风车呼呼"。[3] "一对灯"则要练得"手到哪儿,'灯'到哪儿。脚到哪儿,'灯'到哪儿","棍头指向哪儿,'灯'也射向哪儿"。[4]修炼之"窍道"无他,但手熟尔!至于"熟能生巧,一通百通",则更赖刻苦修习、慧心妙悟。忆秦娥依法苦练三月有余,终将一套上场、下场的棍花练得"水泼不进"、收放自如、奇巧百出,而"一对灯"也练得"放了光芒"。但此仅为其技艺的初阶,虽合于"技近乎道"之要旨,却尚未臻于化境。嗣后乃师苟存忠教她明了"你越能稳定得跟一个打大仗的将军一样,就越能把大唱腔唱好"。[5]此即"解衣磅礴"之意。此一时期,除"吹火"之要诀外,苟存忠还启发她分析角色,明了戏理,领悟"技巧"与"戏理"之深层关系,不可做简单的技巧解。"吹火,看着是技巧,其实是《游西湖》的核心",目的在于表现鬼的怨恨、情仇。如将此理做贯通解,则可知"耍水袖"并非"为水袖而水袖"。"耍宝剑",亦非"为宝剑而宝剑"。其要在

---

[1] 郑峰明:《庄子思想及其艺术精神之研究》,台北:文史哲出版社1987年版,第114—123页。
[2] 陈彦:《主角》,作家出版社2018年版,第147页。
[3] 陈彦:《主角》,作家出版社2018年版,第149页。
[4] 陈彦:《主角》,作家出版社2018年版,第163页。
[5] 陈彦:《主角》,作家出版社2018年版,第271页。

于,"最高的技巧,都藏在人物的感情里边。只要感情没到,或者感情不对,你要得再好,都是杂技,不是戏"。进而言之,舞台上一切"技艺","都必须在戏中,是戏才行"。① 苟存忠最终以生命为代价演绎《游西湖》"技艺"与"戏理"浑然一体之境,乃有点石成金之效,使得忆秦娥完成了"一次演戏的启蒙",由此所获之了悟近乎庖丁"未尝见全牛也"之境。当此之际,可谓"技进一层,道进一层"抑或"道进一层,技进一层",② 几近"道"与"技"的浑同之境。其此时已练就较为"成熟的心力、心性",有"内心的自信与淡定",以及张弛有度、稳扎稳打的控制力,终止于演出《游西湖》之时,"面对一次次高难度动作的挑战",忆秦娥"都真正体现出了艺高人胆大的镇定、从容"。其中数个唱段难度极大,忆秦娥均处理得"气韵贯通、收放自如"③,也切身体会到"拿捏住"戏的游刃有余的妙处。此后《狐仙劫》更是教忆秦娥的个人才能得到了淋漓尽致的发挥——"功夫惊世骇俗","唱腔醇厚优雅","表演质朴大气","扮相峭拔惊艳"④ 等赞誉,不一而足。忆秦娥作为"主角"技艺之修成,至此为第一阶段。

此阶段技艺修习之要,在"主体"与"物"(技艺)关系的处理。即如苟存忠所言,学戏,需下"笨功夫",功夫"一旦练下,就长在身上了"。此即功夫"上身(身体化)"之义。如庄子藉"庖丁解牛"申明"由技进道"之过程。其间"主体的转化","熟能生巧"仅为初阶,其进境在"巧之出神入化,因而达到主体的超越"。⑤ 仍以《打焦赞》论,其技艺之要,首在有"活儿"(棍技)。"当练到手上看似有棍,眼中,心中已经没棍的时候",棍才算被"彻底拿住。戏也才能演得有点戏味儿了"。其义理扩而大之,即是"角儿就是能把戏完全拿捏

---

① 陈彦:《主角》,作家出版社2018年版,第271页。
② 张文江:《道近乎技——〈庄子〉中的几个匠人》,《上海文化》2016年第9期。
③ 陈彦:《主角》,作家出版社2018年版,第283页。
④ 陈彦:《主角》,作家出版社2018年版,第576页。
⑤ 杨儒宾:《游之主体》,载何乏笔编《跨文化漩涡中的庄子》,台北:台大人社高研院东亚儒学研究中心2017年版,第106页。

住的人"。要拿捏住戏,既需分析角色,明了戏中之理,亦需相关"技艺"炉火纯青。如练"灯"(眼睛),"只有把'灯'、棍、身子糅为一体了,戏的劲道才是浑的"。① 此一"浑"字意为浑然一体,即"主""客""物""我"的浑同之境(互为主体)。其修习次第为:客观了解"物"之理,"物"走入"主体"之中,"主体"亦走入"物"之中。"主体"熟知"物"之"天理",且能与此"天理"交相融合。其要在"'物化'之物与主体之'神'"达至"超自觉的契合作用"。此即庄子所论之"天"。"凡非自觉所及的功能即谓之'天'"。而"主""客"皆融入"非主体意识所及的层次时,即可谓'以天合天'"②。于忆秦娥之技艺修习而言,即是"技艺"与身体相容相合而抵达一种无意识状态。此亦即"道"与"技"的浑同之境,类如庖丁的"由熟入忘",即原本的"身心分离、物我间隔",至此几乎全然"契合为一"。此种"合一"乃是在"身体的技艺实践中自然而然流露出",无需"心之意识的指导"。是为"以身化心"所成之身体记忆,其"自发运动便是'忘'境"。③"所以真正能将游泳技艺发挥到最高境地者,最后必得通过'忘'这一关口:'善游者数能,忘水也。'"④ 此一"忘"字,即无意识之"以天合天"。忆秦娥于此可谓领会极深。其修习《狐仙劫》中"断崖飞狐"绝技之时,秦八娃即启发她体悟庄子所述"佝偻承蜩"中"用志不分,乃凝于神"之寓意,亦即"制心一处,无事不办"。⑤ 而充分发挥戏曲艺术"一棵菜"⑥的特征,庄子"运斤成风"亦可作参照。

---

① 陈彦:《主角》,作家出版社2018年版,第163页。
② 杨儒宾:《游之主体》,载何乏笔编《跨文化漩涡中的庄子》,台北:台大人社高研院东亚儒学研究中心2017年版,第106页。
③ 赖锡三:《〈庄子〉的跨文化编织:自然·气化·身体》,台北:台大出版中心2019年版,第309页。
④ 赖锡三:《〈庄子〉的跨文化编织:自然·气化·身体》,台北:台大出版中心2019年版,第312页。
⑤ 转引自张文江《道近乎技——〈庄子〉中的几个匠人》,《上海文化》2016年第9期。
⑥ 对此,《主角》后记中有较为详尽之说明。此亦为"主角"要义之一,"主角就是一本戏,一个围绕着这本戏生活、服务、工作的团队,都要共同体认、维护、托举、迁就、仰仗、照亮的那个人"。见陈彦《主角》,作家出版社2018年版,第554页。

第二章　多元统观与新"文统"的融通、再造

其他如种种绝技之修习，进境均为"手随心动，物随意转"，"我"与"戏"无分彼此、交互成就的大"自如"。此即动静合宜，出入无碍，游刃有余，触类旁通。是故，"进一境而必须忘其所以迹，使有、无双遣，法、我俱忘"，方能真正入于"自由无限（大通）之境"。① 而欲达此境，需由"技艺"的修习进阶为"主体"之圆成，即"主体"不再局限于"技艺"，而是向更为复杂的外部世界敞开，借此完成"主""客""我""物"在更高意义上的交互转化，终达"彻上彻下，道通于艺"② 之境。

循此思路，则"有形的技巧"固然紧要，"无形的精神涵养"③ 更不可或缺。亦即技艺的修习，最终以"主体"④ 的圆成为鹄的，而圆成的"主体"亦可落实于"道近乎技"——此为双向互成之过程。忆秦娥作为"主角"之"主体"圆成的大关节，在五十岁左右，其要有二：一为熟悉老戏，效法秦腔老艺术家，身背百十部本子（剧本），以得"质""量"互变之妙；一为个人生命之实感经验与戏曲技艺互动共生。前者指向戏曲技艺之历史积淀，属融通传统；后者则指向个人之生活世界，属会通现实。二者可以交相互参，互相成就。若无传统之流注，所谓的技艺，不过为无源之水，无本之木；若无个人生命实感经验与老戏所蕴含之义理的交相互通，则"戏"也难有指涉当下生活之现实效力。其意近乎艾略特所谓赓续传统时所需之"历史意识"，即"既感觉到过去的过去性"，也"感觉到它的现在性"，进而"意识到他自己的历史

---

① 颜昆阳：《庄子艺术精神析论》，台北：华正书局1985年版，第242页。
② 张文江：《道近乎技——〈庄子〉中的几个匠人》，《上海文化》2016年第9期。
③ 郑峰明：《庄子思想及其艺术精神之研究》，台北：文史哲出版社1987年版，第123页。
④ 在庄子的思想中，"主体"乃是"呈现为一种在虚空与万物之间来回往复的过程。而在二者之间，是前者——虚空或是混沌——居于根本的位置。我们是凭借这一虚空才具备了变化和自我更新的能力，使得我们能够在必要的时候重新定义我们与自我、他人及事物的关系。"此处即在同样意义上使用"主体"一词。见毕来德《庄子四讲》，宋刚译，中华书局2009年版，第131—132页。吴应文的如下说法，可与毕来德观点相参看："庄子人生哲学的理想在于排除一己内在与外在之蔽障，忘己忘物，冥同天道，使我真可以体现于万物合一，而且入于是非与事变之中逍遥无待。"见吴应文《庄子的人生哲学》，硕士学位论文，台湾大学，1975年。

地位"和"当代价值"。① 非此,则不能充分发挥个人作为技艺的"历史中间物"的价值。此理并不限于演戏之技艺修习一途。有论者申明"通学"养成之要诀时,其义理可与此交相发明。如其所论,"通学"并不易作,其"眼界要大,眼力要深,要养成不断开放、不断创造的学术人格与能力"。非此,则即便博涉群书,跨越学门,亦难免"止于浮泛而拼凑"之弊。"通学"之要,首在"娴熟各门学问","接受严格的思想方法训练",但远非停留于此。"一切外在的知识必须经过内化",而成为"主体感受力与会悟力自身"时,"学术智慧"方始发生。而"内化"的动因,在"学者自身存在的体验",亦即"切实、认真的生活"。② 主体直接面对当下的宇宙、人生,生发独特之体悟与思考。此与"学问"自可互动共生。故而"学问"与生命、人格并不能截然二分,唯有相融相通、互相成就,方能一味"上出",精进不已。自《打焦赞》"破蒙",至娴熟演绎《游西湖》《白蛇传》《狐仙劫》等等颇有难度的全本大戏,为忆秦娥熟悉各种技艺,经受极为严格之训练期。在此过程中,技艺逐渐上身,与身体感渐相融合,乃是"知识"(技艺)"内化"(身体化)的完成。其间艰难,无须多论。然而虽有与封潇潇日久生情,且在演绎《白蛇传》之际"戏"与"生活"偶然一现的浑同(即戏内之情"成就"戏外之情),忆秦娥此一阶段"演戏"与个人生活并无根本意义上的融汇与互通。于戏曲技艺的修习上忆秦娥肯下苦功,亦可谓领悟力过人,但其对日常生活诸般事项,却如鸿蒙未开,始终不悟。对此,知其甚深的封导之论堪称透辟:"这娃可能是我们这些年来,调进来的唯一一个奇才!看着瓜瓜的,傻傻的,可就是一个戏虫,天生为戏而来的怪虫虫。"③ 其对外部世界之种种规则始终不悟,也便自然无"凡外重者内拙"④ 之弊。此前忆秦娥唱戏的技

---

① [英]艾略特:《传统与个人才能》,载《艾略特文学论文集》,百花洲文艺出版社1994年版,第2—3页。
② 颜昆阳:《六朝文学观念丛论·自序》,台北:正中书局1994年版。
③ 陈彦:《主角》,作家出版社2018年版,第379页。
④ "若过分重视外物,则成败、得失、毁誉之心生,必然怖惧昏乱,其巧难一,其作品必劣"。故庄子告诫"凡外重者内拙"。见郑峰明《庄子思想及其艺术精神之研究》,台北:文史哲出版社1988年版,第117页。

第二章 多元统观与新"文统"的融通、再造 | 81

艺亦可谓出神入化,但美则美矣,还未尽善。秦八娃劝告她,要将"唱戏"与"做人"融合,要"把戏真正唱好",就得"改变自己"。①他劝勉她读《诗经》《唐诗三百首》《古文观止》等等,也启发她领悟圣贤典籍之于个人生命之启示价值。然而不曾经历内忧外患交相逼迫的死生之际,忆秦娥即便在先贤典籍义理体察上做工夫,但所获十分有限,且不能以身证之。及至《同心结》个人生命之实感经验与戏文之交相融合,忆秦娥方始真正完成了生命经验与戏曲艺术的融汇与互通。此后其赓续传统的种种努力,用力即在"主体"之修成。因为"技艺"如不能"润泽生命",即无"游"可言。恰正在"我与物皆返入本真的状态时,两者才得同时完成自家的目的",亦即"技艺的完成同时意味着生命净化的完成"。②质言之,技艺修习之终极目的,并不在学成"惊天艺",去做"人上人",而是最终落实于个人生命的安顿。个人面临外部生活世界之种种境遇,如何洒脱应对,役物而不役于物,无疑更为紧要。随着演戏技艺的不断精进,生活世界种种牵绊的持续淬炼,忆秦娥对个人生命及人的在世经验亦渐次有所体会。其技艺修习亦与个人之德性修炼相辅相成,故而能"蛹化蝶""鱼化龙",不断自我转化,成为"真正把人、把人性、把人心读懂、参透",由演技派成长为"通人心、懂人性的大表演艺术家"。③此即《主角》详细阐发"主角"修成之义理,进而融通"艺术"与"文学"的最终落脚处。其根本归于论者对庄子艺术精神的如下总括:"庄子艺术精神之本义,乃是主体心灵之自由无限之开展,故未必落实于客体的追求;此一艺术精神乃至于成就一艺术性之人生。"④将忆秦娥四十年艺术经验读作"体道"与自我修成的工夫,亦足以显发《主角》铺陈此境的要旨——其应世之道偏"儒",技艺修习之理则近"道",二者于此亦可互证共生、通而为

---

① 陈彦:《主角》,作家出版社2018年版,第463页。
② 杨儒宾:《游之主体》,载何乏笔编《跨文化漩涡中的庄子》,台北:台大人社高研院东亚儒学研究中心2017年版,第107页。
③ 陈彦:《主角》,作家出版社2018年版,第651页。
④ 颜昆阳:《庄子艺术精神析论》,台北:华正书局1985年版,第347页。

一。不仅此也,在叙述戏与人生关系的重要节点,《主角》亦悉心阐发秦腔(戏曲艺术)传承与创新关系的若干义理。其洞见最终汇聚于薛桂生第三次重排《狐仙劫》之际的如下了悟:"哪怕一招一式、一个眼神,都要在传统的框架中,找到现实感情的合理依据"。但却切忌"为传统而传统,为技巧而技巧,为表演而表演",要在从"内心外化出程式",而非用"程式遮蔽内心","既要让观众欣赏到传统的绝妙",更要使其看到传统"活在当下的生命精神律动"。①

是说看似简单,却蕴含着戏曲艺术处理"守正"与"创新"、"传统"与"现实"、"内在"与"外在"等辩证关系的重要问题,无疑可与当下戏曲发展之种种"困境"相参看。一言以蔽之,陈彦自20世纪80年代迄今关于现代戏创作的个人了悟,以及精研秦腔的《说秦腔》一书中阐发之戏曲流变、技艺修成之复杂义理,均融通汇聚于《主角》之中。故此,将《主角》读作关于戏曲艺术(包括技艺修习等等相关问题)的一部"悟"书,或更能显发是书复杂意蕴之重要一维。

第四节 余论:"返本"以"开新"

妙复轩论《红楼梦》要旨曰:"是书大意阐发《学》、《庸》,以《周易》演消长,以《国风》正贞淫,以《春秋》示予夺。《礼记》、《乐记》融会其中。"② 依其所论,则《红楼梦》属其之前经典的会通之作无疑。③ 循此贯通之理路,不局限于"五四"以降文学的现代性观念,自古今融通的"大文学史"观之,可知《主角》所蕴含之义理,非止一端。其所承续之"传统",亦不限于文学一路,诗歌(词)、散文、戏曲等等均被作者巧妙融入其中。当下思想与古典观念亦成人物身

---

① 陈彦:《主角》,作家出版社2018年版,第813页。
② 转引自张庆善《〈妙复轩评本·绣像石头记红楼梦〉序》,北京图书馆出版社2002年版,第8页。
③ 李劼所论与太平闲人进路虽有不同,但亦赞同《红楼梦》乃此前历史、经典等等的会通之作。参见《历史文化的全息图像:论红楼梦》,广西师范大学出版社2016年版。

第二章 多元统观与新"文统"的融通、再造

处不同际遇之时所可依凭之资源,由之开拓人物观念的多样视域。此种融通多种资源之特征,近乎《红楼梦》与其文学渊源之关系。举凡神话、小说、赋、传记、书信、诗歌、议论、戏曲等等,均被曹雪芹传承并"融化在种种人生视景与事件描述之中"①。《红楼梦》作为新的传统为后世研习效法,此为原因之一。

《主角》起笔于 2015 年 10 月,至 2017 年 8 月写作完成,用时近两年,其间五易其稿,不全是文字的修饰。如何深度感应于时代,且有融通多种可能进而使个人艺术经验得到最大限度的发挥,②亦属作者的重要考虑之一。如是思考,近乎中国古典的圆融统观,其要在于,既"讲求个人的安身立命,精神妥帖与洒脱性灵之修养",亦强调"发挥人性,实践德性,尽人之性,成己成物","不但使个人之入世出世相统一,使个人与社会相协调,更使人之精神可上下于天地之间,表现生命最终极的理想"。③ 此种生命终极理想的达成,需要庄子所申明之修养工夫,即"乘物以游心",唯"经由与物相对,进而浑化的阶段,心之天游才可能达成"。而"主体"所应之"物",不拘上下四方,亦可往古来今。于此"乘物"之际,"物"之"本来面目被超越地保留","主体的本来面目也因工夫的转化"而"进入一种神化而非认知的运作模式"。此理既可阐发忆秦娥作为"主角"技艺之修成,亦可说明写作者所面对之"传统"的丰富复杂。个人与传统之关系,一如"主体"与"物"之关系。如何明物之理而达"以天合天"之境,亦是考校写作者观念与识力的重要一维。而就在《主角》酝酿和写作的同时,从更高层面重新处理中国古典传统与现代传统关系的思想论断一改"五四"以降处理此问题的单一模式,使得古今贯通的文学观念得以获致更具现实意义的制度性支撑,而有观念鼎革的可能。当此之际,"古"

---

① 郭玉雯:《自序》,《〈红楼梦〉渊源论:从神话到明清思想》,台北:台大出版中心 2006 年版。

② 如该书后记所言,对《装台》极为熟悉且赞赏有加的王蒙在得知作者正在酝酿《主角》时,劝勉作者"要抢圆了写。抢得越圆越好"!此处所说的"抢圆了",即包含着个人诸多经验淋漓尽致地发挥的意味。见陈彦《主角》,作家出版社 2018 年版,第 893 页。

③ 谈远平:《论阳明哲学之圆融统观》,台北:文史哲出版社 1994 年版,第 232 页。

"今"分裂的文学史观念和评价标准已然暴露出其内在的根本的局限性。但如何重建更具包容性和概括力的文学视域，仍是当下文学创作与研究必须面对的重要难题。即如李敬泽所论，"在当下语境中回到'文章'的传统，回到先秦、两汉、魏晋"，并非"复古"，而是"维新"，"是在一种更有包容性、更具活力的视野里建立这个时代的文章观"。①此"文章"亦不局限于个人抒情一路，而是扎根于时代广阔的社会生活，且向更为丰富复杂的"传统"敞开，从而建立属于这个时代的文学观、世界观和足以垂范后世的"新传统"。

更为宏阔的文学观念的建立，仍需返归"五四"文学观念"古""今""中""西"之辩的历史语境。即如宇文所安所论："'五四'一代人对古典文学史进行重新诠释的程度，已经成为一个不再受到任何疑问的标准，它告诉我们说，'过去'真的已经结束了。几个传统型的学者还在，但他们的著作远远不如那些追随'五四'传统的评论家们那样具有广大的权威性。"② 然而就当下语境论，"五四"一代人所面临的"问题"已不复存在，其所形塑之文学史观念及与之相应之研究范式无疑需要深度反省。此一反省之展开，超克既定文学和理论观念之局限，建构扎根于当下语境的更具包容性和概括力的文学史观，为先决条件。其理如孔子所论："殷因于夏礼，所损益可知也；周因于殷礼，所损益可知也。""因、损、益，再加上易经革卦的革字"，即成"因革损益"。藉"因革损益这一个'变应'之道，儒家就具备了'守常'以'达变'的思想和智慧"，而可以"日新又新"，以得"时中"。③ 进而言之，"传统"并非僵化的教条，并不自明，其意义亦不自然敞开。④ "重

---

① 李敬泽：《很多个可能的"我"》，《当代作家评论》2019年第1期。亦可参见李敬泽《飞于空阔》，《扬子江评论》2019年第2期。
② [美] 宇文所安：《过去的终结：民国初年对文学史的重写》，载《他山的石头记——宇文所安自选集》，田晓菲译，江苏人民出版社2006年版，279页。
③ 蔡仁厚：《儒家思想的现代意义》，台北：文津出版社1988年版，第219—220页。
④ 艾略特对此亦有大致相同的说法，"传统是一个具有广阔意义的东西"，并不能"继承"，"假若你需要它，你必须通过艰苦劳动来获得它"。见 [英] 艾略特《传统与个人才能》，载《艾略特文学论文集》，百花洲文艺出版社1994年版，第2页。

启"抑或"激活"传统,须得有些吴文英《读庄针度》所论的工夫:"读《庄子》须把眼界放活,则抑扬进退,虚实反正,俱无定极。惟跟着神气之轻重伸缩寻觅将去,才能大扣大鸣,小叩小鸣。"[1] 其意义"大""小"彰显之要妙无他,端赖个人之识见和慧心。故仍需援引李敬泽的如下判断,以说明融通与再造"传统"之迫切性和当下意义,"在中国,历史没有完结,无论文学还是作家这个身份本身都是历史实践的一部分,一个作家在谈论'现实'时,他的分量、他的眼光某种程度上取决于他的世界观、中国观,他的总体性视野是否足够宽阔、复杂和灵敏,以至'超克'他自身的限制"[2]。此种"超克",既朝向广阔丰富的"现实",亦指向复杂多元的"传统"。如能深度感通于时代,且能于"传统"之中沉潜往复、从容含玩,继而慧心妙悟且有新的境界的展开,其进境即如论者所言:"今日中国,却正处在两千年中华文明未曾有的历史巨变的合题阶段,如果深度感应这一时代,何尝不能诞生学术经典巨章?"[3] 学术研究代际更替之义理如是。文学创作若无"新变",亦不能"代雄",其间义理,又何尝不是如此?!

---

[1] 吴文英:《庄子独见》,华东师范大学出版社2011年版,第9页。
[2] 李敬泽、李蔚超:《历史之维中的文学,及现实的历史内涵——对话李敬泽》,《小说评论》2018年第3期。
[3] 尤西林:《学术生命根基于时代感应》,《人文杂志》2017年第11期。

第三章 "人"之境况的独特省思

《装台》是陈彦继《西京故事》之后的又一部长篇力作。与《西京故事》多声部复杂呈现世间百态众生万象，从"肯定性"意义上复调回应时代的精神疑难不同，《装台》单线聚焦西京城的装台人，写他们的喜怒哀乐悲欢离合，在日常生活面临内忧外患的复杂纠葛中的坚守与挣扎，血泪相和的辛酸无奈与自我改变的软弱无力。从他们的典型刁顺子出发，社会的一个属于"沉默的大多数"的群体闯入了我们的文学世界，并努力发出喑哑的声音。他们的真实生活和生命状态，不惟表征着这个繁盛时代被遮蔽和遗忘的生存群像，也内在地彰显着中国文化精神的另一面相：在生之意义和存在的自我省察所不及处，一个普通人应该如何生活。

故事围绕西京城的装台人刁顺子展开，写他一方面深陷家庭"矛盾"无法自拔；另一方面为了生存不得不"低三下四"地周旋于其"社会关系"之中，不时被欺凌、被侮辱、被损害，承受着普通劳动者的生之煎熬。但即便是这样的人物，仍然有他的责任，有他的担当，有他对家庭、对社会的一份责任心和爱心，有他的价值坚守和生命的尊严。作者突破当下"底层"书写的叙述"成规"，不把"底层"（这个词原本就是知识分子制造的概念）"规训"入知识分子的启蒙理想中，而是以平等对视的姿态，倾听并努力"理解"他们的生活和精神世界。作品中的人物也不依赖知识分子关于"底层"生存意义探讨的既定话语，仅以其"生命自身由里而外散发出来的生气"，表征着人之为人的存在的尊严。

第三章 "人"之境况的独特省思 | 87

在体制闭合、社会板结的生存情境下，普通劳动者刁顺子的艰难生活和尊严所系，也是身陷庸常琐屑的生活事项，内外交困、身心俱疲的当代人的存在状态的真实写照，他们既无宗教救赎的精神维度，亦无中国传统文化所持存之生存观念为价值依托，面对宗教与文化思想的双重缺席，被隔绝于历史的宏大叙述的个人生活因此矛盾重重苦无所寄。这无疑是这个时代作家应该直面的重要精神问题。① 而剥离掉现代性启蒙话语的重重阻隔，从人之为人的意义上深入思考当代人的生存境况，内在地回应我们时代的精神疑难，是《装台》的意义所在。

第一节 "日常生活"与人的尊严

20 世纪 80 年代中后期，中国文学曾有一个对"现实"的重新"发现"的写作潮流。这一被文学史命名为"新写实主义"的文学流派着力描述"一地鸡毛式"的生存状态，以拒绝崇高的写作姿态敞开现实生活的真实面相。琐屑、庸常、无聊与无趣的生活碎片漫天飞舞，个人无从逃离生活之网，他们对人世的体察遍布无奈和忧伤。《一地鸡毛》《单位》中的小林成为彼时"知识人"坠入庸常且无由自拔，终至臣服于现实的生活逻辑的经典形象。"新写实主义"的崛起与后"文革"时期的文化氛围密切相关，其呈现出的不同于新潮小说的形而下的世相书写，打开了文学的生活视野，但肆意铺陈生活事项的写作策略在 21 世

---

① 学界近年来关于"八〇后，怎么办？"的讨论已经在极为宽泛的意义上涉及当下社会的核心问题。如孙郁先生所言："'八〇后'应该怎么办，不仅仅是他们这一代的问题，也是我们这一代乃至全社会的问题，或者说是我们的文化逻辑起点的问题。在这个追问里，既要警惕全球化时代的负面值，又要预防革命时代的负面值，八十年代后出现的脆弱的个人主义精神链条，是要保护的。""我们今天谈'八〇后'的问题，不能不上溯历史，近者乃八十年代，远者则绕不过一九四九。只有在这个框架下，才能看清青年人何以如此的原因。'八〇后'的问题不是一代人的问题，而是几代人的问题。"孙郁：《抵抗没有历史的历史》，《东吴学术》2014 年第 1 期。不无吊诡的是，这一问题与我们的时代的关系，也是路遥的《人生》《平凡的世界》与 20 世纪 80 年代的关系。高加林与孙少安、孙少平大抵为 60 年代生人。如今二十余年过去之后，他们的子女，岂非"八〇后"？陈彦的另一部长篇小说《西京故事》中罗天福可以算作孙少平的同时代人，而罗甲秀、罗甲成则是"八〇后"无疑。个中关系，耐人寻味，有必要做深入探讨。

纪文学的自然延伸却造就了如《兄弟》《炸裂志》《第七天》般无限"切近"当下生活的"新闻式"文本。作家总体性把握生活的能力的欠缺是这些作品饱受争议的重要原因。曾以形而上的玄思营构叙述圈套的马原"复出"之后的《纠缠》与《荒唐》亦未能避免"形而下的'荒唐''纠缠'"之讥。有回应"路遥传统"意味的《涂自强的个人悲伤》也暴露出方方对生活与现实把握的"浮泛",人云亦云的"口号"和"表态"式的写作迎合了大众的不满情绪,却未能对生活和生命有更为深入的开掘与洞见。"文学不是意见,生活也不是"① 无疑切中了此类写作的"命脉"。而能否"穿越"形而下的生活经验的顽固纠缠,精神获致飞升的权利,从而写出能代表时代的精神高度的作品,成为考校作家思想力的重要维度。《装台》既有对当下生活经验的细致书写,也有作者对于生活世界及人的生存境况的深切反思,形而下与形而上的结合,使这部作品呈现出迥异于当下在"正面强攻现实"名义掩盖下的"潮流化"写作的独特气质。20世纪80年代至今难以弥合的形而上的"飞翔"偏好与形而下的"贴地"写作的分裂,在《装台》中实现了完美的融合。

《一地鸡毛》《单位》《烦恼人生》中所呈现的生活世界的琐碎无聊,却有着强大的规训力量的生存问题,也是《装台》中刁顺子痛苦的根源。小林、印家厚他们都曾在这种理想衰微、世俗的庸常生活崛起的时代饱尝生活的形而下的"纠缠"。20世纪80年代劳动者经由个人的劳动参与到宏大的社会与历史的洪流之中的"历史想象"已经为个人在现实中的无能与无力所取代。深陷"一地鸡毛"式的现实,必须经受烦恼人生的印家厚们不得不沉沦入庸常现实的平庸无聊之中。这是时代的主题使然,他们已经不大可能参与到宏大的历史之中。而怀揣理想的大学生小林历经老师病重无力援助,孩子上学及老婆工作的种种生活难题的无力,表征着那一代知识人社会角色的转变和从崇高向庸常的

---

① 张新颖:《文学不是意见,生活也不是》,见张新颖《置身其中》,上海文艺出版社2011年版,第6页。

下滑的生存状态。历史、社会、主体这些"大词"对这些人物而言已彻底"与己无关"。知识人对社会的参与意识自 20 世纪 90 年代始已逐渐成为一种"幻象",生存高于一切,即便他们内心中还残存着参与的欲念,时代也不再为他们提供机会。不独知识人必须面对形而下的"纠缠"和参与性危机,身处"底层"的普通劳动者们也已经不大可能如孙少平那样将自己的"劳作"与宏大的时代紧密相连,并从中获致"劳动"的成就感和作为劳动者的尊严感。① 辛苦劳动在刁顺子们这里仅仅成为一种赖以谋生的手段,"他积累下的经验就两个字:下苦"②。社会对"劳动"高下的区分将刁顺子蹬三轮和装台划归入"低下"一类,刁顺子不惟要承受同村人的嘲讽与奚落,还得忍受女儿和亲戚的"不解"。在女儿韩梅的眼中,(刁顺子)"活得如此卑微,见谁都一副点头哈腰的样子。见谁都是'咱就是个下苦的',一脸想博得天下人同情的可怜相"③。妻子蔡素芬觉得他"活得太可怜太窝囊"。④ 女儿刁菊花干脆就瞧不起他,"反正她现在,是越来越见不得这个见人就点头哈腰的父亲了,一副奴才相,真是让她受够了。连她快三十岁了,找不到对象,也都与老爸这副奴才相有关"。⑤ 刁顺子并非不明白社会对于他

---

① 对于这个问题,有评论家指出"在八十年代到九十年代的文化想象中,一个最大的问题转换就是把个人从集体中剥离出来,劳动从一个有尊严的对象性活动变成了一种'商品',社会解放的话语也被个人奋斗的话语所取代,个人奋斗意味着,必须在一个有效的时间段内获得社会承认的利益和资本。""八十年代的孙少安虽然出身贫寒,但是他可以凭借自己的劳动获得尊严,并改变自己在历史中的位置。现在看来,这是八十年代对于改革的一种乐观想象。今天我们发现,孙少安们已经无路可走了,因为资本的配置完全不利于孙少安们的成长。""资本和权力的垄断已经成为社会的一个常态。"杨庆祥:《"八〇后",怎么办?》,《东吴学术》2014 年第 1 期。"从'劳动'入手,'劳动者'到'劳动力'的转移,某种程度上可以视为 1980 年代到 1990 年代的转移。由此,'劳动'丧失了对于'世界'的能动性,'改造世界'的面向越来越弱,'改造个人'的面向越来越强,'劳动者'的'劳动'越来越被嵌入不断固化的政治经济关系之中,变成不及物的生存手段,以及充满幻觉的改变'阶层'地位的合法化方式。在这个意义上,'劳动'被改写成'工作','劳动者'被改写成'劳动力','世界'的问题成为'个人'的问题,社会结构的问题成为精神世界的问题。"黄平:《从"劳动"到"奋斗"——"励志型"读法、改革文学与〈平凡的世界〉》,《大时代与小时代》,北京大学出版社 2014 年版,第 37—38 页。
② 陈彦:《装台》,作家出版社 2015 年版,第 20 页。
③ 陈彦:《装台》,作家出版社 2015 年版,第 124 页。
④ 陈彦:《装台》,作家出版社 2015 年版,第 138 页。
⑤ 陈彦:《装台》,作家出版社 2015 年版,第 26 页。

所从事的劳动的"下眼观",对他这种身为"城里人"却干着进城务工人员也不屑于干的"低贱"工作的"嘲讽","可顺子实在也是没办法,一大家人,见天要吃要喝,一天口袋进不了银子,他就急得直挠头"①。尽管"越劳越挣,越是娘嫌女不爱的,有时把命都快搭上了,日子还是过不展拓,过不舒服"②。"忙得有时连一口热饭都吃不上,可日子还是过的没头绪。"③ 面对来自女儿刁菊花以及工作中的种种压力,"他没有任何拿人的武器,这么多年来,他就是用自己的低下、可怜,甚至装孙子,化解了很多矛盾,解决了一个又一个不好解决的问题"④。处处伏低伏小,能吃苦、肯背亏这种道家式的生存智慧无疑让他在既往的生活中"游刃有余",但他可能始料未及,一味地妥协退让,最终也未能化解矛盾。刁菊花觉得蔡素芬、韩梅这两个闯入自己的生活的"外来者"是"她的地狱",殊不知她也是父亲刁顺子的地狱,她的歇斯底里的"攻击",逼走了韩梅,也逼散了刁顺子辛苦建立起来的家。当然,不单是刁顺子,那些地位远高于他的人,比如瞿团,"眼看六十的人了,还得在三十几岁的娃娃面前低三下四的"⑤,向来在顺子面前飞扬跋扈的剧务寇铁也有他的为难处。而其他人如猴子、大吊、三皮、蔡素芬,甚至包括刁菊花,也各有各的问题和无奈。吴义勤对《西京故事》的如下评价无疑可以用来解释《装台》中人物的境况:"西门锁与罗天福、罗甲成代表着西京寻梦的两个不同阶层,代表着淹没在人海中苦苦挣扎的所有可怜人,让读者看到了在每个光鲜的形象背后,都潜藏着一颗痛苦挣扎的心。"⑥ "看来谁活着,也都有自己的难肠。"⑦ 家家都有难念的经,但刁顺子的经更难念,他辛苦装台,为剧作的上演做最为基础的工作,但那汹涌而来的掌声与他无关。刁顺子唯一一次对掌声的

---

① 陈彦:《装台》,作家出版社2015年版,第155页。
② 陈彦:《装台》,作家出版社2015年版,第155页。
③ 陈彦:《装台》,作家出版社2015年版,第177页。
④ 陈彦:《装台》,作家出版社2015年版,第259页。
⑤ 陈彦:《装台》,作家出版社2015年版,第2248页。
⑥ 吴义勤:《如何守住我们的"尊严"?》,《文艺报》2014年12月15日第2版。
⑦ 陈彦:《装台》,作家出版社2015年版,第248—289页。

"渴望"却并不直接与"心理和精神的满足"或者劳动被认可的幸福相关,而是内含着对工作酬劳能否顺利领取的担忧。大吊宁愿抱病工作也不愿意躺下休息,理由不过是节省在他人看来微不足道的十几元钱。辛苦劳作之余,还得为并不丰厚的回报能否顺利拿到而忧心如焚,他们生存的艰难可见一斑。

　　置身"一地鸡毛式"的生存境况之中,备受生活的煎熬,偶然一现的"幸福"便显得格外重要。与马原"审视现实的笔触虽然不乏冷峻之气,但与此同时他并未忘记以善意和温暖的眼光去打量"①其笔下的人物"身上所葆有的那些爱与美的元素,触摸人心最柔软的部分"②一般,吃上蔡素芬给他做的荷包蛋泡麻花,"刁顺子吃得香的,只想掉眼泪,幸福日子竟然就这样来了,要不是菊花捣蛋,他就觉得这辈子,活得太值了"。③"虽然忙活了七天七夜,给大家分过后,自己才剩下了三千二百块钱,刨去给菊花账上打的三千,只剩二百了,可他还是很高兴,高兴的是有人心疼自己了。活在这个世界上,还有人心疼'烂蹬三轮的'顺子,真是一件幸福得不唱不行的事。"④为给墩子"赎罪",他头顶香炉,忍受着酸、麻、僵、胀、痛,却拼命往好处想,期望着自己"跪好了,家庭就和睦了,素芬就能待下来了;跪好了,菊花就能找到好婆家了;跪好了,韩梅毕业也能找下好工作了;他甚至想到自己今夜跪好了,也能给那条断腿狗好了积点福,让它不再跛了……"⑤这种对"美好生活"的梦想却被现实一再延宕并终成"泡影"。此情此景,让人焉能不为之动容!

　　着力铺陈当代人被迫置身其中的"荒唐"的"纠缠"的马原将当代人的自我救赎寄托于"无我之爱的灌注、打通人心沟通的路径以及

---

① 张光芒:《马原〈纠缠〉和〈荒唐〉读札》,《当代作家评论》2014年第3期。
② 张光芒:《马原〈纠缠〉和〈荒唐〉读札》,《当代作家评论》2014年第3期。
③ 陈彦:《装台》,作家出版社2015年版,第45页。
④ 陈彦:《装台》,作家出版社2015年版,第98页。
⑤ 陈彦:《装台》,作家出版社2015年版,第136页。

恢复人性的尊严"①。这看似简单的"救赎之道"在日常现实中却面临着重重阻隔。与亲生女儿刁菊花互为"地狱"的刁顺子始终无法完成与菊花的有效沟通，他们之间心与心的隔膜使得刁顺子既无从理解女儿"反叛"和"攻击"蔡素芬以及韩梅最为核心的心理动因，自然也无法从根本意义上"化解"他们之间的矛盾冲突。当矛盾激化无由舒缓时，只能请德高望重的瞿团居中转圜，一时的风浪过去之后，接踵而来的更为猛烈的威逼让刁顺子手足无措。一味示弱的生存策略屡屡失败，刁顺子的节节败退无形中助长了菊花的"嚣张气焰"，终至矛盾不可调和。菊花残忍杀害断腿狗"好了"并肆意凌辱后者的尸身，已经充分暴露了被异化和扭曲的心灵的攻击性，也表现出无法获得"正常"的家庭生活的她内在的绝望感。② 为求容身之地，韩梅无奈之下嫁给朱满仓。蔡素芬再三思量之后决意离去，"好了"之死无疑是其中最为重要的促进因素。不仅如此，虽然娶了蔡素芬，刁顺子却并不曾进入后者的内心，他对蔡素芬的"过往"几乎一无所知，自然也无法明白对方嫁给自己的真实原因。直到作品末了，他都未能理解这个相貌姣好、心地善良、温柔贤惠的女子缘何死心塌地地愿意和他同甘共苦相守到老，也未必理解她选择离去的真正缘由。③ 这种与至亲之人的"疏离感"是现代

---

① 张光芒：《马原〈纠缠〉和〈荒唐〉读札》，《当代作家评论》2014 年第 3 期。
② 书中关于刁菊花与树生的"一夜情"的叙述是菊花生活中难得一见的"亮色"，而她在与谭道贵结合之后的"正常"表现已足以说明她疯狂的"攻击性"和在家庭中的"排他性"的根本缘由。惟其如此，谭道贵被抓，菊花被迫重回娘家，因无法继续打十分昂贵的美容针以保护"美"过的容颜，"美容"演变成"毁容"。"凤还巢"的她极有可能更为猛烈地攻击周桂荣及她的孩子丽丽。联系到菊花对蔡素芬及韩梅的欺辱及其对"好了"的残忍，让人不免有"无边的恐怖"感。
③ 在作品的第二十八章，刁顺子对"墩子事件"的"窝囊"处理触发了蔡素芬的自我反思，与性子"特别刚烈，眼睛揉不得半点沙子"的前夫孙武元的"悲剧"结局使得她在择偶问题上步入了另一个"极端"："她觉得不管怎样，都得有个男人，并且这个男人咋都不能太刚烈，甚至窝囊些最好。""她开始对顺子真的是特别满意，即使菊花那样侮辱她，收拾她，她也都能忍着、受着，她觉得活着，是那样的安全。可慢慢的，她也在怀疑，找顺子是不是一个错误？自己从那样刚烈的男人怀抱，坠入到如此孱弱的男人怀里，这种落差，甚至让她每每半夜醒来，都怀疑自己还是不是蔡素芬，还是不是真的活在人间？""两个男人，就这样一直在她面前来回缠绕着，本来很是平静的心情，就有些大不平静了。"蔡素芬此时的反思，其实已经暗含着后来"离开"的"苗头"，而她对三皮的"纠缠"的"回应"也耐人寻味，虽说并未跨越底线，但她的处理，已经是当年应对蒋老板的方式的"重现"，亦潜伏着同样的"危险"。对"暗流涌动"的日常生活，刁顺子始终浑然不觉。

人的真实生存境况,格里高尔·萨姆沙的"变形"不过是此种境况的隐喻。而无法与自己的妻女有"心的交通"的"孤单"的刁顺子必须独自应对个人生命的悲欢离合且无由解脱。

第二节 "普通生活"的意义问题

探讨"作为一种生活方式的哲学"的哲人苏格拉底告诫我们,未经省察的生活不值一过。帕斯卡尔也把能"思想"视为人之为人的"尊严"所系。对于命定必须承受"否定性的创伤"和"未完成的痛苦"的人类而言,自我与现实的分裂是无法弥合伤痛之一,哲学的助产术因之是个人回归"自身"从而抵抗"灵魂的痛苦"的必由之路。经受生活世界诸般事项的形而下的纠缠,"苦熬"的刁顺子也并非没有反顾自省的机缘。在作品的第八十章,一贯"木讷""软弱""无能",并无自我反思能力的刁顺子似乎瞬间里"天目"洞开,意识到个人生存的问题性,以及与戏文的对照处:

> 他突然想起了《人面桃花》里的几句戏,虽然意思他也没全搞明白,但那个"无常"、"有常"啥的,还是让他觉得此时特别想哼哼两句:
> 花树荣枯鬼难挡,
> 命运好赖天裁量。
> 只道人世太吊诡,
> 说无常时偏有常。
> ……①

彼时刁顺子先后经历第一任妻子田苗与人私奔且不知所终;第二任妻子赵兰香身患恶疾不得已撒手人寰;第三任妻子蔡素芬因家庭纠纷难

---

① 陈彦:《装台》,作家出版社 2015 年版,第 428 页。

以缓解且大有愈演愈烈之势，无奈之下离他而去；大哥刁大军风流半生潇洒半生终落得晚景凄凉悄然而逝；养女韩梅无奈嫁人；同事大吊劳累过度客死他乡；他也将迎来自己的第四任妻子，也就是大吊的遗孀周桂荣。曾经百般刁难万般无礼吓跑韩梅，逼走蔡素芬的亲生女儿刁菊花因丈夫被抓重回娘家，她对蔡素芬的"仇恨"对自己命运的"愤怒"无疑将转移至周桂荣和她的孩子丽丽。周桂荣所面临的"痛苦"已徐徐拉开帷幕，另一轮家庭纠纷即将上演……从第一章蔡素芬初入刁家遭遇相貌不佳，年届三十仍待字闺中的刁菊花"指桑骂槐地在楼上骂了半天，还把一盆黄橙橙的秋菊盆景，故意从楼口踢翻"①，到第八十章刁菊花知晓周桂荣是其父新找的女人后"气得扬起手，就把一个花盆掀翻在地了"②。小说完成了一个"轮回"，或者说是一次"重复"。如是安排，显然是有作者的寄托。

刁顺子对生活的"了悟"被作者道破之后，如何继续生活便成为摆在他面前的重要问题。人生也许就是这样，持续的劳作消磨着人的意志和抗争命运的信心。"使人生圆滑进行的微妙的要素，莫如'渐'；造物主骗人的手段，也莫如'渐'。在不知不觉之中，天真烂漫的孩子'渐渐'变成野心勃勃的青年；慷慨豪侠的青年'渐渐'变成冷酷的成人；血气旺盛的成人'渐渐'变成顽固的老头子。因为其变更是渐进的，一年一年地、一月一月地、一日一日地、一时一时地、一分一分地、一秒一秒地渐进，犹如从斜度极缓的长远的山坡上走下来，使人不察其递降的痕迹，不见其各阶段的境界，而似乎觉得常在同样的地位，恒久不变，又无时不有生的意趣与价值，于是人生就被确实肯定，而圆滑进行了。"③但是刁顺子愿意在同事大吊故去之后承担起照顾其遗孀周桂荣和他的女儿——需要高昂的医药费做整容的丽丽，再一次表达并强化了他的责任意识和做人的尊严。这种尊严，不依赖帕斯卡尔所谓的

---

① 陈彦：《装台》，作家出版社 2015 年版，第 1 页。
② 陈彦：《装台》，作家出版社 2015 年版，第 428 页。
③ 丰子恺：《渐》，见陈平原编《佛佛道道》，复旦大学出版社 2005 年版，第 10 页。

"思想",也不是苏格拉底意义上的"自我省察",他有他的传统,"我始终希望自己笔下的人,都有一种自强自立意识,不靠天,不靠地的活得周正硬朗。这是一种文化传统,但更是一种现代觉醒,现代人的本质就是自主、自省、自强、自立,活出独立人格,活出靠自主奋斗所换取的做人的尊严"[1]。在这种传统中,生命被设想为一个素朴的过程,它的意义并不依赖那些关于人生意义的宏大词汇而可自行呈现。

作者十分切肤地意识到,社会并不曾为刁顺子这样的人物预留改变命运的机会,没有为他们进入另一个阶层,过上另一种生活敞开大门。刁顺子命定只能依靠装台或同样的方式"谋生",他的生活史也只能是一部"心酸史"和"血泪史"。因女儿刁菊花所引发的家庭矛盾不过是个隐喻,对这样的角色而言,不可能有平静而幸福的生活,这是真正的"底层"生活的辛酸书写,但作者力图唤起的,并不是我们的怜悯和同情。刁顺子们的生活状态,如果不被强行归入关于"底层"的言说的语境中,我们可以体会到他们应对烦、畏、死的一种可能横亘千年的基本态度。也就是说,不从简单的社会学意义上阐释刁顺子的生活,我们可以发现,一个独立地、精神无所依傍的个体如何面对人生的烦、畏、死。他们的存在也在提醒着我们,大多数情况下,在超越力量付诸阙如的生存境况下,这是他们最为真实的生活形态。威廉·巴雷特发现,与西方文化在遭遇虚无时的绝望不同,"中国道家发现'太虚'时心情安宁、平和乃至很欢悦。对于印度佛教徒来说,虚无观念在他们身上可以唤起对所有生物普遍怜悯的心情;因为在他们看来,这些生物全都陷入了归根到底是没有根基的生活之网"[2]。生活一旦被取消了形而上的"意义",身处其中的生命便只能是一个自然的过程,"未知生,焉知死","怪力乱神,子所不语;六合之外,存而不论"便是哲人对人世体察透彻之后的应对之法。陈彦曾详细讲述过自己读清人彭端淑《为学一首示子

---

[1] 陈彦:《坚挺的表达》,上海文化出版社 2012 年版,第 179 页。
[2] [美]威廉·巴雷特:《非理性的人:存在主义哲学研究》,段德智译,上海译文出版社 2007 年版,第 307 页。

侄》的感悟:"这篇清人笔记,我推荐过很多人看,甚至让女儿背诵过,我觉得它对我的人生影响是巨大的。无论唐僧,还是这个西蜀贫僧,给我们的都是一种人生行进的姿态,这种姿态是用信念雕塑而成,无论面目如何柔弱卑微,其内在精神力量都是坚不可摧的。"① 这种领会,便是对中国传统思想入世一脉核心精神深入体察之后的自然承续。

对这一精神传统以及由之开出的生存策略也有通透理解的,是饱经世事沧桑,且希望写出"苍凉人生中的情义"的张爱玲。在论及中国人的宗教观时,张爱玲写道:"受过教育的中国人认为人一年年地活下去,并不走到哪里去;人类一代一代下去,也并不走到哪里去。那么,活着有什么意义呢? 不管有意义没有,反正是活着的。我们怎样处置自己,并没有多大关系,但是活得好一点是快乐的。"② 以张爱玲的说法为参照,我们就可以更为深入地理解陈彦的如下观点:"我们总是注视着这个社会塔尖上一些人物的生活,却较少思考底层的很多人,他们不得不过着的那种生活。例如《迟开的玫瑰》中的乔雪梅,1998 年,当时大家都在写女强人、住别墅的女人,但我不解,只有那些人的生活是有价值的吗? 更多的普通老百姓就是这样生活的,他们的生活难道就没有价值了吗? 我当时只想思考这个问题。到现在看来,这个思考应该是有价值的。我们不能不重视底层人、普通人的生活,更不要用一种时髦的观念去审视他们的生活是旧的还是新的,反正是新是旧他们都得那样活着。"③ 无论是新是旧,他们都得活着,并且也还要努力活得更好,活出普通人的价值和尊严。无疑,刁顺子们存在的意义并不在于对生存的形而上的思考和省察,而是作为一个立足于庸常生活、为了温饱而疲于奔命的普通人如何展示其生命的价值和意义。对刁顺子这样的人而言,"活着"是一切"意义"问题的基础。在思考"人应该如何生活"

---

① 陈彦:《边走边看》,上海文化出版社 2012 年版,第 13 页。
② 张爱玲:《中国人的宗教》,《散文卷二:1939—1947 年作品》,哈尔滨出版社 2003 年版,第 66 页。
③ 陈彦、焦雯:《现代戏应剥离时尚 进入精神深层——著名编剧陈彦谈现代戏创作》,《边走边看》,上海文化出版社 2012 年版,第 371 页。

之前，先在的问题应该是"人应该如何活着"，应该如何应对纷至沓来的日常现实。余华把《活着》的意义定义为："人是为活着本身而活着的，而不是为了活着之外的任何事物而活着。"① 对普通人生命状态的准确把握，让余华认为自己"写下了高尚的作品"。《装台》则更进一步，在如是解释普通人的生命状态之外，还发现了普通生命的"尊严"及其形而上意义。

意识到中国人有着对生命存在总体性的"虚无"观念，却并不似西方人将精神指向"绝望"，反而将目光更多投注于日常生活，张爱玲如是解释《红楼梦》中缘何曹雪芹会不厌其烦地开列菜单，并巨细无遗地铺陈"欢宴"的内在原因："就因为对一切都怀疑，中国文学里弥漫着大的悲哀。只有在物质的细节上，它得到欢悦——因此《金瓶梅》、《红楼梦》仔仔细细开出整桌的菜单，毫无倦意，不为什么，就因为喜欢——细节往往是和美畅快，引人入胜的，而主题永远悲观。一切对于人生的笼统观察都指向虚无。世界各国的人都有类似的感觉，中国人与众不同的地方是：这'虚无的空虚，一切都是虚空'的感觉总像个新发现，并且就停留在这阶段。一个一个中国人看见花落水流，于是临风洒泪，对月长吁，感到生命之暂，但是他们就到这里为止，不往前想了。灭亡是不可避免的，然而他们并不因此就灰心，绝望，放浪，贪婪，荒淫——对于欧洲人，那似乎是合逻辑的反应。像文艺复兴时代的欧洲人，一旦不相信死后的永生了，便大大地作乐而且作恶，闹得天翻地覆。"② 不把生命推向绝境，是古圣先贤对置身于天地之间的生命存在体察的精深微妙之处，也是作为中国文化思维核心的《周易》精神的基本运行规则所在。贾平凹《带灯》中为几近崩溃的樱镇世界安置了"上出"的力量，"佛"的意象的出现表征着天地孕育万物"生生不息"的精义。《装台》第一章和第八十章构成的回环往复的结构，便

---

① 余华：《为内心写作》，《灵魂饭》，南海出版公司2002年版，第222—223页。
② 张爱玲：《中国人的宗教》，《散文卷二：1939—1947年作品》，哈尔滨出版社2003年版，第65—66页。

是《周易》智慧的杰出表现。道家的安常处顺，禅家的弃绝欲念，苏格拉底建议中的自我反省，帕斯卡尔对神性的依靠。这些并不属于刁顺子，并不能直接拿来解决他生命中不能承受之重。哲人们针对人生问题开出的"药方"，大抵并不是为刁顺子这样的群体所设。困扰他最为核心的还不是人生意义的有无问题，不是应该如何应对"有常"与"无常"的问题。最为切己的问题是：明天如何工作？如何为一口吃的而忙碌着。然而，需要进一步追问的是，在如"蝼蚁"一般的命定被取消自我反思能力的生活中，人有无可能获得另一种存在的尊严？

在关于《妇女闲聊录》的访谈中，林白谈到了她对普通人生活状态和价值依托的理解："中国的民间，一代代人的生活方式和生活态度的变化都不是很大的。那么，在这种情况下，反倒能够保存我们面对灾难、面对苦难、面对自然的变化时的一些本能反应。"①《妇女闲聊录》中的木珍，自有其欢乐，有其幸福和无奈处。木珍们的生活也是刁顺子的生活，没有必要非得将他们拖入"现代性"的启蒙的人生境遇之中，强行为他们设置一种知识人想当然的"超脱"之法，让他们努力完成他们那个群体决然不可能完成的对生存困境的超越。张新颖发现，沈从文并不用新文学"启蒙"的心态规训笔下的人物，而是贴着他们的生活，用心倾听他们的声音，真正从他们的生活出发理解他们的人生道路。这或许也是陈彦不曾为刁顺子安排一个"光明"的结局，没有让刁顺子、蔡素芬、刁菊花、三皮他们各有一份"幸福"并"圆满"收场的内在原因。也正是这种宿命般的轮回的存在，揭示出刁顺子们生存的无奈与痛楚。这是对人在这个世界上的根本处境体察得精微至极之后的处理，与王国维欣赏《红楼梦》的悲剧结局的内在原因不无暗合之处。

因此，支撑刁顺子的是祖祖辈辈传承下来的做人的本分，是他对人的尊重和对自己工作的敬事。这是他个人的尊严所系，也是千百年来中国人即便历经生存的磨难仍然传承不绝的生存的智慧。"装台队伍里，

---

① 陈思和：《"万物花开"闲聊录——林白访谈》，载陈思和《海藻集》，广西师范大学出版社 2007 年版，第 368 页。

还来过一个借暑假打工的大学生，走时给别人说，别看顺子这人不起眼，但在他身上，还有一种叫责任的东西。瞿团也说过这样的话，开始他不明白，时间一长，他也似乎有些懂得这话的意思了，就是说他能把事当事，把别人当人哩。"① 在陕西方言中，"把事当事"就是"敬事"，这"敬事"想必与孔子所说的"敬事"意思相同。（道千乘之国，敬事而信，节用而爱人，使民以时。《论语·学而》）往小里说，就是陈思和所说的"他有职业自尊的。我觉得这就是普通人的一种自尊，一种岗位的尊严"②。"他一方面也受欺负，被拖欠工资，被人剥削得很厉害，但一方面他也有他的尊严。"③ 而由岗位意识产生一种责任感和尊严感，是为普通人的价值依托和精神所寄。人人各安其位，各尽其分，在有限的范围内，尽职尽责，成就一个普通生命的伟大处。作为一个城里人，刁顺子并非不能选择疤子叔、刁大军的生活道路，他可以像尚艺路的同村人一样，加盖房屋，之后以赌博打发时日。但他对人生有一种朴素的想法：一个人得靠诚实劳动安身立命。他的这种价值观念，是祖祖辈辈流传下来的素朴的生活哲学。与刁大军这样一些人相比，这种观念似乎有些落伍和不合时宜，但它却是生活在这块地面上的先辈们尊奉的人生信条，支撑着一代代人在艰难与困苦中顽强地活下来。刁顺子对这种价值观念的认同和自我实践，让他身上拥有了"生命自身由里而外散发出来的生气"④。这样说，是不是意指刁顺子这一

---

① 陈彦：《装台》，作家出版社 2015 年版，第 189 页。

② 陈思和：《"万物花开"闲聊录——林白访谈》，载陈思和《海藻集》，广西师范大学出版社 2007 年版，第 372 页。

③ 陈思和先生在与林白围绕《万物花开》的对谈中，认为作家应该写出普通人的岗位的尊严，而他们的生活，是和知识分子的"民间想象"完全不同的另一种状态："民间的欢乐就是过去讲的小青虫。它的生命非常短暂，但短暂的过程当中，它会一瞬间开花，它每一天都在那儿挥霍，生命过去就过去了。所以民间的力量，你不能考虑一个过程，它没有过程的，它就是生存的形态，一个形态就是一个状态。""《万物花开》这部小说，一个是表现出当下中国民间的原生态，还有，它肯定了民间有这种抗拒灾难的力量，这个力量恰恰是我们最宝贵的。隐藏在民间的这个最大的肯定性、积极性，我们往往是把它忽略，把它抽象成一个麻木的状态。"陈思和：《"万物花开"闲聊录——林白访谈》，载陈思和《海藻集》，广西师范大学出版社 2007 年版，第 372、373 页。以上的说法，可作为《装台》的参照。

④ 张新颖：《沈从文与二十世纪中国——从"关系"中理解"我"、文学、思想和文化实践》，载张新颖《沈从文与二十世纪中国》，复旦大学出版社 2014 年版，第 18 页。

类人，是在新文学"人"的传统形象之外的另一种角色，有其所属的人物谱系和精神归属？

现成的参照是张新颖笔下的沈从文。为了说明沈从文的"文学里面有天地，比人的世界大"①，张新颖援引了《边城》中的一个典型情境："作品开篇，描述茶峒地势，依山凭水而建，河街房子莫不设有吊脚楼，'某一年水若来得特别猛一些，沿河吊脚楼，必有一处两处为大水冲去，大家皆在城上头呆望。受损失的也同样呆望着，对于所受的损失仿佛无话可说，与在自然安排下眼见其他无可挽救的不幸来时相似'。"② 这是对"天地不仁的无可奈何的体会、默认和领受"③，是"自身悲剧成分和自来悲哀气质的外现"④。沈从文文学的好处，就是他不拿新文学启蒙意义上的"人"的观念来看待这些人物，"当这些人出现在沈从文笔下的时候，他们不是作为愚昧落后中国的代表和象征而无言地承受'现代性'的批判，他们是以未经'现代'洗礼的面貌，呈现着他们自然自在的生活和人性。沈从文对这些人'有情'，爱他们，尊敬他们，他能从他们身上体会到生命的努力和生存的庄严，体会到对人生的忠实与对命运的承担"⑤。

与沈从文笔下的人物即便把"天地不仁'内化'为个人的命运"，却仍然有"明朗、刚健的力量和生生不息的气象"⑥一般。《装台》第一章和第八十章构成了一个回环往复的结构，似乎明示着另一个人生际遇的循环即将开始。这正是《周易》系统无穷无尽的自演化

---

① 张新颖：《沈从文与二十世纪中国——从"关系"中理解"我"、文学、思想和文化实践》，载张新颖《沈从文与二十世纪中国》，复旦大学出版社2014年版，第19页。

② 张新颖：《沈从文与二十世纪中国——从"关系"中理解"我"、文学、思想和文化实践》，载张新颖《沈从文与二十世纪中国》，复旦大学出版社2014年版，第23页。

③ 张新颖：《沈从文与二十世纪中国——从"关系"中理解"我"、文学、思想和文化实践》，载张新颖《沈从文与二十世纪中国》，复旦大学出版社2014年版，第23页。

④ 张新颖：《沈从文与二十世纪中国——从"关系"中理解"我"、文学、思想和文化实践》，载张新颖《沈从文与二十世纪中国》，复旦大学出版社2014年版，第23页。

⑤ 张新颖：《沈从文与二十世纪中国——从"关系"中理解"我"、文学、思想和文化实践》，载张新颖《沈从文与二十世纪中国》，复旦大学出版社2014年版，第13页。

⑥ 张新颖：《沈从文与二十世纪中国——从"关系"中理解"我"、文学、思想和文化实践》，载张新颖《沈从文与二十世纪中国》，复旦大学出版社2014年版，第24页。

可能性的征象。个人命运的循环往复也是世世代代人的生命形态的真实写照。沈从文《萧萧》中结尾的处理即有同样的寓意。家庭幸福的转瞬即逝并不曾消耗掉刁顺子的生活热情和责任意识,接纳周桂荣母女因此便是又一次对生活重担的主动承担,"菊花问他是不是又找了女人。顺子点了点头。那是一种很肯定的点头,肯定得没有留出丝毫商量的缝隙"①。至此,我们可能会明白基尔克郭尔《重复》中反复申明的观点:"全部的生活是一种重复。"②诱惑我们深陷其中却无由自拔的"重复"。

《红楼梦》中贾宝玉历经人世变幻之后遁入空门,写尽了中国文化为个人生命开出的应对绝望之法。我们未必需要如此,《装台》的写作也未必要导向这样一个结局。这个世界中有刁大军、有疤子叔,也有大吊、周桂荣、蔡素芬,有韩梅,也有丽丽、刁菊花,众生万象不可一概而论,刁顺子的生活还要继续,如果他此后平添了省思自己生活的能力,那么,他时时会想到的,不是"活着的意义和价值",而是"此生才是我们最切身的事"。歌德《威廉·麦斯特的学习时代》中,威廉对一位牧师抱怨自己从过去的岁月毫无所得,虚度年华。牧师说:"你错了,我们所遇到的一切都会留下痕迹,一切都不知不觉地有助于我们的修养;可是要把它解释清楚,是有害无益的。那样一来,我们会变得不是骄傲而傲慢,就是颓丧而意气消沉,对于将来,二者都是同样地阻碍我们。最稳妥的永远是只做我们面前最切身的事……"③ 布鲁姆从柏拉图《王制》中也读解出同样的意思,"对于所有不是哲人的人而言,命运有一种从幸福到不幸、然后复返的永恒变化"④,这可能是尼采"永劫回归说"的变调,"在没有来世的情况下,人在今生可以通过运用他

---

① 陈彦:《装台》,作家出版社 2015 年版,第 428 页。
② [丹麦]基尔克郭尔:《重复》,京不特译,东方出版社 2011 年版,第 3 页。
③ 转引自张新颖《此生就是我们最切身的事》,载张新颖《此生》,上海书店出版社 2012 年版,第 37—38 页。
④ [美]布鲁姆:《人应该如何生活:柏拉图〈王制〉释义》,刘晨光译,华夏出版社 2009 年版,第 183 页。

的自然力量来获得自足的幸福,并且只有通过这种方式,他才会在人所能及的范围内分享永恒"①。也即是说,万物运行一如如赫拉克利特所观察到的:一切皆流,无物常驻。

行文至此,不难联想到契诃夫的《三姊妹》《樱桃园》,想到贝克特的《等待戈多》,沈从文的《萧萧》,余华的《活着》等。这些作品所涉内容与《装台》虽相去甚远,但它们之间有着某种内在的、隐秘的联系。一个辛苦劳作养家糊口的底层装台人,他得面对内外交困的生活问题,他有他生之欢乐,也有他不能承受之痛。但他活着,工作着,也爱着。他不是在社会学的意义上与三姐妹、艾斯特拉冈、弗拉基米尔以及湘女萧萧、福贵属于同一类型,而是在人,在生命的意义上。在这一意义上,一个普通人,也会像"玫瑰和亚里士多德那样死去"②。因为"人是有尊严的高级动物,无论职位高低,贫富贵贱,在生命面前是平等的"③。而书写"人"的境况和命运的艺术的"本质是对人类进行严肃而深入肌理的思考"④。

第三节 "小人物"的生存本相

从《西京故事》到《装台》,陈彦完成了他写作的一次重要的"转变",一种从"人"出发的书写取代了社会性的省思。陈忠实曾说过,路遥《人生》的出现对他产生过极大的冲击。那时他还在国家政策决定着农民饭碗的稀稠的社会性层次思考问题,路遥却从"人"的意义上思索一代人的命运问题,经由对一个人的命运的书写,让一时代所有人的命运涌现在他的笔下。这也是《装台》与《西京故事》精神境界的分野,《西京故事》人物命运的安排中尚有王国维所说的政治的、国

---

① [美]布鲁姆:《人应该如何生活:柏拉图〈王制〉释义》,刘晨光译,华夏出版社2009年版,第184页。
② 转引自余华《关于平等的书》,载余华《灵魂饭》,南海出版公司2002年版,第211页。
③ 陈彦:《边走边看》,上海文化出版社2012年版,第24页。
④ 陈彦:《坚挺的表达》,上海文化出版社2012年版,第24页。

民的、历史的思虑做背景。《装台》则向前行进了一大步,直接从"人"的意义上思考"人"的问题。退一步讲,任何时代的体制都很难为"所有人"提供完全平等的机会。总还有一部分人只能生活在"底层",成为一个时代和社会基础性的庞大存在。社会秩序不可能顾及所有人的"幸福",多少年的社会变革也不曾为他们一劳永逸地承诺一个"至福"的境界。他们便只能在自己被给定的处境中完成一个人的人生道路的选择。这个过程是中国文化与文学最为勉力探讨的"过程"。那里没有理性的、盲目的提升和超越,只有"生活"本身,只有人在天地之间的最为真切也最为素朴的"存在"境况。无论帝王将相、才子佳人还是引车卖浆贩夫走卒,在这一意义上的处境并无不同。因此上,《红楼梦》是写"人"的,不是社会和阶层意义上的人,是剥离社会与阶层意义上的赤裸的自然人。喜怒哀乐、悲欢离合、生老病死,最为基础也始终同一的生存处境,让哈姆雷特、贾宝玉、刁顺子成为共同的"类"的存在。

　　罗天福一家与"传统"思想与文化的内在的关联,让他们的坚守有着巨大的精神背景做支撑,其厚重和丰富自不待言。但身为西京城老住户的刁顺子既无"祖产"可以坐食,亦无精神的资源可供依凭。他不但生活在西京城"生活"之外,他还是文化的无根者,是精神的浮萍。生之欲望支撑着他的诸般努力,活着高于一切。偶尔在装台时获得的被"信任"和"倚重"的满足感注定转瞬即逝如昙花一现,并不足以支撑一个人的生存。每当拖着极度疲惫的肉身回到冰锅冷灶的家中,一种内在的空虚和寂寞或将悄然袭来。如果说《西京故事》中罗甲成、罗甲秀自谋出路,自食其力,不把改变命运的希望寄托在进城读大学上,尚还有作者对社会和世相的大寄托在。刁顺子则直接褪去了这些浮华的话语对生存真相的遮蔽,直接进入到人的存在本身,在这一意义上,任何虚伪的"安排"都不如他们命运的自我重复来得深刻,来得悲凉,被取消终极"意义"和"向上"的力量的生存境况以及人物在其中的苦苦挣扎,几乎道尽了中国人在他们的生活世界里最为本真的生存实相。在《西京故事》中,紫薇树和东方雨老人均代表着传统文化传统精神之"超稳定结构"的象征符号的强大所指,支撑着在日常生活中日渐颓败的罗甲成的内心,使他总能够在最后一刻逢凶化吉,遇难成祥,不至于陷入彻底绝望而万劫不复。但作者或许切肤地意识和体验到的是传统精神之于"底层"的精神困境的无奈和无力,他取消了刁顺子原本可以拥有的精神的后盾。让他无所依傍,独自行走在"陌生而异己"的大地,与卡夫卡笔下的格里高尔·萨姆沙成为难兄难弟。偶然一见的生之温情终究敌不过生之艰难的日常世界的运行逻辑,蔡素芬的被迫离去让他短暂的幸福生活重回原点。第一章和第八十章其实构成一个轮回,刁菊花还是刁菊花,不过是蔡素芬换作了周桂荣,生活还得继续,太阳照常升起,刁顺子即便不认命,不甘心,又能如何?!如果这部小说可以续写第八十一章,那么会是刁顺子继续外出装台,刁菊花再度排斥周桂荣母女,家庭内部战火纷呈,在外勉力维持生计,内外交困中,刁顺子就这样把生活过下去。

细思量下,或许"乾坤"不过"一戏场","一部廿四史衍成古今传奇、英雄事业、儿女情怀,都付于红牙檀板"①。"大千世界之形色景象,全体人类之欣欣苦楚,均于此中舒展显现,幻作一场淋漓痛快之戏情。人类幕面登场,固毋庸欷歔伤感,只稍稍启发一点慧心,自能于鼓舞轩鼙雅颂豪歌中宣泄无穷意趣也。当场人或参观客一旦寄迹歌舞台前,便应安排身心,静观世相之定理,参悟人生之妙智。"② 一如那个罗马神话所示,人是"忧虑和粘土的产物"③。在塑造他们时,忧虑女神"把某种使人无休止地自忧的因素注入了人的本性之中"④。因此,

---

① 俞曲园苏州留园乐楼题楹,转引自方东美《生命情调与美感》,载陈国球、王德威编《抒情之现代性:"抒情传统"论述与中国文学研究》,生活·读书·新知三联书店2014年版,第262页。

② 方东美:《生命情调与美感》,载陈国球、王德威编《抒情之现代性:"抒情传统"论述与中国文学研究》,生活·读书·新知三联书店2014年版,262页。

③ [美]戴维斯·麦克罗伊:《存在主义与文学》,沈华进译,春风文艺出版社1988年版,第2页。

④ [美]戴维斯·麦克罗伊:《存在主义与文学》,沈华进译,春风文艺出版社1988年版,第2页。

人就只能是这样一种造物,"他受到毫无必要的忧愁、不可理喻的怀疑和无缘无故的恐惧的折磨——而他之所以这样正是由其真正的本性使然"①,因为他是"人"。这种存在主义式的解释并不能说明刁顺子此刻"顿悟"的复杂性,虽然刁顺子的生存境遇带有显明的存在主义式的悲怆气氛。作者通过对他的生活断面的书写,表达的是一种中国式的"悲哀"心态。

同为书写人的终极困境,海明威对"压力之下的优雅"的强调并非是一种精神姿态,而是作家对人生在世的价值与意义看深看透之后的自由选择,背后有沉痛的大寄托。"一个人生活的体验愈多,愈能欣赏庄子思想视野的宽广、精神空间的开阔及其对人生的审美意境;一个人社会阅历愈深,愈能领会庄子的'逍遥游'实乃'寄沉痛于悠闲',而其思想生命的底层,则未始不潜藏着深厚的激愤之情。"② 历来文人于沉重生活中的精神所寄,多在老庄禅宗一路。但这样的悠闲,却并非寻常人物所能轻易获致。作者既无意为人物接通传统文化的精神根脉,刁顺子便无从在沉痛的生活中汲取庄子超脱的智慧,他不大懂得如何"寄沉痛与逍遥",也不明白如贫嘴张大民那般将严肃的生活转化为其本质的非严肃之中,将沉重的生活转化为其根本的轻逸之中。他不能飞升,只可以紧贴地面。超脱也罢,执着也罢,终究尘归尘、土归土,如雾如电,化烟化灰,把个红红火火的世界归于寂灭与死灰之中。刁顺子独立于生活世界的诸般纠葛之中,无所依傍,即便在最为艰难的时刻也无法征用现成的精神资源以化解实在界的矛盾,缓释外来的压力。精神不可依靠,剩下的便只能是一个顽固的信念:人活着,必得承受生之艰难与死之痛苦。疤子叔、刁大军的生活并不是他的生活。他偶然偏离自己的生活轨道的一次,是想重返少年时不胜艳羡的"退休干部"的悠闲生活,晨起玩鸟,无所事事且了无牵挂,无奈这一点也终难成就。大

---

① [美]戴维斯·麦克罗伊:《存在主义与文学》,沈华进译,春风文艺出版社1988年版,第2页。
② 陈鼓应:《庄子浅说》,生活·读书·新知三联书店2012年版,第1页。

吊和周桂荣及孩子的到来迫使他重回自己生命的轨道中，如同梦中的那只蚂蚁，回到"人民群众的汪洋大海"之中，重返大多数人的生活，与千万如他一样的普通人，各有其爱与憎，但还得把日子过下去。

因此《装台》很可能还是一部"悟"书，作者写尽了人事的沧桑，个人面对世界的无奈和无力。那种人定胜天或者"我就是玉皇，我就是龙王，喝令三山五岭开道，我来了"①的气概已然不复存在。有的只是人被日常生活日渐消磨的隐在的痛感。他们无法参与社会与历史的宏大叙事，舞台上的鲜花掌声也与之无关，有的只是凡俗生活缝隙中的辗转挣扎和默默无闻的艰辛劳作。其实对于绝大多数人而言，谁不是这个历史大舞台的"装台人"？抛却轰轰烈烈、光彩绚烂的华丽幻觉，谁不是为活着而活着？人与蚁群一般，"还不都是为一口吃的，在世上奔命哩"②。《装台》正是透过刁顺子等一群游离于宏大叙事之外的小人物，深刻揭示了人的生存本相。贾宝玉在温柔富贵之乡、钟鸣鼎食之家历经世事兴亡变化及其影响下的个人命运的起废沉浮之后，明白"'好'即是'了'"的道理而遁入空门，倒还算是人生的"了局"。刁顺子即便悟出《人面桃花》中"无常"与"有常"与己有关的隐喻意义，从庄严前行的"蚁群"中体悟到普通人生活的庄严与伟大处，不是还得为生活苦着累着。这是真正的"普通人"的生命状态，古今同慨，中西皆然。

第四节 "物"的寓意与"人"之境况的互参

如果说《西京故事》意蕴的丰富性与其较为明显的"复调"特征密不可分——罗天福、罗甲成、罗甲秀父女以及西门锁，西门锁的前妻赵玉茹等各有其爱憎，有其面对个人生之无奈与痛苦的独特的应对之法，他们的不同"声音"在作品中呈现为"平等"的"对话"关

---

① 转引自刘诠《不是"上帝"是"龙王"》，《读书》2004年第3期。
② 陈彦：《装台》，作家出版社2015年版，第4页。

系——的话,《装台》的内在意蕴,亦与其独具匠心的结构安排关系紧密。而可以和《装台》的结构对照理解的,是贾平凹的新作《老生》。以激活作为"前现代"的中国小说的叙事传统的方式,努力在西方现代小说传统之外别开一路,自中国古典思想古典美学中开掘小说的新境界,是贾平凹多年来的写作追求。在其新作《老生》中,《山海经》与正文中讲述的四个故事的对照构成了这部作品的要义所在。

与《老生》的结构相仿佛,《装台》中与现实的人生构成对照的,还有贯穿小说后半部分的新戏《人面桃花》。这部依据历史故事演绎而成的剧作无疑属千百年来人们对于崔护《题都城南庄》故事"重述"之一种。关于桃花与崔护的爱情纠葛的文学想象与作品中提及的另一出戏《梅龙镇》①(亦名《游龙戏凤》《正德戏凤》)剧情有异曲同工之妙,但前者更为悲凉,全然不似另一部作品的"大团圆"结局。②《题都城南庄》中关于时间与生命思考中所包含的"悲哀"意味在《人》剧中得到了充分的展现。从叙事学的角度而言,蔡素芬与桃花属于同一类型,而崔母与刁菊花则同样扮演了正常故事的"敌对"因素。精心从中外文学中研究"文学与人生"之关系的学者吴宓把戏剧定义为"爆炸的人生",强调其对于现实人生的"提升"与"净化"的作用。但《人面桃花》与刁顺子、蔡素芬的故事的同构性却取消了"文学"对于"现实人生""诗化"的惯常处理。这是与中国古典文学的核心精神不大相符的另一理路。古典作品较少"可接续性",这是与西方小说不同的思路。即便如《窦娥冤》这样冤屈弥天弥地的"悲剧",最后也要以正义得到伸张、邪恶终遭惩处为结局。《人面桃花》如是处理及其与刁顺子的故事的关系耐人寻味。

---

① 陈彦:《装台》,作家出版社2015年版,第33页。
② 见《警世通言》第三十卷《金明池吴清逢爱爱》,崔护与女子故事为该卷入话。对二人故事如是处理:崔护翌年重返都城南庄,寻女子不见,于柴门写下《题都城南庄》后离去,然终究放心不下,次日再去,见女子父亲。其父以女子思念崔护而致卧病在床相告。崔护入内,女子却已辞世。崔护大为悲痛。孰料女子在父亲的召唤下七魄重生,后与崔护结合,"崔生发迹为官,夫妻一世团圆。"(明)冯梦龙:《警世通言》,时代文艺出版社2001年版。

如果说《人面桃花》代表着《装台》中"上升"的力量，贯穿作品始终的"蚂蚁"的意象便是"下降"的一维。从小说的第一章初到刁家的蔡素芬发现浩浩荡荡搬家的蚂蚁大军，到最后一章刁顺子关于蚂蚁的诸多想法。"蚁群"与刁顺子的故事始终处于一种"并置"的关系。

> 月光下，一支黑色大军，正以五寸宽的条形队伍，从他家院墙东头翻进来，经过七弯八折，最后消失在了西墙脚的一个窄洞里。这些小家伙，多数都用两个前螯，托举着比自己身体笨重得多的东西，往前跑着。①

> 这天晚上，一队蚂蚁搬家，又从顺子家里经过，它不知从哪里来，也不知要到那里去，反正队伍很庞大，行进得很有秩序感。
> 天好像要下雨了，闷热得十分难耐，但蚂蚁没有忙乱，没有不安，没有躁动，只有沙沙沙的行进声。顺子是听到动静，才爬起来的，他给它们的队伍旁边放了水。听说蚂蚁不耐渴，缺水时间一长，会死亡的。他还给它们撒了芝麻、米粒，因为有些蚂蚁的前螯还空着，还在四处寻找，还没有什么东西可以托举。
> 他就坐下来，一边听鸣虫叫，一边看蚂蚁忙活。蚂蚁们，是托举着比自己身体还沉重几倍的东西，在有条不紊地行进的。
> 他突然觉得，它们行进得很自尊、很庄严，尤其是很坚定。要是靳导看见了，是一定会要求他顺子给它们打追光的。②

蚂蚁弱小、低微，似乎不大能够掌握自己的命运，生死有时只在一个人的抬脚间。但它们自有其责任、担当，有它们的生活秩序。定居也罢，迁徙也罢，为了生存和生息而终日劳碌着。但它们也有它们生之坚

---

① 陈彦：《装台》，作家出版社2015年版，第3页。
② 陈彦：《装台》，作家出版社2015年版，第428—429页。

定、自尊和庄严。人似乎要比它们幸福很多,虽"充满劳绩",然而可以"诗意地栖居在这片大地上"。但并不知道如何诗意地生活的刁顺子,日复一日为生存而艰辛地劳作,他对幸福生活的想象十分"低微",即便如此,"幸福"总是如昙花一现且转瞬即逝。就此我们便可以明白何以卡夫卡《变形记》中身处"异化"的世界中,柔弱的萨姆沙在某一日的早晨醒来发现自己躺在床上变成的是一只"大甲虫",而不是别的体型庞大的动物。而布鲁诺·舒尔茨则干脆教自己的父亲变成螃蟹,被母亲煮熟之后,父亲的逃亡便有些"丢盔弃甲",他的腿散落一地。父亲还会变成蟑螂,在布满灰尘的房屋中被追赶得仓皇逃窜。本书作者并无意以魔幻现实主义或阎连科"神实主义"的方式写出刁顺子蜕变成一只"蚂蚁"。但在作品的第六十五章,刁顺子在一次饶有意味的梦境中演绎了"庄周梦蝶"的故事。"后来他又梦见上城墙,不仅城墙上人多,而且城墙下的人也是密密麻麻的,开始还都是人,后来咋就都变成蚂蚁了。不仅别人变成蚂蚁,而且自己也变成蚂蚁。"① 那一只刁顺子幻化而成的小小工蚁努力跟随着蚁群缓慢行进,偶然地掉队但终究要回到"人民的汪洋大海"之中。它们走在大路上"黑压压一片,数万只蚂蚁,在快速朝前行进着,它们头上托举着各种东西,他看着有米粒、有虫卵、有白糖、有芝麻、有果核、有肉沫、有蜘蛛腿、有蚊子头、有苍蝇翅膀,还有托举着鸡蛋皮和沙粒的家伙,行进得十分整齐庄严,他甚至还产生了一种身为蚂蚁的骄傲和自豪。"② 刁顺子真有些庄子"不知周之梦为蝴蝶与,蝴蝶之梦为周与"的感慨了。这时候,我们会想到,如果有另一种更为高级的生物如是观照人类的生活,他们将会如何描述?好些年前,听一位诗人讲述过这样一个小故事:某一日,外星人来窥探地球人的生活,回去给他们的上司做了如下描述:地球人每天早晨从一个个水泥盒子里面出来,登上一只铁盒子,下午再坐上铁盒子回到水泥盒子中。这种对我们生活的巨大的陌生化叙述在那一刻曾

---

① 陈彦:《装台》,作家出版社2015年版,第343页。
② 陈彦:《装台》,作家出版社2015年版,第349页。

经教人为之一震。

如果我们的叙述可以稍稍偏离既定的"轨道",从"蚁族"的当下意涵出发更为切近地讨论以上问题。"蚂蚁"的隐喻与更为宽广的社会问题及青年一代的具体的生存困境的复杂关联便是不容忽视的重要症候,它足以让关于刁顺子的生存境况的思考进入一个更为基础,也愈发现实的生存领域。那些如树叶一般散落在城市边缘,收入低下,生活艰难却仍然怀揣梦想的年轻人,是"蚁族"的现实所指。他们很有可能是新时代的孙少平、孙少安,却一定是罗甲秀、罗甲成同路人,但他们显然没有罗甲秀幸运,他们无从从现实中将自己同"大多数的中国人联系在一起,并想当然地认为国家的梦想就是个人的梦想,国家的光荣就是个人的光荣"①。个人的严峻生活足以击碎任何虚构和想象。从"宏大的故事和宣传中",他们只能体会到"失败感","在一个如此快速的财富增长的国家里面,在 GDP 高速领跑世界的中国"②,他们"被时代淘汰",他们"买不起房子,甚至租不起房子,不能回报家庭和社会,不能按照自己的意愿来安排生活"③,逐梦的过程注定是一场"朝向黎明的漫长旅程",他们几乎没有可能参与到宏大的历史之中,在游离与漂浮的状态下艰难前行,等待他们的未必都是所谓的"成功"。"蚁族的奋斗"在影视剧中的美好结局,或许并不能照亮他们生存的暗夜。"蚁族"们的自我描述永远有着难以抹去的悲怆气氛,曾经给予孙少平昂然向上的力量的精神资源已经不被认可。很有可能他们被迫去过的,只能是毕飞宇《相爱的日子》《睡觉》中的生活,他们的内心空空如也,他们的生活没有希望。"那些至今还蜗居在北京、上海、广州、深圳等城市的一代青年人见证了在巨大的成功喧嚣中的一个时代的痛苦。"④ 而就更为宽广的历史和生存视域而言,这种"痛苦"并不仅与八〇后这一群体切己相关,它很可能也是七〇后、六〇后、五〇后们在

---

① 杨庆祥:《"八〇后",怎么办?》,《东吴学术》2014 年第 1 期。
② 杨庆祥:《"八〇后",怎么办?》,《东吴学术》2014 年第 1 期。
③ 杨庆祥:《"八〇后",怎么办?》,《东吴学术》2014 年第 1 期。
④ 杨庆祥:《"八〇后",怎么办?》,《东吴学术》2014 年第 1 期。

现时代共同的境遇。不理解这一点，就不能深刻地领会和把握"没有历史的历史"的时代的核心问题。

杨庆祥在《"八〇后"，怎么办?》一文中深层次地触及与"历史虚无主义"遭遇的年青一代身份认同的危机，在他看来，无法与"历史"建立联系是这一代人的"悲剧"所在，他们无法通过个人的努力参与到宏大的历史叙述之中，从而确定自身生命的意义和精神的安放处。黄平则直接把这一代人称作"反讽者"，"在繁华盛世中，我们这一代人就是这样面对着'无'。这不是思辨的无，思辨的无包含着具体化的冲动；也不是宗教的无，宗教的无如黑夜的缄默对信徒而言是高声的呼唤；这是反讽的无：'反讽的无是死寂，反讽在这种死寂之中徘徊，像个幽灵，开着玩笑。'"[1] 刁顺子当然不是"年轻人"，但"反讽者"的境遇是一代人的遭遇。在八〇后学者所能开出的抵抗历史虚无主义的方式之外，本书作者还发现了另一种方式，一种与生活和解的方式。与福克纳一样，作者意识到文学并不高于生活，也不低于生活。而夷平人与动物（蚂蚁）在生命意义上的"分别心"，人或许并不比"蝼蚁"高明。正是因为人类盲目且自信地将自己划归入"高一级"的动物，才有了人与自然，人与其他生物生存的分裂状态。而很多社会的问题，即因此而起。就此我们可以明白作者为何不曾征用现成的知识分子话语将刁顺子收入囊中，判他个不思进取缺乏反叛力量。因为那是一种思想的懒惰，中国古典思想在"底层"的精神累积所形成的文化的集体无意识，足以让个体在执著于日常世界的同时内心拥有强大的支持，即便被欺凌，被侮辱，被损害，也在所不辞。刁顺子因此并非个案，他很可能是传统与现代转换过程中的不变者。在以帝王将相、才子佳人为核心的历史叙述中，他们是被遮蔽和遗忘的阶层，偶然一现的模糊形象只能出现在文人的笔墨中。20世纪中国历史是为数不多地可以为普通人树碑立传的历史，"劳动者"作为社会与历史的"主体"曾显赫一时，如今

---

[1] 黄平：《代后记：反讽者说——我看〈80后，怎么办〉》，《大时代与小时代》，北京大学出版社2014年版，第361页。

却已悄然为"劳动力"取代。"劳动者"生存意义和价值的自我确认如果没有外在的历史叙述的支撑，恐怕也难以成为恒常的价值基础。当"劳动"蜕变为一种"商品"，个人在经济意义上的成功便成为衡量人的价值的尺度。巴尔扎克批评过的"金钱"社会的无序问题便会愈演愈烈。齐美尔对金钱、性别与现代生活风格的探讨亦不无警示意义。就此而言，《装台》还表达了对一种尊重"劳动"及"劳动者"的观念的价值期许，对"劳动"本身的尊重，理应成为时代价值观念的核心。极而言之，无论乾坤转移，时代剧变，身处"底层"的"劳动者"只能依靠自身的诚实"劳动"安身立命，他们也只能是"他们"自己，而不可能成为另一阶层。剥离掉人文话语的层层遮蔽后，他们也是我们，是我们的前世今生、过去和未来，是"人"无法逃离的"命定"的存在境况。

第四章 总体性、生命经验与民族精神

第一节 "总体性世界"书写的新可能

《主角》中"主角"的故事，起于20世纪70年代末，至新世纪的第二个十年暂有"了局"。其间所涉，凡四十年。四十年间，世事沧桑巨变，个人命运亦随之起落、升降、成毁、兴衰。但阶段性的"衰"与"降"，并不能指称主人公命运的整体走向。自总体观之，忆秦娥终究是鱼跃龙门、脱胎换骨，其命运也可谓一味"上出"，且修成"正果"——由秦岭山中的放羊娃成长为一代秦腔名伶享誉世界，个人人生价值的充分实现无过如此。但在四十年技艺精进的过程中，忆秦娥也不断面临着来自外部世界的种种非难——因嫉妒而生的诋毁甚或恶意构陷从未消停。时代阶段性主题的变化自然影响到秦腔命运的起伏。而依托秦腔的忆秦娥个人遭际的变化，也自然呈现出世运推移之细密纹理。也因此，忆秦娥的生命故事便包含着时代的故事。她克服种种生活与技艺修习阶段性危机且精进不已的形象，亦属时代总体状况的表征。不仅如此，作者还有更为宏大的"野心"，"把演戏与围绕着演戏而生长出来的世俗生活，以及所牵动的社会神经，来一个混沌的裹挟与牵引"[①]。以忆秦娥生活的核心区域剧团为中心，旁及社会机理的多个部分，生活世界复杂关系之种种便被囊括其中。世态、人情、物理，虽深浅不一，但皆有呈现，端的是一个盛大的人间。以《主角》所敞开的世界为典

---

① 陈彦：《主角》，作家出版社2018年版，第893—894页。

型，也因此可以见微知著、洞幽发微，深度观照20世纪70年代末迄今社会总体变迁的基本脉络及其意义。《主角》较为宏阔的世界展开，多样复杂的思想资源，以及融通多种传统的艺术呈现，均以此为最终落脚处。

从九岩沟、宁州到省秦再到世界的总体格局，近乎路遥《平凡的世界》由双水村、原西县、黄原城到省城，以及《创业史》由蛤蟆滩、下堡乡、陕西以至中国与世界的宏大的世界展开。陈彦试图如柳青、路遥一般，全景式、整体性地思考人物的命运及其与时代之间的复杂关联。个人命运的起废沉浮并不能脱离时代根本性的成就的力量，其生活世界之起伏，亦与时代主题的转换关联甚深。自20世纪70年代末至21世纪第二个十年的初中期，忆秦娥个人命运的变化无疑是高度历史性的。旧戏解放，新时期的开启使其个人命运有了第一次至关重要的变化。自此她开始修习秦腔传统经典。也正是传统经典所蕴含的复杂意义和美学价值，忆秦娥个人的戏曲禀赋得到可谓淋漓尽致的发挥。自此之后，随着时间的推移，忆秦娥在戏曲艺术上的不断求索和努力奋进使其技艺精进不已。而时代的变化给了她最终成就个人价值的外部机缘。在此过程中，作为"历史的中间物"，忆秦娥取代前辈成为秦腔皇后，最终也需要面临被后辈取代的命运。期间其对演戏之于时代的价值和意义的深入理解，表达着"主角"的价值担当和责任伦理的要义所在。无论身处何种领域，"主角"不仅意味着身在中心，他人无法取代的重要性，同时还意味超越常人的付出，更为复杂的生活际遇以及必须担荷的责任使命。正是在个人生活与事业面临困境，希图在佛门觅得暂时的平静的忆秦娥领悟到唱戏的"布道"意义，即通过唱戏，完成个人之于社会的价值。经由对寓意丰富的戏曲经典的传播，经典所蕴含之价值观念影响到普通人的观念。此为戏曲发挥其社会价值的必要环节，也是忆秦娥实现个人价值的先决条件。不仅忆秦娥如此，其他如胡三元、丁至柔、廖耀辉等在其个人的生活世界中亦遵循同样的价值逻辑。《主角》中"主角"的寓意，因此包含着指称更多人的命运的叙事效力。而如忆秦娥般倾心艺术而无暇他顾的专一精神，以及她对个人的社会责任的一力承担，也表征着推动民族精神生生不息的力量所在。

作为卓有成就的剧作家，在开始小说写作之前，陈彦有近四十年现代戏创作的丰富经验。其现代戏代表作《迟开的玫瑰》《大树西迁》《西京故事》均代表不同时期社会核心主题的艺术呈现。而秦腔现代戏在其起源阶段，既包含着极为明确的经世功能和现实意义，亦赓续古典思想和审美传统。其境界展开，因之并不局限于"五四"以降文学的"小传统"。有此经验，一旦开始小说写作，陈彦所能依凭之传统，也便更为丰富。《主角》在扎实细密的现实叙述之外，多了一层古典思想及审美的境界和韵致，原因即在于此。就艺术表现方式论，经典现实主义笔法，为《主角》的核心，但在此之外，仍有中国古典寓意小说的若干特征。忆秦娥个人精神转折的重要关口的几番梦境，无疑包含着丰富的寓意。而以戏曲的形式点明忆秦娥精神的转变及其意义，亦属《主角》的艺术特征之一。但作者显然无意于以古典小说惯有的佛道意境化解其所面临的生存难题，而是以儒家的精进精神为核心，统摄佛老，开出更具统合意义的新境界。忆秦娥在生命的重要关口的几番梦境因此虽有关于虚名浮利的劝诫意味，却并不导向类如古典小说常有的虚无之境，而是破解名缰利锁之于忆秦娥技艺的束缚，进而使其朝向自在自如的生命圆融之境。这一种表达，可以视作为在新的时代语境下，以更具统合性的思想和审美视域，表征新的时代个人生活与命运的新的尝试。此为庄子"道"与"技"的辩证思想的典型呈现。忆秦娥生活世界与技艺修习的交相互动及其两次质性的飞跃，暗合庄子关于"道"与"技"的辩证的思想。如以陈彦论述秦腔之起源、流变、艺术特征、经典剧作及代表性艺术家技艺修习经验的《说秦腔》为参照，可以更为深入地理解《主角》中关于忆秦娥技艺修习次第的描述所蕴含的复杂寓意。而如何以中国古典多元统合的思维，统合古今中西艺术思想，以开出扎根于现时代，却融通多种经验的新视域，亦是具有时代特征的重要命题。《主角》对此问题的尝试性回应，无疑可作重要参照。

也就是说，《主角》是深度感应于时代，在百年中国历史巨变的合题阶段力图总体性地表征改革开放四十年中国社会变化的重要作品。一如柳青的《创业史》代表着20世纪50年代时代命题的文学呈现，路遥《平凡的世界》代表着20世纪80年代的时代精神，陈彦《主角》在承续柳青、路遥的现实主义传统的基础上有着奠基于时代的新的拓展。从新时代的总体意义上全景式地表现现实，融通中国古典传统、柳青以降的现实主义传统的具有多元统合意义的思想展开，以及吸纳古典思想和审美意趣以拓展现实主义的艺术表现力的种种经验，均可表明《主角》乃是继《创业史》《平凡的世界》之后，扎根于时代，体现新时代的新命题和新精神，从而在新的视域中书写"总体性世界"新可能的重要作品。

第二节 人间随处有乘除

《主角》贯穿着一个近乎存在主义的根本命题：人在世界中的处境及其超越的可能。这个人可以是忆秦娥，也可以是古存孝、苟存忠、胡三元、秦八娃、胡彩香、米兰、龚丽丽，抑或任何一个书中人。他们就在那里，各有一片或广阔或狭窄的天地，并在其中经营着爱恨情仇，体会着喜怒哀乐，承担着人事兴废，悲欣交集却也乐此不疲。教他们欢喜或悲痛的，也不外是些怨憎会、爱别离、求不得诸般际遇所生发敷衍之人情事项，一切种种亦无不受制于外部世界的基本情境，也终究难脱个人运命之前定——各人有各人对人与事的痴迷挂怀处，亦属其"软肋"所在，成就也限制着个人生命自由伸张的可能。古存孝、胡三元、石怀玉诸人如是，忆秦娥更属典型。这些性格各异秉性不同的个人的生活世界融汇、交织、纠缠于一处，于是，围绕主角忆秦娥个人命运之起废沉浮的生活故事，也就在锣鼓声中轰轰烈烈地展开了。

那些生活中的琐碎之物，以其无可回避莫能逃遁的顽固存在，消磨着个人的热情、锐气甚或进取之心。它们可能还赋形为各色人等，怀着各样肚肠，表面上和风细雨，内里却暗藏杀机。他们时而叫黄正大、郝大锤，又时而叫楚嘉禾，又或者他们是廖耀辉，是丁至柔，等等。无论宁州还是省秦，此类人物所在多有，他们几乎形构了我们生活世界的基

第四章 总体性、生命经验与民族精神　117

本处境,成为"主角"生长的"土地"和必须经历的"风霜"。很多时候,忆秦娥恍然如不具自我省察意识的浮士德。而楚嘉禾等人则分饰靡菲斯特,是那个"力的一部分","总想作恶却总是为善",他们在"毁灭"的同时也激发着忆秦娥们的"斗志"和进取之心。如此,于"善""恶"互动、"进""退"之间,时移世易,转瞬即是四十余年,人戏俱老,情境却循环不已。不独忆秦娥,其他如胡三元等亦复如是。若非如此,作者也不必有此慨叹:"角儿,主角,岂是舞台艺术独有的生命映像?哪里没有角儿,哪里没有主角、配角呢?"① 也因此,《主角》笔力所及之处,无论唱戏、司鼓、剧团,甚或厨房,无不上演着围绕主角的大戏,也自然有不甘为配角者对主角的嫉妒、攻击,甚或构陷。是为人性之弱点,易于理解却难于消除。苍生气类古犹今,无论戏场抑或现实,此类故事之生发演绎,千百年来不能或已。

是故,在"主角看似美好、光鲜、耀眼"的背后,"常常也是上演着与台上的《牡丹亭》、《西厢记》、《红楼梦》一样荣辱无常、生死难料的百味人生"。② 戏里戏外,一样是生死荣枯、红火塌火、兴旺寂灭。眼见他起高楼,眼见他宴宾客,眼见他楼塌了,兴衰难料,死生难知,教人不胜唏嘘感叹。就中个人之局限与无奈,无关时运,亦非"前定",乃运命之常态使然。作者详细铺陈主角忆秦娥初入剧团时所面临的艰难境况之种种,也在忆秦娥以极大的毅力克服困难的不易上着墨甚多。期间世情之苦涩与人生之艰难,非有切身体验而不能尽知。此间因缘际会,时代的主题悄然置换,那些一度被时代风云遮蔽的人物携带着已然尘封的技艺重返舞台。他们和他们所传承的技艺及其所持守之观念在少不更事的忆秦娥身上得到了验证和此后更大限度的发挥——"一辈子要靠业务吃饭。别跟着那些没本事的人瞎起哄,胡架秧子"。③ 唱戏原本"就是个咽糠咬铁的苦活儿,硬活儿。吃不了苦,扛不得硬,你

---

① 陈彦:《主角》,作家出版社 2018 年版,第 891 页。
② 陈彦:《主角》,作家出版社 2018 年版,第 894 页。
③ 陈彦:《主角》,作家出版社 2018 年版,第 25 页。

就休想唱好戏"。① 唱好戏需要"十分成熟的心力、心性,你才可能是最好的主角"。② 此种心力与心性,非在事上磨炼不可。于是也便有来自方方面面形形色色的困难与阻碍,个人对于种种障碍的克服也成为"主角"养成重要原因之一种,几乎贯穿着忆秦娥四十余年艺术生涯的始终。忆秦娥也恰有十分的"傻气",不谙世事也无心人际,天赋异禀又能吃得了大苦,且能在心上做工夫。即便在面对技艺精进的困难之余,还得应对来自外部世界的种种非难,仍矢志不渝不遑他顾。用志不分,乃凝于神,忆秦娥以一种近乎"吾丧我"的精神磨炼,于秦腔则庶几得"技进乎道"之要旨,从而使其天赋几近淋漓尽致之发挥。对这一个脱胎换骨的过程的详细铺陈,暗含着作者另外的一番用心——一个主角如何成就,要妙即在此处。陈彦早年即事编剧,对古今中外戏剧沉潜往复、从容含玩既久,而有个人独特之了悟。此种了悟,多汇集于《说秦腔》之中。举凡秦腔之流变及其与时代及地域文化之复杂关系,经典剧作精深幽微之处,以及秦腔名家个人命运之沉浮与其技艺之内在关系,无不有深入细致之说明。将此一部书与《主角》对读,其间玄机,即不难辨明。戏曲以及与之密切相关之人物命运之变化,与时代风云互为表里,其兴衰沉浮,亦难脱大时代之成就抑或限制的力量。《主角》于此用力甚深。无论旧戏解放,原本沦为边缘的古存孝、苟存忠等人重新步入中心,还是在20世纪90年代后戏曲的逐渐式微,及至十余年后的再度兴起,均蕴含着戏与人大致相通之运命。此一经验凝结为对人之在世的吊诡与无常的洞明与省察。"变""常"难定,是为人之限度,亦是文学之人世思虑之紧要处。

一如《装台》以循环往复之结构暗喻人生之起废沉浮不可把捉,作者亦不曾为主人公安排人生的"上出"之境——即以目下底层书写惯常的方式为其谋划一未来之希望愿景。刁顺子只能如是生活,如是在结构同一反复中悲欣交集地走向终了。他和他的世界也并非一味颓然,

---

① 陈彦:《主角》,作家出版社2018年版,第274页。
② 陈彦:《主角》,作家出版社2018年版,第283页。

第四章　总体性、生命经验与民族精神

而是艰辛中自有其发乎生命深处的素朴而恒常的喜悦。如不局限于"五四"以降之现代观念，则可知其旨趣与中国古典思想及文学境界相通之处。《主角》亦是如此，近七十万字的篇幅，时间跨度四十余年。围绕主角忆秦娥个人命运的兴衰际遇所展开的世界，背后自然不乏时代的锣鼓，以及各色人等如走马灯样的来去。他们共同构成了时代的影像。四十余年间政治、经济及其影响下秦腔的兴衰，连同与之关联的世道人心的变化，亦无不涵容其中。世事沧桑巨变，人心变幻莫测，其间复杂世情世相，非有阔大之境而不能道。作者虽无意于文体的革新，用心亦不在写作技艺的创化。但《主角》注定要成为一个颇具野心的庞大文本，它的作者"力图把演戏与围绕着演戏而生长出来的生活，以及所牵动的社会神经，来一个混沌的裹挟与牵引"。虽不期望海阔天空，但也"尽量不遗漏方方面面"，"尽量贴着十分熟悉的地皮，把那些内心深处的感知与记忆，能够皮毛粘连、血水两掺地和盘托出"。[1]既有不拘于现代小说写作成法的用心，又不拘泥于单纯的故事的演绎，作品自然有极为丰富的情节和多样的人物，其意义亦趋向多元。既着力于铺陈鲜花着锦、烈火烹油之盛，亦道出盛筵必散、新旧交替之理。游走于其间的人物，或素志泯灭、沉沦下僚，如黄正大；或鱼跃龙门、身价百倍，如宋雨；或偶然发迹，却迅速潦倒，如刘四团；或志大才疏，虽奋进不已却无甚作为，终止于抽身而退却有另一番人生风景，如米兰、龚丽丽。其他如刘红兵、胡三元、薛桂生、丁至柔，各色人等，亦无不穷形尽相。端的是你方唱罢我登场。众生来去，或升或降，或生或死，或红火或沉寂，得意失意之间，人生在世之可能与限度，就全在其中了。这一个热热闹闹的人间世，或还要归于沉寂，却在沉寂之中"贞下起元"，时代、个人亦无不于此中循环往复，子子孙孙无穷匮也。是为人之存在之局限处，亦是古典思想所开出之超越之境的精义所在。

如是种种人物不同情境之交汇、冲突与融合，构成了《主角》形

---

[1] 陈彦：《主角》，作家出版社2018年版，第892—893页。

而下的世界。然《主角》还有"上出"于此者，即其由形而下之细致书写而升腾的形而上之境界。此非意境意义上的境界，而是发乎禅家思想层级意义上之境界。即作品情境及人物所抵达之精神或思想旨趣。"文学作品，基本上是一种寻求生命的深化与自由表现之心灵的反映。当这种追求达至某种阶段性的圆融自足，呈现为具某种程度的生命之深化与自由表现的心灵状态，'境界'于是发生。"① 境界因之是精神的层级，是个人借由对生活世界的诸般际遇的仰观俯察而获得的生命之了悟，一种可以推己及人的精神的启示。贾宝玉于尘世经历一番富贵寥落之后，即传情入色，并自色悟空。非此，则一腔"怨愤"满腹苦楚，人间没个安排处。人生几许伤心事，不向空门何处销？于此佛家境界之再生中，可以觅得精神的安妥处。《主角》之精神取径，较此更为宏阔。忆秦娥起身于宁州，从一个烧火丫头成长为省秦台柱、秦腔小皇后，期间艰辛自不待言。"她吃了别人吃不下的苦，也享了别人享不到的名分；她获得了唱戏的顶尖赞誉，也受到了唱戏的无尽毁谤。"② 她进不得，退不能，守不住，罢不成。她不能默雷止谤，也无法转毁为缘，至于动辄得咎，更属常态。唱戏于她，既为布道，亦属修行。在个人面临精神的死生之际，从禅思中悟得戏曲度己度人之妙要，从而再度选择精神的进取之路。是为古典思想现代转换之紧要处，亦是其要义所在。即便在个人精神无所依傍之时，作者仍未让笔下的世界一颓到底，不曾让忆秦娥选择遁入空门抑或远离尘嚣，而是仍然坚持生命"上出"之境。这一条"上出"之路，非有宏大气魄和淑世情怀而莫能知莫能行。此亦为秉有乾性之秦腔阳刚之气之自然结果，"天行健，君子以自强不息"。③ 主角之养成及其出入进退、离合往还、穷达交织，无不暗合乾卦生生不息之精义。人间随处有乘除，即便深悟此理，知人生之限度，莫过于人事代谢、兴衰往复，却还要在精进上做工夫。《主角》

---

① 柯庆明：《境界的再生》，台北幼狮文化事业公司1977年版，第2页。
② 陈彦：《主角》，作家出版社2018年版，第894页。
③ 转引自赵法生《先秦儒家性情论视域下的〈中庸〉人性论》，《中国哲学史》2020年第5期。

境界之要旨，即在以儒家思想之进取精神，开拓人生之向上一路。无论时代、民族、个人，无不遵循此理，而有朝向未来不断"上出"之境。

乾坤一戏场，"一部廿四史衍成古今传奇、英雄事业、儿女情怀，都付与红牙檀板"。"大千世界之形色景象，全体人类之欢欣苦楚，均于此中舒展显现，幻作一场淋漓痛快之戏情。""当场人或参观客一旦寄迹歌舞台前，便应安排身心，静观世相之定理，参悟生命之妙智。"[①]苟如此，则《主角》中戏与人生之相参互证，不同时代间之互相发明及其中个人命运之起废沉浮，即在在教人歆歔慨叹。那其中亦包蕴着个人无从逃遁之生命不能承受之重，包蕴着素朴之信、恒久之望、博大之爱等等恒常而又复杂的命题，包蕴着自己的生死根因，自家的性命下落。开场的锣鼓一旦敲响，你我也在其中了。

第三节　书写民族精神生生不息的力量

读《主角》，最易产生的感受是：这是一部关于人的在世经验的"悟"书。这里有死生、兴废、起落、沉浮、荣辱、兴衰；有爱恨情仇、喜怒哀乐、悲欢离合；有四时交替、人事兴废、花开花落；有鲜花着锦、烈火烹油般的人世的大热闹；有热闹背后荣辱无常、盛筵必散的彻骨的寒凉。如是种种，构成了广阔的人间世界。围绕着主角忆秦娥的命运起伏活动着不同类别、形形色色的上百个人物，他们也各有其爱憎，有其哀乐，有他们为之奋斗为之慷慨激昂心雄万夫却也会为之歌哭，为之伤心落泪的种种事项。这些身份各异、性情不同的各类人物，活跃在《主角》所敞开的宏大的世界中，或起或落，或成或败，或兴旺或寂灭，演绎着引人入胜、教人沉迷，也教人为之击节，为之动容，为之黯然神伤仰天长叹的生活故事。这些故事并非仅属虚构，也并非属

[①] 方东美：《生命情调与美感》，载陈国球、王德威《抒情之现代性："抒情传统"论述与中国文学研究》，生活·读书·新知三联书店2014年版，第262页。

于他人。它就来源于我们的生活，并仍行进在我们的生活之中。《主角》的世界就是你我的世界，或者说，我们的世界因《主角》而得到了深入、恰切的表达。读罢全书，你想必会恍然：自己或许就是其中的某个人物，他的喜怒哀乐与你的并无不同。一样是年光似鸟翩翩过，世事如棋局局新，逝者如斯，不舍昼夜，也端的是："人聚了，戏开了，/几多把式唱来了。/人去了，戏散了，/悲欢离合都齐了。/上场了，下场了，/大幕开了又关了……"①

《主角》似乎也用心于此。作者写忆秦娥自十一岁学戏至五十余岁成为一代秦腔名伶，期间四十余年悲欣交集、荣辱无常、起伏无定的复杂际遇，写她吃尽苦头尝遍冷暖历尽沧桑数度面临内外交困、身心俱疲之境而无由解脱……她的个人生活也真可谓"苦水浸泡、泪水洗淘……备受煎熬"②——她有所爱却不能相知相守；无意于名利却总为名利所伤；个人贡献虽大却鲜有享受生活的可能；甚至被迫屡屡面对生离死别天人永隔的极端悲苦之境……作者也写她四十余年用志不分、心系一处，不遑他顾，专精于戏曲"惊天艺"的刻苦修习。其中个人技艺与生命经验最终相互成就、互相影响，且能将地域文化精神气脉和众家之长融于一身，遂成懂人心、通人性的一代秦腔大家。其演出大气磅礴、挥洒自如、精彩绝伦，甚至可谓炉火纯青、无人可及。秦腔也因她的出现而在新的时代大放异彩。个人生活与事业的精进恰成鲜明对照。一言以蔽之，可谓"占尽了风头听尽了好，捧够了鲜花也触尽礁"。③ 单就生活际遇论，的确有些《红楼梦》"好""了"之意，包含着对普通人运命之"常"与"变"的深刻洞察。如是进退、起落、沉浮的境遇似乎无可逃遁莫之能御，古今同慨、中西皆然。犹如忆秦娥面对封潇潇、刘红兵、廖耀辉最终的境遇之后所发出的"众生都很可怜"的慨叹一般，其中有生死存亡之际，利衰毁誉

---

① 陈彦：《主角》，作家出版社 2018 年版，第 882 页。
② 陈彦：《主角》，作家出版社 2018 年版，第 881 页。
③ 陈彦：《主角》，作家出版社 2018 年版，第 881 页。

之场,①却不能达观应对。也因此,《主角》包含着人生的况味,也不乏作为底色的悲凉。忆秦娥及其他各色人等的命运遭际,也有着指称更多人的命运的叙事效力。

然而虽详细铺陈人的在世经验的辛酸与无奈,几近苍然悲凉,但《主角》显然并未止笔于此。作者勘破世运推移、人事交替之理后,却并不将作品导向颓然之境,而是有更为宏阔的用心——以忆秦娥为典型,书写"天行健,君子以自强不息"的民族精神生生不已的奋进力量。四十年间虽面对来自外部世界的重重压力,忆秦娥始终矢志不渝攻坚克难精进不已,在技艺修习上着力用心,最终既使得个人才能得到了可谓淋漓尽致的发挥,也最大限度地推进了秦腔在新的时代的迅猛发展——此为个人价值最根本的体现。同样,即便情感生活不尽如人意,加之楚嘉禾等人逐渐变本加厉的恶意构陷,孩子痴傻,舞台坍塌,及至痛失爱子,爱人石怀玉因她离世等经历,教她应接不暇、痛苦不堪,她也时常萌发退念,但终究退无可退,只能以进为退。这便是《主角》的题旨之一:做"主角",就意味着隐忍、受难、牺牲、奉献,意味着需要有更多的社会责任感和担当意识,也得承受种种来自外部的压力。"能经受多大的赞美,就要能经受多大的诋毁","要风里能来得;雨里能去得;眼里能揉沙子;心上能插刀子",才能把事"干大、干成器"。②如果仅仅从"个人"的生命遭际看,忆秦娥四十年的命运遭际或可谓苦不堪言,尤其是当养女宋雨终成"小忆秦娥"时,她必须面对一代人退场的历史命运——这对寄身于戏曲,唯有在演戏中才能获得内心的安稳和存在感的忆秦娥而言,无疑是"致命"的"打击"。当此之际,忆秦娥面临着人生最为艰难的选择。而正是精神导师秦八娃劝告她,如何最大限度地发挥个人"传帮带"的历史责任,如同忠、孝、仁、义四位老艺人当年无私培养她一般,将经由自身生命和艺术经验融汇而成的技艺再传给如宋雨一般的下一代,以使秦腔文脉不绝,后继有

---

① 参见贾平凹《山本》,人民文学出版社2018年版,第541页。
② 陈彦:《主角》,作家出版社2018年版,第841页。

人，个人的艺术生命也因之得以延续。换言之，也就是将"个人"汇入"集体"之中，从而获致更为长久的"生命"。戏曲的代际传承如是，其他行业各色人等生命价值的终极依托亦复如是。[①] 民族精神传承千年生生不息的精义，也就在这里了。

---

① 参见陈彦、杨辉《戏剧与小说的交互影响》，未刊稿。

第五章　文学与艺术的融会互通

第一节　"道"与"技"的辩证

如以中国古典"奇书文体"①之寓意读法切近陈彦《主角》所开显之世界，可知《主角》之寓意非止一端。作者详细铺陈主角忆秦娥数番面临之死生之境及其自我超克之法，境界约略近乎《红楼梦》以贾宝玉之经历彰显佛家义理的用心，②但取径却并不相同。《主角》以儒家精进思想为核心，兼容佛老，表明个人之淑世情怀及责任伦理，因之境界并不颓然，有刚健正大气象。而以忆秦娥身处无可如何之际的两番梦境，申明名利非不可求，但因求名利而伤身害命，则断乎不可之理。此理并不仅指向忆秦娥一人，而是对拘于名利无可解脱者所处之境的普范表达。其锋芒所指，向有情众生，用心颇深。忆秦娥四十余年命运之起废沉浮，与大历史主题之变化亦密切相关，其幸与不幸，均不脱宏大语境所能开显之基本范围，因之将其读作切近社会问题之作亦无不可。主角忆秦娥为一代秦腔名伶，其由初入师门研习技艺，至于四十年间一

---

① 对"奇书文体"及其基本特征的详细申论，可参见［美］浦安迪《中国叙事学》，北京大学出版社2018年版。

② 以此理路读解《红楼梦》，自晚清迄今代不乏人，然以余国藩之论最为精当："《红楼梦》可否称为一设局庞大的道德譬喻，着重处乃佛徒浮沉与最后得悟的过程？"《石头记》之外的《情僧录》《风月宝鉴》及《红楼梦》，无不包含着强烈的佛教色彩。"而小说涉及佛教主题与修辞方式的语句或典故又多如恒河沙数"。是故"宝玉的一生若为求悟的过程，全书最后五回便可视为证悟的最后渡筏"。余国藩：《〈红楼梦〉、〈西游记〉与其他：余国藩论学文选》，生活·读书·新知三联书店2006年版，第89页。

味"上出",技艺臻于化境,亦推动秦腔事业之迅猛发展,且于世道人心亦不乏影响。虽为虚拟人物,其所遭逢之诸般际遇及技艺精进之法,却暗合古典思想所论之艺术修炼之道,尤与庄子所论之"道""技"之辩境界庶几相通。而一册《说秦腔》,足见陈彦多年间于秦腔之起源、流变及可能,以及经典剧作、著名演员之思想及技艺之奥妙无不心领神会,多所发明。以此为参照,可知忆秦娥两番遭遇思想之变,及其于此变化中技艺之精进路径,均包含着启迪人思的重要内容。《主角》所述为"虚",而《说秦腔》所论为"实",二者参差对照,则技艺进阶之法即逐一显豁。此亦为《主角》复杂寓意的重要一维。

就初阶而言,"技艺"修习之要,在"道"不在"技",若仅于技艺上求,则属等而下之。其理如胡文英《读庄论略》首条及次第论述所示:"庄子人品、德性、学问、见识,另有一番出人头地处,另有一种折中至当处。"若"只在语言文字上推求","何从窥其寄托"?[1] 其理虽不离语言文字,但要义却不在笔墨间。此亦为庄书轮扁斫轮之喻之大义。是故,读庄之要,在"浅者深之,深者浅之。只如极平淡语句中,有无限含蓄。极奇幻语句,却是游戏神通"。唯"从此入去",其微言大义便"迎刃而解"。[2] 且看《说秦腔》一书,凡三辑二十四篇,举凡秦腔之源流及品质,剧作家、剧本、演员及秦腔与地域文化、历史、时代间之复杂关联,一一纳入其中。其理有"浅"(简)处,如论"绝技"及个人修习之重要;亦有"深"(繁)处,如技艺修习之法门及次第。其"浅"处有"深"意,"深"处亦与"浅"处相通。如《易》三义之"简易",看似简便易行,欲至绝妙之境亦难。学者如识得法门,学以次第,自然精进异于常人。而"技"终究要近乎"道"。"道"亦不限于技艺之道。如戏理即人生之理,技艺之道亦含人生之道。人身处天地之间,仰观俯察,出入进退,自然与不同境遇遭逢,"人之存在,将同时面临外在生活时空条件、内在心灵自求安顿与生命

---

[1] 胡文英:《庄子独见》,华东师范大学出版社2011年版,第5页。
[2] 胡文英:《庄子独见》,华东师范大学出版社2011年版,第10页。

之终结的问题"①。此三者如皮毛相附、血肉相连,亦为庄书人生探求之核心。忆秦娥身处无可如何之境,无由解脱之际,秦八娃教她读老庄,即因老庄世事洞明,故能教人规避生之困苦。故而作者虽详述主角忆秦娥四十余年生命之兴衰际遇、起废沉浮,亦反复申论作品之要旨,在阐发"主角"之核心要义,其间自然也牵涉围绕主角而形成之复杂多元、维度多端之人间世。此间起落、成败、毁誉、沉浮、兴衰、得失、荣辱、进退诸般际遇交替出现,也教主角忆秦娥常常身处"进不得,退不能,守不住,罢不成","非常态,无消停,难苟活,不安生"②亦喜亦悲、亦苦亦乐、或升或降、或成或毁、起伏无定之境。如是外部世界之重重逼迫,唯隐忍、受难、牺牲、奉献精神足以当之。其于此间艰难"修行",其精神及技艺之进阶,与《说秦腔》所论之前贤可以相互参照,互相发明。《主角》中关于技艺修习之法门及次第,无论出自秦八娃、胡三元、胡彩香、米兰、苟存忠等等谁人之口,均可在《说秦腔》一书中找到对应处。如此,则关于技艺修习之道之微妙精深处,遂得贯通。

要言之,叙述主角个人修习之次第及进阶之道,亦属作者之大用心处。忆秦娥思想及技艺的自我突破,四十年间计有两次。其"入门"在十一岁,以武戏《打焦赞》"破蒙"。依乃师苟存忠的说法,演员以武戏"破蒙",要点在于"能用上功",能练好"身架"。无论日后唱文戏还是武戏,此等基本功不可或缺。而由折子戏《打焦赞》的研习,忆秦娥领悟"技艺"之要,在有"活儿"(绝活),她将"棍花"练得"水泼不进",进而依法练习,也将"一对灯"(眼睛)练得"放了光芒"。由此,其逐渐领会到刻苦练习之于技艺精进之重要性。如练习得法,且坚持不懈,自然可达游刃有余之境。继而用心分析角色,努力将人物演活。秦腔名丑阎振俗为演活《十五贯》中之娄阿鼠,所做工夫及技艺精进之次第亦与此同。在忠、孝、仁、义四位老艺人的努力之

---

① 颜昆阳:《庄子的寓言世界》,台北:汉艺色研文化事业有限公司2005年版,第9页。
② 陈彦:《主角》,作家出版社2018年版,第894页。

下,"硬是把《杨排风》'盘'成了'一条浑龙'"。① 因于技与艺、形和神之精细打磨上用心极深,这条龙也便"有形、有气、有神,点睛地飞腾了起来"②,遂使忆秦娥迅速脱颖而出。《杨排风》之"形""气""神"及其之于戏之重要性,也便教忆秦娥初悟戏作为整体性之艺术之紧要处。此戏虽为"破蒙",但其所涉及之"技艺"却维度多端。以此为基础,历经数年刻苦练习,忆秦娥有了技艺的第一次"进境"——其自我了悟即发生于此际。追随乃师苟存忠研习"吹火"等"绝技",进而在前者开示之下明了"吹火"为《游西湖》之核心,却不能单纯作"技巧"解:"吹火,看着是技巧,其实是《游西湖》的核心"。借吹火将"鬼的怨恨、情仇"一一蕴含其中。如是义理,亦可理解与白娘子密切相关之"技巧":"耍水袖,不是为水袖而水袖",同理,耍宝剑,也不是为宝剑而宝剑。其要在于,"最高的技巧,都要藏在人物的情感里边。只要感情没到,或者感情不对,你耍得再好,都是杂技,不是戏"。舞台上所有的"绝活","都必须在戏中,是戏才行"。③ 苟存忠还教她如何"拿捏"住戏,如何渐次进入挥洒自如之境,并反复强调吃苦、扛硬的重要。如《游西湖》中之"卧鱼",非有数年之功而难以成就。而苟存忠以其对戏之痴迷和牺牲精神,以生命为代价完成了《游西湖》的超常演绎。借此,忆秦娥在领悟技艺研习之要诀的同时,完成了个人精神的"启蒙",此即"技近乎道"之要义所在。其所演绎之《白蛇传》,论技巧则多次高难度动作均处理得淡定、从容;论唱腔则舒缓有度,"尤其是在打斗后的抒情唱段,她都处理得气韵贯通,收放自如"。即如苟存忠所言,必须修成"十分成熟的心力、心性",方可成为最好的"主角",得以游刃有余地"拿捏"住戏。由"技"入"道"之法门即在于此,忆秦娥无疑已然心领神会,且能用之于实践。是年,忆秦娥十有八岁。其第二次生命及技与道的觉悟,发生

---

① 陈彦:《主角》,作家出版社2018年版,第223页。
② 陈彦:《主角》,作家出版社2018年版,第223页。
③ 陈彦:《主角》,作家出版社2018年版,第271页。

于五十岁前后。彼时忆秦娥已然练就过人之"功夫"——"面对难度再大的武戏,她都能洒脱不羁地轻巧以对",而其唱腔可谓响遏行云,其质朴浑厚处,音似天籁,且能字字切肤,句句钻心。其惊人之扮相已非沉鱼落雁、闭月羞花所能比拟。不仅此也,其对自身之"色"与"艺"的过人之处竟"浑然不觉"。也因此,便无炫"技"与"色"之困。其境界近乎庄书所论之"吾丧我"。可谓无意于佳乃佳。秦八娃将其认作为世间最好的演员,原因即在于此。依小说中所述的技艺的逻辑,斯时忆秦娥美则美矣,还未尽善。是故数十年间其生活世界之诸般遭际,以及时代主题之转换所造成之"秦腔"之起伏,则促使忆秦娥之技艺再有"进阶"。经由《狐仙劫》之重排所引发之种种问题,教忆秦娥领悟到坚持"传统"之重要性。她也因之将技艺研习的重心,再度转移到"向传统老艺人的模仿学习上"。借此,既延续其"绝活",使其不至于失传,亦使其能转益多师,再有技艺之大进境。"演的戏越多,她越感到了拿捏戏的自如"。① 而演戏此时已非谋生的手段,而是其借以抵御生命之空虚、空洞的方式,由是,其方能觉得"活着"之"意义"。此为演戏之于个人的意义由"生存性"转向"存在性"的重要标志。沿此思路,其得以更为深入地接通戏曲之古典传统,亦在代际传承等等境况中体悟演戏之于个人命运之双重意义——即成毁、荣辱、得失之辩证状态,可谓福祸相依——"占尽了风头听尽了好,捧够了鲜花也触尽了礁"。端的是"人聚了,戏开了,几多把式唱来了。人去了,戏散了,悲欢离合都齐了。上场了,下场了,大幕开了又关了⋯⋯"② 如是起落、开合、兴废、进退之循环交替,就其小者而言,乃个人命运之常道,而就其大者而言,则如秦腔、社会及历史等等之起承转合莫不如是。忆秦娥亦由此了悟戏与生命恒常之理。论戏则诸般技艺与时俱"化",得"技近乎道"之要。论生命体悟则知福祸相依,盛衰交替之理。缘此,也便有生命之"转场"——以退为进,重返本根——在其

---

① 陈彦:《主角》,作家出版社2018年版,第860页。
② 陈彦:《主角》,作家出版社2018年版,第882页。

起根发苗之九岩沟精神得以浴火重生，数十年习得之技艺亦再有发挥处。

第二节 "技艺"修习的"内""外"工夫

如是精神之进阶，暗合孔子所论的修为之道。照张文江先生的说法，《论语》所述孔子"吾十有五而志于学，三十而立，四十而不惑，五十而知天命，六十而耳顺，七十而从心所欲，不逾矩"[①] 属夫子自道其精神进境："以生物钟而论，十五至三十当青春期，结束于而立，证验为不惑；五十至六十当更年期，结束于耳顺，证验为从心所欲不逾矩。"是故，"三十、五十当体气变化之时，亦为思想变化之时"[②]。依此思路读古今传记，可知"有成就人物的一生当有两次变化，第一次在三十前后，第二次在五十前后，而后者破除前者，比前者更深一步"[③]。是为生命自觉之进路，在学者为思想之进阶，在演员则为技艺之进境。《主角》以忆秦娥十一岁至五十余岁之人生经验为线索，既叙述其生命四十余年间之兴衰际遇、起废沉浮，亦涉及其精神之进境。其两番技艺之进阶，亦可与孔子之说及张文江之阐发相参看。如以《桃花源记》之义理读之，则忆秦娥始终不曾世事洞明，自然也未人情练达，其精神之过人领悟力，仅显现于技艺之精进，且能得"吾丧我"之真谛。如是路径，属"渔人之路"与"问津者之路"之分野所在。"渔人"秉淳朴质直与凿破天真的惊奇之感，故能舍弃一切功利之计较。这便与"问津者""处处志之"之心机有了区别。就其根本而言，"渔人之路"与"问津者之路"实为同一条路，区别在于机心之有无。无机心则此路为通路，有机心则为机心所困，故而无从走通。[④] 陈彦详细铺陈忆秦娥四十余年间技艺精进之路，却不教其于世事洞明上做工

---

① 转引自张文江《生命自觉之始》，《同济复兴古典书院》微信公众号，2017年11月19日。
② 张文江：《生命自觉之始》，《同济复兴古典书院》微信公众号，2017年11月19日。
③ 张文江：《生命自觉之始》，《同济复兴古典书院》微信公众号，2017年11月19日。
④ 参见张文江《读〈桃花源记〉一得》，《学术月刊》1989年第11期。

夫,用意即在于此。此属其对技艺修习之要诀参透之后的自然选择。如《说秦腔》辑三所论之阎振俗、任哲中、李正敏诸公,虽不乏参透世事者,却未见在人情练达上费心思,故而于戏曲技艺上能远超常人所及之境。要妙即在此处。

无论阎振俗、任哲中、李正敏或忆秦娥、胡三元,其技艺之精进,无不与体"道"之程度密不可分。而开示艺术创作主体精神修养及创作活动之方法,亦属庄书用心之处。如论者所言,"道"乃老庄"所建立的最高概念,既是宇宙万物的总原始,复经庄子所申论的'体道'过程,更表现了艺术精神的另一层次"。据此,徐复观视老庄之"道",为"最高的艺术精神",而"体道"的过程,亦与"艺术修炼的过程相当"。因之,就艺术层面论,"如何将低层次的'技'艺,提升到入道的最高层次",实为艺术创作之重要命题。由"技"进"道",乃艺术修成之根本次第,循此,则有技艺之精进,而技艺之不断"上出"终至于化境,要妙即在此处。庄子以"庖丁解牛"一篇,说明由技入道之途径。庖丁之"游刃有余",既表明"艺术创作所必备的最自由的悠游",亦表明"创作时技巧之成熟圆融"。"以'目视'时之层次,正显示艺术创作时之生涩滞碍;以'神遇'之层次,则已达游刃有余之境矣"。[①] 道理虽言之甚易,但于创作者而言,由"目视"至于"神遇",却属"由'技'入'道'的一段艰苦而漫长的重要历程",甚或将经历个人精神之"出生入死",始能"脱胎换骨"。忆秦娥个人生活世界之诸般际遇,论困苦艰难已超乎常人,而由此催逼而成之了悟,悉数转入技艺之精进中。一如任哲中历经个人生命之大变局后,始有技艺之大进境,其所演绎之周仁也便独成一家,虽效法者甚众,却鲜能窥其堂奥。要义亦在此处。

延此思路,则可解"主角"忆秦娥技艺修成之要妙。而唱戏之技艺的精深微妙处,亦属陈彦写作的用心之一。在主角忆秦娥生命及技艺

[①] 郑峰明:《庄子思想及艺术精神之研究》,台北:文史哲出版社1987年版,第114—116页。

的不同阶段，无不有重要人物提携点拨。在其技艺的发蒙阶段，舅舅胡三元教导她唱戏之要妙有二：一要嗓子好，二要功夫硬。"一辈子要靠业务吃饭。别跟着那些没本事的人瞎起哄，胡架秧子。"① 这便断了她在技艺研习之外自然而生的诸般杂念。老艺人苟存忠则进一步强化了胡三元的说法，"要争，得拿真功夫争，拿真本事争"，"光靠背地里放炮、相互砸刮，顶屁用"，"吃苦"是"唱戏这行的本钱。不吃苦中苦，哪能人上人"。② 而技艺修习之要，在于"把第一板墙打好，打扎实了。一切都得按规矩"，按"套路"来。"学武戏，说有窍道，也有窍道，说没窍道，也没啥窍道。"一言以蔽之，"熟能生巧，一通百通"。这便将她与精明过分，也人情练达却无意于技艺精进的楚嘉禾、郝大锤作了区分。苟老师还教她演戏的关键是要把人物演活，要用心分析角色。而演活人物的关键，全靠"一对灯（眼睛）"，"'灯'不亮，演员满脸都是黑的。在台上也毫无光彩。'灯'亮了，人的脸盘子就亮了。人物也亮了"。③ 而饰演人物要能惟妙惟肖，甚或出神入化，则需有复杂之生命实感经验充实之。如农民领袖任哲中于人生的大孤独中"完成了'任派唱腔'的苍凉历练"，以个人生命之实感经验与戏曲人物交相互参，借此"加深着对人物痛楚的全新理解"，一当再次登台，"他的周仁也就具有了谁都无法望其项背的生命活性和独特性"。④ 忆秦娥之修习可与任哲中相互参看。亦说明读《主角》，如不以陈彦专论秦腔的《说秦腔》一书为参照，则其间用意，会减损不少。如论者所言，《主角》中之"主角"，非指忆秦娥一人，其他如胡三元、丁至柔、廖耀辉等，亦可谓其行业中一时之选。"主角"一词之寓意，因之包含着更为宽泛、复杂的内容。不仅此也，"秦腔"于四十年间与时推移，亦有起废沉浮，也可谓"主角"之一。而申明其千年传承中延续至今之若干重要义理，亦属《主角》用心之处。忆秦娥技艺之成长过程，恰可为

---

① 陈彦：《主角》，作家出版社 2018 年版，第 25 页。
② 陈彦：《主角》，作家出版社 2018 年版，第 142 页。
③ 陈彦：《主角》，作家出版社 2018 年版，第 163 页。
④ 陈彦：《说秦腔》，上海文艺出版社 2017 年版，第 303 页。

技艺之修成，作重要之注脚。在《说秦腔》中，陈彦论秦腔之起源及其流变，详尽分析经典剧作之核心特征，而对演员之养成，尤有精深之论：演员因"角色"而不朽，"不在于你演过多少本戏，塑造过多少角色，而在于你是否演活了某个戏，唱传神了某个人物"。"技不在多，在险在绝；艺不在多，在奇在精。"恰是演员台下的"暗工夫"，造就了台上令人震撼的"绝技"。进而言之，"今天的戏曲，之所以魅力不足，很大程度上也取决于演员绝技的严重缺失"[1]。也因此，在忆秦娥尚处于"若将飞而未翔"之际，胡三元反复告诫"技艺"乃立身之本。而"忠""孝""仁""义"四位先生也不断申明暗中练就"惊天艺"之重要。"学戏，得下易青娥那样的笨功夫"，"易青娥看着笨笨的，但学东西，一旦练下，就长在身上了"[2]。苟存忠说："唱旦，第一就要过好包大头的关。头包不好，眉眼提不起来，演文戏一扑塌，演武戏，几个动作脑袋就'开花'了。"[3] 如是种种要诀，为忆秦娥日后技艺之大进境奠定十分坚实之基础。无此阶段之艰难修习，则难有"技近乎道"及"道"与"技"之互成。是为《说秦腔》辑三诸篇共通之义理。凡此，亦被融入《主角》之中，为"主角"忆秦娥思想及技艺之基本特征。

第三节 "道""技"的互通与证成

以《说秦腔》为参照，可知《主角》中忆秦娥或有较为具体之原型，但其从艺四十年间技艺修成之经历，却杂取诸多秦腔表演艺术家之生平经历及技艺修成之要诀。《游西湖》演出大获成功之后，忆秦娥声名大振。在《主角》的"灵魂"人物，也是忆秦娥的精神导师剧作家秦八娃看来，忆秦娥已长成"人间尤物"，其美"内敛""羞涩""谦

---

[1] 陈彦：《说秦腔》，上海文艺出版社2017年版，第220页。
[2] 陈彦：《主角》，作家出版社2018年版，第155页。
[3] 陈彦：《主角》，作家出版社2018年版，第177页。

卑""传统",此为其"奇异"之一;而她身上的"溜劲儿、飘劲儿、灵动劲儿",则为其"功夫"之"奇异"。合此两者,忆秦娥可谓"色艺俱佳"。但美则美矣,还未尽善,忆秦娥还需"在戏的本质上下功夫",而"功夫"修成之要,仍在个人精神之内在修为:"要把戏唱好,你得改变自己。首先让自己成为一个真正有文化、有教养的人。不敢唱戏、做人两张皮:唱的是大家闺秀,精通琴棋书画,而自己却是升子大的字不识一斗。如果开口闭口,再是不文明的语言;抬脚动手,又都是不文明的动作,很自然,这些都会带到戏里的。包括李慧娘,其实你的表演,还像唱武旦的名演员忆秦娥;也有些像烧火丫头杨排风;还有些像云里来雾里去的白娘子;而不完全像对有报国情怀的书生裴瑞卿抱有深切同情心的李慧娘。"[1] 而在面临"死生之际",忆秦娥已然一蹶不振,几欲放弃舞台生涯时,秦八娃教她明白"技艺"与个人生命之实感经验参差对照的意义:"你所做的一切,都不是无用的。如果你还能回到舞台上,我相信,你会把戏唱得更好。我觉得你应该是那个真正把人、把人性、把人心读懂、参透了的演员。"而"可能因为这个磨难,你会由演技派,成长为通人心、懂人性的大表演艺术家"[2]。其时,忆秦娥已经历舞台坍塌事件,一次婚变,儿子"痴傻"等人生"绝境",加之楚嘉禾等人从未消停之恶意构陷,其生活世界可谓内外交困、身心俱疲。当此之际,秦八娃教她"戏"与"人生"互参之理,也便是由技艺之精进转向生命之自觉,反之亦可。然忆秦娥于人生之道始终不悟,其用心仅在技艺之精进。外部世界之催逼越是猛烈,其寄身于演戏从而抵御外部世界之侵害之心愈发坚韧。因之,阐发"道"与"技"之辩为《主角》之重心,也便顺理成章。

"技近乎道",乃艺术修炼进阶之法。依《庄子》寓言所示,由"解衣磅礴"所表征之"无拘无束"之自由境界及旁若无人的自信表情为基础,不过分重视"外物",则不生成败、得失、毁誉之心,也便不

---

[1] 陈彦:《主角》,作家出版社2018年版,第463页。
[2] 陈彦:《主角》,作家出版社2018年版,第651页。

为外物所累，而至于"心斋""坐忘"及得心应手的自在从容之境。此一修炼过程可谓艰苦卓绝，既需"确立'解衣磅礴'的高尚感情与思想"，亦需"摒弃'我执'"而凝神聚首于"美的意象"，而其要在于，"能臻物化而达于物我为一的境界"。其间大义微妙精深，非经个人修习且历经"死生之际"而不能得。故轮扁之"技"不能喻其子，其子自然不能受之于轮扁。① 忆秦娥历经数番技艺的自觉，而朝向不断"上出"之境，至五十余岁始得运用自如。但其"技艺"，亦不能晓谕他人。宋雨必须走与忆秦娥大致相同的修炼之路——从最为基本的技艺练起，逐渐有新的开拓，其最终企及之方向，亦与忆秦娥一脉相承。忆秦娥对此体会极深，"唱戏，看的就是那点无人能及的窍道，无论唱念做打，都是这样。尤其是技巧，绝活，没有到万无一失的程度，绝对不能朝出拿。只有练到手随心动，物随意转，才可能在舞台上，展露出那么一丁点角儿的光彩。练到家了，演出就是一种享受。练不到位，演出就是一种遭罪"②。此说既蕴含着关于技艺修炼次第的说明——从单纯的技巧的练习而达到"运用之妙，存乎一心"之自由之境。缘此，方能"手随心动，物随意转"，一如"心斋""坐忘"之后，物（技巧）我（心）合一，甚至"物""我"偕忘。亦可与忆秦娥技艺初习阶段乃师周存仁所教足相发明，亦成前后（代际传承之喻）"呼应"。即如"耍棍花"，似乎人人可为，但要"耍得'刀枪不入''水泼不进''莲花朵朵''风车呼呼'，那就有门道在里面了"。而欲通晓"门道"，则必须个人慢慢领悟，其要在于，"一切都得按规矩、按老师的套路来……熟能生巧，一通百通"。③ 必得个人多做功夫，方能"技艺上身"，臻于"化境"。而一旦入了"化境"，前此种种"阻碍"即不复存在。忆秦娥早年于此颇多会心。再如乃师苟存忠所言，每一部戏，均有"活儿"（绝技）。《打焦赞》的"活儿"在于对"那根棍的自如把握"。一当练

---

① 郑峰明：《庄子思想及其艺术精神之研究》，台北：文史哲出版社1987年版，第116—123页。
② 陈彦：《主角》，作家出版社2018年版，第853页。
③ 陈彦：《主角》，作家出版社2018年版，第149—150页。

到"手上看似有棍,眼中、心已没棍的时候,棍就算被你彻底拿住了。戏也才能演得有点戏味了"。同样的道理,所谓的"角儿","就是能把戏完全拿捏住的人"。分析角色,因之至关重要。角色分析透了,才能将人物"演活"。秦腔名丑阎振俗为了将《十五贯》中的娄阿鼠演活,观察一小白鼠达半年之久,终于悟得"老鼠最怕响动,一有响动便浑身颤抖"。以此为基础,其所演绎之娄阿鼠,可谓神形兼备,"把个疑神疑鬼,胆战心惊,而又见财起意,欲罢不能的盗窃杀人犯的心理,揭示得淋漓尽致,形象刻画得入木三分"[①]。他人虽延续其"技",但演绎至出神入化之境,却罕有其匹。再如魏长生的"踩跷"功,可谓神乎其技。其后虽模仿者甚众,却难于企及其"瑰丽俏姿",以至于魏长生故去之后,此项绝技即随之消失。也因此,似乎早已预知其时日无多,苟存忠将其所习得之"水袖"绝技传于忆秦娥。"啥叫'水袖',顾名思义,就是像在水上漂的袖子"。其要领"就是动作幅度要小,力量都使在暗处。看似是水袖飘飘,其实是人的关节在暗中操持"[②]。而绝技"吹火"之技巧尤难。"如这'连珠火',关键还在气息。最长的拖腔咋唱,这火就咋吹"。唱腔与吹火,虽分属不同技艺,但义理足相交通。而其核心要诀,仍在个人之精神修为。即如张文江从"佝偻承蜩"中意会到,佝偻由"累三"至"累五","从初级、中级而高级",实为"修道三进阶","至'犹掇之也'到达顶峰"。如是进阶,充分说明"控制自己,远比控制外物重要"。技艺之根基,即在个人内在之修为。如能"制心一处",则"无事不办"。[③]"你越能稳定得跟一个打大仗的将军一样,你就越能把大唱腔唱好,把'连珠火'吹好。尤其才能把大戏中的主角拿捏住。"[④] 一"稳"字为技巧之要诀。苟存忠现身说法,以对李慧娘及其所秉有之绝技之独到演绎,教忆秦娥领会个中奥妙。忆秦娥"按师父的要求,在侧台仔仔细细地看着他的每一个动作。每一

---

① 陈彦:《说秦腔》,上海文艺出版社 2017 年版,第 235—236 页。
② 陈彦:《主角》,作家出版社 2018 年版,第 255 页。
③ 张文江:《道近乎技——〈庄子〉中的几个匠人》,《上海文化》2016 年第 9 期。
④ 陈彦:《主角》,作家出版社 2018 年版,第 271 页。

口火吹出来,她都要认真研究师父的气息、力量以及浑身的起伏变化"。① 因此有茅塞顿开、点石成金之效用。借此,忆秦娥在师父的言传身教之下,随着师父将《杀生》推向高潮而完成了一次"演戏的启蒙"。此"启蒙"的重点,并不仅在于对"吹火"技巧的掌握,而在于由"吹火"之技艺进而领悟到的若干复杂的精神内容。若非如是,忆秦娥也不会觉得"自己是能成一个好演员,成一个大演员了"②。嗣后,忆秦娥以其对《白蛇传》诸多难度极大的"高台技巧"的娴熟掌握再度证明苟存忠临终教诲的重要价值。"主角,演一大本戏,其实就看你的控制力。哪儿轻缓、哪儿爆发,都要张弛有度,不可平均受力。稳扎稳打,是一个主角最重要的基本功。自打你出场开始,你就要有大将风范。这个大将,不是表面的'势',而是内心的自信与淡定。"无论长幼,须有"十分成熟的心力、心性,你才可能是最好的主角"③。是论所阐发之义理,与前文所述要"拿捏"住戏大意相通。其要义仍在"主""客""我""物"关系之处理。如庖丁解牛之技艺,由"所见无非全牛"(主客、物我之间的对立)到"未尝见全牛也"(主客、物我对立之消弭),终止于"以神遇而不以目视,官知止而神欲行,依乎天理"(主客、物我悉数"消失")之自由之境。④ 当此之际,即便随意挥洒,亦无不合乎"天理"(规则)。主体(演员)得以全无障碍,既不受制于舞台本身的限制,亦不受制于"戏"自身技艺"难度"的"规约"。据此,方能进入"化境"。如以"养生"之道论之,则主体虽在世界之中,与诸般人事及物象时常遭遇,也必经历主客、物我之分裂甚或抵牾,然而其自由游走其间,物物而不物于物,即不为外"物"所伤。此为"以无厚入有间,恢恢乎其于游刃必有余地矣"之要义所在,是以"十九年而刀刃若新发于硎"。此亦为"技近乎道"之核心

---

① 陈彦:《主角》,作家出版社2018年版,第275页。
② 陈彦:《主角》,作家出版社2018年版,第275页。
③ 陈彦:《主角》,作家出版社2018年版,第283页。
④ 对此问题之详细申论,可参见〔瑞士〕毕来德《庄子四讲》,宋刚译,中华书局2009年版,第8—11页。

意旨。

由"技"入"道"之过程,"心斋""坐忘"不可或缺。非此,则易为物所累,而如"过分重视外物,则成败、得失、毁誉之心生,必然怖惧昏乱,其巧难一"。[1] 忆秦娥于技艺修习之时,时常沉溺其间,似达物我俱忘之境。而成败、得失,亦未尝计较。唯于他人构陷之际(毁),常方寸大乱,无法处之淡然。虽有秦八娃悉心开导,努力教其明白毁谤之生,出自人性之本根,并无从消弭,唯泰然任之,方不为其所伤。但每每面临此境,忆秦娥仍难免进退失据。作者写其技艺沿庄书所论一味精进,却并不教其彻悟俗世人心。一当身处"死生之际",顿觉无所依傍。其短暂寄身尼姑庵时,也偶有近乎"心斋""坐忘"之时。其于《皈依法》《地藏菩萨本愿经》《金刚经》《心经》等佛门经典过目成诵,如有神助。最为紧要的是,她心静,专一,似乎已不为外物所累,而觉法喜充盈。"坐忘"之要,在"堕枝体,黜聪明,离形去知,同于大通"。忆秦娥并无"聪明"可黜,却也不曾证入"厌扰而趣寂,惧有以乐无"之境。因进一境"必须忘其所以迹,使有无双遣,法、我俱忘",方可真正入于自由无限的大通之境。[2] 然经个人修习而抵达此境,并非《主角》要旨。忆秦娥亦不曾于"离形""去知"的离遣上做工夫。故而形塑沿庄书理路由"技"入"道",终达"大通"之境之典型,并非作者用心处。忆秦娥于俗世人心之常道始终不悟,既不能世事洞明,自然亦未尝习得人情练达之法。即便在技艺之精进臻于化境之际,源自外部的构陷仍会使其方寸大乱而显露其修为之"局限"处。又或者,作者之用心,即在塑造"确有盖世艺术天分,'锥处囊中',锋利无比,其锐自出者"[3]。其既具盖世天分,也在技艺修习上着力用心,故而成就极大。也或者,正因其始终不曾人情练达,故能自然摒除成败、得失等外物之累,而用志不分,乃凝于神。其境庶几近乎

---

[1] 郑峰明:《庄子思想及其艺术精神之研究》,台北:文史哲出版社1987年版,第117页。
[2] 颜昆阳:《庄子艺术精神析论》,台北:华正书局1985年版,第242页。
[3] 陈彦:《主角》,作家出版社2018年版,第891页。

"内不觉其一身,外不识有天地!然后旷然与变化为体而不通"①。他人需经勉力修习,方能抵达之境,忆秦娥似乎自然具备,无须在此间着力用心。不必离形忘知,自然不为外物所累。缘此,便有他人无从企及之进境。

通观全书,忆秦娥技艺之精进足可说明"技近乎道"之要旨。即如任哲中演绎之周仁"神形兼备,洒脱自如","苍中有柔,刚劲而不失绵长,沧桑而不失润泽","时而似千山起伏,时而如流水呜咽,时而又同大河跳浪,时而酷似野马脱缰"。其对隐忍与勃发之辩证的独特把握,对粗犷与细密之融汇之收放自如,可得而不可见,可传而不可受,虽在父兄,不能以移子弟。其技艺所以如是,乃与其对"艺术哲学的深切参悟"密不可分。因之虽效法者甚众,"深入腠理者鲜矣"。若无特殊年代几番"出生入死"之苍凉历练,如何有超越常伦,他人无法望其项背之"生命活性"与独特性。② 其技艺之修成,即与忆秦娥由技入道之路径相通,亦昭示由道入技(道近乎技)之进路之重要意义。文惠君亲见庖丁解牛之过人技艺之后,曰:"嘻,善哉!技盖至此乎?"庖丁则释刀如是回应:"臣之所好者道也,进乎技矣。"此中蕴含"道""技"之辨,"'道近乎技'为一路,'技近乎道'为一路",此两路虽有进阶之异,然其根本指向并无不同。由"技"可入"道",由"道"亦可入"技",以何为当下之起点,端赖主体身处何种境况。在演戏之理尚未入门之时,即便忆秦娥可能秉有盖世天分,却无从测知。其必得由最为基础之技艺练起,就身体功夫论,如劈叉,下腰;而以嗓音论,则为吊嗓子、拨音阶。而后方能进入真正技艺之修习,如耍棍花,练唱段。至以《打焦赞》"破蒙"之后,方可论技艺入门。此后历经《白蛇传》《游西湖》《狐仙劫》《同心结》诸作之次第演绎之后,方由技入道。此间尤以《同心结》最为紧要。此剧核心故事,即取自忆秦娥之个人遭际,属"戏"与生命之实感经验交相互动之典范。似蕴含"道近乎技"之进路。秦八娃多年间指点忆秦娥技艺精进之要,

---

① 转引自颜昆阳《庄子的寓言世界》,台北:汉艺色研文化事业有限公司2005年版,第224页。

② 陈彦:《说秦腔》,上海文艺出版社2017年版,第300—303页。

在个人精神之内在修为。然仅仅依靠对经典作品之研习，却为忆秦娥所不取。其虽努力记诵秦八娃所列经典，但对生命之道的领悟，却发生于个人精神及现实的"死生之际"，与单纯自经典所含之微言大义中瞬间了悟之路径并不相同。其理庶几近乎轮扁斫轮之喻，其"弃"由对圣人之言的修习而得了悟之路径，径直自取于实践，故其技艺"口不能言，有数存焉于其间"①，其间妙处，寸心自知。"巧匠能予人规矩，而不能予人巧"即属此理。

虽以终极论，"道""技"之辨，进阶为"技现于道，道体现于技"。但就过程而言，则"互相促进，技进一层，道进一层"，抑或"道进一层，技进一层"。②如再进一步申论，则《鹤林玉露》所载陆九渊少年时自棋工下棋而悟其理为"河图之数"，属"道近乎技"；《二程遗书》载程颐以为张旭见担夫与公主争道而悟笔法之理尚未尽善："可惜张旭留心于书，若移此心于道，何所不至"，属"技近乎道"。③如真入化境，则"技"亦"道"也，"道"亦"技"也。至于"道""技"浑同类如"未封"之境界，则"道"无非是"技"，"技"亦无非是"道"。"道""技"既不分，亦不强为之分，是为境界之至。再如胡文英所言，"读《庄子》要如演杂剧一般，生、旦、净、丑，各各还他神气。若有胸襟抱负的人，自渐渐入神气去，而不知我之为庄，庄之为我矣"。④经由刻苦修习，则"技"与"道"之浑同，即如"庄"与"我"之未分。无论身处何种层级，修习何样技艺，要旨均不出此说划定之基本范围。

第四节 朝向"艺术"的"通路"

以阐释学的"隐喻读法"，有论者意会到陶渊明《桃花源记》可解

---

① 如毕来德所论，"手是经过不断的尝试才找准了恰当的动作，心将每一个尝试的成果记录下来，一点一点从中抽离出有效的动作模式"，即"得之于手而应于心"之谓。[瑞士]毕来德：《庄子四讲》，宋刚译，中华书局2009年版，第15页。
② 张文江：《道近乎技——〈庄子〉中的几个匠人》，《上海文化》2016年第9期。
③ 张文江：《〈庄子〉内七篇析义》，上海人民出版社2012年版，第77页。
④ 胡文英：《庄子独见》，华东师范大学出版社2011年版，第10页。

作关于问学路径的独特隐喻。通往桃花源的两条路——渔人之路和问津者之路，可以对应问学之两种基本方式。其中，"渔人之路"是一条通路。"首先应该注意渔人的三次前行：'缘溪行'、'复前行'、'复行数十步'。没有最初的'缘溪行'，便不会发现桃花林。没有后来的'复前行'，将不会发现桃花源。没有最后的'复行数十步'，将不会进入桃花源。"由此，"行行复行行，包含着渔人的一路的精进"。其次"应注意渔人途中经历的三种心理现象：'忘路之远近'、'甚异之'、'豁然开朗'。前二种分别表现渔人的纯朴质直和凿破天真时的惊异之感。后一种是久久寻找后的顿悟。'忘路之远近'极要，精神由此凝聚，而能否舍弃一切功利计较，正是渔人之路和问津者之路的根本区别。途中人'忘路之远近'与目的地中人'不知有汉，无论魏晋'，一忘空间，一忘时间，存在着思想上的相应。"而"渔人之路最终能通往桃花源，这是潜在的基础。"① 质言之，"渔人之路"之所以是一条通路，"途中人"与"目的地中人"思想之相应不可或缺，而行行复行行的一路精进亦是基础。谈《说秦腔》，先引出"渔人之路"，是想说明，这一部书，是通往秦腔的一条通路（"渔人之路"）。其作者与书写对象之内在交通，以及由总论渐及剧本、剧作家和演员之一路精进，秦腔传承千年之奥秘随之次第展开。

即以起源论，秦腔成于盛唐，"有唐人评李龟年唱《秦王破阵曲》'调入正宫，音协黄钟，宽音大嗓，直起直落'的说辞，这种演唱的特点和方法，也正是秦腔至今都在传承效法的正宗腔调"②。此一腔调之形成，无疑与地域特色密不可分。"水土形貌不同，生长在那块土地上的人，也就禀赋了不同的个性气质，形塑了不同的身材容貌，尤其是炼化出了不同的语音腔调。""所有地方戏曲，都是当地地理人情以及生活形态的高度凝练。"③ 一如华阴老腔声腔之高昂和直插云端的冲决气

---

① 张文江：《渔人之路和问津者之路——〈桃花源记〉阐释》，复旦大学出版社2006年版，第134—135页。
② 陈彦：《坚挺的表达》，上海文化出版社2012年版，第1页。
③ 陈彦：《一方水土养一方戏》，《人民日报》2016年1月15日。

概，对应于华山之刚健、雄强、峭拔、坚挺，以及那种断裂、兀立、惊险与诡谲。秦腔亦体现出秦人之生命活性与率性，其高昂激越处，尽显生命呐喊之自然状态。"若以乾坤论，秦腔当属乾性，有阳刚之气，饱含冲决之力。"① 此种力量亦属民族所持存之恒常精神。《周易》"天行健，君子以自强不息"，即为此一精神之重要表征。秦腔如大风出关，长空裂帛，"为了一种混沌气象，它甚至死死坚守着'粗糙'之姿，且千年不变，以便有别于过于阴柔的坤性细腻"。② 而最能体现此一特征的，当属各类性情豪爽耿直的"大花脸"。秦腔花脸俗称"挣破头（读撒）"，演唱至高潮处能"挣破头"，足见其用力程度。秦腔"吼"得如此厉害，乃秦人之刚烈性情使然。但秦腔也并非一味刚健，"婉约起来也是缠绵悱恻，鸣啭如莺"。③ 如同同为流播于华阴的地方戏，老腔之慷慨激昂与时腔（碗碗腔）之轻柔婉转并行不悖，共同体现着一方人内在情感之复杂面向。

秦腔之婉转，体现在"旦角"身上。对"大悲大苦的生存境遇的痛陈与宣泄"，④ 在《铡美案》中体现得淋漓尽致。以至于秦香莲的形象塑造，在旦角艺术中极为重要。"这不仅因为她的唱、念、做功需要很高的技巧，更因为成千上万的观众对她有太高的期待，过之则显泼恶，欠之则显柔弱，唯有不温不火，韧性中透出婉约，刚毅中强化内敛，豪放中平添阴柔，方能让观者同情、爱恋、愤慨，继而得到美的愉悦与享受。"⑤ 这一种融合刚健与柔婉的表现方式，内合于《道德经》"万物负阴而抱阳，冲气以为和"之要旨，亦属《周易》阴阳（乾坤）合和变化规律之显现。《周易》睽卦《彖》曰："天地睽而其事同也。男女睽而其志通也"。⑥ 此谓性别感之差异正好构成交通感应之基础。

---

① 陈彦：《坚挺的表达》，上海文化出版社2012年版，第4页。
② 陈彦：《坚挺的表达》，上海文化出版社2012年版，第4页。
③ 陈彦：《坚挺的表达》，上海文化出版社2012年版，第9页。
④ 陈彦：《坚挺的表达》，上海文化出版社2012年版，第9页。
⑤ 陈彦：《坚挺的表达》，上海文化出版社2012年版，第12页。
⑥ 转引自贾平凹《关于小说》，生活·读书·新知三联书店，第39页。

能融合两种性别之不同特征于一体，其表现力自然远较单向度之特征更为丰富。体现于人物身上，便是"乾旦"对于"旦角"表现力的拓展。秦腔"最火的男旦"为生于清末的魏长生。魏长生曾多次晋京演出，无不引发广泛追捧。"有戏缘"，也即亲和力是其成功的要诀之一。"魏长生不仅在唱腔、做功方面高人一筹，对舞台绝技的超常运用，也让人难以仿效企及。"① 其"踩跷"之功，堪称独绝，虽效法者众，但均无法达到其"瑰丽俏姿"。以至于他死后，这项技艺亦随之失传。魏长生的一生，"本身就包含了民族戏曲的全部生长形态和因素，他的生命既是欢天喜地的，又是严肃悲壮的。他的实践，之于民族戏曲，具有着恒定的认识价值和象征意义"。② 以艺术创造论，魏长生的乾旦，充分体现"异性相互用另一种视角去审视窥测对方内心隐秘，有时会达到同性所不能企及的效果，从这个意义上讲，'乾旦'和'坤生'都有存在的必要和价值"。③ 魏长生的成功，自然与其以绝技丰富了旦角的表现力有关。进而言之，"今天的戏曲，之所以魅力不足，很大程度上也取决于演员绝技的严重缺失。无技不成艺，当演员们都想以最小的投入，获得最大的回报，有时不得不靠傍几个'娱记'或'牛皮匠'，来进行'一锄头一个金娃娃'的速成工程时，那种摄人心魄的魅力，自然就在虚假与矫饰中丧失殆尽了"。④ 这一说法，足以为投机取巧者戒，亦是魏长生之于当下戏曲表演之借鉴意义所在。魏长生的绝技，之所以在其故去后难以为继，无疑也与后来者自身天分的局限有关。个人的努力是成功的要义之一，但一定的天分，亦不可或缺。秦腔名丑阎振俗在故去二十余年后，仍能叫观众即便看并不清晰的录像，也能因其"语言的生动自然和动作的机敏捷快"，以及"神情的冷峻超拔和韵律的不温不火"⑤ 而肩背耸动，甚至喷饭。其艺术表现力之丰富，感染力之强，由

---

① 陈彦：《坚挺的表达》，上海文化出版社2012年版，第25页。
② 陈彦：《坚挺的表达》，上海文化出版社2012年版，第26页。
③ 陈彦：《坚挺的表达》，上海文化出版社2012年版，第27页。
④ 陈彦：《坚挺的表达》，上海文化出版社2012年版，第25页。
⑤ 陈彦：《坚挺的表达》，上海文化出版社2012年版，第106页。

此可见一斑。阎振俗的喜剧,之所以让观众倾倒。原因有三:"一是得力于深厚的传统功底;二是有赖于几十年坎坎坷坷、风风雨雨的人生阅历;第三才是说不清道不明的喜剧天分。"① 承续深厚之传统功底,其意义无须多论。数十年间个人生命的起废沉浮,几乎"始终处于走钢丝、跳弹簧、抻皮条的动荡境地","正是这种变幻莫测的人生经历,造就了他独特的思维方式,任何角色一旦经他琢磨,性格便会平添异彩"。② 其语言运用之稳、准、冷、狠尤值称道。即便处理看似平常的口语、民谚、大实话,经他之口演绎而出,便有了一种他人所无法具备的"醍醐灌顶般的生命透彻感",③ 其表演艺术,亦抵达目下喜剧明星所难以企及的人性之深度。若无数十年于人间世多般磨砺,历尽劫波且能从个人生命之实感经验中体味出进入艺术创造之不二法门,又如何能够企及艺术的崇高自由之境?! 其生前所作《艺途回顾》不过万言,但却道出了个人生命与艺术互相砥砺之不寻常处。世态炎凉、人生艰辛,无不跃然纸上。而其"对于艺术的细心体悟与精到把握也明白晓畅"。④ 尤其值得注意的是,与此相应的,乃是其遍历人间冷暖之后的世事洞明、人情练达的豁透和散淡感。进而言之,若无"刑天舞干戚,猛志固常在",不为五斗米折腰于乡里小儿做底子,陶渊明的"平淡",难保不落入淡而无味一路。唯有对生命实感经验悉心体会之后,方能领悟超然达观一路,进而直截根源,入顿门,做本色独造语。"农民领袖"任哲中身处逆境几近绝望之际,于空旷山野独面苍茫大地藉秦腔大放悲声。生命中之孤独体验亦莫此为甚。正是在这种大孤独中,任哲中"不自觉地完成着'任派唱腔'的苍凉历练,加深着对人物的全新理解",并以自身之生命体验丰富人物的表现力,最终从大山沟里出来时,"他的周仁也就具有了谁都无法望其项背的生命活性和独特性"。⑤

---

① 陈彦:《坚挺的表达》,上海文化出版社2012年版,第107页。
② 陈彦:《坚挺的表达》,上海文化出版社2012年版,第108页。
③ 陈彦:《坚挺的表达》,上海文化出版社2012年版,第108—109页。
④ 陈彦:《坚挺的表达》,上海文化出版社2012年版,第109页。
⑤ 陈彦:《坚挺的表达》,上海文化出版社2012年版,第116页。

其所饰演之"人物"无可取代的独特性,是其作品广为流播之重要原因。演员因"角色"而不朽,"不在于你演过多少本戏,塑造过多少角色,而在于你是否演活了某个戏,唱传神了某个人物"。"技不在多,在险在绝;艺不在多,在奇在精。"① 任哲中极重人物刻画,且分寸把握得当,绝不卖弄技巧"损伤"人物。其表演"形神兼备、洒脱自如,给观众一种和谐畅美的流动感"。加之其"嗓音独特,苍中有柔,刚劲而不失绵长,沧桑而不失润泽"。② 其沙哑之音配上紧闭口腔的鼻音哼鸣,"特别适合表现人物的悲苦无奈情绪",其演唱"时而似千山起伏,时而如流水呜咽,时而又同大河跳浪,时而酷似野马脱缰,每每呈现出一种云谲波诡的神秘感"。其对"隐忍与勃发的辩证把握,粗犷与细密的神奇收放,让人只可意会,无法言传"。③ 若无倾毕生之力对艺术哲学及个人生命体验互证的深切参悟,焉能收放自如如是?! 如此,其所饰演之"周仁"也便达到了他人无法企及的高度。因大致相同的原因,戮力改革戏曲程式并有较大突破的李正敏被誉为"秦腔正宗"。李正敏精通秦腔音律及板式,谙熟各种弦乐和打击乐。以此为基础之"清醒革命"堪称"一种生命在行进中的悟道、蓄含与'修正'"。他使自古以"响遏行云"为基本特征之秦腔有了"余音袅袅、歌喉婉转"之趣。他不拘成法,不固步自封,勇于革新,且无"门户之见",在广泛吸纳京剧、晋剧、河北梆子、吕剧等剧种之长,使秦腔之演唱风格进入"峰回路转"的"凄迷"状态,"讲'歌喉婉转',重'高低错落',推崇'中低音效率',追求'丹田音共鸣',从而形成了道白、吐字、行腔、收音、归韵均有别于同行的'敏腔艺术'"。④ 其对秦腔改革之重要推动,必将在秦腔千年流变史中拥有一席之地。任哲中、李正敏等大家之生命遭际,与阎振俗颇多相似。然前者"悲"(就其饰演角色而言)而后者"喜",悲喜交加之间,道尽人生于世的诸多况味。此亦充分说

---

① 陈彦:《坚挺的表达》,上海文化出版社2012年版,第114页。
② 陈彦:《坚挺的表达》,上海文化出版社2012年版,第115页。
③ 陈彦:《坚挺的表达》,上海文化出版社2012年版,第102页。
④ 陈彦:《坚挺的表达》,上海文化出版社2018年版,第102页。

明"喜剧"需以"悲剧"做底子，否则其"喜"，会因缺乏生命和人性的深度而流于浮泛。要言之，努力通过自身独特的艺术感知和创造，"塑造出不同于别人甚至不同于自己的艺术形象，"① 是阎振俗能独领秦腔丑行风骚之根本原因。

而在剧作家中，有和阎振俗几乎相通之人生磨砺，且能将此种磨砺，化作艺术创造之独特资源并有新境界之开拓者，首推李十三。李十三生于清末，因家境贫寒，虽在五十二岁那年会试位列"拟录六十四名"，终未在仕途大展宏图。其在洋县教谕任上所作"纵口腹之欲，割豆腐四两带筐；发雷霆之怒，瞪门斗一眼隔窗"② 之联道尽其窘迫之态。有了这样的生命体验，转事"打本子（编剧）"，其作品所重，自然与他人不同。少年时从乡里戏班演出中所得之经验，在他的笔下，开出了新的境界。李十三身后留有剧作"十大本"（一说"八大本"）。因跳脱仕进之途，故其下笔有别样的用心。他"完全站在他实际生活的普通大众层面，认知事物的角度，选择事件、情节、细节，甚至语言的方式方法，都发生了根本逆转"。③ 其所呈现之世相，全然不同于史家笔下之"乾隆盛世"。其间盗贼蜂起，"战祸内乱不绝，百姓生死无助，官场迂腐黑暗的'贻误天下苍生'的遍体毒瘤时代"。④ 艺术作品所体现之"诗性正义"，于此约略可见。"李十三既注重文学传情达意的精准，又匍匐大地，开掘戏剧演进的生活化与当下化，"⑤ 其经验值得后人深思。其"十大本"之广为流传，既与其对宋元明以来优秀戏剧的继承，以及成熟技巧的运用密不可分。亦与其在思想与艺术上之全面创新关联甚深。作为其思想基础之"民本"意识，尤为难得，也是其作品能开出新境界的原因所在。而其所依托之皮影戏在演出上的简便，也有助于作品的传播。质言之，若无半生追求仕进所遭遇之挫折与

---

① 陈彦：《坚挺的表达》，上海文化出版社 2018 年版，第 110 页。
② 陈彦：《坚挺的表达》，上海文化出版社 2018 年版，第 29 页。
③ 陈彦：《坚挺的表达》，上海文化出版社 2018 年版，第 33 页。
④ 陈彦：《坚挺的表达》，上海文化出版社 2018 年版，第 33 页。
⑤ 陈彦：《坚挺的表达》，上海文化出版社 2018 年版，第 34 页。

绝望，李十三似乎也不大可能"产生对'清明盛世'的质疑"，也便不会在作品中"露出早期'民主思想'的曙光，更不可能使民间立场成为一种自觉。"① 其对生命实感经验之不同体证与感悟，是其作品能开出新境界之根本原因。陈忠实为华夏出版社版《白鹿原》所作序言中反复申论个人生命体验之于创作之重要价值，用意亦与此同。

同为剧作家，比李十三晚生多年，生存际遇亦并不相同的马健翎，却有与李十三大致相通之境界追求。马健翎创作实践所留下的最为宝贵的经验是："戏曲必须走大众化的路子，既要反对庸俗，更要反对一味的雅化。戏曲史上'花雅之争'的'雅部'的败北，已有前车之鉴。"② 就其根本而言，此与李十三之追求有内在相通之处，但出发点及所面临之外部境遇已相去甚远。以《中国魂》《十二把镰刀》《血泪仇》等优秀作品展现边区波澜壮阔的政治军事斗争画卷以及老百姓的精神面貌和生存状态的马健翎的创作，是与20世纪40年代重大历史有极为密切之关联。以戏曲鼓舞士气，展现底层老百姓的生命呐喊之声，从而在更高的意义上呼应血与火的斗争，是其创作之重要目的。也因此，其早期作品多贴近生活，注重反映当下现实。而新中国建立后，马健翎开始着意于民族戏曲的历史传承与推陈出新。在"古"与"今"，"传统"与"现代"之间做出选择，是"五四"迄今文化之"古今中西之争"的核心命意。"五四"时期特定之社会历史氛围使得知识人无暇从容辨析古今中西文化之"优劣"而有更为妥帖之选择。"今胜于古""西优于中"因之渐成潮流，此一选择之流风所及，民族文化之"虚无主义"渐成蔚然之势，于今仍影响甚巨。因是之故，如何有效完成民族文化之现代赓续，已是贯穿两个世纪的重要命题。马健翎对一大批传统戏的"旧瓶装新酒"式的梳理改编，可作参照。以对传统的审慎态度，马健翎"就好像一个考古学者，一个珍爱古董者，在发掘一

---

① 陈彦：《坚挺的表达》，上海文化出版社2018年版，第34页。
② 陈彦：《坚挺的表达》，上海文化出版社2018年版，第95页。

件珍贵的文物，小心翼翼地唯恐它受到一点损害"。① 基于此，他的诸多改编"发掘"，每每能"化腐朽为神奇"，且最终获得观众与戏剧史的深切认同。全不似今日的所谓改编，"已在解构、颠覆和'借壳生蛋'中把精华葬送殆尽了"②。传统戏曲之推陈出新，并无问题，但若一味求新求变，枉顾戏曲自身特色，"只会同质同构，加快被同化、被淹没的速度"。③ 进而言之，"在文化同质化严重的时期，保护有特色的地方戏曲，就是保护中华文化这棵参天大树的丰富根须。"④ 就是让中华文化之核心精神生生不息，且不断开出新的境界。是为文化"返本开新"之要义所在。

秦腔现代戏之创生及流变，与晚清以降中华民族所面临之贞元之会、绝续之交之根本性历史境遇密不可分。当是时也，知识人勉力追求开启民智之法，以挽狂澜于将颓。戏曲这种极接地气的艺术形式受到重视，也就在情理之中了。中国革命在延安的特殊历程，使得毛泽东与秦腔结缘。熟悉秦腔的他曾经表示："秦腔对革命是有功的。"⑤ 陕甘宁民众剧团的成立，也和毛泽东的支持密不可分。民众剧团戏剧训练班的宗旨，是"为着早日完成抗战的最后胜利"，"批判地将它（戏曲）扶植、发展起来，使它能服务于抗战，服务于大众"。⑥ 此一宗旨，与梁启超《论小说与群治之关系》的核心意旨并无不同。置身"救亡压倒启蒙"的历史境遇之中，此种选择自然有其历史合理性。民众剧团成立后，先后创作演出《一条路》《查路条》《好男儿》等剧目，对唤起民众抗争精神，无疑意义颇大。百年易俗社之创生，初衷亦与此同。有感于"社会教育感人最深，普及最广者，莫若戏曲。旧日戏曲优良者固多，而恶劣淫秽足以败坏风俗者亦属不少"。⑦ 李桐轩、孙仁玉二人发起

---

① 陈彦：《坚挺的表达》，上海文化出版社2018年版，第95页。
② 陈彦：《坚挺的表达》，上海文化出版社2018年版，第95页。
③ 陈彦：《一方水土养一方戏》，《人民日报》2016年1月15日。
④ 陈彦：《一方水土养一方戏》，《人民日报》2016年1月15日。
⑤ 陈彦：《坚挺的表达》，上海文化出版社2018年版，第77页。
⑥ 陈彦：《坚挺的表达》，上海文化出版社2018年版，第78页。
⑦ 陈彦：《坚挺的表达》，上海文化出版社2018年版，第63页。

"编演新戏曲,改造新社会""以补社会教育之缺陷"的易俗社办社倡议。易俗社以"启迪民智""移风易俗""改造社会"①为宗旨,创制新腔清除积弊。创作出多部极有影响之经典作品。其以一流知识分子办社,且演剧与时代精神进行最为本质的链接,始终保持思考与社会的同步,以及以产业养剧团的经验,均值得借鉴。知识分子办社,于今更属难能可贵。而始终保持与时代精神的链接,无疑是戏曲历经千年而不废的根本原因所在。也再度说明陈彦如下说法的重要价值:"戏曲唯有始终站在民众立场上,坚持独立思考,持守美学品格,守望恒常价值、恒常伦理,不跟风,不浮躁,敢于担当,勇于创新,与国家、民族同呼吸、共命运,才可能赢得与时代艺术同步发展的空间。"②也因此,无须忧心秦腔后续乏人难以为继,秦腔的旋律早已潜移默化融入秦人之生命深处,构成其文化之"集体无意识"。无论他们身在何处,总会在生命中的某一个独特机缘的成就之下,从秦腔的旋律中发掘自我生命真正的"依托"。是为秦腔之魅力所在,亦是其历经千年而不废之根本原因。

如若稍稍扩大论述之视域,以陈彦数十年来之现代戏创作实践为参照,则更容易理解其在《说秦腔》中对经典剧本价值论析之要义及用心③。以《西京故事》为例,陈彦表示:"他们(作品中以罗天福、罗甲成、罗甲秀为代表的主要人物)可能不是城市的主流形象,但他们靠诚实劳动安身立命的厚朴躬耕,将成为这个城市最重要的精神。"他

---

① 陈彦:《坚挺的表达》,上海文化出版社2018年版,第64页。
② 陈彦:《由秦腔生存状态想到的》,载陈彦《边走边看》,上海文化出版社2012年版,第161页。
③ 关于戏曲现代戏的创作,陈彦如下说法值得重视:"戏曲现代戏首先应该是艺术创造,既然是艺术创造,那么在事件、人物筛选上,就要进行有价值的艺术甄别。这种甄别不仅包括生活的普遍性,更包括这种生活对时间和历史的长久印证能力。从这个角度讲,努力开掘常态题材,关注平常生活,可能是现代戏真正把握生活本质规律,从而与生活自身的恒常性一道进入艺术恒久性的最重要通道。因为对于没有限定的寻常生活的发掘,更能使一个创作者身心自由地迈入艺术王国进行创造劳动,而这种经过艺术家完全粉碎、咀嚼、消化、省察了的生活,再精心抟成艺术之器时,艺术家对于生活的历史认知把握和对艺术自身的永恒性追求,便沁入心脾地化合到他的'器物'之中。"《现代戏创作的几点思考》,载陈彦《边走边看》,上海文化出版社2012年版,第166页。

们的故事充分说明,"以真诚劳动获取报酬,无论何时何地,都是人类不可撼动的万事根本"。① 罗天福一家两代人在城市边缘的苦苦挣扎,他们依靠诚实劳动安身立命的精神坚守,也成为这个时代精神的重要面向。罗甲秀、罗甲成姐弟也成为继孙少平、孙少安之后,陕西文学(戏曲)"社会主义新人谱系"的重要形象。"而从整个戏剧史来看,正是对恒常价值观、伦理观、道德观的固守,才使很多作品经得住时间的淬炼,成为经典保留剧目。"所谓的恒常价值,"是经过人类历史检验,并继续适用于今天社会秩序建构、人的全面发展的"② 那些内容。基于此,陈彦颇为看重《三娘教子》通过细述养母之艰辛,唤起养子做人的良知和信念的"教化"价值。"艺术的本质是对人类进行严肃而深入腠理的思考"。③ "永不落幕的总是那些正义战胜邪恶,好人斗败坏人,善良终落好报的'团圆戏'"。④ 也因此,有论者认为中国传统戏曲缺乏如古希腊式的"悲剧精神"。亦即不会将"悲剧"进行到极处,即便如有弥天弥地之冤屈的窦娥,最终亦会以"大团圆"作结。这里面当然蕴含着民族文化的重要倾向。以《周易》循环思维为核心之古典思想,生发于四时转换的天地节律。《周易》系统以"未济"卦压阵,即预示着另一循环的开始。因是之故,"悲"到极处,即有新气象之发生。何况给生活于艰难状况的"小人物、善良者和好人以希望与出路,恐怕也正是文学艺术所应承担的责任之一"。⑤ 《清风亭》以"雷音的震悚",去惩罚不孝者和不义之人,以对观者心理起到"净化"作用,亦是此理。《红梅记》则体现着慷慨激昂的秦腔对"大痛大哀、大起大落、大开大合的悲剧意蕴"⑥ 的表现力。"那种低回幽怨中的响遏行云,那种抑郁沉闷中的石破天惊,那种生命冲决中的摧堤溃坝","唯有秦

---

① 陈彦:《西安赐我戏剧》,载陈彦《边走边看》,上海文化出版社2012年版,第39页。
② 陈彦:《现代戏应剥离时尚,进入精神深层——著名编剧陈彦谈现代戏创作》,载陈彦《边走边看》,上海文化出版社2012年版,第373页。
③ 陈彦:《坚挺的表达》,上海文化出版社2018年版,第14页。
④ 陈彦:《坚挺的表达》,上海文化出版社2018年版,第16页。
⑤ 陈彦:《坚挺的表达》,上海文化出版社2018年版,第16页。
⑥ 陈彦:《坚挺的表达》,上海文化出版社2018年版,第45页。

腔能刀切斧劈地字字见血见泪,这种带着生命原生态的呐喊,更能引领观者敲骨吸髓般地直击罪恶源头,从而透彻心扉地领悟悲剧精神"。①戏剧大师马健翎在吸收史料、纪君祥本、昆曲《赵氏孤儿记》及秦腔《八义图》的基础上改编之《赵氏孤儿》,以大段内心剖白式的唱腔展示人物心理。该作"不仅情节重峦叠嶂,而且感情一咏三叹,特别是程婴将自己亲生儿子奉献出去之后,可谓受尽内心煎熬,失子之痛无人知晓,而'卖孤求荣'却是路人皆知,在责怨与羞辱中保守惊天隐秘的大孤独与大痛楚,使人物内心血泪涌流"。② 教观者无不潸然泪下深受震撼。是为真正经典"悲剧"的力量。足见虽无古希腊式的"悲剧",中国古典戏曲,仍有动人心魄震撼人心的"悲剧"表达。

据汪朗回忆,汪曾祺当年不愿调离北京京剧院,有心"改造"京剧,是原因之一。从中学时代便接触京剧,此后又因偶然的机缘从事编剧工作,汪曾祺对京剧之"优""劣"均有极深体会。因是之故,他说:"我搞京剧,有一个想法,很想提高一下京剧的文学水平,提高其可读性,想把京剧变成一种现代艺术,可以和现代文学作品放在一起,使人们承认它和王蒙的、高晓声的、林斤澜的、邓友梅的小说是一个水平的东西,只不过形式不同。"③ 汪曾祺的目标因此有二:其一,增加京剧的时代感;其二,提高剧本的文学性。以上两点,也是本书附录部分陈彦文章的核心主题。多年间沉浸于秦腔,对老本子的"优劣"自然也深有体会,又以创作现代戏为主,故而在"旧形式"与"新内容"之关系处理上经验颇丰。若非如是,恐怕也不会有"故事永远是戏剧的命脉,而故事的本质是文学,文学是戏剧不可撼动的灵魂"④ 这样的洞见。2015 年 8 月,陈彦出版了他的第二部长篇小说《装台》。该作的核心多少有秦腔经典剧目滋养之后的种种"光彩",而作品中"戏中

---

① 陈彦:《坚挺的表达》,上海文化出版社 2018 年版,第 45 页。
② 陈彦:《坚挺的表达》,上海文化出版社 2018 年版,第 40 页。
③ 转引自汪朗《和京剧较劲,一拳打在城墙上》,载汪朗、汪明、汪朝:《老头儿汪曾祺:我们眼中的父亲》,中国青年出版社 2015 年版,第 218 页。
④ 陈彦:《文学是戏剧的灵魂》,《人民日报》2016 年 6 月 3 日。

戏"的独特处理,虚拟的舞台世界与故事的"现实"之间的"互文",以及"开端"与"结局"的"循环"处理,无疑可以看出陈彦极深的中国古典思想功底。但《装台》中的处理却全无"理障",殊为不易。若无数十年浸淫于古典戏曲,恐怕不易成就。是故,深入讨论陈彦戏剧作品与小说创作之间的关系,会是极有意义的课题,这也是笔者下一步研究的内容。

《说秦腔》凡三辑二十四篇(连同附录),专论秦腔之源流、品质,亦包括剧作家、剧本、演员及秦腔与地域、历史、时代文化之复杂关联,所论虽集中于秦腔,但其蕴含之深层义理,却不限于秦腔。是可以相通于其他戏曲剧种,甚或可以相通于文学及其他艺术门类。无论导演、编剧、演员或普通读者,开卷必有所得。张文江先生在《过半刃言》及《衍变通论》后记中说:"日月经天,江河行地,世代更替,易象易辞亦处于生生不息的变化之中。然其中或有不变者乎,知此乃可以读《易》也。"[1] 这一句话,实在可以拿来说明《说秦腔》的要旨。戏曲(戏剧)之"常"与"变",古今相通,中西一理。其精深幽微处,看似常理常情,实则寓意深远,需反复涵咏,切己体察,方得参证悟入。及其悟入处,转瞬即如已处于桃花源中之"此中人""无需更觅进入桃花源之路,低头饮泉水一滴,已可尝知源头活水的滋味"。[2]

---

[1] 出自张文江为《潘雨廷著作集》(卷六)所作编后记,载《潘雨廷著作集》(卷六),上海古籍出版社2016年版,第288页。
[2] 张文江:《渔人之路和问津者之路——〈桃花源记〉阐释》,复旦大学出版社2006年版,第136页。

附录一 中国当代文学研究中的"古典转向"

　　中国当代文学研究中的"古典转向",是指以中国古典思想和审美传统为参照视域,阐发当代文本的价值和意义,进而促进其"经典化"的研究路向。其初阶为发掘当代文本与古典传统之内在关联,包括思想、章法、意象、语言等,也包括以年谱、学案等中国古典学术研究的基本方法做当代文学现象和作家作品的研究;进阶为超克"五四"以降文学观念之局限,自古今贯通的大文学史视域重解当代文学与古典传统间之赓续关系。即不再使用将"五四"以来新文学视为是在古典传统之外别开一路的古今"分裂"的文学史观念,而是将之视为古典传统在 20 世纪流变之一种,其意义与诗之唐宋之变等思想和文学观念内部与时俱化的状态并无质性分别。其所关涉之问题论域颇为复杂,既需以历史化的方式返归文化的"古今中西之争"的草创阶段,在更具历史和现实感的宏阔视域中重新处理古今中西问题,亦需重启 20 世纪 90 年代初兴起之中国古代文论的现代转换问题,以在融通古今中西的视域中建构文论的中国话语,最终完成对当代文本复杂意义的深入解读。而历史性地考察文学观念的古今之变,港台学界多年间之探索亦需纳入其间做总体处理。由陈世骧发现之中国文学的抒情传统论述,其缘起阶段即与在西方传统影响弥天漫地几至全然遮蔽中国文学传统的历史和文化语境之中抉发中国思想和文化之独立意义密切相关。中国文学的抒情传统乃是在西方传统之外独具思想和审美意义的重要传统自无须多论。不惟"中国文学的抒情传统论述"在港台及海外学界的重要研究者如高友工、蔡英俊、柯庆明、郑毓瑜、萧驰、王德威等会心于此且多所发明。海外汉学家于连、浦安迪、宇文所安等人的研究路向亦从另一侧面说明以中国的方式研究中国文学之学术路向（其所持有的观点在指称中国古典传统之际的准确性和适用性还可进一步讨论，① 但此思路本身值得重视）之价值所在。凡此种种无不说明建构更具统合性和概括力的新的文学史视域，以古今中西之融通开启文学的新面向，是当代文学的重要进境，其意义有待进一步阐发。

  以古典思想和审美传统重解当代文本之所以可称为一种具有范式转换意义的研究路向——"古典转向"，与 20 世纪中国历史文化语境之特殊性密切相关。发端于晚清，至"五四"进一步强化的文化的"古今中西之争"在多重意义上形塑了 20 世纪初迄今中国文学和文化观念之"前理解"。今胜于古、西优于中，且以前者所持存开显之视域理解文学观念的古今问题，为其核心特征。据此立论之文学史，即便路径具体差别甚大，其核心却未脱离此一观念划定之基本范围。故此种种当代文学史著作在与古典传统密切相关之当代作家作品的评价问题上均闪烁其词——无从简单"否定"其价值，但对其文学史意义却始终难有准确评价。② 其流风所及，20 世纪 80 年代迄今文学观念虽变化频仍，亦不乏代际更替，但认信"五四"新文学至 20 世纪 80 年代"文化热"时期"文化：中国与世界"丛书之核心理路及其背后的现代主义、后现代主义文学观念和理论传统，成为作家写作和文学研究的"自然"选择。中国古典思想和审美传统的当代赓续，仍面临被遮蔽和压抑的"困局"，非有文学和理论观念的鼎革之变而难有进境。时在中国百年历史巨变的合题阶段，以更具历史和现实感，包容性和概括力的视域重构当代文学图景，可谓恰逢其时，亦是文学史观念鼎革的重要路径之一。中国当代文学的经典化，此亦为不可回避的路径之一种，包含着有

---

  ① 如龚鹏程并不认同"抒情传统"说，以为此说"前提""运思"等皆有商榷的余地。参见龚鹏程《不存在的传统：论陈世骧的抒情传统》（《美育学刊》2013 年第 3 期）《成体系的戏论：论高友工的抒情传统》（《美育学刊》2013 年第 4 期）二文。

  ② 对此问题的详细申论，可参见拙文《贾平凹与"大文学史"》，《文艺争鸣》2017 年第 6 期。

待进一步思考和实践的重要内容。毋庸讳言，随着更具包容性和概括力的新的文学史观念的进一步确立，且成为中国文学史（包括古典文学与现当代文学）的基本范式之际，"古典转向"作为"过渡阶段"的意义即自然终结。①

一

如自文学史的整体视域看，可知20世纪初文学观念的"新""旧"之争及其历史"遗存"并非如现有的文学史叙述那般单一。孙郁的学思经历即属典型。其在20世纪70年代初因偶然机缘读到《胡适文存》，始知其对"五四"文化人的印象并不全面，尤以"新文化"与"古典传统"之关系最为突出。虽有"前见"的限制，但细读"五四"诸公论著之后，方知"新文化运动的先驱，乃深味国学的一族"。此后其为鲁迅、陈独秀、周作人的作品所吸引，"不都是白话文的篇什，还有古诗文里的奇气，及他们深染在周秦汉唐间的古风。足迹一半在过去，一半在现代，遂有了历史的一道奇观"②。后之来者却多为他们作品中"反传统"的论调所吸引，也不再用心于发掘其文章因赓续古典传统而开出的新的面向，甚至一概将古典传统视作需要摒弃的对象而不加理会，更有甚者将其作为批判的对象草率处理。如是文学观念和评价标准发端于20世纪初，在20世纪80年代渐成蔚然之势。其影响力无远弗届，成为20世纪中国最具代表性和具有"元话语"意义的文学史"故事类型"。以此为基础，作为学科的中国古典文学和中国现当代文学（尤其是当代文学）可谓壁垒森然，绝少互动。③ 极少数有意贯通二

---

① 丁帆先生对此问题及其意义无疑有极为明确的认识。参见丁帆、杨辉《文学史的视界——丁帆教授访谈》，《美文》（上半月）2014年第4期。
② 孙郁：《新旧之间》，载孙郁《写作的叛徒》，海豚出版社2012年版，第185—186页。
③ 如甘阳所论，"中文系的现当代文学和古典文学老死不相往来，这个我是很早就知道的，而且我觉得不是很正当"。在新的历史语境下，较多学者已经意识到问题的复杂性在于："对中国古典传统重新恢复敬意与'五四'以反传统为标杆之间的紧张。"甘阳、王钦：《用中国的方式研究中国用西方的方式研究西方》，《现代中文学刊》2009年第2期。

者的学者在此大语境中也多被目为另类。但如甘阳所论,用"中国的方式研究中国"与"用西方的方式研究西方"同样紧要。而切近中国文学问题,自然不可避免地需要重启中国思想和审美评判方式。直面此一问题,亦是思想和文学研究中无法回避的重要一维。20世纪90年代初,汪曾祺亦曾建议治当代文学的学者不妨了解一些中国古典传统,① 他还从古典传统角度读解贾平凹《浮躁》等作,并充分肯定贾平凹赓续中国古典佛道传统所开出之新境界之意义。② 惜乎此说彼时仅属空谷足音,并未得到文学史研究界的重视。即便深爱汪曾祺作品中独有的"趣味",也深知此种趣味与中国古典传统密切相关,论者仍照例将之视为"歧路"而无心深究其所包含的文学史意义。

但即便唯新是举乃20世纪80年代文学观念之"主潮"(其核心为西方现代主义和后现代主义文学和理论传统),仍有较多作家作品不同程度地关联到中国古典传统,开出古典传统当代赓续的不同面向。亦有不简单认信彼时盛行之文学观念的研究者注意到汪曾祺、孙犁、贾平凹、林斤澜、阿城甚或其时被归入广义的"先锋文学"的莫言、余华、马原、格非等人与中国古典传统间之内在关系。先锋文学之兴起与20世纪80年代西方现代主义、后现代主义作品的大量译介密切相关,其所依凭之思想和审美传统,要在"西方"现代一路,已属不争的事实。论者从此类作品中读解出中国古典传统的影响,更可见虽有持续多年的"断裂"之论,古典传统仍以其生生不息的力量汇入20世纪中国文学,并成为后者所能依凭之重要资源,其意义大有可发挥之处。20世纪80年代后期至20世纪90年代初,明确以古典传统为视域读解当代文本且多所发明的,首推胡河清。胡河清早年即在《庄子》《黄帝内经》《金刚经》《妙法莲华经》《周易》等古代典籍沉潜往复、从容含玩上颇多用心,且能以个人生命之实感经验与经典义理交相互参,故其一旦将视野投向20世纪80年代中后期呈欣欣向荣的"上出"之境的当代文学,

---

① 汪曾祺:《捡石子儿——〈汪曾祺选集〉代序》,《中国文化》1992年第1期。
② 汪曾祺:《贾平凹其人》,《瞭望周刊》1988年第50期。

即有不同时流的卓越洞见。他发现阿城、马原、张炜等作家作品与道家文化智慧不同层级之义理的内在关系，体会到格非、苏童、余华等彼时被归为先锋一路的作家作品虽极大地受惠于西方现代主义、后现代主义思想和审美传统，却仍然难脱中国古典传统无远弗届的影响力。其作品与术数文化的关系，亦充分说明古典思想之当下效力虽偶或隐而不彰，却文脉始终不绝。不同于彼时仅以发掘当代作家与古典传统之关系却难于对此关系的深层意义持有洞见的论者，胡河清对中国古典传统及其在古今中西之辨中返本开新的可能有较为系统的理解。依其所论，20世纪80年代"现实主义"的复归已有会通西方现代主义传统的迹象，但必将显现为对中国古典传统核心思想的多元融通，最终开出"中国全息现实主义"的境界。此境界乃属21世纪中国的文艺复兴的必由之路。古典传统也并非仅止于审美表达方式意义上的"趣味"所能简单概括，而是包含着复杂的思想和世界观念。据此，胡河清以为贾平凹其时作品虽对中国古典传统颇多会心，且有根源于古典思想和审美的世界展开，却仍局限于"人""地"之道，尚需抵达言"天"之境，方可论深入到古典文化精深幽微之深山大泽。① 《废都》（1993）迄今贾平凹在中国古典思想之赓续上的深入用心，以及由之展开的更为丰富复杂的人世观察的古典特征，已充分说明胡河清其时的远见所在。仅以《浮躁》前后的作品为依托，胡河清便已发现"贾平凹的创作美学，表现了一种把西方现代主义文学的精神深度模式和东方神秘主义传统参炼成一

---

① 胡河清曾述及其某一日雪夜访贤所见。此贤者乃为"高人"，其"吞吐古今，胸中经纶，若浩浩烟波之无垠"。如此教胡河清折服的高人究竟为何方神圣，今已无从查考，但贤者论及中国当代先锋文学，却有大义存焉："有些年轻作家对中国传统文化太缺少研究了。或者临时凑合些阴阳八卦类的神道故事糊弄一下读者，但'根'却远远通不到传统文化的深山大泽中去。""大凡伟大作家的生命历程，都是一个自我克服与自我消失的过程。当他的'我执'彻底消解之时，民族文化的精蕴便会神灵附体。他们也就'采补'到了最深厚的文化传统的底气。所以真正的作家越老灵气越足。在自我消解的过程中，他们的'天目'洞开了。看见的就不再是一些少年时代的梦中幻影，而是超越现象界的民族文化的'龙虎真景'。"贤者所论，看似玄奥，其义理即在于思想及审美传统的多元融通，乃是写作不断"上出"的要妙所在。贾平凹21世纪之后的写作，即可为重要例证。见胡河清《中国当代文学与文化传统》，载王晓明、王海涡、张寅彭编《胡河清文集》，安徽教育出版社2014年版，第233—234页。

体的尝试"①。是为贾平凹的当代文化意义所在。而贾平凹所尝试之古今中西会通之境的终极指向,即是"中国全息现实主义"之创生。此"全息现实主义",为"一种融通古、今、中、外文化,同时又通于人的生命精神乃至天外星系神秘系统的'全通'的化境"。②即佛家所谓的"扫相"之后所开显之复杂多元状态。古典小说所敞开之全息图景,以《红楼梦》最具代表性。该书深得"道"之妙要,勘破"盛极必衰,一治一乱,沧海桑田"之"道"的运行规则。"一半写人和,一半写天道",二者的合一,即为"《周易》体系全息主义传统的真谛所在。"③就此而论,相较于张炜《古船》以"古船""地底的芦青河""洼狸镇"及隋、赵、李家族等所营构之深具寓意却彼此关联的文化符号所形成之足以象征历史、人事之理的隐秘系统的"全息"境界,《浮躁》有意于此,却未尽"善"。但如是思路,却可以说明贾平凹《古炉》迄今之多部重要作品。《古炉》将历史人事纳入"四时"叙述之中,深层体现的,乃是中国古典的循环史观,亦即外部世界之种种即便与时推移、变动不居、任意上下,却并非全无规则。历史之兴衰浮沉、治乱相替与人事之代际更迭、出入进退并无二致,其共同扎根于《周易》思维之世界观察之中。易一名而含三义:简易、变易、不易。"不易"即"终而又始始而又终的'往复循环不已'"。《易经》下卦终于"既济""未济"两卦,"《既济》象征事物皆已完成,《未济》象征事物皆未完成,《易经》排序先《既济》后《未济》,则有先终后始的概念,先言终而后言始,代表事物终而复始从头循环,如此而往复不已"④。《三国演义》《水浒传》等"奇书文体"之结构秘法,莫不与此有关。其"高

---

① 贾平凹在《山本》后记中对于其融通中国古典、现代及西方传统的特征,有较为细致之说明。见贾平凹《山本》,人民文学出版社 2018 年版,第 542 页。
② 张寅彭:《编序:二十年后纪念胡河清的意义》,载王晓明、王海渭、张寅彭编《胡河清文集》,安徽教育出版社 2014 年版,第 2 页。
③ 胡河清:《中国全息现实主义的诞生》,载王晓明、王海渭、张寅彭编《胡河清文集》,安徽教育出版社 2014 年版,第 157 页。
④ 赖世炯、陈威瑠、林保全:《从〈易经〉谈人类发展学》,台北:文史哲出版社 2013 年版,第 61 页。

潮"位置及前后"照应"之处,即暗示天道循环往复不已。① 《古炉》亦复如是。夜霸槽之行为可谓多年前朱大柜的再现,而朱大柜之起落与夜霸槽恰成对照。作品结尾处随着夜霸槽被惩处,朱大柜再次掌握古炉村大权,亦属起落进退之一大循环。延此思路,则《老生》中四个故事与二十世纪历史的四个重要时段之对应,及其间"老"(死亡)"生"(新生)循环往复之处,亦表明贾平凹的历史观念与《周易》宇宙观相通之处。《山本》更以"涡镇"这一核心意象所蕴含之复杂义理完成《浮躁》的"未竟"之处。"涡镇"得名于镇外的"涡潭"。那涡潭颇为神奇,平日里看去平平静静、水波不兴,"一半的黑河水黑着,一半的白河水白着"②,一俟遭遇外物触发,便旋转如太极双鱼图,可将一切物事翻腾搅拌吸纳而去。"涡镇"在初稿中写作"乾坤镇",乃有近乎直白的寓意。乾坤也者,《周易》卦象核心之谓也。由阴阳双鱼合和互参而吸纳推演历史人事之变。嗣后核心人物井宗秀梦境所示自然万象及人物皆为涡潭吸纳而去,转为碎屑泡沫,一律化烟化灰,其境庶几近乎胡河清所论之"全息主义的境界"。"全息现实主义"奠基于《周易》思维及其世界展开,乃可指称自然万象和历史人事兴废起落之普遍意义。此亦为《易》之要妙所在:"《易传》解释《易经》的一个终极目标,就是要将自然秩序与人世间的道德秩序相连接(推天道以明人事),将前者视为后者的基础。""《易》学的宇宙论是后续的道德价值论述的基础所在",而非仅具"机械性地描述自然规律的意义"。③故此,司马迁虽窥破"天地不仁"之理,却以类如"孔子作春秋,乱臣贼子惧"的精神申明"天""人"虽有分界,"人事"仍属"历史"之变核心要素的思想。《山本》虽敞开历史的浑然之境,用意却不在消解历史之意义,而是据此申明历史由浑然而至于大一统的重要性。知人

---

① 浦安迪对此有极为详尽之分析。参见浦安迪《中国叙事学》,北京大学出版社 1995 年版,第 80 页。
② 贾平凹:《山本》,人民文学出版社 2018 年版,第 3 页。
③ 赖世炯、陈威瑨、林保全:《从〈易经〉谈人类发展学》,台北:文史哲出版社 2013 年版,第 48 页。

事之局限处,皆归于天命,却仍努力制天命而用之,用心与司马迁究天人之际庶几相通。

如胡河清将《红楼梦》视作中国全息现实主义的开山之作,以为此后有心于全息境界之开显者,皆不能绕开《红楼梦》所持存之思想和审美经验。取径虽有不同,李敬泽同样意识到贾平凹写作的一大参照,即是曹雪芹和《红楼梦》。《老生》一书,或可解作既向《红楼梦》致敬,亦与《红楼梦》竞争的作品。其间《山海经》若干段落的引入,乃是昭示一种"大荒"意象。此一"大荒"为"中国传统小说的精髓所在"。其所关联的,并非西方意义上的"灵魂",而是"心",即"中国之心"。于中国人而言,"心是空间,是个场所",是"儒道释并在,是复杂的境遇和选择"。此心贯通于"他人之心",可以推己及人,"在理想状态下它容纳万物而又澄明如空"[①]。此"心"或还包蕴着联通(引譬连类)自我与世界(物—我)的重要功能,"不但人与人之间,声息相通;即自然之物色,亦莫不与人相感相应。而当这种浑然一体之情从时间上延展,就产生了合纵的历史意识。……中国传统中所体会的悠悠宇宙,原是个有情天地,生生不已的根源,因此才有'情之一字,所以维持世界'之说"[②]。此足以说明《老生》之历史寓意及《山本》铺陈自然物色之深层用心。《老生》源出于个人记忆,但却并未局限于此,贾平凹希望借由"个人记忆"之幽微通向历史之精深之处。个人身处历史及自然流变之中,体味四时交替、人事代谢,而最终意会到更为宏阔的历史之变。即如《古炉》之起点,为其时尚未成年的狗尿苔的个人记忆,此记忆也几乎局限于狗尿苔目力所及之处,然而作为宏大历史的边缘人,狗尿苔之观察却切入历史之变的紧要处。人事之起落兴废看似无序,却在四时交替之间彼此义理交关。《山本》则以人事起笔,广涉自然万象历史兴废,而于时移世易之间大历史之起废沉

---

① 李敬泽:《知中国人之"心"——〈尴尬风流〉》,载李敬泽《为文学申辩》,作家出版社 2009 年版,第 83 页。
② 转引自陈国球《抒情中国论》,三联书店(香港)有限公司 2013 年版,第 157—158 页。

浮灿烂或将归于萧瑟，躁动转为沉寂。当此之际，"秦岭什么也没改变，依然山高水长，苍苍莽莽"①，没改变的还有情感，人事虽有代谢，往来已成古今，但人之爱却一如既往，如何不教人感慨万千?！而借引譬连类而承载此历史兴废世态人情自然万象的，乃是"非线性的"，呈现为一个"巨大空间"的，具有延展的、卷曲的、循环的、挥洒的特征的"心"②。此"心"有别于"灵魂"，它可以包容载重含纳万象吞吐万物。所谓吟咏之间吐纳珠玉之声，眉睫之前舒卷风云之色是也。正是对此种"中国之心"核心要义的洞见，"中国传统的小说精神、中国人对自我和世界的传统想象方式"是"空间的"而非"时间的"。③"空间"虽与"时间"密切相关，却可以脱离后者而隔空"臆造"。故此，贾平凹在《废都》之中"做了一件惊人之事"，他"创造一种语境"，此语境与曹雪芹虽有不同，却让"《红楼梦》式的眼光"有了"着落"。庄之蝶如是《红楼梦》中人，其在 20 世纪 80 年代沉沦情天欲海难以自拔，终至于身处生命无可如何之境且无由解脱，庶几近乎数百年前贪恋尘世欲了未了，唯自色悟空足以平复时间给予人的巨大的伤痛的贾宝玉。庄之蝶如庄周梦蝶，不知周之梦蝶抑或蝶之梦周，他似真似幻，既实又虚。贾平凹"复活了中国传统中一系列基本的人生情景、基本的情感模式，复活了传统中人感受世界与人生的眼光与修辞"。它再度说明在实在界之外或之上，还有巨大的无可把捉的"虚无"。一如《红楼梦》《金瓶梅》之中，"世界的朽坏与人的命运之朽坏互为表里，笼罩于人物之上的是盛极而衰的天地节律，凋零的秋天和白茫茫的冬天终会到来，万丈高楼会塌，不散的宴席终须散，这是红火的俗世生活自然的和命定的边界，这就是人生之哀，我们知道限度何在，知道好的必

---

① 贾平凹：《山本》，人民文学出版社 2018 年版，第 541 页。
② 李敬泽：《知中国之"心"——〈尴尬风流〉》，载李敬泽《为文学申辩》，作家出版社 2009 年版，第 84 页。
③ 李敬泽：《知中国之"心"——〈尴尬风流〉》，载李敬泽《为文学申辩》，作家出版社 2009 年版，第 84 页。

了"①。一切历史变化人事代谢无不暗暗相通于天地自然运行之根本节律，四时转换、阴阳交替、好了、成败、荣辱、进退、兴废、起落等之交相循环为其基本特征。也因此啊，发生于20世纪二三十年代秦岭中的历史人事一度红火热闹，却终将归于"沉寂"，与此人事兴废起落、冷热交替形成鲜明对照的，是苍苍莽莽的秦岭及其所表征之天地节律。人事化烟化灰，四时之转换一如既往，秦岭什么也没改变，端的是人面不知何处去，桃花依旧笑春风，人生之哀，无过于此。正因窥破人之在世经验无从逃遁的"大哀"，中国古典小说如《金瓶梅》《红楼梦》专注于铺陈人世的欢宴，着力于书写尘世的热闹，借寄身于声色犬马诗酒唱和以抵御时间和虚无。与《红楼梦》一般，《废都》中亦有历史，但却是具体可感的人物背后遥远的背景，一切宏阔的、广大的叙述终还要落实为具体的、可感的人间事。但人事触手可及，宏阔之历史却难于把捉。无论庄之蝶"求缺"之念何等紧迫，现实却并不就导向向上一路。他渴望有所为却终究不能为，他和他所爱的女人遂一同陷落……假作真时真亦假，无为有时有还无。庄之蝶悲从中来、情难自抑，为之动心忍性，却莫可奈何，也只有一声长长的浩叹了。

前述种种不脱一"情"字。情之所钟，正在我辈。虽未如《红楼梦》开宗明义"大旨谈情"，《废都》仍以抒情主体贯穿始终。庄之蝶所际遇之冷热炎凉、爱恨悲喜皆源出于此。然而如《儒林外史》之经验所示，"当抒情自我欲重定时空坐标以求安身立命，最直接的威胁莫过于时间的不断流逝"。对时间的执着因是"笼罩了《儒林》全书"，"尤其是就其与'史'的关联言之。与在往事的不断被提起，甚或往事的淹没忘怀中，暗藏着以'名'与自我完成抵抗时间消逝的努力"②。此一"名"字，乃是立德、立功、立言三不朽之谓。如庄之蝶般身处20世纪80年代与20世纪90年代之交的知识人，已然与宏大之历史

---

① 李敬泽：《庄之蝶论》，《当代作家评论》2009年第5期。
② 高友工：《中国叙述传统中的抒情境界——〈红楼梦〉与〈儒林外史〉读法》，载高友工《中国美典与文学研究论集》，台北：台大出版中心2016年版，第348页。

"脱嵌",也不能借写作而立言。是为沈从文20世纪50年代借《史记》若干篇章的阅读而领悟之"事功"与"有情"的辩证的再现:"东方思想的唯心倾向和有情也分割不开!这种'有情'和'事功'有时合二为一,居多却相对存在,形成一种矛盾的对峙。对人生'有情',就常和在社会中'事功'相背斥。"① 其时沈从文之洞见自然别有所指,其在此前后关于"自然"与"人事"关系的思虑,就其小者而言,不过表现时代观念鼎革之际个人一己之抒情选择;其大者则在于无论抒情主体如何自外于外部世界,其价值意义之终极依托,仍难脱外部世界巨大的成就的力量。非此,则个人注定将陷于时间壁立千仞的森然之中,难脱生之根本的虚无之境。唯有勘破此处,方可知何以中国传统叙事文学"一般倾向于从广大天下的形势,而不是从具体的物事的角度来假定人类存在的意义"。其间观念与古典思想会通之处,既呈现为文本世界的大结构,亦落实于具体的人事的转换。人物之间多"形成循环交替、彼此取代与交迭周旋的逻辑关系"。② 其所开显之"小天地",最终映衬的乃是广大整体的"大天地。""小""大"、"我""物"、"远"(大历史)"近"(阶段性的小历史)、"常""变"等,最终标示出广大天地之中有情众生无从逃遁的人间世的畛域与可能。他们的兴衰际遇、悲欢离合、喜怒哀乐等,亦借此得以"永在"。

二

20世纪初以迄今日,有志于接续《红楼梦》传统者代不乏人,亦有重要作品行世。或受其启发着意于"反叛专制"并"追求自由",如《雷雨》《京华烟云》《金粉世家》;或借其悟得存在之悲与人生况味,如《碎玉记》《游园惊梦》《废都》;或自其习得书写女性形象之妙处,

---

① 转引自张新颖《沈从文九讲》,中华书局2015年版,第259页。
② [美]浦安迪:《浦安迪自选集》,刘倩等译,生活·读书·新知三联书店2011年版,第191页。

如《家》《生死场》《金锁记》；或效法其家庭叙事之笔意与章法，如《橘子红了》《白鹿原》。① 但上述种种，或非《红楼梦》之大关节和紧要处。《红楼梦》及古典说部之一大特征，为生命之"悲感"。此悲感与西方意义上之悲剧并不相同，其间"对人生与世界的关切并非是一个人与社会的、超验的命运的对抗，而是一个人面对自然节律，此生之有涯，宇宙之无尽，所生的虚妄无力之感"。居此境中之人物莫不意会"眼前的一切是镜花水月，如电如露如梦幻泡影"，于时间茫茫无尽之中，"一切都在凋零，乌托邦解散，飞鸟各投林，白茫茫大地真干净"。正因洞彻人之在世经验的终极局限处，曹雪芹意图"与历史和时间争夺意义"。此种思路，与现代以降小说家所认信之"历史和一往无前的时间"② 并不相同。这一种不同处，乃是现代小说家与曹雪芹或《红楼梦》传统"隔绝"的原因所在。如《红楼梦》《西游记》"穿织于人生万象流变的寓意，在很大程度上借用所谓的'阴阳五行'的宇宙观加以表现"。这一种宇宙观其来有自，既与先秦后期道家思想密切相关，亦得益于汉代极端折中主义，且兼有六朝玄学的味道③。其流风所及，不限于庙堂，民间思想亦多会于此。

1934年，已多少有些"新"观念的沈从文在返乡途中所作系列家书里，即表现出两种"观念"之"交战"。自彼时之"新观念"观之，则沅水上下若干人等因并不追问生命意义，仅"为生而生"地活着，或并无"意义"。然一当逃脱"典型的五四新文化的思维和眼光"，"真的历史却是一条河"。"从那日夜长流千古不变的水里石头和砂子，腐了的草木，破烂的船板"，沈从文自觉触着平时"所疏忽了若干年代若干人类的哀乐"！"这些人不需要我们可怜，我们应当来尊敬来爱。他们那么庄严忠实的生，却在自然上各担负自己那分命运……不管怎么样活，却从不逃避为了活而应有的一切努力。他们在他们那分习惯生活

---

① 王兆胜：《〈红楼梦〉与20世纪中国文学》，《中国社会科学》2002年第3期。
② 李敬泽：《〈红楼梦〉影响纵横谈》，《红楼梦学刊》2010年第4期。
③ [美]浦安迪：《浦安迪自选集》，刘倩等译，生活·读书·新知三联书店2011年版，第190页。

里、命运里，也依然是哭、笑、吃、喝，对于寒暑的来临，更感觉到这四时交替的严重。"① 这一些发生于1934年的了悟，在二十年后得到了进一步发挥。20世纪50年代初，沈从文随土改工作团前往四川内江，途中申明其对"自然"作为"人事"永恒之背景的价值的理解。嗣后其关于"事功"与"有情"之辩证阐释，即属此种理解的进一步阐发。要义在于发觉宏大历史之"变"背后，仍不乏恒"常"所在。其为论者广泛征引之外白渡桥所见，历史之热闹与个体之安静鲜明对照的寓意亦在此处。本乎此，张新颖以为《活着》可视为沈从文传统之"回响"。在根本意义上，福贵与湘西水手并无不同，他们"不追问活着之外的'意义'而活着"，因"忠实于活着本身而使生存和生命自显庄严"。② 此亦为余华所论之"活着"与"幸存"之分野的要义所在。前者为对普通生命状态如其所是的理解，后者则为自外而内不乏隔膜的意义赋予。二者之差别，亦属沈从文申明"历史是一条河"的根本用心。既"悬置"来自外部的种种思想的意义赋予，普通人千百年繁衍不息的生命也便自有其价值所托，有其生命自内而外散发的勃勃生气和庄严。身处日月经天、江河行地、大化流行的天地之间，更易感受来自生命实感经验的自然消息。四时转换、阴阳交替、盈亏消长诸般自然节律在形塑中国古典思想之宇宙观念的同时，③ 也渐次形塑了普通人的生活和世界观念。无论外部世界诸种学说如何你方唱罢我登场，此种观念仍然构成普通人观念的底色，影响到他们处理自我与外部世界关系的基本模式。即如朱熹所论："天地之化往者过，来者续，无一息之停，乃道体之本然也。然其可指而易见者，莫如川流，故于此发以示人，欲学者

---

① 转引自张新颖《沈从文的前半生》，上海三联书店2018年版，第157—158页。
② 张新颖：《中国当代文学中沈从文传统的回响——〈活着〉〈秦腔〉〈天香〉和这个传统的不同部分的对话》，载张新颖《沈从文与二十世纪中国》，复旦大学出版社2014年版，第87页。
③ 天地自然之节律及"意象"，影响到中国古典思想之形成及其核心品质，无需多论。而深入理解古典思想之价值和意义，返归思想所由之产生的"本喻"，极为重要。对此，艾兰有极为深入透辟的研究。参见《水之道与德之端——中国早期哲学思想的本喻》，商务印书馆2010年版。亦可参见陈少明《经典世界中的人、事、物——对中国哲学书写方式的一种思考》，《中国社会科学》2005年第5期。杨儒宾《五行原论：先秦思想的太初存有论》（台北：联经出版事业股份有限公司2018年版）对此亦有更为精深之分析。

时时省察而无毫发之间断也。"① 学者体道之要诀如此，身在万物中之普通生命无须多做功夫，即可体会"天运而不已，日往则月来，寒往则暑来，水流而不息，物生而不穷"，"运乎昼夜，未尝已也"② 的自然之理，转而为人事兴废、代际更替之常理常情。缘此，一当"悬置"来自外部的关于人之生命意义的话语及逻辑，则普通生命千百年代代相继所依循之自然之道即朗然在目。

自然之道转为人世观察和文学作品之世界展开和章法结构，就其小者而言，以"代际"的循环性更替最为突出。沈从文《萧萧》结尾处已成"婆婆"的萧萧迎来了儿子的童养媳，约略可解作两代命运的"循环"。余华并无意于考察大历史之变如何影响到人物的命运，而是如沈从文一般，心之所系为"普通人的生存和命运"所构成的"真的历史"。这历史决无不同人群的相斫相杀，却有普通生命于四时交替、寒暑易位之际的喜怒哀乐、悲欢离合。循此思路，则《许三观卖血记》中许三观一家的命运，同样被纳入类如《活着》的视域中。许三观数度卖血即属作品所展开生活情境之结构性"循环"（重复）。虽历经历史之变，个人命运却并未有根本性的变革，许三观即在"重复"故乡人之生存境况。而此境况亦不乏后之来者，来喜兄弟在作品结尾处即有赓续许三观命运的倾向。③ 对普通生命之如是生存境况，陈彦有更进一步的观察和说明。如《装台》中刁顺子般身处底层的普通人"即使苦苦奋斗"，因能力和境遇所限，也不可能突然"抖起来、阔起来、炫起来"。他们也永远不可能"在森林里遇见连王子都不跟了，而专爱他们这些人的美丽公主……"或属命定，"他们只能一五一十地活着，并且

---

① 转引自杨儒宾《五行原论：先秦思想之太初存有论》，台北：联经出版事业股份有限公司2018年版，第245页。
② 转引自杨儒宾《五行原论：先秦思想的太初存有论》，台北：联经出版事业股份有限公司2018年版，第245页。
③ 对《许三观卖血记》的循环特征，李今有极为精到的分析，参见《论余华〈许三观卖血记〉中的"重复"结构与隐喻意义》，《中国现代文学研究丛刊》2013年第8期。亦可参见拙文《余华与古典传统》，《当代作家评论》2018年第2期。

是反反复复，甚至带有一种轮回样态地活着"①。"反复""轮回"以及根本性变革的阙如，为刁顺子命运和处境的基本特征。其自然也秉有如沉水上下吃水上饭的船工一般的生之责任感和生命内在的庄严，却也表明其间八十余年沧海桑田并未隔断普通人生之境遇和精神的内在连续性。② 这一种精神，或也属民族生生不息之精义所在。其泽被之处既深且远，即便朝向未来的科幻书写面临终极之"绝境"时，也需寄情于此。"生命的尊严与不朽"，有一个"终极的指向"，既非依托"宇宙间的终极正义"，亦不乞灵于"超验的神"，而是敞开并朝向"生生不息的力量和永不放弃的爱"。在至为宏阔的宇宙，生命"周而复始，生生不息"，此为"平静的超越"，乃"永不停歇的力量"。"生命在宇宙中不朽，宇宙因智慧而再生。宇宙的最终归宿，仍是生生不息。"③

如是人世观察，就小说章法论，以"四时叙述"最具代表性。《红楼梦》乃"四时叙述"的典范之作。④ 其中人世之兴废、起伏、荣辱、进退等，无不交替循环，而故事之核心结构，则暗合"春生，夏长，秋收，冬藏"之自然节律。《红楼梦》之后，有心于此者，以《海上花列传》最具代表性。该作之核心结构，与《红楼梦》并无不同，仍以"四时"意象及其所包含之自然之道指称人事之变和人物命运之起落。⑤ 其所遵循之叙述模式，在贾平凹《古炉》中得到了更为明确的发挥。《古炉》全书凡六部，分别为"冬部""春部""夏部""秋部""冬部""春部"。故事起笔于1965年冬，结束于1967年春，所涉时间仅一年有半。然而书中所记实际时间却远较此为多。如不胶柱鼓瑟，将之

---

① 陈彦：《装台》，作家出版社2015年版，第432页。
② 参见拙文《陈彦与古典传统——以〈装台〉〈主角〉为中心》，《小说评论》2019年第3期。
③ 吴飞：《生命的深度：〈三体〉的哲学解读》，生活·读书·新知三联书店2019年版，第167—170页。
④ 参见裴新江《春风秋月总关情——〈红楼梦〉四季性意象结构论之一》，《红楼梦学刊》2003年第4期。
⑤ 参见梅新林、纪兰香《〈海上花列传〉的季节叙事及其与〈红楼梦〉之比较》，《红楼梦学刊》2013年第5期。

读解为叙述人记忆的裂隙或写作者史实处理的疏漏,则此种处理,或包含着更为复杂的寓意。如黄平所论,"作者以'冬—春—夏—秋—冬—春'结构全篇,以往复循环的四季转换,给出'现代'线性时间之外另一种历史观"[1]。其间自然包含着对该书所涉历史之别样处理。金理亦援引浦安迪相关论述,说明《古炉》乃是袭用中国古典小说"季节性的结构框架",并借此表达作者对"大千世界的荣枯盛衰交错流转而生生不息"[2]之自然节律的感应。《古炉》之后,《老生》乃是"四时叙述"的进一步发挥。其中四个核心故事与20世纪中国历史之四个重要阶段相呼应,而就中人事之反复亦表明该书之历史观念与《古炉》有着内在的延续性。上述例证,为较为鲜明之"四时叙述"模式。当代文本虽未使用"四时"结构,其章法却与此相合之作亦不在少数。陈彦《装台》《主角》基本章法,即不出此种潜在结构模式之基本范围,可解作"四时"所延展之思维的潜在发挥。[3] 此种基于对自然节律的思想观照而生发之历史和人世观察,无疑凝聚于作为中国古典思维之核心的《周易》,亦属《周易》系统创制之命意所在。"易本于天道,而用于人事。极广大而尽精微;无思,而穷天地万物之理,无为,而范围天地万物之化。其本体,则寂然不动,其性如如。其作用,则感而遂通天下之故;亘古今,薄寰宇,一切活动,一切事物,不能逃出易道之外。"[4]

　　易道之用,其"精微"处为普通人事之变和作品之循环结构模式,其"广大"处,则在于借此所获之宏阔之历史观察。《老生》有心于此,却并不明晰。《山本》虽有进境,仍需论者深度发挥。[5] 中国古典

---

[1] 黄平:《破碎如瓷:〈古炉〉与"文化大革命",或文学与历史》,《东吴学术》2012年第1期。

[2] 金理:《历史深处的花开,余香仍在?——〈古炉〉读札》,《当代作家评论》2011年第5期。

[3] 参见拙文《陈彦与古典传统——以〈装台〉〈主角〉为中心》,《小说评论》2019年第3期。

[4] 转引自唐华《中国易经历史进化哲学原理》,台北:大中国图书公司1996年版,第176页。

[5] 参见拙文《历史、通观与自然之镜——贾平凹小说的一种读法》,《当代文坛》2020年第1期。

小说如《三国演义》，自无须面对古今观念之分际所致之表达的隔膜。不同于西方小说线性思维，"中国思想上所谓的'循环'的观念，着重在表现不断周延交替中的意义"。这一种思维转而为文学文本的世界展开，即为以"绵延交替"和"反复循环"的模式观察"宇宙的存在"，进而"界定'事'的含义"。① 此处所谓之"事"，其小处为"人事"，人事之层层累积即为"历史"。天下合久必分，分久必合所彰显之宏阔历史之大起大落、大开大阖，往复循环却也生生不已，正是中国古典思想世界观察之紧要处。其所蕴含之义理并不能被简单地视为"陈旧"而归入另册。如何超克此种循环模式而始终居于"上出"之境，不仅属"人事"转换需要探寻之法门，亦属历史沿革无法回避之根本议题。也因此，吴义勤自《山本》中意会到贾平凹相通于司马迁学究天人的根本用心。相较于宇宙之广大无外和时间之茫茫无尽，历史人事不过一瞬，其义理亦与天道相通，有莫可名状无从把捉之处。然既可"推天道以明人事"，亦可以"人事"抵达"天道"。此处所谓之天道，并无玄虚难解之处，乃历史规律之意。而"人事"与"天道"之联结，要在一"通"字。

"人事"与"天道"，诸种观念间之会通，乃道家思想所体会之"世界真相"。庄子所论之"道通为一"，要义即在此处。"造化本体优游自适，天地万物自然齐一。"天地万物既自然齐一，诸种"言说天地万物之存在意义的理论本身也就应该通而为一"。诸种理论"各从一定的言说管道抒发，如地籁与天籁般地'咸其自取'"，然使诸种言说"成其一家之言的自然本身仍是'通而为一'的"。故而人"心"之大"用"，在于"在灵活的运用事务之中使事务保持自然的生命力"。而"一个仍有自然生命力的事务对象对人类的意义是广大的，是取之不尽，用之不竭的广大"。② 即包含"生生"之义的"广大"。如会心于

---

① ［美］浦安迪：《中国叙事学》，北京大学出版社1995年版，第96—97页。
② 杜保瑞：《庄周梦蝶——庄子哲学》，台北：五南图书出版股份有限公司2007年版，第49—53页。

此，则作品之世界展开，可至大无外，至小无内，"心"与"物"游，情随意转，无往而不适。得此境者，除《山本》外，以黄永玉《无愁河的浪荡汉子》最为突出。如周毅（芳菲）所论，若与古典思想和审美观念相"隔"，则不能明了该书所创造之"息息相通，'身在万物中'的境界"。《无愁河的浪荡汉子》中当然写到世态人情物理，写到兴废起落沉浮，就时间背景言乃有民国初年湘西凤凰民俗、物象种种，期间活跃之不同职业各色人等亦极具意味，堪称关于外部世界的"百科全书"。但该书之用心显然并不仅止于此，它还有"上出于此者"。其要在于，不同于"从智识出发，去梳理自然和社会的成果"的惯常观念，它还写出了"广大智识之外的存在"。这存在乃是"人身"与"万物"共在的世界。"其佳处直达'野马也，尘埃也，生物之以息相吹也'"之境，故而合书内视，则若见"天之苍苍，其正色也"[1] 之景象。其境并不限于历史、人情、物理的自然描述——如现代小说的惯常理路那样——而是"感官"内蕴着"向内、向上的通道"，此通道"通向心肺肝胆、丹田神髓"[2]，终于"以物观物"，与物相通的古老智慧。其指向，乃是庄子所论之"未封"的境界。此境浑然茫然，包罗万象，涵容万有，不依赖人之智慧而自显其意义。此境亦人身本有，端赖廻向自我之内在开掘之广度与深度，若无人为之诸种知识各类观念之分割造作，则天地自然宽阔，天人之内在连通亦朗然自显。其精神理路近乎"引譬连类"之自然推演。人身与宇宙的关系并非简单的模仿抑或复制，二者之间也无因类别之差异而产生之隔阂。亦即无"以谁为主所分别出的'客体'或'外在'"。其理要在此处，"人感应出世界，也身处世界之中"。尤为紧要的是，"世界的整体于是在人的个体上显现，而出自个体身心的文学就是整体世界的舞台"。以此"连类"之观念观之，则在"宇宙—身体"的感通之中，"人"并非处于"封闭"的"单一的"状态，而是"弥漫扩张、彼此穿通而无所窒碍的'气态'状

---

[1] 芳菲：《身在万物中》，《沿着无愁河到凤凰》，中信出版社2015年版，第85—86页。
[2] 芳菲：《身在万物中》，《沿着无愁河到凤凰》，中信出版社2015年版，第116页。

态"。以及"人"与"宇宙"的交相互动无须自我设限,彼此之自由伸张亦无畛域在前。如《楚辞》中所谓"'心踊跃其若汤'、'心沸热其若汤'或是'气滔沸其若波'"所示之境,"不但是'心'与'气'相互诠释、彼此包含,这'踊跃'、'沸热'传导了人与宇宙(物/我)、物质与精神(心/物、身/心)相互感通所形成的内、外在一体的动荡视野"。如是宏阔之"诠释视野",并不能在"抒情自我"中全然展开,反而是在"'体气'、'气感'的主题所形成的集体共识中,可以让外在于我的宇宙,成为内在于我的一部分,而在如波沸动的体气中,显现完整的'宇宙—身体'之'文'"①。由是之故,芳菲从《无愁河的浪荡汉子》中发现来自"纯正生命"的"信息"。此信息(或如《周易》所说的"消息")包含着黄永玉所记忆之山川、人物、事件种种丰富图景,黄永玉"怀着稚子一般的爱慢慢写他们",写出他们的"形""神""趣"和"魂"。皆因于此种"爱","'无愁河'中潜藏着一股成就人的力量"②。此力量从《无愁河》浩渺无边的世界生发、扩展且不断生长,最终汇聚于足以自我敞开且与此世界交相感通的"身体"。"身体"与"宇宙"(《无愁河》的世界)相互成就共同生长,彼此均处于"上出"之境。其所开显之世界,因之需要的并非"研究"或"评论",而是同样具有"生生"之意的"写作"——一种足以和无愁河的世界交相感应,进而自"感应"中"得到",终止于在它的激发之下,研究者"逼促自己,也去成就为一个'人'"的写作。③而借这一种写作,写作者成为"自我"与"世界"(天地宇宙、自然万象)互动共生的"人"。所谓的"养生"的写作,核心意义亦无过于此。

然而,"宇宙"(文本世界亦与此同)虽自然自在,其意义却并不自行敞开,也从未向所有"人"显现其浩瀚无比、无限广大之境。欲抵达此境,或许先要"准备"一个"物我无碍"的"自我",须有些

---

① 郑毓瑜:《引譬连类:文学研究的关键词》,台北:联经出版事业股份有限公司2012年版,第35—37页。
② 芳菲:《沿着无愁河到凤凰》,中信出版社2015年版,第223页。
③ 芳菲:《沿着无愁河到凤凰》,中信出版社2015年版,第223页。

"道"与"遥"的工夫。非此则所见仍然偏狭，所知必然有限。《无愁河》以及这一类作品与读者的"隔"，多半即源出于此。也因此，破"我执"（自我观念的限度）尤为紧要。若无"时代"既定观念之种种阻隔，或可知《无愁河的浪荡汉子》是"写于'当代'的'现代文学'，是生活于20世纪末的人讲述的'自辛亥革命以来的生活'"。仅仅这些，已经需要作者"不凡的笔力"去打通这"时代之隔"，打通种种观念加于我们的限制，"况且，它又简直泯灭现代、当代，是焕然跃出的'古典文学'"①。身处"当代"，思想与笔法却不为"当代视域"所限，李敬泽亦属典型。其《青鸟故事集》《咏而归》《会饮记》诸作有极为明确的融汇古今中西、打通诸种文体区隔的自觉。而重启中国古典"杂文学"的概念，以超克现代文类划分之弊，为李敬泽《会饮记》写作的要义之一。《会饮记》自由穿梭于上下四方、往古来今，世态人情物理，一一汇入其间，开出多元会通的复杂境界。此种写作，出自"庄子式的知识兴趣和写作态度"，文本所开显之世界是"博杂的、滑翔的、想象的、思辨的"②。如刘熙载论《庄子》所言，"庄子文看似胡说乱说，骨子里却尽有分数"。如是博杂、繁复、不拘和无限，乃是中国古典"文"之特征。而会此"文"之当下意义的前提，乃是"我"之敞开——举凡古今、中西、"物""我"等人为的分野悉数破除。此即庄书所论"逍遥"之义。"逍"即消除人之"有限性"（此有限性既源出于生命之内在限制，如生死等，亦为诸种观念人为造作之区隔），"遥"则是在消除有限性之后所开出的"无限的精神空间"③。其运思之核心，仍在一"通"字。

不拘于既定文学观念之限制，张新颖发掘王安忆《天香》之中的种种"通"——通于"上下"（"艺术"与"实用"）、通于"内外"（"人"与"物"）、通于"时势"（历史之"气数"或"大逻辑"）。如

---

① 芳菲：《高高朱雀城》，《沿着无愁河到凤凰》，中信出版社2015年版，第144页。
② 舒晋瑜、李敬泽：《回到传统中寻找力量》，《长江文艺评论》2019年第1期。
③ 王邦雄：《庄子七讲》，台北：远流出版事业股份有限公司2018年版，第16页。

是种种，构成了作品的不同层次。此层次亦如《周易》系统之运行，彼此之间并不相隔，而是呈现为"呼应的、循环的、融通的"有机"整体"，作品所具之"生生"之气象，盖出于此。不仅此也，《天香》之内外、上下、大小之贯通并不仅在"人事"意义上展开，亦即不限于时间的流逝中历史之变与人事之兴废交替。一如《无愁河》"上出"于普通的"百科全书式"的叙述而具有的天地广大之思，《天香》亦写"人在天地间"，写类如古典小说的"天地气象"。其境如《淮南子·要略》所论，"故言道而不言事，则无以与世浮沉；言事而不言道，则无以与化游息。"也便是"致广大而尽精微"之意。即由"一物之流转"，映衬"历史之大逻辑"，亦进一步"感应天地'生生'之大德"①。受制于"五四"以降新文学观念的限度，现代文学中能开出此境者已为数极少，② 当代不过《天香》《古炉》《山本》数部而已。源于大致相通的观念，吴义勤以为贾平凹《山本》乃是一种回归古典混沌美学的尝试，贾平凹"取消"种种奠基于"现代"思想的世界观察，从既有的"历史哲学"中"脱离"，力图回归"四季轮换""生老病死"等"自然"之常，同时以回归"生活的原初性和生命本体的内在体验"——此即"身体—宇宙"连类之意。缘此，"历史时间被原初时间覆盖、湮没"而被纳入"一个更大的空间结构——以'秦岭'现身的生命宇宙。"于此可见，"'涡镇'是'秦岭'具体而微的缩影，而'秦岭'则表征一种超越暴力血腥、变幻无常之历史的'天地境界'"，近乎司马迁"究天人之际，通古今之变，成一家之言"的"写法和境界追求"。③ 其要妙在于，如司马迁窥破"历史运行"并非全然可以因

---

① 张新颖：《一物之通，生机处处——王安忆〈天香〉的几个层次》，载张新颖《斜行线：王安忆的"大故事"》，商务印书馆2017年版，第40—57页。

② 论及沈从文作品中的"自然"，张新颖写道："天道，地道，人道，人道仅居其间，我们却只承认人道，只在人道中看问题，只从人道看自然，自然也就被割裂和缩小为人的对象了。但其时，天地运行不息，山河浩浩荡荡，沈从文的作品看起来精致纤巧，却蕴藏着一个大的世界的丰富信息。""自然"在其作品中，自然不限于"景物描写"如此简单，其意义远超于此。见张新颖《〈湘行书简：一条河与一个人〉》，载张新颖《沈从文九讲》，中华书局2015年版，第102—103页。

③ 吴义勤：《回归混沌的历史叙述美学》，《探索与争鸣》2018年第6期。

果关系加以解释，而必然存在"为人类理性照射所不及的幽暗面"，此即"天"。而究天人之际，即据此把"历史的必然性与偶然性划分一个疆界"，亦即即便充分意识到历史存在着教人"无可奈何的天人的分界"，也就是"历史理性"最终所不及之处，史家仍然需要梳理出一种"历史逻辑"，以使看似偶然、无序甚或混沌的历史经验材料具备某种可以言说，前后一贯，秩序井然的"结构"。此结构之赋予乃是史家真正的着力用心之处。如司马迁《六国年表序》云："余于是因《秦记》，踵《春秋》（按：指《左氏传》）之后，起周元王，表六国时事，讫二世，凡二七〇年，著诸所闻兴坏之端。后有君子，以览观焉。"亦如孔子强调"不知命，无以为君子"，"命"似属"先天"，非人力所能决定，但"由学以扩充知识，由仁义以培养人格"，却可以自主。因是之故，在划定天人之际的分界之后，司马迁借此"从历史现象的混乱中突破出来"，看出"历史中'应然'的方向"，使其著作如《春秋》一般（孔子作春秋，乱臣贼子俱之意即在其中）"成为'礼义之大宗'"。故此，其《太史公自序》云："罔（网）罗天下放失旧闻（按指史料的搜集、整理），王迹所兴，原始察终（找出行为的因果逻辑），见盛（看出其何以盛）观衰（观察其何以衰），论考之行事（凡始终盛衰之变，皆论考之于行事）。"[1]《山本》之用心约略与此相通。其核心意象并非人事及诸多人事所累积而成之"历史"，而是"秦岭"，似乎秉有天地不仁之本色的自然意象。人可观秦岭历史、四时之流变，撰述《秦岭史》《秦岭动植物记》等，"秦岭"亦可"观"人事，人事代谢、历史兴废乃有更为宏阔之视域。据此眼光看去，真如贾平凹所引倪云林之言："生死穷达之境，利衰毁誉之场，自其拘者观之，盖有不胜悲者，自其达者观之，殆不值一笑也。"而历史人事在20世纪二三十年代之变化，乃是"巨大的灾难"，但一当灾难过后，"秦岭"却"什么也没改变"，"依然山高水长，苍苍莽莽"，而新的人事代谢并未停歇，

---

[1] 徐复观：《两汉思想史》，华东师范大学出版社2001年版，第200—202页。

"爱的花朵仍然在开"①,教人如何不感慨万千!《山本》之境的最终落实,即历史人事自然万象均收束于人之"心"。而"心"与"情"连,"情"与"物"(广大之外部世界)牵。由心—物关系最终牵连出广大之外部世界,其境终通于上下、内外、物我等等。古典思想主体之内外感通而得生生不息之境的精要,皆源出于此。

三

浦安迪、胡河清、张新颖、李敬泽、孙郁、吴义勤等研究者之所以能自当代文本中抉发其与古典传统之内在赓续关系,超克"五四"以降之现代性文论视域,属先决条件。现代性文论观念其来有自,与"五四"前后中国社会观念之主潮密切相关。由此形成之文学观念影响到此后百余年文学话语之核心。即如南帆所论,主体、意识形态、阶级等理论话语在20世纪语境中之解释效力显然远甚于境界、虚实、气韵、笔法等等古典文论的概念、范畴和术语。如仅就20世纪文学之"主潮"(所谓的主潮,亦是话语的制造物,并无规范外部世界的先验正确性)论,则此说极富洞见。但文学现象之复杂多元,并非此说所能全然概括。当代文学史在汪曾祺、孙犁、贾平凹等有心接续中国古典传统的作家作品评价上的犹疑,亦充分说明现代性文论观念话语的限度所在。而自根本意义上敞开更具包容性和概括力的文学评价视域。"通三统"乃是无法回避的重要选择。② 以中国古典传统、"五四"新文学传统和《讲话》以降之社会主义文学传统的会通为基础形成之文学视域,方能从根本上解决文学观念偏狭的问题。有古今贯通的文学史观做底子,即可进一步深入讨论中国古代文论的现代转换问题。如前所述,20世纪90年代初此一研究路径的尝试性转向之所以难以全功,根本原因

---

① 贾平凹:《山本》,人民文学出版社2018年版,第541页。
② 对此问题的详细申论,可参见拙文《总体性与社会主义文学传统》,《中国现代文学研究丛刊》2019年第10期。

在于文学史观念的局限。"境界""虚实""气韵""章法"等中国古典文论的核心概念、范畴、术语在创造性转换的基础上重新启用,是"古典转向"不可或缺的重要一环。但即便有此意识,也深入领会到古典文论术语的内在价值,如何将之用于当代文本的研读,却非易事。十余年前,台湾学界黄景进、龚鹏程诸公深感重新梳理中国古典文学批评术语的重要性,故有学生书局"中国文学批评术语丛刊"的设想。自2004年至2007年,先后出版黄景进《意境论的形成——唐代意境论研究》、龚鹏程《才》、赖欣阳《"作者"观念之探索与建构——以〈文心雕龙〉为中心的研究》、张晖《诗史》数部,此后十余年却再无后续。而据颜昆阳所记,1985年,其即曾与龚鹏程、李正治、蔡英俊诸公受《文讯》杂志邀约,疏解中国古典文学批评术语,以期完成《中国古典文学批评术语辞典》。颜昆阳因此撰有"境界""自然""气韵""气格""气象""体势""体格""意在笔先""文质""通变"十条,系统梳理阐发其义理,但对如上术语如何用之于当下作品的读解,却并未涉及。《中国古典文学批评术语辞典》最终亦未全部完成。辞典的编纂和批评术语丛刊的构想,均发源于20世纪70年代中期由颜元叔引进的"新批评"在台湾学界流行之后关于"中国究竟有无文学批评""中国传统文评只是印象式批评"的讨论。此讨论促使学界动念重新疏解中国古典批评术语。亲自参与此事的龚鹏程虽也认同中国古典文学批评术语如韵、趣、味、气、品、情、风、神、灵、意、境等并无"确切"意涵,其含义、指涉、起源、演变等亦微妙难知。但他同时意识到,文学批评术语,并非仅为"描述语",而是内在关涉到"一个观念系统"。"谈意境、重才情、说韵味的评论体系,正显示着论文艺者是秉持者什么观念在进行审美判断"。是故,术语,乃是"一个个观念的丛聚之处"。[①] 术语的疏解固然紧要,如不能自根本意义上"返归"术语所表征的中国古典的文学观念,则所谓的疏解不惟难以显发古典批评术语之

[①] 龚鹏程:《中国文学批评术语丛刊·总序》,载黄景进《意境论的形成——唐代意境论研究》,台北:学生书局2004年版。

微言大义，反倒有可能遮蔽和压抑其（不同于西方文学批评观念的）复杂意蕴。陈平原对此亦有论说，虽说 20 世纪中国小说研究成就甚巨的，皆非金圣叹等评点路径，但"以西例律我国小说"弊端也十分明显。① 换言之，浦安迪《明代小说四大奇书》之研究路径已充分说明中国古典批评重要概念、范畴、术语并非全无解释效力。而能否激活甚或重启古典文论及其所依托之思想和审美观念，端赖论者的文学观念、识见和才情之深广度。

可在学术思想和研究路径上作为重要参照的，仍是西方学者的中国研究。以思想方式论，于连意图以作为"他者"的中国思想为"迂回"的路径，以重返西方的观念即颇为紧要。此种"迂回"与"进入"之法，首在悬置以西律中的既定路线，而是充分发掘中国式的思想方式，进而以之为参照，重新理解西方思想。延此思路，于连即从中国古典思想中抉发"圣人无意"之思想品质。所谓的"无意"，即无所偏好，充分尊重并发挥自不同理论开显之世界的不同面向。此种不局限于重其一点不及其余的研究路径，近乎庄子所论之思想"未封"的境界。亦即诸种观念浑然杂处，各有其指涉持存开显之世界面向，此种面相亦未有高下、先后、优劣之分。如此，则世界之可能丰富博杂，精神之路径亦维度多端，是为中国古典多元通观之要义所在。基于大致相通的思想理路，浦安迪并不在"五四"以降的文学观念中思考和处理古典小说，而是充分意识到既有的西方小说观念和理论范式，并不能全然涵盖中国古典小说，甚至，中国古典小说背后所敞开之思想和经验世界，亦非西方思想和文学理论所能阐释。因是之故，浦安迪将中国古典小说定义为"前现代"的"中国"小说，以区别于奠基于现代观念的小说观。而对"前现代"的中国小说的研究理路，自然也不能简单因循西方现代理路。故此，浦安迪延续的，乃是类似政治哲人施特劳斯解释古代经典的

---

① 陈平原：《中国古代文体文法术语考试·序》，载谭帆等著《中国古代文体文法术语考释》，上海古籍出版社 2013 年版。谭帆也在同样意义上认识到西方小说观念并不能全然涵盖中国小说。见谭帆《术语的解读：中国小说史研究的特殊理路》，《文艺研究》2011 年第 11 期。

思路，即以古人的方式理解古人。由是发掘传统中国叙事文学"倾向于从广大天下的形势"而非"具体物事"来"假定人类存在的意义"的独特方式，此方式源出于"中国式封闭循环的人生观"，其根源在《周易》，具体于小说文本中则往往呈现为两两互补、彼此融通的结构形态。即以《西游记》和《红楼梦》论，"他们穿织于人生万象流变的寓意"，颇多借由"'阴阳五行'的宇宙观"加以表现。此即其所发明之"二元互补""多项周旋"的实际所指，"中国人倾向于两两相关的思维方式，人生经验借此可以理解为成双成对的概念，从纯粹的感受（冷热，明暗，干湿），到抽象的认知，如真假、生死，甚至有无"等，皆可通会于此。如太极双鱼图之运行规则所示，上述两两互补之概念乃是呈现为"连续的统一体，各种人生经验的特性时时刻刻地相互交替"，显现为此消彼长的二元图式。无论释家之"色空"，道家之"性命"，新儒家之"理气"，皆可统一于"阴阳"这一范型。《西游记》中频繁提及"既济""未济"两卦，且以"水""火"喻人事之此消彼长、循环往复，即属此理。西方汉学家中，有类同于浦安迪的研究理路者，还有黄锦明、林顺夫等人。他们以中国古典思想及审美方式为视域，发现中国小说的独特品质，亦颇多创见。其超克"以西例律我国小说"的研究理路，无疑可为"古代文论的现代转换"提供思想和方法的重要参照。[①] 其启示意义在于，"重建中国文论话语系统，不能限于从理论到理论、用现代话语阐释古代文论的转换方式，更需要发现中国古代文论独特的文化蕴涵、共通的'文心'，更与文学史和文学批评更紧密地相结合"。如此，古代文论即非固定、僵化的教条，而是有着作用于具体的文学实践的生生不息的力量。

再以作品精神指向论，贾平凹尝试开显之"虚""实"之辩，既与中国古典审美传统气韵、意境等观念相通，亦有此属"重启"中国古典"自然"观所开启之视域理解当代文本的典型个案。亦可"重启"

[①] 参见张惠《发现中国古典文论的现代价值——西方汉学家重论中国古代小说独特结构的启示》，《中山大学学报》（社会科学版）2012年第3期。

中国古典"境界"说，以表明贾平凹和黄永玉上述文本之意义指向。此处所言之"境界"，兼具"人生修养之境界"（德）及"文艺造诣之境界"（才）。① 如柯庆明《论王国维人间词话中的境界》一文释"境界"为："存在于人们的认识之中，为某种洞察感悟所统一了的完整自足的生活世界；这种洞察感悟，则是因为有了某阶段某方面生活的体验而发生。而作品的能否隽永感人，是否有价值，则在于曾否完整地表现了这样一个生活世界出来。"② 需得参照冯友兰之四境界说，以进一步标明"境界"一词如何开显文学批评之视域。依冯友兰所论，人之境界有四：一本天然的自然境界；谋取实际利益的功利境界；正其义不谋其利的道德境界；超越世俗，自同于大全的天地境界。此四种境界依次而进，"是一种自我超越的过程"，"每一更高境界都包含前一境界于自身"③。其至境为"天地境界"，"天地境界是就人和宇宙的关系说的"，是"人的最高的'安身立命之地'"，有一种"超社会的意义"。一言以蔽之，即从"一个比社会更高的观点看人身"。④ 这个更高的观点，便是"大全"。"大全"至大无外，至小无内，永恒不变，无有始终，类如"道体"。此即《红楼梦》彰显之文学通观，举凡历史人事，自然万象，一一纳入其间，而显现无比开阔丰富的精神视域。《红楼梦》当然有扎实细密之"实境"——荣宁二府，大观园及其周边琐碎人事，万千纠葛均有细致描画；亦有四时流转、阴阳交替、人事兴废推演而出之历史之大节律。与实境相互映衬的，乃是"大观园"及"太虚幻境"所示之世界，此为"虚境"。然而"虚"与"实"并不截然二分，亦非有层级的隔绝，而是彼此交融、会通为一。如自然、功利、道德、天地四种境界彼此融通。是为古典美学重要特征之一种。《红楼梦》之后，会心于此者为数极少。李敬泽发觉贾平凹20世纪90年代以来写作的重要参照，乃是《红楼梦》。而如何以相通之视域表达当下世界，乃是贾

---

① 叶程义：《王国维词论研究》，台北：文史哲出版社1991年版，第270页。
② 转引自叶程义《王国维词论研究》，台北：文史哲出版社1991年版，第278页。
③ 蒙培元：《心灵超越与境界》，人民出版社1998年版，第388页。
④ 转引自蒙培元《心灵超越与境界》，人民出版社1998年版，第392—393页。

平凹《废都》之后费心之处。《废都》中那一头奶牛所做的种种"哲思"即有以非"人"的思维拓展人世观察之疆界的用意。此后《白夜》《土门》《高老庄》等作品亦有细密之现实叙述之外无法被人之理性全然囊括的神秘部分。在《老生》之中此境为《山海经》所持存开启之华夏民族之始源形象充满，且成卑琐、无序之现代人形象之参照。如是"虚""实"互参，在新作《山本》中得到了可谓淋漓尽致的发挥。《山本》以"自然"为镜像，阐发"历史"之浑然和微茫难知之处，境界近乎杜牧咏史诗之感慨，属诸种观念之会通。这些"通"在古典思想运行的世界并不特出，或者任何一位有心的文人皆能于此心领神会且以之观照世间万象，但现代、当代的人，却需要费一番工夫才能理解其间的微妙精深之处。

再就文体观念论，论者早已发觉发源于"五四"的文体划分之弊，在于无法融括中国古典颇为复杂之文类，故建议重启古典"文章学"观念。20世纪90年代初，贾平凹倡导之"大散文"观尝试破除"五四"以降仅将散文定义为"抒情"一路的偏狭之弊，而努力扩展散文的边界，使其可以融括更为丰富复杂的内容。其时贾平凹《笑口常开》诸作，即有观念和文体突破的意味。这一种文体观念在近年最具代表性的实践，即是李敬泽《青鸟故事集》《咏而归》《会饮记》等作品。《青鸟故事集》《咏而归》皆有"前史"。《青鸟故事集》大部内容曾以"看来看去或秘密交流"为题出版，《咏而归》则属此前《小春秋》的增订再版。这两部作品，较之此前之文学观念，侧重虽有不同，但皆有突破。《青鸟故事集》是对"知识"之边界的突破。其中所汇集之多种知识，构成对既定的"知识范型"的突破。举凡古今、中西，边缘与中心等等疆界悉数破除，文本所开启的世界因之更为复杂广阔。以之为参照，拘泥于抒情一路的散文写作即暴露出其观念局限所在。《咏而归》则是对观念的古今融通，其中所论人、事、物，均出自古代典籍，但所涉问题全在当下。《会饮记》则上下四方、往古来今，纵横捭阖、收放自如，既定之文体观念亦无从说明其文类特征。唯中国古典"文章学"（约略近于李敬泽所论之杂文学）足以名之。"先秦那种汪洋恣肆、无所不包、看不出界限的气概,那种未经规训、未经分门别类的磅礴之势,那种充沛自然的生命状态",是千百年来文章家返归"传统"以开新局的原因所在。"新文学已经百年,我们要意识到现在的文学体裁和门类,实际上是一个现代建构。我们也有可能重新从原初的'文'的精神那里,获得新的力量和新的可能性。"① 这一种返本开新的姿态,以及古今融通的思维,乃中国古典多元统观的基本特征。会此,则可知苏东坡融通诸家化而为一无所窒碍之根本所在。当代意会此境者极少,不过贾平凹、李敬泽、阿来数人而已。

对中国文学和理论在20世纪世界文学中的"失语症"及其后所关涉之复杂的古今中西问题有极深的洞见,且尝试开启新的研究范式的,近百年来,以陈世骧所发见之"中国文学抒情传统"论述最具代表性。以"抒情传统"指称中国文学,显然有中西比较的学术视野,意在世界文学大范畴内重新确立中国文学之意义序列。"抒情传统议题乃承陈世骧、高友工的学术思路,自中国思想文化的大历史脉络"在"史诗"之外别开"抒情"一路,自然并非无视中国古典极为发达的"史传"("五四"以后乃成史诗传统)传统,而是将"抒情"作为物我感通之重要方式,并将之延伸至心、物(外部世界)关系的古典视域加以省察。"抒情传统"说在台湾学界影响甚巨,高友工、吕正惠、蔡英俊、张淑香、郑毓瑜诸公皆有不同程度的发挥。与台湾学界"抒情传统"论述多限于古典文学不同,王德威尝试标举"抒情"之说,以与"启蒙""革命"共同指称20世纪初中国文学。以涵容复杂寓意的"抒情"论述重新梳理现代文学史序列,则可使文学史敞开新的面向。王德威相关论著在大陆学界影响甚巨,延续其研究理路做现当代文学现象和作家作品研究者为数极多,且多"顺着讲",较少对此理路之于此前文学成规之突破意义及其局限有明确意识。故而视野受限,难于切近文学史更为复杂多元的面向。扎根于具体的历史和现实情境,融通多种观念,形成关于文学史更具包容性的论述,仍然有俟来者。

---

① 舒晋瑜、李敬泽:《回到传统寻找力量》,《长江文艺评论》2019年第1期。

刘勰所论之"望今制奇,参古定法"的文体"通变观",仍可参照。其要在于既需因应"传统",亦需深度感应时代,思路同时向未来的可能性敞开。唯此,方能成就研究者置身自身的历史、现实和生命情境,完成个人之于文化赓续的责任,其有别于前人、后辈的独有的"历史主体性",也根源于此。20世纪90年代迄今中国古代文论的现代转换所以难以全功,除文学观念的限制外,问题还在于学术研究已限于从理论到理论的封闭式的自我循环,难于回应当下迫切的现实问题。"20世纪90年代后期,美学、文学理论与文化研究领域发起中国学术话语'失语症'的辩论,论者批评西方学术理论及其概念术语在中国的权威统治地位,倡导发掘与复兴中国传统学术史。"然而,"学术史范围内的'中西'之争并非根本,根本症结是封闭于学术史的学术已脱离研究对象而失去学术指导现实并发展自身的生命力。"[①] 时值千年未有之文化思想的合题阶段,以对时代紧迫问题的敏感激活学术研究之生命正当其时。若无此种向时代问题敞开的学术视域,则仍难脱既定观念的单向度循环,难有扎根于现实问题的思想突破。所谓的学术"新变",也自然无从谈起。

四

中国当代文学研究的"古典转向"所面临的最大的问题,是如何超克奠基于"五四"所开启的文化的古今中西之争所形塑之文学史观念的基本模式。"古""今"断裂为其基本特征。在此模式中,文学的发展被设想为一种线性的、单向度的进化的过程。处于上游的中国古典文学传统因之自然属于"过时"之列,其所包蕴之文化思想观念甚至审美趣味,均无从形塑当下人之文化人格,而仅具文献史料意义。事实显然并非如此。如孙郁所言,即便在"全盘性反传统"为一时之盛的

[①] 尤西林:《学术的源与流——当代中国学术现时代定位的根本意义》,《中国高校社会科学》2019年第6期。

"五四"时期,仍有较多文化人极大地受惠于中国古典传统。以二十世纪中国文学与中国古典传统之关系为主线,亦可重构中国文学地图。"五四"迄今百年来古典传统仍以其生生不息的力量加入到文学与世推移的创化生成。① 毋庸讳言,赓续中国古典传统所以百年来未成为文学共识,与文学史及批评话语之"现代性"理论前设密不可分。而在根本意义上限制古典传统的当下赓续的,乃是"五四"以降之现代性文学观念。如不能从根本意义上超克此种观念,任何在既定思想视域中突破的尝试均无从转化为具有突破性的理论实践。抉发中国当代文学与古典传统间之承传关系及其思想和文学史意义,20世纪80年代迄今代不乏人,亦有较多重要研究成果行世。然而此种研究理路作为文学史"故事类型"之一种所蕴含的观念鼎革和研究范式根本转换的意义,却显发于晚近数年。其所涉及之问题论域,需在晚清以降中国社会文化三千年未有之大变局中作贯通理解,且旁涉思想史、社会史、文学史等多重问题。非有思想观念更具历史和现实感的结构性转变而难以有实质性推进,20世纪90年代以来与此密切相关之古代文论的现代转换所以未能充分激活古典传统之当下效力,根本原因即在此处。其所涉问题固然庞杂,但要义有三。

思想观念的鼎革之变,为文学史视域转换之前提。以当下社会和文化语境为基础,如何历史性地理解文化观念的古今中西问题,仍然十分紧要。唯有对今胜于古、西优于中的单向度思维进行反思性批判的基础上,方能敞开新的视域,从而释放被现代性观念遮蔽和压抑的中国古典传统指涉当下问题的理论效力。极具观念敏锐感的思想界对此体会尤深,"在如此长达一百七十年的'救亡—启蒙'过程中,中国人尤其是有发言权的中国知识分子,遭遇的问题必然是:救亡需要'科学'(社会革命·生产力),启蒙需要'民主'(国家革命·政治体制),因而归

---

① 参见郭冰茹《赵树理的话本实践与"民族形式"探索》(《文艺研究》2016年第3期)、《回归古典与先锋派的转向——论格非回归古典的理论建构与文本实践》(《文艺争鸣》2016年第2期)、《〈废都〉与中国古典小说的叙事传统》(《文艺争鸣》2014年第6期)等阐发当代文学与古典传统的系列文章。

根结底'救亡—启蒙'就是把中国从传统中拔出来转向西方道路指示的'现代性'"。故此根本问题在于,"不转向,中国亡;转向,中国同样亡,即同化尾随于西方——名存实亡。因为西方'真理'告诉我们:'中国等于传统、特殊、民族性;西方等于现代、普遍、世界性'"。是为"中西之争"思想窠臼之基本特征。亦缘此,"中国所发生的一切事情都要在西方的强光下受到折射、扭曲,而且,中国人已经习惯了西方尺度并视之为'真理'",以至于长期陷入离开西方观念即"'不能思乃至无思'的无能境地"。① 由此开启之文化和文学观念的"新""旧"之争亦受制于此种话语的基本规范:"新"从一简单概念终止于发展成为"近代中国一个有强大影响力的论述",且"成为具时代精神意义的"普遍心态,所包蕴之问题可谓维度多端,但均被纳入二元对立式的单向度模式中加以理解。"以传统为敌",即成彼时激进文化精英的基本文化态度。他们在"对国家社会里关于'恶之源'问题的思索时,几乎是在全面性的意义下,高度化约地将中国文化传统视为现代性的主要敌人"。即便其内部对"新"的具体内涵理解各有不同,但在"'以传统为敌',尤其是儒家传统,则有高度的共识"。"中国的文化传统与凸显东亚文明特质的德性伦理(例如纲常名教思想等中国传统文化的核心价值),多半被这些激进型知识精英当成'恶之源'的文本来批判。"② 如此,"新""旧"之争的意义,已远非思想和文学观念所能简单涵盖,而成为时代选择的重要部分。唯新是举,唯洋是举作为思想和文化观念的核心语法,影响力不限于思想和文学理论界。作家创作所能依凭之资源,也因之有了高下的区分。西方现代主义后现代主义高居其首,西方十九世纪之前的传统地位次之,"五四"新文学传统又次,中国古典传统仅居末端,甚至长期被视为"陈旧"和"落后"而大加攻伐。一时代有一时代之文学固然有理,却并不就此可以判定文学之发展呈现

---

① 张志扬:《中国人问题与犹太人问题(代前言)》,载萌萌学术工作室编《"中国人问题"与"犹太人问题"》,生活·读书·新知三联书店 2011 年版,第 3—4 页。
② 丘为君:《启蒙、理性与现代性:近代中国启蒙运动,1895—1925》,台北:台大出版中心出版 2018 年版,第 118—120 页。

为简单的线性状态。"因革损益",或为理解传统的妥当理路,然而受制于上述单向度思维,这一种在从容辨析、取舍合宜的基础上的观念处理,并未得以贯彻。反倒是仓促的文化选择为一时之盛,即便在其所产生之语境已然不存的状态下,思想观念之弊仍未得到根本性的扭转。

出于应和"新""旧"之辩的功利目的,郑振铎、胡适等人在民国初年对中国文学史的"重述"意在建构一种新的"传统"。此"传统"以压抑和重构的方式重新确定了中国文学史的经典序列。经典作家和经典作品地位的变化端赖其与论者文学史观念的契合度。以选本编纂的方式,新一代的研究者重新确立了文学史秩序,并牢牢控制着文学史的编纂和解释权。而借助文学教育,这一种文学观念得以落地生根并茁壮成长,终成文学研究者自然习得的文学史的先验认知图式,具有牢不可破的合法性。"五四"前后所展开之整理国故,亦不脱上述思想之基本范围。在"新""旧"之辩以"知识型"的方式主宰文学研究范式之际,论者对中国古典传统之梳理与研究,即成印证古今之辩(背后乃是中西之辩)的重要方式,并无意于系统阐发古典传统之微言大义。如是理路之流风所及,以西方文论(核心为现代文论)作为"前理解"观照中国古典传统,即属代代相传之学术研究基本模式,可谓影响深远。然而如宇文所安所言,历史化地理解上述观念及其意义无法回避的最大问题是,"五四"一代人阐发其反传统的新观念之时,强大的古典传统仍在,且成为新观念创生过程中必须面对的"敌人"。时隔百年之后,"'五四'一代人对过去的重新阐释已经把传统连根拔除了。但是,因为'五四'知识分子们的价值观和他们的斗争叙事如此紧密地联系在一起,我们不免要想知道:当最大的敌人死掉了之后,还剩下什么?"①"五四"新文化运动之于 20 世纪中国历史之重要意义无须多论,但其中所隐含的有待重思的议题,却不能不引发进一步的反思。当代文学赓续中国古典文脉以回应新时代的新要求,此亦为无法回避的重要问题,

---

① [美]宇文所安:《过去的终结:民国初年对文学史的重写》,载《他山的石头记——宇文所安自选集》,江苏人民出版社 2006 年版,第 280 页。

影响甚至形塑着一代人的文学和文学史观念。如仍在既定的文学史观念模式中原地打转，则中国文脉的当代赓续，仍无法成为具有强大的生产性的路向而获得生生不息的力量。

　　超克"五四"以降文学史观念的"知识型"，古今融通的"大文学史观"或为选择之一。所谓的"大文学史观"，是指摒弃此前习用多年的"古"（中国古典文学）"今"（"五四"以降新文学）断裂的文学史思路，将后者视为前者在二十世纪自然流变之一种，而非别开一路。也就是说，"五四"新文学之于"晚清"文学之新变，并非质性的转型，而与诗分唐宋等等文学观念和体式与世推移的自然调适同等理解。"五四"一代人取径西方传统以革除时代和文学之弊可在中国文学（先秦迄今之总体文学）整体视域中做内部变革之价值阐释。即重建中国文学之连续性，且以其主体性为核心，重新处理文学的古今中西问题。其根本取径如佛教传入中国，在与儒道思想之融合会通而产生中国化的禅宗一般，重新理解二十世纪中国文学与西方传统之关系，从根本视域上系统矫正此前文学观念之弊。如此，则"古""今""中""西""新""旧"之成规可悉数破除，文学和理论观念可在赓续传统，感应于时代和现实问题的基础上完成奠基于时代的新的典范的确立。

　　就此而言，王德威标举意涵丰富之"抒情"，尝试在"革命"与"启蒙"之外，重述现代文学史的努力即有文学史观念革新的意义。以陈世骧发现之"抒情传统"为切入点，既往文学史秩序随之变化，文学史序列亦随之调整，如沈从文、胡兰成等作家作品之地位也因之调整。抒情传统论述甚至还可包含书法和音乐艺术的实践，台静农、江文也等人在此叙述框架中亦有其不可磨灭之价值所在。这一种多种艺术融通的观念正可拓展当代文学研究的视域。如汪曾祺、贾平凹等于文学创作之外兼善书画，书画之笔法、趣味亦影响到文学创作的作家作品，在此多个艺术门类打通的视域中遂有更为贴切之评价。"抒情传统"论述作为文学史叙述之一种，相较于此前文学史，自然有观念开拓的意义。但一味标举"抒情"，且将其视为文学史之核心，却仍然陷入其所驳难的文学史观念窠臼之中，弊端亦较为明显。由是观之，建构更具包容性和概括力的新的文学史观，仍属当下及未来较长时间段内文学研究的重要论题。台湾学界对中国古典文学研究方法的结构性反思可作参照。就漫长的学术史而论，后辈学者无论"顺着讲""移开讲"，还是"逆着讲"均无不可，但"都必须是'因'于对前行既成之论所做深切的理解，以及理性的反思、批判，而不是盲目的复制与暴动；反思、批判而深入根源处，就是对前一历史时期既成的'知识型'，从本质论、方法论进行'破立兼施'的改造工程"。中国古典学术研究，亦困于"五四"所建构之"知识型"，"反儒家传统，挪借西学，将'文学'从古代知识分子的社会文化存在情境中切离出来，排除政教与社会互动功能，而视为孤立的、静态的自我抒情、纯粹审美的语言形构物"。如是观念，既不能洞见古典文学与时俱化的复杂意蕴，亦将文学窄化为简单的一己之情感的自我表达。当代写作遂难与古典文学之宏阔视域和复杂的世界关切对应。李敬泽申论"杂文学"作为当下文类简单划分的革新意义，并尝试重启古典传统思想以应对时代文学之变的种种努力，亦有文学观念的拓展之功。而超越"消费西方理论的'外造建构'"，回归"中国古典文化传统情境，经由现代学者所自觉之'历史性主体'的感知、理解、诠释，而获致'视域融合的诠释'"。进而"转换现代性的话语，做出系统化的'内造建构'，以生产自家的理论"。① 这一种融通古今、返本以开新的研究路径，意义并不仅止于古典文学研究的范式转换。中国当代文学研究的"古典转向"，亦需由思想观念、审美表现方式至文学史观和研究范式的系统革新。时值中国文化百年未有之巨变的合题阶段，深度感应于现时代紧迫之现实论题，开出因应传统，指向未来之新视域可谓恰逢其时。中国文化于百年劫难中艰难之归根复命，此亦为无从回避之重要路径。②

---

① 颜崑阳：《反思批判与转向——中国古典文学研究之路》，台北：允晨文化实业股份有限公司 2016 年版，第 17—25 页。
② 参见张志扬《中国学术："以用代体"，还是"以体制用"？——试谈"中国学术的研究范式"的背景与前提》，《海南大学学报》（人文社会科学版）2016 年第 1 期及《归根复命——古典学的民族文化种性》，《海南大学学报》（人文社会科学版）2013 年第 1 期。

附录二 "通三统"与文学史新视域的敞开

"五四"迄今，文学与中国作为现代民族国家的历史性建构的双向互动，是理解文学与历史、思想和现实复杂关系不可或缺的重要一维。其间"20世纪中国革命"以及因之形成之"现代中国"的内在规定性，为具有总括意义的奠基性话语的核心。而在重新理解"人民"与"革命"这一20世纪中国最大的"政治"[①]的基础上，历史性地考察20世纪80年代以降文学观念及其所依托之思想和审美传统的流变，可知现今盛行之文学史叙述"成规"，兴起于20世纪80年代，至20世纪90年代后期形成基本格局。坊间流行之文学史，均不脱此一时期划定之基本范围。无论具体展开路径有何细微差别，其核心要义，均在于由"一体"到"多元"，"共名"到"无名"的转换。文学史秩序的重组，也在反思"前三十年"（尤其是后十年）文学"弊端"的基础上展开。"去意识形态化""去政治化"，以回归"纯文学"或文学的"审美"传统，为其殊途之同归。而自20世纪90年代迄今，诸家文学史在柳

[①] 如罗岗所论："'20世纪中国革命'以及'革命'建立的独立自主的'国家'既为'现代中国'创造了内在规定性（'人民共和国'），也规划了与这一规定性相匹配的政治形式，即使其屡遭挫败，还不完善，但作为'现代中国'的基石，无论是中国传统文明的继承，还是全球化时代的融合，都必须以此为基础而展开。"是为中国最大的"政治"。明乎此，方能"真正发现中国，认识中国"！罗岗：《人民至上：从"人民当家做主"到"社会共同富裕"》，上海人民出版社2012年版，第30页。

青、赵树理①、路遥评价上的"两难"②（既难以忽视其作品在特定时期的巨大影响力，又无法将其合理地编织入现有的文学史序列），即为此种文学史观念"症候"之重要表征。究其根本，乃文学史观念的变革以及由之延伸出的文学评价标准的变化使然。此种变化，无疑与近三十年来社会历史核心主题之转换密不可分。历史地看，仍属20世纪80年代兴起之"重写文学史"思潮的自然后果。此种思潮之基本思想范式经由20世纪90年代"再解读"的强化之后，一种以"去政治化""去意识形态化"为核心的想象文学史的方法渐成蔚然之势。③由此建构之文学史，几乎全盘否定20世纪50—70年代文学之"独立"价值，而罔顾其背后所依托之思想和现实逻辑之历史合理性。④如此简单化地处理原本复杂的文学及历史问题，几乎无可避免地遮蔽了问题的复杂状态及其表征历史和指向当下的多重寓意，从而难以在更为恰切的思想理路中，对此一时段文学与历史的关系做确切评价，⑤亦不能在更为宽广

---

① 对赵树理的文学史评价及其所关涉之复杂问题，贺桂梅有系统、深入的分析。参见贺桂梅《赵树理文学与乡土中国现代性》，北岳文艺出版社2016年版。

② 以洪子诚《中国当代文学史》为例，可以充分说明此一问题。受制于20世纪90年代以降之"再解读"研究理路的逻辑限制，该书虽肯定《创业史》在表现生活的深广度等方面的价值，但并不"认可"被柳青视为"重大原则问题"的"新人"塑造及其内在逻辑。该书初版虽提及路遥的《人生》，但并无详述。而对彼时在读者群中影响甚大，且获得茅盾文学奖的《平凡的世界》不置一词，已从另一侧面说明其文学史观念的价值偏好。

③ 如对"再解读"研究理路做更为深入细致的理论辨析，则可知其与"重写文学史"非此即彼式二元对立思维不尽相同，"'再解读'思路并不希望'仅用一种叙事去取代或是补充另一种叙事'"，而是希望"追问诸多文学问题的基本前提，考察文学运作的编码过程及其裂隙"。贺桂梅：《"再解读"——文本分析和历史解构》，见唐小兵编《再解读：大众文艺与意识形态》（增订版），北京大学出版社2007年版，第276页。其所依凭之理论资源（结构主义—后结构主义、精神分析、后殖民理论、后现代主义等）已与20世纪40—70年代"主导叙述"的"奠基性话语"存在着质的差别。进而言之，其对40—70年代主导叙述的"编码策略"以及"其中隐藏的深层文化逻辑"的"拆解"和"暴露"，较之"重写文学史"审美/政治的单向度调适，更为深入地触及"主导叙述"的合理性。正是在这一意义上，本书将二者视为具有某种连续和同一性的脉络合并处理。

④ 在《实践叙事学与中国当代文学研究》（《文艺争鸣》2016年第12期）一文中，张均尝试"将以讲述故事为主要特征的文学行为看成一种参与社会历史变迁的话语实践活动"，从而努力在"纯文学"之外找到更切近文学史事实的研究方法。其所提倡之"实践叙事学"，即内含着重建文学与社会历史关系的用心。而作为改造世界最为重要之思想，政治意识形态在特定时期的价值非他种观念所能比拟。与此密切相关之文学想象，自然亦有其历史合理性。

⑤ 对此问题，李杨早在20世纪90年代初即有系统分析。参见李杨《抗争宿命之路——"社会主义现实主义"（1942—1976）研究》，时代文艺出版社1993年版。

之思想和文学史视域中历史性地理解当代文学七十年核心观念的流变问题。自更为宽广之视域观之，则上述文学史观所依托之思想资源，亦不乏某种意识形态偏好（即去政治化的政治）。有论者在梳理"纯文学"的知识谱系与意识形态时，即敏锐地发现，强调文学史家个人对于文学史料之独立审查，并形成"完全是自己的对某一时期的文学的看法"，从而以之作为文学史建构之核心的夏志清的文学观念，仍"内在地被文学/政治（非文学）的二元结构所支撑"，而被其视为"他者"的，"既是'重写文学史'意欲颠覆的革命文学史范式，也是社会—历史批评的文学评价标准"。亦即从思想观念和研究范式双重意义上"改写"既有的文学史。而"冷战"氛围所构造出的"文学/政治（非文学）二元结构的历史语境"，以及"新批评"以"内部研究"取代"外部研究"的基本理路，[1] 成为夏志清《中国现代小说史》新史观建构之核心。此亦为"重写文学史"思潮之基本理路，"无论这些个体（文学史家）的差异有多大，却有一个大概一致的诉求，那就是企图通过'新知识'来更新'旧'的知识构成"。其所援引之"新的知识"和思想资源，无疑与"革命话语"存在着不同关系。[2] 兴起于1942年、在1949—1966年间逐渐确立的思想和文学话语，因之面临严峻挑战。而如何在1942年《在延安文艺座谈会上的讲话》（以下简称《讲话》）以降之社会主义思想和文学的历史脉络中重新处理两个"六十年"[3] 之复杂关系，关涉到若干重要问题的历史判断，至今仍属一"未思的领

---

[1] 贺桂梅：《"新启蒙"知识档案：80年代中国文化研究》，北京大学出版社2010年版，第353—354页。

[2] "再解读"之核心人物唐小兵20世纪90年代末指出"资本主义现实主义"与"社会主义现实主义"在思想运作方式上的同构性，已能说明此一问题。而对其知识谱系稍作"先验批判"，可知西方后现代主义理论构成其"再解读"思想及运思方式的核心。而后者与社会主义现实主义所依凭之思想资源的关系几乎不言自明。参见李凤亮、唐小兵《"再解读"的再解读——唐小兵教授访谈录》，《小说评论》2010年第4期。而李杨对丁玲及王实味延安时期数部"争议"作品批评史之内在肌理的辨析，亦从根本上涉及评价标准之内在分歧及其意识形态意味，深层义理亦与此同。李杨：《"右"与"左"的辩证：再谈打开"延安文艺"的正确方式》，《中国现代文学研究丛刊》2017年第8期。

[3] 参见张旭东《试谈人民共和国的根基——写在国庆六十年前夕》，《文化政治与中国道路》，上海人民出版社2015年版。

域"。此亦为当下文学接续社会主义文学传统的困难所在。① 如不能超克此种文学史观念和批评理路,则关于柳青、路遥以及与其同属一脉之作家作品的文学史意义,仍无从避免被遮蔽的历史命运。而赓续社会主义文学遗产的种种努力,亦会因文学史视域的偏狭而难以全功。

时值百年中国历史巨变的"合题"阶段,在历史连续性的意义上重新处理"五四"开启之文化的古今中西问题,以建构更具包容性和概括力、有着内在的质的规定性的思想和文化视域已成必然之势。而超克非此即彼式的单向度思维,在更具统合意义的思想视域中以历史化的方式,重返20世纪50年代迄今之文学史现场,在悬置"重写文学史"和"再解读"研究理路的基础上重新梳理柳青、路遥、贾平凹、陈彦与社会主义文学传统之内在关联,不惟可以重构其创作所属之思想和美学谱系,亦可适度敞开社会主义文学传统未被充分意识到的形塑当下文学的叙事效力。延此思路,则重申文学作为"劳动"之一种的社会实践品格,努力以现实主义精神构建基于历史总体性的宏大叙事,从而促进"新时代"和"新人"的双向互动,乃彼此深度关联的重要问题。如上种种,需在文学史观念"通三统"(1942年以降之社会主义文学传统、"五四"新文学传统和中国古典传统)的意义上重新处理。借此,方能在深度感应于时代生活世界敞开之重要问题的基础上融通多种传统,进而完成对新的时代风貌具有精神总括意义的审美表达。

一 "总体性"与现实主义精神

"总体性"之于思想和社会实践的重要意义在于,只有"把社会生

---

① 在论及贾平凹长篇小说《带灯》中作为社会主义新人形象的带灯的意义时,陈晓明如是表达他内心的犹疑:"带灯这个人物在我们现当代文学的人物谱系中意味着什么",这是很难绕过的重要问题。"这个很难的问题其实困扰我很长时间,包括我写《中国当代文学主潮》那个书的时候,我觉得也是面对一个非常难解决的问题,就是我们怎么去评价我们曾经有过的一段叫作社会主义文学,这个东西我们把它完全地遗忘,完全地放到一边也很难。但是怎么去解释它却是个很困难的东西。"丁帆、陈思和、陆建德等:《贾平凹长篇小说〈带灯〉学术研讨会纪要》,《当代作家评论》2013年第6期。

活中的孤立事实作为历史发展的环节并把它们归结为一个总体的情况下,对事实的认识才能成为对现实的认识"①。在特定历史阶段的现实语境中,此种总体性的认识无疑内在地关联着一定的价值立场和思想方式。如卢卡奇所论,阶级意识乃是与历史密切相关之重要范畴,包含着与具体的社会实践互为表里的重要内容。"这种阶级意识是无产阶级的'伦理学',是无产阶级的理论和实践的统一",以及"无产阶级解放斗争的经济必然性辩证地变为自由的地方"。② 作为无产阶级社会实践的表征,社会主义文学自然包含着与无产阶级意识形态密切相关之重要历史内容。即便在"一个民族和一个阶级的斗争史变成了生活史"的历史常态之中,文艺仍然是特定民族和阶级历史及生活经验的表达和"自我建构","是对一个社会共同体价值基础和精神实质的自我确认和自我实现"。③ 此亦为马克思主义核心性命题之一,无论以经济基础/上层建筑,还是以社会存在/社会意识的观念来表达,写作"同其他实践一样,从根本上讲都总是有立场[alignment]的",也"总是以各种方式隐含着或明示着某种出自特定观点、经过专门选择的经验"。以之为参照,则所谓的"客观""中立"和"忠于事实",不过是"那些总想把自己的感觉和做法说成普遍真理的人们惯用的套路而已"。"立场"也并非"各种政治观念和词句或互不相关的道德说教的单纯拼凑",而是具有"深刻的社会和历史的批判与剖析"的内容。其间"审美的理解同社会的和历史的(也包括政治的)理解有着根本的联系"。④ 如是思想理路,亦属《讲话》申论"立场"之于"革命机器"及政治和战争逻辑的意义的用心所在。"文艺是小政治,政治是大文艺,这是《讲

---

① [匈牙利]卢卡奇:《历史与阶级意识:关于马克思主义辩证法的研究》,杜章智、任立、燕宏远译,商务印书馆1999年版,第58页。
② [匈牙利]卢卡奇:《历史与阶级意识:关于马克思主义辩证法的研究》,杜章智、任立、燕宏远译,商务印书馆1999年版,第98页。
③ 张旭东:《"革命机器"与"普遍的启蒙"——〈在延安文艺座谈会上的讲话〉的历史语境及政治哲学内涵再思考》,《中国现代文学研究丛刊》2018年第4期。
④ [英]雷蒙德·威廉斯:《马克思主义与文学》,王尔勃、周莉译,河南大学出版社2008年版,第211—212页。

话》对文艺所做的一个政治哲学的界定,结论是文艺彻底的政治性"。此种政治性的重点并非在"文艺应该有多少政治含量",而是强调"哪怕纯粹审美意义上的文艺也必然已经是彻头彻尾的政治"。因是之故,"文艺必须是整个党的革命工作整体中一个不可或缺的部分"。① 而"只有在确立了政治本体论的总体性之后,谈论文艺范畴的特殊规律或'自律性'才有意义"。② 是为"在政治内部思考文艺"③ 与"在文艺内部思考政治"之根本性分野所在。1942 年以降"民国机制"与"延安道路"、"人的文学"与"人民文艺",以及"重写文学史""再解读"与基于"人民文艺"的文学史观念之"分歧"所以难以"弥合",根本"症结"即在此处。诸种文学史观念的复杂博弈表明"在一种'去政治化'的总体氛围中人们越来越难以凭借自身经验去把握权力机制的总体轮廓的时代",重建一种"总体性视野"尤为必要。经由对人们"社会学的想象力"的拓展,这种总体性的视野,亦应包含再"政治化"的可能,从而使人们可以在"广阔的历史—社会视野中理解自身的存在,并将这种理解转化为创造历史的动力"。④

作为社会实践之重要一种,"通过革命文化战线的工作,完成新人的自我生产",并"在自己的历史的基础上,自己把自己作为高于自己的东西创造出来"⑤,即属社会主义文艺题中应有之义,亦包含着内在的,关于无产阶级作为历史主体自我认同和创化之核心问题。进而言之,社会主义文学必然秉有形塑具有社会主义的质的规定性的"新世

---

① 张旭东:《"革命机器"与"普遍的启蒙"——〈在延安文艺座谈会上的讲话〉的历史语境及政治哲学内涵再思考》,《中国现代文学研究丛刊》2018 年第 4 期。
② 张旭东:《"革命机器"与"普遍的启蒙"——〈在延安文艺座谈会上的讲话〉的历史语境及政治哲学内涵再思考》,《中国现代文学研究丛刊》2018 年第 4 期。
③ 即如李杨所论,"《讲话》并不是一本单纯的'文艺学'或'美学'文献。它关注的问题,与其说是'文艺'的'政治化',不如说是一种以'文艺'为名的文化政治实践"。《"赵树理方向"与〈讲话〉的历史辩证法》,《文学评论》2015 年第 4 期。
④ 贺桂梅:《作为方法与政治的整体观——解读汪晖的"中国问题"论》,载何吉贤、张翔编《理解中国的视野:汪晖学术思想评论集(二)》,东方出版社 2014 年版,第 320—321 页。
⑤ 张旭东:《"革命机器"与"普遍启蒙"——〈在延安文艺座谈会上的讲话〉的历史语境及政治哲学内涵再思考》,《中国现代文学研究丛刊》2018 年第 4 期。

界"和"新人"的双重功能。而具有"新世界"和"新人"想象意义的文学,也必然与基于总体性的宏大叙事颇多关联。如论者所言,"主体""自由"以及"新时期"对"文化大革命"意识形态极端化的诸种"反应",仍有其意识形态性(就该词本意而言)。是故,作为新的民族国家想象之重要一维的政治意识形态成为作家思想的依托并不特出,亦有其历史合理性,且属文艺发挥其经世功能和实践意义的重要方式。此亦为作为社会象征行为的文学叙事题中应有之义。① 本乎此,为回应论者关于《创业史》人物及评价的"批评"②,柳青如是表达《创业史》的写作"内容"和根本目的:"《创业史》这部小说要向读者回答的是:中国农村为什么会发生社会主义革命和这次革命是怎样进行的。回答要通过一个村庄的各阶级人物在合作化运动中的行动、思想和心理的变化过程表现出来。这个主题思想和这个题材范围的统一,构成了这部小说的具体内容。"③ 此一主题的设定和具体展开方式,与柳青对《讲话》的悉心阅读和倾力实践密不可分。④ 20世纪40—50年代初,柳青以《讲话》为指导,完成了个人立场、观念、情感等的自我"改造",借此充分意识到"从事人们新的思想、意识、心理、感情、意志、性格……建设工作",从而"用新品质和新道德教育人民群众"的重要意义。因为,"社会意识的建设"将与"社会经济建设"同时展开。随着祖国面貌迅速变化的,还有"我们人民的灵魂"⑤。是故,作为20世纪50年代政治意识形态对"新世界"和"新人"双重询唤之呼应的代

---

① 詹姆逊因此以《政治无意识》的写作"论证对文学文本进行政治阐释的优越性",并申明此种阐释并非其他阐释方法(精神分析、神话批评、文体的、伦理的、结构的方法)的选择性辅助,而是"作为一切阅读和一切阐释的绝对视域"。詹姆逊:《政治无意识:作为社会象征行为的叙事》,王逢振、陈永国译,中国社会科学出版社1999年版,第7页。

② 对此问题的详细申论,可参见拙文《再"历史化":〈创业史〉的评价问题——以洪子诚〈中国当代文学史〉为中心》,《西北大学学报》(哲学社会科学版)2016年第1期。

③ 柳青:《提出几个问题来讨论》,载蒙万夫等编《柳青写作生涯》,百花文艺出版社1985年版,第195页。

④ 参见柳青《和人民一道前进——纪念毛泽东同志〈在延安文艺座谈会上的讲话〉十周年(节录)》,载蒙万夫等编《柳青写作生涯》,百花文艺出版社1985年版,第29页。

⑤ 柳青:《和人民一道前进——纪念毛泽东同志〈在延安文艺座谈会上的讲话〉十周年(节录)》,载蒙万夫等编《柳青写作生涯》,百花文艺出版社1985年版,第29—31页。

表性作品,《创业史》的主题及"内容"内在于其时意识形态的基本诉求。其间虽不乏个人经验与集体经验、部分与整体之间的"对话"甚或"修正",但并无"隐微"义,其核心仍在彼时意识形态的总体性脉络之中。也因此,"题叙"与"正文"的"对照"包含着重要的历史和现实判断——在"旧""新"世界的鼎革之际,新的正在行进中的现实具有前所未有的重要意涵:梁生宝和他的生活世界既蕴含着已被历史化的"过去",也包含着行进中的"现实",更为重要的是,它还"预设"了历史的希望愿景。"虚拟"的下堡村的故事被牢固地嵌入1929至20世纪50年代初历史的总体性氛围之中,历经"新""旧"世界易代之际的"新的人民"创造与其相应之"新世界"的亘古未有的伟大实践成就了《创业史》作为人民文艺的典范的雄浑磅礴的"诗史"性质。"新世界"与"新人"互为表里、相互成就,共同表征着20世纪50年代社会主义实践的重要历史内容。柳青借此亦完成了以"文学"的方式,在与政治同一性的意义上对现实的重要问题的深层思考。[①] 时至今日,对《创业史》所涉之历史实践之意义的评价路径或有不同,但此种实践作为社会主义探索之一种所包含的历史经验和阶段性"试错"的意义,却不能因对历史的后设观念的单向度而被简化处理。[②] 历史地看,虽有"时代"及作家个人的诸种"局限",柳青仍以其对时代总体性问题的敏锐把握和倾心书写,完成了20世纪50年代的"自我"表达,从而成就了作为彼时历史全景式写照的重要文本不容忽视的独特意义。其要非在对"一种新的文学形式"的期待,而是在"明确期待

[①] 如贺桂梅所论,在柳青的观念中,"文学与政治的关系并不是用文学作品去解释确定的政治理念或条例",而是文学"以元叙事的方式,与国家政策处于同一理论平台上对政治理念的具体实践"。见贺桂梅《柳青的"三所学校"》,《读书》2017年第12期。

[②] 即如蔡翔所论,"今天我们来讨论历史,往往是从历史已经形成的结果来讨论,比如合作化带来的问题"。但是,历史地看,"如果当时不搞合作化的话,当年在土改中间获得相当多的资源的这些干部中间,就有可能形成一个新的压迫阶级"。(蔡翔:《革命/叙述:中国社会主义文学—文化想象(1949—1966)》,北京大学出版社2010年版,第368页)也就是说,"合作化"的目的,在于从根本上超克"穷人"(底层)、"富人"(精英)的结构性的历史循环。

一个'新世界'"①。进而言之,"史诗可以从自身出发去塑造完整生活总体的形态,小说则试图以塑造的方式揭示并构建隐蔽的生活总体",一种足以容纳"历史情况自身所承载的一切破裂和险境"的"生活总体"。② 具有时代总括意义的史诗性作品因之蕴涵着包容载重的巨大的历史容量,论"精微"则关涉到日常生活世界中个体命运之兴衰际遇,而其"广大"处则关联着"本质的生活过程的史诗总体"。是为柳青基于总体性宏大叙事的时代史诗的艺术创造之核心要义。对柳青的文学遗产的此种品质,路遥有着深入、透彻的理解:"作为一个深刻的思想家和不同凡响的小说艺术家",柳青的主要才华就是能把生活世界中之诸多细流,"千方百计地疏引和汇集到他作品整体结构的宽阔的河床上",使得这些"看起来似乎平常的生活顿时充满了一种巨大而澎湃的思想和历史的容量"。柳青"用他的全部创作活动说明,他并不仅仅满足于对周围生活的熟稔而透彻的了解;他同时还把自己的眼光投向更广阔的世界和整个人类的发展历史中去,以便将自己所获得的那些生活的细碎的切片,投放到一个广阔的社会和深远的历史大幕上去检查其真正的价值和意义"。作为一位"严肃的现实主义作家",因兼具"精微"(皇甫村及其周围生活,具体的、个人的经验)与"广大"(终南山以外的地方,世界,历史总体性)的双重视域,柳青的作品"不仅显示了生活细部的逼真精细,同时在总体上又体现出了诗史式的宏大雄伟"。③其所敞开的视域,乃是由下堡乡—中国—世界构成的广阔的历史和现实眼光。借此有效完成了个人经验与集体经验、部分(地方)与整体(全局)在更高意义上的辩证统一。《创业史》也因之成为20世纪50年代最具代表性和症候意义的重要作品。

柳青的宏阔视域及其基于总体性的现实关切,在路遥文学中得到了更具历史症候意义的延续。虽身处"总体"与"个人"被叙述为"分

---

① [匈牙利] 卢卡奇:《小说理论》,燕宏远、李怀涛译,商务印书馆2012年版,第11页。
② [匈牙利] 卢卡奇:《小说理论》,燕宏远、李怀涛译,商务印书馆2012年版,第53页。
③ 路遥:《柳青的遗产》,《早晨从中午开始》,北京十月文艺出版社2012年版,第137页。

裂"的时代,因有"延川时期"文学与个人命运高度历史性的契合所形塑之文学和世界观念做底子,[①] 以深沉的历史感总体性地观照现实,并"居高临下"地认识、分析和研究所要表现的具体生活内容,从而探索"新人"在新的历史时期的命运遭际及其现实可能,成为路遥20世纪80年代创作的重要特征。"作为一个作家,如何认识我们这个时代,并能对这个时代作比较准确、深刻、广泛的反映和概括",对路遥而言,是"非常重要的问题"。[②] 他作品所容纳的极为广阔的生活形态,以及各色人等于历史和现实的背景中命运的变化,由此"广大"与"精微"共筑的"史诗性"的气魄,无不与此种追求密切相关。以此宏大之历史和现实为基本视域,路遥力图总体性、全景式地展现一时代的整体风貌,书写正在行进中的,蕴含独特的历史意味的"当代"生活。《平凡的世界》初步拟定"三部,六卷,一百万字。作品的时间跨度从一九七五年初到一九八五年初,为求全景式反映中国近十年间城乡社会生活的巨大历史性变迁。人物可能近百人"。[③] 而在最初的构想中,路遥曾设计以一两位国家中枢领导人为作品的重要人物,后虽因种种现实原因未能实现,但从陕北偏僻的双水村到黄原城,再到省城,一个可以多层面、多角度、全景式展现变革时代社会历史总体面貌的虚拟的网络已然形成。其间个人命运与时代主题的变化互为表里,共同完成着20世纪80年代"新世界"与"新人"的相互定义和互相成就。虽未能构筑地方(双水村)—中央(国家)宏阔明晰的总体性世界。[④] 田福军与孙氏兄妹两条主线的交织仍然呈现了个人命运与宏大历史之间内在关联的根本形态——即便不能如梁生宝一般可以获致自上而下的制度性的精神支撑,孙氏兄妹的命运变化仍不能摆脱时代根本性的"成就"力量。

---

① 参见拙文《路遥文学的"常"与"变"——从"〈山花〉时期"而来》,《中国现代文学研究丛刊》2018年第2期。
② 路遥:《东拉西扯谈创作(一)》,《早晨从中午开始》,北京十月文艺出版社2012年版,第113页。
③ 路遥:《早晨从中午开始》,北京十月文艺出版社2012年版,第11页。
④ 路遥:《早晨从中午开始》,北京十月文艺出版社2012年版,第21页。

其不同于高加林的多样化的人生选择仍然是高度历史性的，属20世纪80年代新时期总体观念及其所形塑之现实境遇的自然后果，而非自外于时代的"个人""独立"选择使然。但"总体"与"个人"根本性的内在关联并不能自行"表达"，需要依赖基于总体性的文学书写。因是之故，在被文学史叙述为"'总体性'所要求的理论与实践、主体与客体的统一必然借重的社会体制形态"① 发生变化之际，路遥的"总体性书写"及其对与前者密不可分之具有内在的质的规定性的现实主义传统的赓续，均内含着极具历史症候意义，且须重新辨明的重要问题。

作为柳青文学遗产的"继承人"，历经"新时期"以"无名"取代"共名"（"一体化"的解体）之后，未被此一潮流挟裹而去的路遥的创作既面临"不合时宜"（其所谓之"反潮流"）的困境，② 同时还要面对宏大叙事之思想资源的阙如问题——即前述"社会体制形态"和"文学叙述"的"脱节"。他和他笔下的人物都将面临根本性依托渐次式微的"被抛"的历史命运，如不愿舍弃其所遵循之文学观念，路遥就必须依靠自我的力量接续已然"断裂"的传统——以文学的方式，（与其导师柳青一般）在与国家政策同一的意义上总体和肯定性地回应复杂的现实疑难。此亦为其反复申论现实主义精神之要义所在。此种现实主义精神，包含着对人与社会关系的深刻揭示，以及对"现有的历史范畴"的连续性的深刻洞察。路遥所谓之"反潮流"，也便包含着内在的、对更为宽广的历史范畴及其意义的再"潮流化"③。20世纪80年代初中期，路遥对"文革"文学模式以及其时现实主义作品的"限度"的思考，均以其对"历史范畴"的连续性及其意义的充分认识为基础。诸种努力，均在既往的现实主义及其所依托之思想的根本脉络之中，而非改弦更张，另起炉灶。在诸多阶段性的"变动"之中，路遥努力辨

---

① 贺桂梅：《"总体性世界"的文学书写：重读〈创业史〉》，《文艺争鸣》2018年第1期。
② 周昌义对其当年"拒绝"《平凡的世界》的原因所做的回顾性反思最具代表性。《记得当年毁路遥》，《文艺理论与批评》2007年第6期。
③ 参见拙文《路遥文学的"常"与"变"——从"〈山花〉时期"而来》，《中国现代文学研究丛刊》2018年第2期。

析"不变"的部分,以作为其对现实及个人未来的可能性洞察的思想基础。其理路近乎别尔金的如下观点,别林斯基所谓之"有时代的观念,才有时代的形式"足以说明契诃夫的现实主义艺术的基本特征。扎根于自己的时代的宏阔复杂的社会现实,且能宏观把握时代精神的主潮和前进的方向,路遥具有总体性意义的文学书写因之别具意味:他不但要描述已经发生的事情,还要描述依照必然律和可然律可能发生的事物。因为"对于一个严肃地从事艺术劳动的人来说,创作自由和社会责任感同时都是重要的"①。严肃的现实主义作家的写作理应担荷复杂紧迫的现实问题并探索可能的解决方式。

意图总体性地观照时代及个人命运的写作,也几乎天然地与现实主义精神以及与之相应之创作方法关联甚深。即如论者所言,捍卫现实主义原则,非关马克思主义奠基者的个人喜好和美学趣味,乃是因此种原则"是同马克思和恩格斯的革命世界观的基本特征,同马克思主义理论的实践本身紧紧地联系在一起"②。一定形式的意识形态,必然深度关联着与之相应的"现实",亦召唤与之具有同样品质的审美表达。而坚信"深入到人民群众的实际生活和斗争中去,深入到他们的心灵中去,永远和人民群众的心一起搏动,永远做普通劳动者中间的一员,书写他们可歌可敬的历史——这是我们艺术生命的根"③ 的路遥,对1942年以降具有质的规定性的现实主义传统的坚守,也需要在同样的意义上得到理解。

基于历史连续性的世界(文学)观察,路遥并不赞同20世纪80年代文学界关于"现实主义终结",现代主义必将取而代之的潮流化观点。这既与他对托尔斯泰、巴尔扎克、司汤达、曹雪芹等现实主义大师

---

① 路遥:《关注建筑中的新生活大厦》,《早晨从中午开始》,北京十月文艺出版社2012年版,第166页。

② [苏]乔·米·弗里德连杰尔:《马克思恩格斯和文学问题》,郭值京等译,上海译文出版社1984年版,第192页。

③ 路遥:《严肃地继承这份宝贵的遗产》,《早晨从中午开始》,北京十月文艺出版社2012年版,第140页。

作品更多的内在精神交感密不可分,亦与其对彼时流行之"新潮"作品水准的洞见颇多关联。经由对现实主义之外的各种流派的悉心阅读,路遥以为彼时流行之"新潮流作品",均未脱"直接借鉴甚至刻意模仿"的较低水平,既无"成熟之作",也便算不上"标新立异"。其流行虽有历史合理性,但未必是中国文学发展之唯一途径。置身文学思潮风起云涌变幻不定的20世纪80年代,路遥对此无疑有极为清醒且深入的思考,"只有在我们民族伟大历史文化的土壤上产生出真正具有我们自己特性的新文学成果,并让全世界感到耳目一新的时候,我们的现代表现形式的作品也许才会趋向成熟"。为了更为准确地说明这一问题,路遥以拉美文学为参照,表达其对民族文学发展的进一步思考。"正如拉丁美洲当代大师们所作的那样。他们当年也受欧美作家的影响(比如福克纳对马尔克斯的影响),但他们并没有一直跟踪而行,反过来重新立足于本土的历史文化,在此基础上产生了真正属于自己民族的创造性文学成果,从而才赢得了欧美文学的尊敬。"① 更何况"任何一种新文学流派和样式的产生,根本不可能脱离特定的人文历史和社会环境"。20世纪80年代中国最为重要的问题,仍然是作为社会主义国家的政治、经济以及与之相应之文化的建设。不同于柳青时代高度统一的思想氛围,身处20世纪80年代的路遥需要面对"总体"与"个人""分裂"的思想和现实问题。此亦为路遥20世纪80年代中后期赓续社会主义文学传统的原因和困难所在。而努力以友爱和同情的政治学提升并化解现实的苦难,从而为挣扎在底层的人们指出一条精神的"上出"之路,为路遥弥合"总体"与"个人"或"政治"与"文学"脱节的重要方式。即便身处无从超克的现实困境,路遥仍然能够如契诃夫一般,"不但能够揭示在优雅、漂亮的仪表下所隐藏的内心丑恶和庸俗,而反过来,他也善于从平凡、丑陋的外表下揭露其内在的优美和高尚"。②

---

① 路遥:《早晨从中午开始——〈平凡的世界〉创作随笔》,《早晨从中午开始》,北京十月文艺出版社2012年版,第14页。
② [苏]别尔金:《契诃夫的现实主义》,徐亚倩译,新文艺出版社1954年版,第14—15页。

是为契诃夫的现实主义的特征之一，亦属路遥建构的现实主义的核心要义。即便身处极端困苦的生存境况中，路遥也能使笔下的世界流露出温暖和光亮。在超越历史的阶段性主题的更为根本的总体视域（即以"反潮流"方式呈现的再"潮流化"）中，他力图让理想之光照亮世界和生活在世界中的人们。他们的世界立足于当下的现实的困境，却努力指向未来的希望之域。或者，从根本上路遥认同文学的"乌托邦功能"，在超越当下的视域中，为现实的困境开出向上一路。是为诸多论者所指认的路遥文学道德理想主义的表征之一。但路遥也并非无视现实自身强大的规训力量及其常常难以抗拒的逻辑的冰冷，在《人生》中他让高加林重返乡里并再度面临命运的选择问题，而非在理想主义的感召之下轻易为其安排一个"团圆"的结局。同样，社会身份的巨大反差使得孙少平和田晓霞的结合必得面临难以克服的困难。孙少安砖厂的起起落落亦在表明路遥对现实冷峻一面的深刻体察。有极强的政治敏锐性，且对现实人生体会极深的路遥，也以此表明其笔下所敞开的看似完美的世界，仍难免诸多裂隙。但与执着于表现裂隙的作家不同，路遥仍然渴望在世界的淤泥中开出莲花。在最根本也最为深入的意义上，路遥建构的现实主义切近布洛赫对乌托邦的如下评说：乌托邦的功能可以敞开一种新的可能，"这种可能性无非是意识形态上真实的、关于人类希望内容的展望"。① 基于同样原因，在"总体性"式微的20世纪80年代，《平凡的世界》的写作表明总体性的连续的可能及其超越时代局限的更为深远的历史意义。"在一个'同一性'的制度、文化开始分裂的特殊历史期"，路遥坚持着一种"'同一性'的想象，并把它转化为现实的文学行为"②。此种基于"同一性"的文学想象无疑具有时代精神的症候意义："借用威廉斯的理论来看，路遥的文学姿态与80年代主流文学的疏离关系，似乎业已证明作为抵抗的'残余文化'其实在拒绝

---

① ［德］布洛赫：《希望的原理》（第一卷），梦海译，上海译文出版社2012年版，第179页。
② ［德］杨庆祥：《路遥的自我意识和写作姿态——兼及1985年前后"文学场"的历史分析》，《南方文坛》2007年第6期。

'主导文化'的收编"①。如越过"重写文学史"以来之文学史"成规",从"五四"新文学迄今之视域观之,则不难发掘"左翼文学"之兴起至延安文艺传统的确立,再到"十七年"文学基本格局的形成,期间"意识形态"与"美学趣味"两种文学史想象之间的博弈与路遥20世纪80年代所面临的"守正"与"创新"的"两难"境地具有同构性。历史的吊诡即在此处,当年通过极为艰难的"斗争"从而获致"主导"地位的革命现实主义传统,多年后却成为"残余文化"需要被重新"收编"入新的文学史序列。②就中历史之"反复",可谓寓意深远。而在路遥文学中"终结"的传统,也难保不会成为另一个新的可能的起点。拥有更为宏阔之历史观念的路遥,未必对此缺乏定见。然而如《创业史》所依托之总体的、制度性思想的缺席,使得平凡的世界上空总难免投下价值虚无的阴影。凡此种种最终仍将归结为"总体性"与现实的关系问题。唯有依托"社会体制形态","总体性"方能转化为一定的社会实践,从而发挥其与现实的联动功能。一当"这种联动机制本身发生变化乃至断裂时",文学就逐渐开始显露其作用于现实的"有限性"。③当此之际,路遥的道德理想主义,他以友爱和同情的政治学重续已然"断裂"的社会主义文学的价值根基和精神传统,"恢复"隐匿的"人民文艺"的思想史意义遂逐渐显豁。其作品亦成柳青传统("十七年"文学)与21世纪文学内在"连续"的重要表征。

相较于路遥在20世纪80年代弥合"总体"与"个人"之分裂时所面临的困难,身处21世纪第二个十年中贾平凹与陈彦的总体性书写包含着更具历史症候性的重要意义。延续"人民文艺"的思想理路和价值关切,贾平凹尝试以长篇小说《高兴》及《带灯》的写作重续20世纪80年代以《腊月·正月》《鸡窝洼的人家》为代表的思想及审美

---

① 徐刚:《"十七年文学"脉络中的路遥小说创作》,载程光炜、杨庆祥编《重读路遥》,北京大学出版社2013年版,第142页。
② 对此问题的深层寓意,何浩有较为深入之反思。参见何浩《历史如何进入文学?——以作为〈保卫延安〉前史的〈战争日记〉为例》,《文学评论》2015年第6期。
③ 贺桂梅:《"总体性世界"的文学书写:重读〈创业史〉》,《文艺争鸣》2018年第1期。

路向——此种路向无疑与柳青传统有着内在的连续性，亦属贾平凹20世纪70年代写作的重要资源。同为底层的劳动者，置身新的历史和现实语境之中，刘高兴、五福们已无可能如梁生宝、高增福一般获致自上而下的思想及制度性支撑，从而完成个人精神和生活形态的历史性建构。以小说《高兴》为底本改编之同名电影似以对主人公命运的喜剧化处理"夷平"了现实矛盾的尖锐性，却从另一侧面说明现实逻辑的强大与冰冷以及身处底层的人们超克此种困境的难度。同样，作为民族和社会的脊梁，努力在总体的、肯定性意义上维持现实秩序的带灯被迫面临难以解决的种种矛盾。诸种现实矛盾的层层累积以薛、元两家的一场伤亡惨重的械斗而告终，也同时宣告带灯个人努力在应对现实问题之时根本性的无奈和无力。作为"江山社稷的脊梁"和"民族的精英"，意图在总体意义上化解现实矛盾的带灯最终被"幽灵化"的命运，无疑别有所指。《高兴》和《带灯》所敞开的世界，表征的乃是总体性的制度实践的式微。如是处理，包含着贾平凹对现实问题复杂性的深入洞悉。樱镇的困境因之也不能被简单地视作为地方性经验，而是内蕴着作者对于总体性世界及其问题的深层关切。[①]

在以《西京故事》的总体性书写回应21世纪第二个十年底层青年所面临的"孙少平难题"之后，陈彦转而强化底层生命价值与尊严的"自我说明"，亦表明现实世界的问题性以及重申总体性希望愿景的重要意义。《装台》中刁顺子们生命内在的价值和尊严无疑关联着更为悠远的精神传统，境界庶几近乎沈从文1934年返乡途中对底层生活意义的价值说明。忆秦娥（《主角》）个人命运的起废沉浮则足以指称更具普遍性的人之命运问题。其以儒家式的精进融通佛、老的思想态度属中国古典传统与现代传统多元融通所开启之新境界。凡此种种，均说明重建"个人"与"总体"的制度性关联的紧迫性和现实意义。基于人民

---

① 依贾平凹之见，樱镇世界的种种困境牵涉到"体制的问题，道德的问题，法治的问题，信仰的问题，政治生态问题和环境生态问题"的复杂状态，而如何直面此种问题并尝试解决，为该书写作之用心所在。贾平凹：《带灯》，人民文学出版社2012年版，第357页。

伦理的底层关切,为其要义之一。而问题似乎最终仍将归结为论者的如下判断:社会主义在不同语境之表现形式或有差别,但其"保护大多数普通劳动者的权利和利益"① 这一基本理念和价值观念不容缺失。非此,则如带灯、刘高兴、罗甲成、刁顺子们的生存困境难于获得根本性的解决。此亦为重申总体性的希望愿景以及人民伦理的思想意涵的重点所在,亦属社会主义文学及其实践价值的内在规定性使然。其意义并不仅止于文学资源和表达方式的个人选择,而是关涉到世界观念、价值立场等重要问题,并最终表现为"新人"(人民)与"共和国"的相互定义和互动共生。

二 "新人"的谱系及其现实意涵

作为具有极为浓重的 20 世纪印记的重要概念,"人民"一词曾数度因所指难于定义而被质疑其合理性。但在社会主义思想和文学传统中,该词却获得了与广阔的生活世界、无穷的远方以及无数的人们血肉相关的"具体性"。以"人民"为国家的主体,为共和国之文化和政治根基。是为共和国所完成之"三千年未有之大变局"的紧要处。而文学写作,对应于新的意识形态对与之相应之主体的生产,② 亦属"人民"获得自我表达的"弱者的武器"。1942 年之后,"人民"不仅作为重要书写对象进入"文学",还逐渐成为文学创作的主体,深度改变了当代文学前三十年的基本格局。在社会主义思想视域中,与"人民"生产生活密切相关之"劳动"随之被赋予神圣性价值和复杂的政治和文化含义。就其大者而言,经由"劳动"创造新的世界,乃是社会主义实践题中应有之义。此亦为《创业史》所述之"创业"之历史根基——以梁生宝为代表的社会主义新人在互助组、初级社到高级社的

---

① 甘阳:《社会主义、保守主义、自由主义:关于中国的软实力》,《文明·国家·大学》,生活·读书·新知三联书店 2018 年版,第 23 页。
② 对此一问题的详细申论,可参见钱理群为谢保杰《主体、想象与表达:1949—1966年工农兵写作的历史考察》所作序言《序:业已消失的文化、文学图景》,北京大学出版社 2015 年版。

"新世界"的次第创造的同时不断完成作为国家主体的新人的自我创造，二者互为表里，可以相互定义。艺术的召唤性，正体现在它关联着"人的内在生活"，扩展了"人的生活经验"，最终塑造了"人的自己形象和人在其中生活的世界的形象"。① 即如《红岩》《英雄儿女》等作中塑造之"新人"，亦是在"通过劳动来生产、创造新中国的过程中形成的"，而"没有新中国就没有新人"。进而言之，"新人和新的国家以及新的生产关系"创造出了与"新中国"相应之"新文化"。② 作为秉有"新的人民的文艺"之本质特征的文学艺术文本参与"新世界"和"新人"的创造，即属其内在规定性使然。"因为在文化生产和思想斗争的最高意义上，文艺仍然是一个民族和一个阶级历史经验和生活经验的表达和自我建构，是集体人的再造或再生产"，其根本还在于，是对"一个社会共同体价值基础和精神实质的自我确认和自我实践"。③ 书写"人民"在创造"人民共和国"过程中的历史性实践及其意义，因之是"人民的文艺"的根本性质的客观要求。质言之，"'新人'和国家都是现实中的政治存在，都在给定的历史条件下不断地创造自己的历史"。"新人"也并不拥有"某种固有的属性"，"而是在历史实践的过程中建构起来的实体和主体。这个新人在寻找属于自己的新世界的途中成了新人"。④ 历史和社会实践主题与时推移的自然调适，必然呼唤与之相应的"新人"的思想和审美表达重点的"迁移"。此种思想及审美表达同样具有历史具体性，并非僵化的教条式的固定概念、范畴所能简单概括。在不放弃内在的质的规定性的前提下，无论思想及审美方式，均在现实"新""旧"辩证的意义上存在着与时俱进的可能。也因此，自《创业史》到

---

① ［荷］佛克马、［荷］易布思：《二十世纪文学理论》，林书武等译，生活·读书·新知三联书店1988年版，第141—142页。
② 张旭东：《两个"六十年"座谈会整理稿》，载张旭东《文化政治与中国道路》，上海人民出版社2015年版，第51页。
③ 张旭东：《"革命机器"与"普遍的启蒙"——〈在延安文艺座谈会上的讲话〉的历史语境及政治哲学内涵再思考》，《中国现代文学研究丛刊》2018年第4期。
④ 张旭东：《试谈人民共和国的根基——写在国庆六十周年前夕》，载张旭东《文化政治与中国道路》，上海人民出版社2015年版，第15页。

《平凡的世界》,再到《高兴》《带灯》《西京故事》及《主角》,社会主义文学之"新人"塑造无论思想及审美资源均有不同程度之更新与转换,但内在品质却一以贯之。

与人民共和国的历史性创造相呼应的基于人民伦理的现实关切,为社会主义文学"新人"塑造的要义之一。此种"新人"与时代的阶段性主题密切相关,秉有可与时代互证的重要意义。梁生宝与20世纪50年代之核心主题之间的内在关联即属此理。如对《创业史》人物本事细加考辨,可知"非虚构"作品《皇甫村的三年》与前者的对照包含着"历史学家的技艺"的复杂寓意。梁生宝的原型王家斌在互助组草创时期的诸种表现与《创业史》的描述之间的"差别",恰属柳青塑造此一形象的真正用心处,亦包含着其对生活、政治与文学关系富有历史意味的独特理解。[①] "生活是经验、现实,政治是理论和理想,而文学则以艺术形式赋予两者更高形态的综合和具象再现"[②]。梁生宝对党的事业的忠诚及其在处理"集体创业"与"个人发家致富"间之矛盾冲突时的选择,无疑包含着20世纪50年代社会主义建设过程中所面临的重要现实难题。历史地看,如不能从根本上解决私有制的弊端,克服自古及今穷人(底层)与富人(精英)的单向度的"转换"的逻辑,则彼时正在进行中的新的世界的建设难保不落入既往模式的历史性循环之中。而从根本意义上超克此种循环,互助合作或为选择之一。正因对彼时宏大之现实问题的深层含义的总体性理解,梁生宝成为20世纪50年代之时代"新人",且秉有与梁三、郭振山等人完全不同的重要品质和现实意涵。梁生宝并非"传统意义上的农民英雄",其所具有的"现代性意义体现在他不是在非时间的传统伦理价值中获得个人的实现,而是在对'党''国家'这些'想象的共同体'的认同中实现对日常生活与个人生活的超越"[③]。借此,作为"真正具有社会主义品质"的"新

[①] 参见张均《〈创业史〉"新人"梁生宝考论》,《武汉大学学报》(哲学社会科学版) 2019年第1期。
[②] 贺桂梅:《柳青的"三所学校"》,《读书》2017年第12期。
[③] 李杨:《50—70年代中国文学经典再解读》,山东教育出版社2002年版,第157页。

人",梁生宝的想象"喻示着历尽艰辛的中国农民终于找到了自己的现代本质"。此种本质亦与新的世界的创造互为表里,属20世纪50年代时代思想总体性之表征。

相较于柳青在"新人"塑造过程中所可依托之思想总体的稳定性,路遥则面临思想和文学观念转变之际更为复杂的问题。20世纪80年代初,基于对"十七年文学"的系统阅读,路遥力图打破此前形成之人物塑造的成规。难于以"好人"或"坏人"为标准简单归类的高加林的产生,即属此一思考的重要成果。以此,路遥试图突破此前文学在人物塑造上的简单化(以"好人""坏人"来区分人物),以及"大团圆"结局的惯常模式,从而写出人物及其所置身其中的生活世界的复杂和多元。与"十七年文学"人物塑造较为普遍的单向度一般,《人生》中高加林"结局"的"未定开放性"既属作家生活思考之自然结果,亦属时代精神之复杂多元使然。置身20世纪80年代初之历史氛围中的高加林已然无法如石大伯(《优胜红旗》),或更远一些的狠透铁(《狠透铁》)那般在单一的思想格局中完成其对现实问题的索解。高加林空怀鸿鹄之志,在一个错位的时代里必然因精神的无所依托而有壮志难酬的人生慨叹。也"正是在对个人、社会与国家层面不同诉求的契合与冲突中,高加林开放的人生结局预示了一种路遥式个人主义的'新人'构想"[①]。此种构想既意味着个人命运的"不确定性",同时也表征着人物所依托之制度性"思想"的匮乏。是为路遥"把人生新人的探求放置在相当艰苦的磨练之中",从而探索20世纪80年代初"社会主义新人的道路"的用心。[②] 而作为高加林命运在20世纪80年代中期的"延续",孙少平、孙少安、孙兰香兄妹分别代表着前者不同的可能。但路遥显然不再将人物未来的可能性复杂化,他们分别在几乎"预定"的人生轨道中砥砺前行并终有所得。在价值多元的时代,意图

[①] 杨晓帆:《怎么办?——〈人生〉与80年代"新人"故事》,《文艺争鸣》2015年第4期。

[②] 阎纲:《阎纲致路遥》,载路遥《早晨从中午开始》,北京十月文艺出版社2012年版,第592—593页。

在总体的肯定性意义上书写底层人奋斗历程的路遥不得已再度"简单化"地处理原本可以复杂化的人物的命运遭际。在他的笔下，孙少平、孙少安、田润叶、惠英嫂等人的命运似乎是在一种道德理想主义的超验氛围中展开。他们不曾面对20世纪80年代社会转型期的重要矛盾，他们的"人生"因而带有极强的理想化的特点，因疏离于彼时的时代问题而显得"概念化"。置身20世纪80年代"去政治化"为一时之盛，且被认作"意识形态终结"的语境中，路遥依靠文学世界的创造，力图在社会主义文学传统的当下延续中回应时代的精神疑难。其以建构的姿态，接续隐匿的传统，并证明其仍然有着无法取代的巨大能量，且足以应对变动时代的历史及现实问题。其对底层普通人之时代命运的深层关切，即属此种理路的自然延伸。是为路遥文学遗产的核心所在，亦是其与"重写文学史"以降之文学史叙述成规的根本分野。其在文学史评价上的沉浮，深层原因即在此处。

路遥和他的人物所面临的评价上的困难，某种意义上可视为柳青和他笔下的人物遭际的"翻版"。20世纪60年代初围绕《创业史》人物的评价问题所引发的争论，足以说明两种文学观念之间难以调和的内在"矛盾"。严家炎对梁三老汉这一"中间人物"的高度肯定与其对作为社会主义新人形象的梁生宝的"保留"意见互为表里。而柳青对此一说法的"不能容忍"同样包含着其自身写作所依托的精神逻辑的历史合理性。作为书写20世纪50年代合作化运动的重要作品，《创业史》所面临的评价问题既关涉到20世纪80年代之后新的文学规范的确立，亦与对20世纪50—70年代文学路线的历史评价问题密切相关。饶有意味的是，20世纪50年代的"时代英雄"和"新人"梁生宝的原型王家斌在与高加林、孙少平几乎相同的历史时段，再度面临着人生的重要选择。"集体"已成历史陈迹，可以作为"新人"在20世纪50年代的思想依托的政治想象已有另一番历史评价。时代的主题已悄然置换，代替王家斌成为新的时代英雄的，已是富农姚世杰，富裕中农郭世富们。20世纪50年代初至20世纪70年代中后期关于农村的社会主义实践已有另一番历史评价,① 梁生宝(王家斌)和他的时代一起被抛在现实之后。而作为20世纪80年代的"社会主义新人"的高加林、孙少平们所要面对的是全新的历史情境和完全不同的命运选择,其间似乎并不存在内在的延续性。但自更长的历史观之,他们同样在"意识形态"所预设之希望愿景中象征性地处理复杂的现实难题,同样或显或隐地表征着政治意识形态对"新世界"和"新人"的双重询唤。20世纪80年代在这一点上与20世纪50年代遥相呼应:在社会主义初级阶段的不同时期,"新人"不断创生且秉有新的内涵,并代表一时代的历史想象与现实难题完成其作为"历史中间物"的重要使命。

惟其如此,贾平凹及陈彦在21世纪的第二个十年尝试重启总体性范畴,接续已然隐匿的社会主义新人的传统所面临的困难,再度说明赓续社会主义文学传统基本精神的重要意义。身处《秦腔》所述之乡土世界的颓然之境,到城里去再度成为一代人的普遍性选择。但此种选择却并未促进其所怀有的美好生活的希望愿景的现实化。如刘高兴般的人物身处城市的"边缘",或仍为求温饱苦苦挣扎于底层,或在对冷峻现实问题的想象性解决中获致精神暂时的慰藉,舍此无他。而作为乡土现实"非虚构"书写极具症候意义的典范,相较于同时期的叙事虚构作品,梁鸿的作品似乎容纳了更多的"真实"。从《中国在梁庄》到《出梁庄记》,颓然的乡土世界已然无法容纳新一代青年人的光荣与梦想,他们纷纷去往城市,却在如刘高兴、五富一般的艰难处境中连梦想也无力编织。而秉有社会责任感和担当意识,作为"社会脊梁"的带灯在危机四伏的樱镇世界被迫"幽灵化",她和她所坚守的原则的崩溃暗含着贾平凹对现时代核心问题更为深入的思考。自社会主义文学的内在连续性观之,带灯可被视为"社会主义革命文学一直幻想的引领历史前进的新人形象",她"扎根于体制中",她的"现实行动要推进和发挥体制的优越性,向着体制的乌托邦未来挺进"。贾平凹借由这一形象的塑造力图接续20世纪五六十年代的社会主义文学的命脉,并重建

---

① 参见杨庆祥《社会互动和文学想象——路遥的"方法"》,《南方文坛》2015年第4期。

"'社会主义新人'这个漫长的政治/美学想象的谱系"。①但21世纪的社会主义新人带灯已无力如梁生宝般引领一时代的精神潮流,被边缘化的现实命运唯有在"萤火虫阵"这一虚拟的意象中方能得到想象性的暂时超克。颓败的樱镇世界在作品末尾处的"贞下起元"亦属现实逻辑的自然延伸,而非在带灯努力的方向上发生质的变化。樱镇的"再生"也不过是此前境况的结构性反复,并不包含深层次掘进的意义。时代"新人"由内在于时代而至于与时代"疏离",无疑包含着极为复杂的历史和现实寓意,属新中国前三十年(1949—1979)和后三十年(1979—2009,亦可涵容2009年至今之现实问题)复杂思想论争未定状态的现实例证,亦从另一侧面说明,随着时代核心主题的转换,作为时代精神潮流之代表的"社会主义新人"亦随之调整且秉有新的内涵。

作为回应"孙少平难题"的重要作品,《西京故事》中罗天福一家的命运无疑有着极强的历史症候性意义。生活遭际并非偶然的相似性使得罗天福在多重意义上可被视为孙少平的同路人,而作为他们的下一代,在变化了的历史语境中,罗甲秀、罗甲成们仍需面对与孙少平大致相通的生之艰难。他们与孙兰香有着相同的人生道路,却无后者被"悬置"种种现实困境之后生活的美好和"单纯"。陈彦努力以与21世纪第一个十年的总体性密切相关之世界想象化解罗甲秀姐弟所面临之现实难题,却更为深入地意识到此种解决方式似乎并无多少普遍性。"新人"罗甲秀、罗甲成表征的仍然是"孙少平难题"的结构性循环。20世纪80年代与21世纪第一个十年生存情境的历史性反复,再度说明重申关注"社会最低需要"这一社会主义原则,并将"社会大众的不安"化解在总体性范畴的内部的重要意义。是为社会主义文学所面临的严峻挑战:"它需要从新的下层和下层新的真实中再造'人的文学'的内涵。"②此种"再造"无疑属广义的"文化"思想的不断调适,以面对

---

① 陈晓明:《萤火虫、幽灵化或如佛一样——评贾平凹新作〈带灯〉》,《当代作家评论》2013年第3期。
② 张均:《重估社会主义文学"遗产"》,《文学评论》2016年第5期。

和化解来自社会实践中的种种矛盾。因为,"只有在文化的基础上","一种关于人和事的总体才是可能的。"这种"从所有可能的实体和关系中形成"的"新的和完善的总体","远远胜过我们已经分裂的现实"。也因此,在托尔斯泰的文学世界里,有着显而易见的"对突入一个新的世界时代的预感"。具体表现为"诸重要人物对其周围的文化世界所能提供给他们的一切东西的不满,和从他们的摒弃中产生的对自然界其他更为本质的现实的寻求和发展"。①"分裂的现实"因更为本质的"总体"与"个人"在更高意义上的辩证统一而得以朝向新的整全世界的可能。"新人"与时代的互证因之包含着社会思想现实化的重要问题,并非单纯文学典型塑造问题所能概括。也因此,继《西京故事》之后,陈彦以《装台》的写作一改对底层生存困境想象性解决的既定模式,努力如其所是地发掘普通人的生之意义及其价值和尊严所能依托之更为悠远的传统。此种近乎沈从文 20 世纪 30 年代对湘西底层人生命价值思考的理路无疑包含着更为复杂的历史寓意——在体制尚未一劳永逸地解决底层人的生存问题的"过渡阶段",如何为其生存赋予意义远比哀其不幸,怒其不争的简单的批判更为紧要。虽非出自农村,与大历史"脱节"的刁顺子分享的是与刘高兴、高加林共通的时代"艰难",也唯有在新的"人的文学"更具历史意味的再造中方能得到根本性的解决。基于更为深入的现实观察,陈彦以《主角》中的"新人"忆秦娥来表征与时代奋进精神同频共振的更具代表性的人物形象,从而肯定性地回应现实的精神疑难。跨越改革开放四十年宏大历史之沧桑巨变,与大历史密不可分之"主角"忆秦娥的个人命运因之具有指称不同时代不同群体的解释效力。即便面临内忧外患、身心俱疲之境,忆秦娥仍以正精进的姿态朝向未来的新的可能。是为民族精神赓续千年生生不息之精义。陈彦借此表达了他对时代及其所关涉之历史问题的深刻洞察。而以 1942 年以降具有内在连续性之历史总体性为核心,融通中国古典

---

① [匈牙利]卢卡奇:《小说理论》,燕宏远、李怀涛译,商务印书馆 2012 年版,第 135—140 页。

传统的思想和审美路径,无疑可以赋予"新人"以全新的内涵,属新的时代总体性思想的重要表征,亦再度说明"新人"与时代相互成就之现实意义和重点所在。

三 "劳动"与文学的实践品格和伦理目的

"新世界"和"新人"具有社会主义实践意味的交互创造,"劳动"为其中不可或缺的重要一环,且被赋予全新的政治和现实含义。"对'劳动'的高度肯定","蕴含了一种强大的解放力量",借此,"中国下层社会的主体性"及其"尊严"才可能被有效地确定。"劳动"既意味着"一种既是民族的,也是世界的政治—政权的想象和实践活动"①,同时亦可有效确立"劳动者"作为国家主体的重要地位。沿此思路,则作为社会象征行为的文艺创作亦属劳动之一种,可与普通劳动之品质和现实意义互通。在更高的意义上,艺术创作与社会实践有着内在的同一性:"真正的进步作家,在每个时代里,都是为推动社会前进而拿起笔来的","他们的光荣任务是努力通过尽可能生动、尽可能美好、尽可能感人的形象,把他经过社会实践获得的知识和理想传达给人民,帮助人民和祖国达到更高的境界"。② 是故,作家并非是外在于"现实"的旁观者,而是本身即在现实中,充分参与社会实践的"具体的人"。他们与时代和人民一同前进,并最大限度地发挥文学作为社会象征行为的重要理论价值和现实意义。以此为基础,才能从"'推进社会进步'的总体意识和全局视野来规划自己的社会实践和文学创作"③。柳青的如上认识,无疑包含着对文学与现实、创作主体与外部世界等等重要理论问题极具历史意味的独特理解。"文艺"并非吟风弄月式的个人感怀的简单表达,并非"填闲"或"帮闲",而是蕴含着"改造世界"的实

---

① 蔡翔:《革命·叙述:中国社会主义文学—文化想象(1949—1966)》,北京大学出版社 2010 年版,第 224 页。
② 柳青:《关于理想人物及其他》,《柳青写作生涯》,百花文艺出版社 1985 年版,第 98 页。
③ 贺桂梅:《柳青的"三所学校"》,《读书》2017 年第 12 期。

践价值和创造"新人"的伦理目的。因为"现实就是历史，是人们活动的结果"①。而"同人民生活保持活跃的联系，使群众自己的生活实践朝着进步的方向继续发展"，乃"文学的伟大社会使命"②。置身20世纪50年代总体性的历史和现实氛围之中，社会主义的伟大实践及其所依托之宏阔之世界构想和伦理承担具有作用于大多数人的重要意义。而以《创业史》的创作充分参与彼时的社会实践，从而推动社会前进的步伐，乃柳青写作的要义所在。其扎根皇甫十四年，"与人民一道前进"的思想和文学选择的根本意义即在此处。

延续柳青传统的核心精神，认同"新的人民文艺"的根本性质及其重要品格，路遥几乎自然地认信如下写作伦理：文学创作就其根本而言具有无可置疑的"劳动"性质，与其他"劳动"仅存在着形式上的差别。只有"不丧失普通劳动者的感觉"，作家"才有可能把握社会历史进程的主流"，从而"创造出真正有价值的艺术品"③。而在《不丧失普通劳动者的感觉》中，路遥更是明确表示："写小说，这也是一种劳动，并不比农民在土地上耕作就高贵多少，它需要的仍然是劳动者的赤诚而质朴的品质和苦熬苦累的精神。"④ 从路遥对文学创作的劳动性质的持续强调中，我们自然不难联想到西蒙诺夫谈作家的劳动本领的文章。通过援引高尔基"天才就是劳动，人的天赋就像火花，它既可能熄灭，也可能燃烧起来，而逼使它燃烧成熊熊大火的方法只有一个，就是：劳动、再劳动"的说法，西蒙诺夫申明作家创作本身所具有的劳动的性质。这种性质决定了他的写作的技艺不过是劳动本领的体现。而只有持续不断地劳动，作家才能"等同于"那些在工作的第一

---

① ［美］弗雷德里克·詹姆逊：《马克思主义与形式》，李自修译，百花洲文艺出版社1995年版，第154页。
② ［匈牙利］卢卡契：《现实主义辩（1938）》，载《卢卡契文学论文集（二）》，中国社会科学出版社1981年版，第33页。
③ 路遥：《在茅盾文学奖颁奖仪式上的致词》，载路遥《早晨从中午开始》，北京十月文艺出版社2012年版，第91页。
④ 路遥：《不丧失普通劳动者的感觉》，载路遥《早晨从中午开始》，北京十月文艺出版社2012年版，第111页。

线的"人民",并因之无愧于其所置身其中的正在建设的社会主义的伟大时代。①

"劳动"本身的"无差别",使得知识人与普通劳动者在几乎同一的意义上从事着共同的工作(建设社会主义),而非如新文学"启蒙"传统所预设的那样自外于"劳动人民",此亦为《讲话》申论知识分子与人民群众"结合"的根本用意。文学创作既属劳动之一种,身处社会主义建设的具体的历史性的境况之中,其"劳动"自然不可避免地带有与普通劳动同样的社会主义实践性质。是为此种论述之核心旨趣,亦属丁玲 20 世纪 40 年代中后期处理"知识分子"与"人民大众"的"相对的、辩证的关系",从而完成自我"改造"之重点的延续。② 其所关涉之更为复杂的问题,在法捷耶夫的相关论述中得到了更为准确的表达。以《论作家的劳动》为题,法捷耶夫同样强调艺术创作的劳动性质。"艺术创作——这是一种人的劳动,是一种特别的劳动,但仍然是劳动之一种。"依此逻辑,则作家对文学技巧的研习,一如普通劳动者对劳动能力的提升,其间并无质性的差别。此说与西蒙诺夫分享的是同一种逻辑:一种无差别的劳动,将作家与劳动人民紧密地联系在一起。文学创作既属与人民的社会主义实践具有同一性意义的"劳动",也便自然与一定的"目的"和"使命"密不可分。即如法捷耶夫所言,除需要修习现实知识外,艺术家最为重要的任务和使命,"是要预见许多事物——从新的种籽中能够看出这新的东西就是胜利的东西"。"努力使新的东西胜利"背后的质的规定性,即是"用一个总的概念、即共产主义这一概念来包括的——是苏维埃艺术家的创作所服从的目的"。③ 是说无疑对应于苏联作家协会章程所规定

---

① [苏]西蒙诺夫等著:《论作家的劳动本领》,周若予等译,新文艺出版社 1955 年版,第 3 页。
② 何吉贤:《"流动"的主体和知识分子改造的"典型"——1940—1950 年代转变之际的丁玲》,《中国现代文学研究丛刊》2018 年第 4 期。
③ [苏]法捷耶夫等著:《论作家的劳动》,中国人民解放军华北军区政治部出版 1951 年版,第 1—4 页。

的社会主义现实主义方法的理论基础和实际意义。① 其根本精神类同于卢卡奇对现实主义作家与"客观的社会总联系"内在关系的论述,"每一个真正的现实主义作家的文学实践,都表明了客观的社会总联系的重要性和为掌握这种联系所必须的'全面性要求'"。因是之故,"作品的深度,一个现实主义作家影响的广度和持久性,主要取决于他(在写作方面)在多大程度上明了他所描写的现象实际上表现的是什么"。亦如列宁所指出的,"非本质的、现象的、浮在表面的东西往往要消失",远非"本质"那样坚固。因此,根本问题在于"认识现象和本质之间的真正的辩证统一"。② 一时代具有社会实践意义的文学必然与其时代总体性观念存在着内在的关联。此种关联即便包含着若干"意识形态离心结构"所彰显的"辩难"的意味,其意义却非在"解构",而是努力在总体观念的内部化解可能存在的现实难题,从而朝向开放的总体性的未来。③ 而依托于时代意识形态的宏大叙事,文学艺术文本得以以先在的逻辑重构虚拟世界的总体图景,从而在理想化、先进性的意义上作用于日常现实。

暂且悬置社会主义现实主义的规定性在特定历史年代因极端化而造成的问题。仅以"意识形态"的根本意义而言,认信政治意识形态与信奉他种思想体系之间并无"源初"意义上的差别。"再解读"的代表人物唐小兵早在 20 世纪 90 年代中后期即意识到资本主义现实主义与社会主义现实主义就其话语运作逻辑而言具有形式上的相似性,差别在于根本性的价值立场。"再解读"研究理路所援引之西方现代主义、后现

---

① "社会主义的现实主义是苏维埃文艺和文学批评的基本方法,它要求艺术家真实地、历史地具体地把现实在其革命的发展中刻画出来。而且,真实地、历史地具体地以艺术手法刻画现实,必须与劳动人民的思想改造和以社会主义精神教育劳动人民的任务结合起来。"转引自[苏]缅斯尼柯夫《论社会主义现实主义的基本特征》,新文艺出版社 1953 年版,第 2 页。

② [匈牙利]卢卡契:《现实主义辩(1938 年)》,载《卢卡契文学论文集》(二),中国社会科学出版社 1981 年版,第 6—7 页。

③ 如黄平所论,"反思总体性,但并不否定真实与意义的存在;而且,真实与意义并不是以否定总体性的方式居于总体的外部,而是通过对于总体性的否定之否定来把握"。也就是说,"总体性"包含着内在的,与时推移的自然调适的可能,并因之具有面向未来的开放性特征。黄平:《"总体性"难题——以李敬泽〈会饮记〉为中心》,《文学评论》2019 年第 2 期。

代主义理论，背后亦有不同于社会主义现实主义的意识形态倾向。"统治阶级意识形态将探讨使自身权力立场合法化的各种策略，而对立文化或意识形态则往往采取隐蔽和伪装的策略力图对抗和破坏主导'价值体系'"①。是为曼海姆所谓的"意识形态"与"乌托邦"辩证关系之基本逻辑。柏拉图将诗人逐出理想国，根本原因即在于后者的作品所内含的虚拟的可能（诗性正义）存在着瓦解前者的力量。质言之，自"五四"以降即被定义为现代民族国家想象之重要载体的文学文本，承担生产"新世界"及"新人"的"意识形态"功能，属其内在价值的自然延续，而非越界之举。延此思路，则柳青努力与"思想家、政治家站在同一高度的理论平台上理解世界和改造世界"，从而构建文学与政治及现实具有内在同一性的新的关系也便有着值得深入反思的重要意义。经由文学世界对新的思想以及与之相应之新的世界感觉的独特创造，一种"对现实世界的总体性认识"得以转化为"个人的行动实践"。② 此种文学观念与"纯文学"之思想理路之根本分歧亦在此处。在路遥为《平凡的世界》做写作的准备时，数十年的"工农兵写作"的历史性实践已因"新时期"的开启而难以为继。在受容西方现代主义后现代主义文学及思想之基础上兴起之先锋写作逐渐成为文学的主潮。此类写作在形式上实验的热情远甚于对生活世界"原初"经验的关切，一种后来被命名为"纯文学"的一脉逐步确立。③ "纯文学"的兴起自然有其阶段性的历史合理性。但沿此思路创作之作品，已难于对身处底层的普通人产生如路遥作品这般持久而深入的影响力。那些至今

---

① ［美］詹姆逊：《政治无意识》，王逢振、陈永国译，中国社会科学出版社1999年版，第72页。
② 贺桂梅：《柳青的"三个学校"》，《读书》2017年第12期。
③ 此一脉络之"影响源"，多在20世纪80年代后被大量译介之西方现代主义、后现代主义文学、艺术及理论文本。但饶有意味的是，就在文学界纪念"先锋文学三十年"之际（2015年），关于路遥及其作品文学史意义的"重评"亦成"潮流"。对"先锋文学""意义"的反思之中不乏"批评"的意见，而对路遥的"重评"则几乎构成对既定文学史"成规"的挑战。不应遗忘的是，《平凡的世界》当年所遭受的"冷遇"，即与"先锋文学"及其所形塑之文学史评价标准密不可分。历史再次体现其"反复"之特征。而20世纪80年代先锋文学代表作家格非对现代主义文学所做的反思，其中之一，便是其无视读者，和"大众阅读脱离"。

仍挣扎在生活的困苦中的年轻人，无论身处何地，无不可以从孙少平身上看到自身命运的投射，而从后者不断奋进的姿态中，亦可获致前进的力量。惜乎此类的"及物"的写作，在路遥人生的后期，已非文学的主潮，且几乎处于被压抑和排斥之列。《平凡的世界》在发表初期面临的困难以及此后多年遭遇文学史持续的冷落，无不与20世纪80年代以来文学史叙述语法的偏狭关联甚深。[①] 诸种观念分歧的核心，仍在马克思如下论断所包含的洞见之中，"哲学家只是用不同方式解释世界，问题在于改变世界"。如仍坚持这样一种理念："将劳动和劳动阶级从某种异化的状态中解放出来"，那么"世界应该怎样"即属不容回避之重要问题。想象之重要亦在"应该怎样"中得以凸显。"如果我们不完全满足于当下的秩序安排"，便必然需要重新面对"世界应该怎样"的历史的想象主题。"而我们一旦企图重新面临这一世界秩序"，"我们就会重新走向政治"。也因此，"在文学性的背后，总是隐藏着政治，或者说政治性本身就构成了文学性"。[②] 作为社会实践之一种，优秀的现实主义作品所具有的包容载重的巨大的能量足以完成一时代基于总体性的丰富表达，且在"新世界"和"新人"交互创造的意义上，实现其经世功能和实践意义。

以柳青、路遥建构的现实主义策略及其与时代的互动共生为参照，那些以"正面强攻现实"为名的写作的粗疏和简单几乎不言自明。同样在作为一种概念体系的意识形态的意义上，他们将现实设想为一个弊端丛生的对象物，自身则充任手持长矛的堂吉诃德，勇猛且一往无前地冲向想象的客体，并由之体会否定性的宣泄的快感。从他们的作品中，我们几乎看不到这世界的建构之物，看不到友爱和同情以及"上出"的力量。他们和他们的世界注定将一颓到底，却无法设想尚有未被充分意会的"希望"的可能性。小说也并非不可以描述表象的、碎片化的、

[①] 参见赵学勇《"路遥现象"与中国当代文坛》，《小说评论》2008年第6期。
[②] 蔡翔：《革命·叙述：中国社会主义文学—文化想象（1949—1966）》，北京大学出版社2018年版，第392—393页。

破缺的、流动的，甚或"无意义"的现实，然而其作为"赋予外部世界和人类经验以意义的尝试"，却不能止步于对现实"裂隙"与"病症"的简单描述，而需要将现实的阶段性的不完美融入具有总体性意义的世界构想之中。因为"总体"意味着某种完整的东西的"完美"，其完美之处在于"一切都发生在它的内部，没有什么东西被排除在外，也没有什么东西指向一种更高级的外部事物"。复杂世界所蕴含之种种无不朝向"自身的完美"而趋于"成熟"。在此过程中，"存在的总体"因"美使世界的意义变得显而易见的地方"的生成而得以可能。① 进而言之，小说的意义在于朝向"人类生活最终的伦理目的"，亦即"意义与生活再次不可分割，人与世界相一致的世界"。而在乌托邦的构建不再归于文学，而是"归于实践和政治行动自身"的时代，以叙事虚构作品总体性世界的营构完成与政治在同一性意义上的世界想象，即具有处理文学与外部世界关系的典范意义。其间总体性世界的问题性包含着一种更具现实意味的召唤结构——呼唤自上而下的整体的、制度性的改革，以克服社会内部的"危机"。一言以蔽之，置身朝向未来的希望愿景的"过渡"阶段，"伟大的小说家以自己的文体和情节本身的形式组织"，对"乌托邦的问题提供一种具体展示"。② 此"乌托邦"近乎布洛赫所论之"希望"义，乃可指称总体性的终极愿景，包含着社会（文学）实践的伦理目的——一种更为美好的生活形态。

四 "通三统"：文学史的视域融通及其意义

重申"总体性"以及作为社会实践之一种的文学的伦理义并将其转化为具体的实践所面临的问题在于，现今盛行之文学和文学史观念（亦关涉到思想史）的"单向度"。"当代文学应暂缓写史"的根本原

---

① ［匈牙利］卢卡奇：《小说理论》，燕宏远、李怀涛译，商务印书馆2012年版，第25页。
② ［美］詹姆逊：《马克思主义与形式》，李自修译，中国人民大学出版社2018年版，第150—151页。

因即在此处。① 历史地看，无论20世纪80年代之"文化热""重写文学史"，20世纪90年代之"再解读""人文精神大讨论"等思潮与路向存在何种变化，究其根本，均未能走出自晚清开启，至"五四"强化的文化的"古今中西之争"所开启之思想模式。在非此即彼的二元对立式的思维［古/今、中/西、政治/文学、民国机制/延安道路、"人民文艺"/"人的文学"、一体/多元、庙堂（广场）/民间、共名/无名等］中简单化地处理了原本复杂的历史与现实问题。文学史"重写"的"反复"无疑也与此有关。如上所述之二元对立范畴虽在特定时段中有其历史合理性，但在百年历史巨变的"合题"阶段，其内在的局限性已日益凸显。新的思想的创生并不简单地呈现为对过去之物在否定性意义上的全盘取代，而是"现在"胁裹着既往的遗产而朝向未来。然足以超克二元对立式的思维模式，而有更为宽广的包容度的文学与历史观念尚待确立。诸种观念非此即彼式的置换甚或翻转，致使多年间思想的变化难脱"你方唱罢我登场"的根本处境。立足于"中国"，对文化思想的"中国道路"的反思与建构百年来几乎仍属一"未思的领域"，亦属当下文化思想的难题之一。"在这个新时代建构以中国为中心的总体性视野"，是对"这个时代文学的根本考验"。② 如今思想界对中国人文化身份的反思即属此一问题的自然延伸。③ 要言之，"重新认识二十世纪中国，重新解释这一时代的'人民'与'革命'，需要一场认识论上的变革"。④ 此一问题亦自然延伸至当下。如不能从根本意义上建构基于中国语境、中国问题的文化思想的"中国立场"，则前文所述之观念纷争仍会继续。其所造成之思想和文学问题，亦难于在文学的内部妥当解决，而是关涉到更为复杂的思想观念及社会实践问题。

---

① 参见张均《当代文学应暂缓写史》，《当代文坛》2019年第1期。
② 李敬泽、李蔚超：《历史之维中的文学，及现实的历史内涵——对话李敬泽》，《小说评论》2018年第3期。
③ 张志扬：《中国人问题与犹太人问题（代前言）》，载萌萌学术工作室主编《"中国人问题"与"犹太人问题"》，生活·读书·新知三联书店2011年版，第3—4页。
④ 此系汪晖为罗岗著作所作之推荐语，见罗岗《人民至上：从"人民当家做主"到"社会共同富裕"》，上海人民出版社2012年版封底。

深度感应并扎根于时代,为充分发挥文学的经世功能和实践意义的先决条件。其要亦在于重建"文学与政治的联动机制",进而重构"总体性"与"个人"写作的关系。如路遥在20世纪90年代初所论,总体性的历史范畴仍在延续,但在有效转化为具体的文学实践的过程中却面临重重困难。是为其以"反潮流"的方式完成更具历史意义的再"潮流化"的根本原因。其根源仍需追溯至20世纪80年代文学和文学史观易代之际诸种思想理路的起源阶段。如论者所言,"情感信服力的不足""社会反思能力的欠缺"以及"肯定性地描述时代的无力"乃是当下长篇小说写作的普遍性困境。20世纪80年代受容西方现代主义后现代主义思潮的负面影响,以及新时期以降作家因思想和审美观念的局限所致之宏观把握并处理现实问题的无能和无力,乃是造成此种困境的重要原因。宏大叙事及其所依托之思想("总体性")的"缺席",乃问题之根源。曾经构成社会主义新人梁生宝精神依托的制度性思想渐次"调整"甚或"消隐",使得作家和他们笔下的人物似乎只能面对永恒和没有永恒的局面。日渐破碎的生活经验无法在总体性的整一的思想中得到重组。"无法庄严,无法宏阔,无法秩序井然"成为一代作家的处境和命运。[①] 时至今日,总体性希望愿景及其现实化过程的欠缺,仍属意图在同样的历史逻辑中完成对时代和人物之现实困境的象征性解决的写作面临的难题。陈彦长篇小说《西京故事》初版于2014年。而作为其"前身"的同名秦腔现代戏早已在数年前引发广泛关注。这一部延续路遥《平凡的世界》所开启之精神脉络,肯定性回应当下社会之精神疑难,力图在新的时代环境下思考底层青年的人生选择问题的作品仍然面临着诸多难解的现实问题。其主人公罗甲成、罗甲秀依靠诚实劳动安身立命并最终改变生活道路的选择在当下现实中无疑会遭遇重重困境。同样可以被视为是回应"路遥传统"的,是与《西京故事》几乎同时出现的方方的《涂自强的个人悲伤》。该作无疑是对"孙少平模

---

① 参见艾伟《中国当下的精神疑难》(《当代作家评论》2009年第2期)及《对当前长篇小说创作的反思》(《当代作家评论》2006年第2期)。

式"的"反向"书写——怀揣个人的光荣与梦想,从乡间走向城市的农家子弟涂自强内心的乐观和向上的坚强意志并不能克服接踵而来且愈演愈烈的现实困境的重重逼迫,终至于在极度悲惨的境遇中凄凉而逝的极端处境,暗含着方方对时代另一面向的冷峻观察,亦从另一侧面说明既有的底层关切的局限所在。罗甲成、罗甲秀与涂自强很有可能是孙少平、孙少安们的下一代。他们意图接续如梁生宝甚至孙少平般个人与大时代的历史性关联,却一再面临"否定性的创伤"和"未完成的痛苦"以及被边缘化且难于超克的现实命运。阶层分化、介入的无力以及与历史虚无主义的遭遇等,或属造成这一代人精神与现实困境的原因。[①] 与此相同,20世纪50年代的时代英雄王家斌在变化了的时代语境中被边缘化的命运,以及21世纪第二个十年的新人带灯因无力挽狂澜于将颓而被迫"幽灵化"的现实遭际,包含着有待深入反思的重要历史和现实命题,亦说明赓续社会主义总体性的思想和审美传统所面临的现实和美学的双重难题——既需推进意识形态总体性在文学意义上的现实化,亦需重构超克文学史观念单向度的新的思想和审美视域,从而重申并赓续"未完成"的社会主义文学遗产的若干重要历史经验及观念和审美传统。

毋庸讳言,身处底层的普通人所面临的现实难题,远非文学的内部所能解决。梁生宝与其时代的内在关联也并非文学自身的意义使然,而是与20世纪50年代意识形态对"新世界"和"新人"的双重询唤及其历史意义密不可分。问题最终仍将指向如带灯的根本性困境——在自上而下的制度性支撑阙如的现实处境中,个人努力注定无法超克自身和现实的限度。也因此,个人与生活世界的"问题性",必然呈现为一种召唤和敞开的姿态——向新的未来的可能性敞开,并召唤一种积极的、建构的思想和精神力量,且将其转化为行动性的现实。此亦为1942年以降社会主义文学的内在规定性的要义所在。而"重申"社会主义文

---

① 对此问题的详细分析,可参见杨庆祥《八〇后,怎么办?》,北京十月文艺出版社2015年版。

学作为"弱者的武器"的根本性的价值关切,呼应关注"社会最低需要"这一社会主义原则的思想和制度的连续性实践,即属当下赓续社会主义文学传统题中应有之义。进而言之,超克"传统的循环"从而走向"共同富裕",乃"恢复与重建'共同体'的理想"[①]的重要路径,在不同历史阶段有着表现不同但内里相通的意义。就其根本而言,《创业史》《平凡的世界》《高兴》《带灯》《装台》以及延续具有质的规定性的现实主义传统的作品均有其着力解决的现实难题——如何更具历史意味地处理不同时期的"社会最低需要"。其所具有之基于人民伦理的底层关切即源出于此。质言之,社会主义文学的"人民性"及其作为"弱者的武器"的政治和文化意义无疑内含着超克"精英"与"大众"、"富有"与"贫穷"的历史性循环的重要寓意。如何在新的时代语境下赓续社会主义文学根本性的价值关切,乃是"解决"刘高兴、带灯的数位"老伙计"、罗甲秀、罗甲成、刁顺子等"底层"形象所面临之现实困境的必要前提。非此,则任何关于"底层"超克自身境遇的限制的文学叙述均难于转化为现实的实践力量。而作为基于人民伦理的底层关切的重要表征,与社会主义文化实践密切关联之"流动"的"意识形态主体"("新人"),必然与现实核心主题的转换互为表里,亦在此一过程中不断成就和丰富自身从而创造属己的"新世界"。其所依凭的思想传统的现实意义,需在1942年《讲话》以降之总体性历史氛围和内在精神连续性的意义上得到理解。是为社会主义文学内在的质的规定性的根本意义所在。对当下现实及文学问题的历史性理解,亦不可脱离此种规定性所划定之基本范围。

基于对"总体性"及其思想和现实意义的深度观察,甘阳并不赞同"前三十年"与"后三十年"相互否定的单向度视域,以为"对于共和国六十年来的整体历史,必须寻求一种新的整体性视野和整体性论述"[②]。

[①] 参见罗岗《人民至上:从"人民当家作主"到"社会共同富裕"》,上海人民出版社2012年版,第144—145、192页。
[②] 甘阳:《中国道路:三十年与六十年》,载贺桂梅编《"50—70年代文学"研究读本》,上海书店出版社2018年版,第333页。

此种整体性视域体现为将孔夫子传统、毛泽东传统、邓小平传统视为"同一个中国历史文明连续统"。在新的历史条件下，既要"重新认识中国改革成功与毛泽东时代的联系和连续性"，亦需"重新认识整个传统中国历史文明对现代中国的奠基性"。① 如是"通三统"的思想路径，可以超克前三十年与后三十年非此即彼式的思维的单向度及其限制。就文学史观念而言，如果放宽历史的视域，不在20世纪80年代以降之"重写文学史"及其观念流脉所开启之思想框架中理解20世纪五六十年代的"社会主义文学"，则不难体会到这一时段中国文学与政治密切关联之深层原因及其历史合理性。以社会主义思想改造"世界"并"生产"社会主义意识形态的主体乃中国社会"三千年未有之大变局"题中应有之义。作为"共和国根基的'人民'"因之包含着"历史和政治的区分"，是一种"反过来被'人民共和国'界定、由后者提供具体文化内容和政治内容的中国人"②。因是之故，20世纪五六十年代的中国文学并不能简单地被视作"政治的附庸"，其"借助政治的动力也试图开创社会主义文学自己的道路。如果说在文学的现代性进向中它有什么独特的开创的话，那就是它要顽强地创建新的历史主体"，并以之"作为引领历史前进的主体"。③ 这种新的历史主体，内在于社会主义的现实及精神实践，其总体性意义和政治及文化思想内涵仍在新的时代氛围中持续展开。而扎根于"中国道路"及其内在规定性，在多元统合的意义上融通诸种传统之不同面向，从而敞开更具包容度的思想及审美视域，或为超克二元对立式思维限度可能性之一种。即以"人民文艺"与"人的文学"的辩证为例，如超克二元对立思维，则既可"拓展'人民文艺'的'人民'内涵"，亦可"避免'人的文学'的'人'的

---

① 甘阳：《中国道路：三十年与六十年》，载贺桂梅编《"50—70年代文学"研究读本》，上海书店出版社2018年版，第337页。
② 张旭东：《代结语：两个"六十年"与人民共和国的根基》，《现代国家想象与20世纪中国文学》，上海人民出版社2014年版，第524—525页。
③ 陈晓明：《萤火虫、幽灵化或如佛一样——评贾平凹新作〈带灯〉》，《当代作家评论》2013年第3期。

抽象化",从而"召唤出'人民文艺'与'人的文学'在更高层次上的辩证统一",尤为重要的是,亦可进而完成"'五四文学'与'延安文艺'在历史叙述上的前后贯通",共和国文学"前三十年"和"后三十年"借此亦可完成"在转折的意义上的重新统合"。① 不仅此也,"重写文学史""再解读""史实化"及重申未完成的"人民文艺"的历史和现实效力等②诸种研究路向及其所依托之思想和审美传统均可在更高的意义上完成多元统合,从而敞开基于现实、涵容历史并朝向未来的新的视域。

此种具有多元统合意义的新的文学史视域的开显,以思想和审美资源的结构性转换为基础。概而言之,需要超克如下两种限制:一为文学评价"成规"(既定的文学史观念及思想范式)的偏狭;一为作家自身所依托之思想和审美资源的单向度。前者指向文学史及文学批评,后者则为创作主体的观念问题。二者貌似不同,实则为同一问题之不同面向。就文学史观念论,陈晓明在撰写《中国当代文学主潮》时所面临的对"社会主义文学"评价上的犹疑,③内含着20世纪80年代迄今文学史新成规巨大的规训力量及其自身无从规避的"限度"。如不能超克文学史观念的限度,则任何意图"重述"当代文学的历史的努力,必将因视域的偏狭而难以全功。因是之故,是否应该"接续"或者"重启"1942年《讲话》以降之社会主义文学传统,并以之作为文学史"故事类型"之一种重新结构文学史,仍然是当代文学研究无法绕开的重要问题。④ 对这一问题的回应,也成为考校当代文学史观宽广度及史

---

① 罗岗:《"人民文艺"的历史构成与现实境遇》,《文学评论》2018年第4期。
② 张均以"中国当代文学本事研究(1949—1976)"统合"再解读"与"史实化"两种研究路线的尝试,即属此种思维之表征。延此思路,则"重写文学史"与"人民文艺"、"再解读"与"史实化"之间,均包含着"方法互补"的可能。张均:《我所接触的1950—1970年代文学研究》,《当代作家评论》2018年第5期。
③ 参见《带灯》学术研讨会上陈晓明的发言及其观点所引发的"争鸣"。丁帆、陈思和、陆建德等:《贾平凹长篇小说〈带灯〉学术研讨会纪要》,《当代作家评论》2013年第6期。
④ 如张均所论,"二十年内,成功兼容'人民文艺'的启蒙史观将会在社会主义文学的'重新发现'方面取得实质性突破",非此,则"当代文学史编撰不会有实质性进展"。张均:《当代文学应该暂缓写史》,《当代文坛》2019年第1期。

家历史和现实感之有无的重要维度。由其指涉并展开的问题论域，无疑仍有进一步深度讨论的必要。① 具体而言，其要义乃在如何弥合两种文学史观念的分歧。即如论者所言，自"民国机制"与"延安道路"不同之思想及审美谱系中观照20世纪40年代丁玲《我在霞村的时候》《在医院中》等作品，则其"意义""完全不同"。值得深切反思的是，此两种"针锋相对的文学观"，却"在共有的知识框架中展开"，即"'个人主义'与'集体主义'的二元对立，以及由此派生的'五四'与'延安'、'文学'与'政治'、'右'和'左'的二元对立"。因是之故，"后革命时代的新启蒙批评"，与其所反感的"'极左'的'政治批判'"②并无根本性的质的差别。所谓的"去政治化""去意识形态化"的"中立"研究，并不能掩盖其内在的"政治"和"意识形态"内容，亦不过是已然"翻转"的"'五四'新文学传统"与1942年以降之"社会主义文学传统"关系的再度"翻转"，并无深层次的掘进意义。如不能超克此种视域之局限，则关于总体性、"新人"以及社会主义文学传统的讨论仍无法转换为向广阔的生活世界和多样的思想和审美传统敞开的，具有创造性生成意义的具体的生活和艺术实践。质言之，作为人民的伟大的社会主义实践的重要表征，社会主义文学并不能简单地被局限于1942—1976年间之特定历史氛围之中，③亦并未"终结"于"新时期"，而是始终或隐或显地处于连续性的状态——甚或启蒙史观所指认的当代文学传统，在更高意义上亦属社会主义文学流变之一种，具有阶段性的尝试意义。就此而言，具有内在的质的规定性的社会主义思想及审美流脉即便因种种原因隐而不彰，仍属想象并结构世界的方法之重要一种，有着需要深入探讨的重要历史和现实意义。如前所

---

① 对此一问题的初步探讨，可参见张均等《"社会主义文学"作为"遗产"是否可能?》，《海南师范大学学报》（社会科学版）2013年第2期。但该文仍然体现出不同之文学史观念之间的内在冲突。就总体而言，论者分享了20世纪80年代以来的文学史观，故而难以在观念"突破"意义上切入"社会主义文学"的内在肌理而有新的洞见。
② 李杨：《"右"与"左"的辩证：再谈打开"延安文艺"的正确方式》，《中国现代文学研究丛刊》2017年第8期。
③ 参见张均《重估社会主义文学"遗产"》，《文学评论》2016年第5期。

述，自柳青、路遥以至于贾平凹、陈彦①，甚或刘继明②等人的创作实践，已可"重述"在总体性的意义上赓续社会主义文学传统的文学史谱系。此亦为重评柳青以降之革命现实主义传统，并尝试在新的历史语境中以社会主义文学传统为核心，兼容"五四"新文学传统、中国古典传统之"通三统"的文学史视域重新梳理当代文学主潮之要义所在。

"三统"通会之核心，自然奠基于"一种中国之为'中国'的总体性"，以及正在进行中的社会主义思想和文化实践。以具有内在的质的规定性的社会主义文学思想和审美传统为基础，既可以涵容"五四"以降新文学传统所开启之思想及审美视域，亦可向赓续千年的中国古典传统敞开，进而完成古、今（亦包括中、西）之会通。此种会通之要义亦在将中华文明视为"同一文明的连续统"，亦即无论"五四"新文学传统，还是社会主义文学传统，均需在历史连续性的意义上处理其与中国古典传统间之关系。换言之，前两者乃中国古典传统在20世纪迄今之历史和现实氛围中的"自然"延续，而非别开一路。而在连续性的意义上重新梳理"五四"迄今文化的"古今中西之争"，则诸多问题即不再陷入古/今、中/西之二元对立视域中难有定见。③破除既定观念的局限之后，文学之境界、资源、意义甚或文体、笔法等亦随之阔大。具体展开路径有二：其一为扎根于正在行进中的现实，并向广阔、丰富而复杂的生活世界敞开，以充分发挥文学作为社会实践之一种的经世功能；其二为向古今中西优秀的文化传统敞开，举凡中国古典传统、"五四"新文学传统、《讲话》以降之社会主义文学传统，甚或域外文学传统，均可融通于同一视域之中，而有新的更具统合力的境界的开显。就文学史观念论，"三统"之通所敞开的视域，既可涵容革命现实主义传统自20世纪50年代迄今之文章流脉，亦可融通汪曾祺、孙犁、贾平凹等偏于古典传统之当代赓续的写作路向，更为重要的是，还可包含启蒙

---

① 参见拙文《现实主义的广阔道路——论陈彦兼及现实主义赓续的若干问题》，《中国现代文学研究丛刊》2018年第10期。

② 参见李云雷《"新社会主义文学"的可能性及其探索——读刘继明〈人境〉》，《当代作家评论》2017年第3期。

③ 参见拙文《"大文学史观"与贾平凹的评价问题》，《小说评论》2015年第6期。

史观（人的文学）所指陈之文学传统。李敬泽以《青鸟故事集》《咏而归》《会饮记》诸作所营构之贯通古今、融汇中西，打通"知识"（诸种"知识类型"）、"思想"（多种被叙述为彼此分隔的思想资源）及"文体"（作为现代"发明"且被僵化理解的文体类别）之"界限"，向更为广阔之生活世界敞开，却始终指向一种"总体性视野"的意义空间的努力，用心或在于此。亦唯有"通三统"所开显之视域足以充分阐发其所蕴含之微言大义。要言之，"三统"之"通"及其所敞开之复杂意义空间，无疑包含着宏大叙述充沛的能量，以及指涉晚近大历史和思想之变的理论效力，亦属新的时代文学的现实叙述的新的"增长点"，包含着有待进一步展开的重要理论和现实意义。

五 余论："中国经验"及其文学表达的可能

"在中国，历史没有完结，无论文学还是作家这个身份本身都是历史实践的一部分，一个作家在谈论'现实'时，他的分量、他的眼光某种程度上取决于他的世界观、中国观，他的总体性视野是否足够宽阔、复杂和灵敏，以至于'超克'他自身的限制"。而"中国文学本身就是中国现代性进程的一个重要环节甚至是重要动力"，是故，"作家与历史与时代的关系是一个不可回避的、不得不在文学的和主体实践的意义上回答的问题"。[①] 而在乌托邦（关于美好生活的希望愿景）的构建不再归于文学，而是"归于实践和政治行动自身"的历史语境之中，事关人类福祉之最大也最为重要的问题，乃是政治观念及其现实化。正是基于对此问题的透彻理解，柳青以"和人民一道前进"作为其世界（文学）观之核心，其"三所学校"之说及融汇"实践"与"艺术"双重可能的文学观念的要义亦在此处。此亦属马克思主义文学实践的题中应有之。坚守现实主义若干重要原则，关乎马克思主义理论的实

---

① 李敬泽、李蔚超：《历史之维中的文学，及现实的历史内涵——对话李敬泽》，《小说评论》2018年第3期。

质，属"唯物主义认识论的要求"①，包含着在更为宏阔的总体视域中把握复杂现实问题的可能。现实主义作品中的典型人物亦不同于其他类型的人物，他们代表着"比他们自己单独的个人命运更大、更富有意义的某种原因。他们是具体的个体存在，而同时又和某种更普遍的或者集体的人类实质保持着一种关系"②。在具体的历史实践之中，他们是在创造"新世界"的过程中完成自我创造并不断推进历史前进的"新人"（人民）。

质言之，"新人"与"新世界"的相互定义和互相成就，属人民共和国文化和政治根基题中应有之义。循此思路，则在"中国道路"内在连续性的意义上"重启"社会主义文学传统，在当下语境中无疑有着复杂的历史和现实意义。作为人民建设社会主义的伟大实践的重要表征，社会主义文学必然包含着社会主义的总体性及其对文学的虚拟的可能的内在要求。也因此，20世纪80年代迄今围绕社会主义文学传统的评价问题所展开的复杂论争，并非在文学的"内部"所能"解决"，而是关涉到《讲话》反复申论之立场和态度问题。要言之，隐藏于具有质的规定性的社会主义文学叙述背后的"历史学家的技艺"，属"'弱者的反抗'对于叙事的必然要求"③，其人民性表现为对"社会最低需要"的深层价值关切，包含着从根本意义上超克中国历史之结构性循环，将社会"危机"化解在总体性内部的可能。因是之故，"民国机制"与"延安道路"、"人的文学"与"人民文艺"之间即不存在非此即彼式的两难选择。作为中国社会"三千年未有之大变局"之核心，"延安道路"及其所奠定之"中国道路"属社会主义内在的质的规定性，而非诸多选择之一种。时值百年历史巨变的合题阶段，以1942年

---

① ［苏］乔·米·弗里德连杰尔：《马克思恩格斯和文学问题》，郭值京等译，上海译文出版社1984年版，第192—193页。

② ［美］詹姆逊：《马克思主义与形式》，李自修译，中国人民大学出版社2018年版，第165页。

③ 张均：《革命、叙事与当代文艺的内在问题——小说〈暴风骤雨〉和纪录电影〈暴风骤雨〉对读札记》，《学术研究》2012年第6期。

《讲话》以降之社会主义文学传统为核心，融通中国古典传统、"五四"新文学传统，乃新时代之思想和审美资源多元统合之要义。此种"通三统"并非仅限于文化及文学资源的多样选择，而是关涉到"中国道路"在现时代所面临的若干重要现实问题及其文化应对的思想准备。而在更为宏阔的思想视域中完成古、今，中、西的融通，从而在千年文明连续统的意义上铸就"中国道路"的文化自信，属新的时代思想与制度所开启的全新的且具有生产性的可能。一时代有一时代之文学，"新的时代"与"新人"更具历史性和现实意味的交互创造，也必然催生更具包容性和概括力的新的时代史诗的艺术创造。

附录三　戏剧与小说的交互影响
——在陕西美术博物馆的对谈

2020年9月27日晚十时许,陈彦先生打来电话,说三日后在陕西美术博物馆有一场讲座,题目是"漫谈戏剧与小说"。是受博物馆馆长、著名画家邢庆仁先生的邀请。因所事专业不同,庆仁先生我接触较少,但在好几个文学界的私下聚会中见过几次。他的作品,我却早就熟悉。很多年前为贾平凹书画与文学的互动研究做基础的资料准备工作过程中,便曾详细地了解过庆仁先生的作品,也曾动念写一篇《贾平凹邢庆仁艺术交游考》的学术文章,因总有他事牵绊,虽资料准备已久,却迟迟未能动笔。陈彦先生与庆仁先生交往甚厚,此番"美谈"的邀请,陈彦先生极为重视,也就不难理解。考虑到"美谈"的听众不限于文学和戏曲的爱好者,或还有艺术界的朋友,单纯的讲座难以满足不同层次听众的需求,陈彦老师遂提议改为对谈。对谈的形式灵活,可以随时根据现场听众的反应调整议题,效果会更好一些。

虽说对谈灵活自由,但前期的准备工作也必不可少。次日晚间,我就依照核心议题草拟了十一个小问题,希望既能有的放矢,也能自由挥洒。十一个小问题因此既围绕戏剧与小说之关系展开,出发点和落脚点也都在陈彦先生的戏剧和小说创作的实践经验上。毕竟,单纯的理论讨论,并不如创作经验的现身说法更有意义。问题具体如下:戏剧和小说的关系;戏剧创作和小说创作的转换问题;戏剧创作的经验如何影响到小说的写作;戏曲如何处理传统的赓续问题;戏曲(戏剧)发展如何处理与西方戏剧传统的关系;传统戏曲经典如何完成其创造性转换和创新性发展;以《西京故事》从现代戏到长篇小说的转换,谈小说与戏剧在展现社会生活的深广度和丰富性方面的差别;戏曲技巧如何拓展了《主角》的叙事空间;《主角》中展现忆秦娥命运遭际的那一折戏的意义;《主角》中的"梦境"书写与传统戏曲"梦戏"之间的关系;《说秦腔》中关于秦腔艺术特征、经典剧作、著名演员的细致梳理,如何影响和丰富了《主角》的创作。在与陈彦先生沟通之后,他建议可以稍稍提一下他正在写作的长篇小说《喜剧》。也就是最后可以谈论的,其实是十二个问题。

那天对谈的气氛很好,陈彦先生兴致很高。或因放松的缘故,有很多堪称"神来之笔"的说法。但对谈时间虽有两个多小时,最后仍然未能论及此前准备的所有问题。但较之按部就班的"对话",却多了很多摇曳之趣。

邢庆仁先生是艺术大家,艺术成就自不必论。但他这些年也喜欢侍弄文字,为数期美谈及多个展览所作之序言皆有可观处。看似随意挥洒,但言在彼而意在此,细细思量,可知其所散谈之事件、人物种种,与议题之间足相交通处不止一二。他为这一期"美谈"所作的"馆长的话"亦是有情有趣,怎忍舍弃,故全文照录于此,供读者诸君参照阅读。

美谈(馆长的话)

戏是人编的,人演的。人在戏里进入角色,是要在真实的梦里找到戏里的惊天动地。

《赵氏孤儿》《窦娥冤》《梁山伯与祝英台》,故事是长脚的,故事来自民间,有人的滋养,有神的威慑。敦煌壁画里的飞天,《西游记》里的孙悟空,《聊斋》里的狐仙,带着国人的美好想象,代代相传,烟火不断。中国绘画的繁衍,也是如此,是人与神的相互陪伴。而今,我们把神弄丢了,所见古人画里的生活场景,反倒成为一种梦想。

梦里是一条大河,辽阔无边,明眼人一看便认得出你,还有河边那个弯腰忙碌的人,双手掬一把风光,一次又一次,河水拍打着河岸,轻轻地,没有惊讶,只有待着。

世上的好多事,稀奇古怪,每天走在街上是和树说话,还是和汽车,是精灵,是莫名其妙,但不论是什么总归是要走在生活里。要在生活里过一把瘾。

扁担在舞台上是道具,在美术学院学生课堂是教具,在农村是生产生活的工具。不管实用还是表演,扁担是个"一"字,做好了,"二"和"三"都说得清楚。比如挑水,缺乏经验的人就会挑得又苦又累,腰酸背痛,而那些把式不仅轻松省力气,桶里的水还洒不出来,一步一闪,借力走轻。高兴了,背着手,吹着口哨。

想起从前读书上学,是为了逃离故乡,到了这个不大不小的年纪,觉得好尴尬,觉得自己并不了解故乡,故乡是一个人的宿命,故乡是一把火焰,一直都在为你燃烧。

相信人生是命,吃多大苦,享多大福,凡是遇上的都是自己。库淑兰的命遇上了剪纸,剪什么她知道,剪成什么她未必知道。现实生活里,库淑兰日子过得艰涩。家暴、失去儿女的痛苦,她明知不说,悄悄将这些化为生活的芳香,通过剪纸剪出芳香的来处。芳香的去处,也阴差阳错让她遇上。

六十五岁那年,库淑兰出门不小心,一脚踩空,掉落在家门前的土沟里,昏迷了四十多天,家人正要给她准备后事,她神奇地醒来了。称自己是"剪花娘子"。

娘娘在民间自古是要敬的神,是要盖庙的,她在昏迷的日子里睡着,去过什么道场,见过谁,只有神知道。

神在神的地方,灶王爷在灶台上,土地爷在土地庙里,如今这些神和我们的魂,随着记忆里的故乡四处流浪,弄得人和神没有空间对话,也不知如何传递信息,把神像夹在书里,置于案头,以为就是敬神。

雨还在下,连下了几天,看来今年中秋节在长安是看不到月亮了。小时候,有父母在,中秋节跟着月亮走。现在,父母都陪月亮去了。

那天,从外面回来看着窗外芭蕉结的果子,可惜这是在北方,要是在南方早该结疯了。先不想那么多，洗洗手剥蒜，中午要吃饺子。

2020 年 10 月 1 日

杨辉：今天的话题是戏剧与小说的交互关系。其实我觉得在座的朋友们感兴趣的应该不是如何从理论的层面去做细致阐发，而是今天的主角陈彦老师作为一位戏剧大家，转事小说创作不过数年，就取得了很高的成就，他的创作实践如何可以拓展我们对戏剧与小说关系的理解。陈彦老师2014年才出版第一部长篇小说《西京故事》，然后2015年出版了《装台》，2018年出版第三部长篇小说《主角》，2019年就获得了被认为是中国文学最高奖的茅盾文学奖。这中间有着什么样的重要的创作经验，是我们最期望陈彦老师为我们分享的。虽说刚才主持人也大致介绍了陈彦老师的创作成就，我估计在座的很多朋友们应该也比较了解陈老师的创作情况，但是我还是要稍稍多说几句，来引入我们这个话题。我记得2018年《主角》在《人民文学》发表以后，吴义勤老师写过一篇文章，他在文章一开始就说，如果要问他中国当代文学在这几年最大的发现是谁，他说他会毫不犹豫地首推陈彦。从2014年人民文学出版社和太白文艺出版社联合出版《西京故事》，到2018年作家出版社出版《主角》。短短的这几年时间，陈彦老师的长篇小说就获得中国当代文学的最高奖项，这在当代文学七十年间虽不能说绝无仅有，也是相当罕见的。我觉得大家对获奖的难度和它的意义，肯定都有一个充分的估量，这里无须多论。对文学界来说，陈老师好像就是突然出现在这个文学的星空中的一颗璀璨的新星。他的小说迅速获得了很多奖项。像《装台》和《主角》分别获得当年的"中国好书"。"中国好书"每届文学类的获奖作品是比较少的，所以这两次获奖也是非常不容易的。后来又相继获得了施耐庵文学奖、吴承恩文学奖，但最重要的是茅盾文学奖。《装台》还入选"新中国70年70部长篇小说典藏"，可以说在较短的时间内完成了其"经典化"。就目前而言，陈老师的文学成就可以说是有目共睹。但在戏剧（戏曲）界，陈彦老师早已是卓然独立的大家。他创作的现代戏"西京三部曲"，《迟开的玫瑰》《大树西迁》《西京故事》，甫一演出就获得巨大的反响，至今仍属陕西省戏曲研究院的经典剧目。而他也拿遍了戏剧界的重要奖项。像"文华编剧奖""曹禺戏剧文学奖"、电视剧"飞天奖"，作品多次入选"国家舞台艺术精品工程·十大精品剧目"。对一般的写作者而言，获得其中的任何一个奖项，就足以在文坛或戏剧界立足。但这些戏剧界的重要奖项，陈老师都拿过一遍，甚至好几个重要奖项拿过不止一遍，他还获得过一些国际性的大奖。他的整个的创作的状态，对于仅专于一种文体的创作者而言，是完全没有办法想象的。

我们这个时代的文学理解，基本发端于"五四"。"五四"时期形成的小说、戏剧、散文、诗这样一个基本的文学分类方式，至今仍左右着我们的文学观念和文学评价标准。各种文体之间虽有交互影响，但却分属不同的类别。我理解陈老师给的这个题目，其实就是谈戏剧、戏曲和小说的关系。我们通常把戏剧和小说作为文学分类里的两个并行的门类，认为两者之间几乎是很少有交集的。研究如此，创作亦是如此。至少在中国当代文学中，既能写好小说，然后还能兼善戏剧创作的作家，是为数极少的。但这似乎难以兼善的才能，恰恰就在陈老师身上得到了非常好的融合和呈现，他既是戏剧大家，转事小说创作以后又迅速成为小说大家。所以谈戏剧，或者说戏曲和小说的关系，我觉得可能在当代中国文学界没有比陈老师更合适的人选了。说到这个话题，我们可能自然就会想到一个最基础的问题，那就是对陈老师来说，他自己是怎么理解戏剧，或者说戏曲和小说的关系的？

陈彦：我发现今天下边坐着很多戏剧界的知名艺术家，还有好多文学界的朋友，很多作家、评论家，所以我觉得这个问题还不好说。我就以我自己的感知和经验为基础来谈。就起源论，戏剧明显是比小说要早得多。中国的戏剧的起源最早可以追溯到祭祀舞蹈，到汉唐以后，戏剧发展的速度比较快一些，到元杂剧时期，就达到了一个很高的艺术水平。到明清以后，那就不用说了，出现了几位大家，像汤显祖、孔尚任等，下来就是一直到当代戏剧。对戏剧历史的梳理，基本上是有两千多年的发展史。具体到陕西秦腔的发展历程，明代就有一个很成熟的剧本叫《钵中莲》，那时秦腔已经成熟了。这是从历史考证的角度而言的，也就是以有成熟的剧本来认定秦腔历史的起点。但在有成熟的剧本以前，这个发展史是很长的，有人推到汉代、唐代，甚至还可以再往前推，到现在起码有两千多年的孕育和发展的过程。而西方的戏剧史是从古希腊戏剧开始，古希腊戏剧的成熟期比我们要早，以《俄狄浦斯王》《美狄亚》等为代表的悲剧和喜剧到今天仍然是舞台上反复演出的剧目。从古希腊算起，也有两千多年的历史。

而中国的小说史，概而言之，最早可以到《山海经》吧。《山海经》里边就讲了很多故事，包括历史的传说呀，民间的故事以及自然地理天文的一些传说等，总结起来形成了《山海经》。《山海经》里边有些东西也可以说是中国的早期小说的雏形。再到干宝的《搜神记》，是志怪小说，故事就相对比较成熟。再到后来的唐传奇，应该说中国小说就比较成熟了。这下来以后到明清小说这就不用说了。明代的《三国演义》《水浒传》《西游记》《金瓶梅》，大家都知道。还有《警世恒言》《喻世明言》这些。而到清代的小说呢，最重要的是《红楼梦》，还有其他的像晚清四大谴责小说——《官场现形记》《二十年目睹之怪现状》《老残游记》《孽海花》等。梳理下来的话，小说的发展大概就是这么一个状况。虽说起源时间有别，但中国戏剧和小说重合得是比较厉害的。较早可能就是元杂剧对唐传奇的很多故事的运用，到后来包括《世说新语》等作品中的很多小故事，都被转换成戏剧了。还有后来的蒲松龄的《聊斋志异》，这里面有近五百个故事，有很多都改成了舞台剧。还有《三国演义》《水浒传》《西游记》这些小说作品在舞台上改编的作品都在百部以上计。其他的一些像司马迁的《史记》，像《资治通鉴》其中的重要段落和经典故事，也都在不同历史时期被大量转换成戏剧作品。应该是戏剧本身它营养了小说，然后回过头来，小说又营养戏剧。但戏剧的起源，是在小说的前面，这个是肯定的。

西方文学也是一样，可能一开始小说从戏剧那里汲取的营养比较多，而后来逐渐地，戏剧又反过来在小说里边儿汲取很多营养。在今天二者已经是不可分割的了。再以中国古典文学为例，比如说一些小说大家，像《三国演义》的作者罗贯中，就是一个剧作家。为什么他能把这个故事编得这么好，他在元杂剧的传说里边汲取了很多东西。后来进行戏剧小说双重创作的也不少，比如说老舍，他的《茶馆》是一个戏剧的高峰，他写的小说《四世同堂》等影响都很大。西方的像歌德、福克纳、契诃夫，都是很好的小说家，同时又是非常好的戏剧家。而我们当代中国的莫言，就是非常好的小说家，他获得了诺贝尔奖，莫言写的三部话剧，《我们的荆轲》等，写得都非常高级。莫言现在又在写戏曲，为高密县剧团写了一个茂腔戏。《人民文学》发表了，也确实写得很好。所以我认为戏剧和小说呀，是要高度融合的。我们现在很多小说家，把戏剧和小说分得很开。有的小说家强调说，小说里边不能有戏剧性呀，不能有什么呀，等等。我觉得说法都是对的，因为文学创作，任何一个人打开任何一个面，从任何一个角度进去，你怎么说他都是有道理的。但是以我个人对文学和戏剧的认识，我认为无论是戏剧还是文学。第一是塑造人，第二还是要讲好故事。这个故事，它就是小说和戏剧之间的关系，这个东西我觉得是应该去很好地研究的。我想这在今天应该也是一个新课题。现在我们好像把小说、诗歌和戏剧分得很开，你比如说我们的剧作家，好像就是剧作家，最多写个电视剧挣点钱。而小说家，叫他去写一个电影剧本，改个电视剧本，他有时候都不干。诗人呢，他完全是在诗人的这个轨道上面。这当然有它的合理性，但以我的经验，在某种程度上讲，打通了会更好。

杨辉：一些作家接到写电视剧的邀请却不愿意干，我觉得主要可能不是他不愿意去从事别的行当，而是能力所限，干不了。众所周知，写一部电视剧的收入，要远远超过小说。单从这一点而言，稍稍的跨界，对普通写作者而言还是有一定的吸引力的，毕竟，作家除了写作生活，还要面对日常生活。莫言这几年写的这几部剧作，我们有的朋友私下在微信里也发，大家好像还是认为，莫言作为好的小说家的重要地位毋庸置疑，那他是不是好的剧作家，可能还有待观察。就像刚才陈彦老师所说，戏剧和小说，无论古今中西，都有着较为复杂的互动关系。中国古典文学中情况与西方文学略有不同，在很长一段历史时期，小说在文学的整体格局中地位相对比较低。所以我们会发现，很多年来热爱古典小说的研究者都会面对一个非常让人痛苦的话题，那就是兰陵笑笑生究竟是谁。就是写《金瓶梅》的那个人他到底是谁，他有过什么样的具体的生命状态，以至于写下了这样一部小说。我们很想知道下了这么好的蛋，这个鸡到底长得什么样子。一代一代学者从不同角度做过很多探索，但至今没有定论。这么好的小说竟然不署名，这个现在是完全无法想象的。因为在那个年代，小说在整个文学的这个格局里边层次是非常低的，真正的文人雅士是不屑为之的。戏曲创作在当时我感觉好像很多也都是以这些落魄的文人为核心。（陈彦：当官的失意了，叫人家开除了，给处分了，然后去写写小说，到戏班子里边儿混着写戏。）是的，就像创作过《火焰驹》等十大本的清代剧作家李十三，差不多就是在这样的状态下开始戏曲创作的。他们或许是偶然为之，但当然其中别有怀抱，然后作品不经意间产生了比较大的影响。西方也是如此。因为在20世纪之前，我们的戏剧或者戏曲和小说之间其实没有那么多的壁垒，各种文体之间是可以贯通的。但20世纪初以来我们形成了这样的习惯，包括我们去做研究，各文体之间就有比较明确的划分，像现当代文学史著中，很多都以小说、散文、诗歌这种文体划分的类别来结构文学史的章节。其中当然不乏有文体突破意味的作家，但整体而言，能在小说和戏剧方面贯通的为数不多，就像刚才陈老师所说，作家基数如此大，但是二者贯通的好像能数来的，也就是老舍、郭沫若等不多的几位。

陈彦： 西方特别多。

杨辉： 相对于作家的数量而言，比例还是偏少的。西方的，我一时能想到也就是契诃夫、贝克特、萨特、加缪。

陈彦： 还有汉德克，就是去年获诺贝尔奖的。

杨辉： 但是能够兼善两者的——不是说仅仅会写，能写，而是一旦换一种体裁，仍然能够达到这个体裁的一个非常高的程度的，那确实还是凤毛麟角。陈老师早年也写过短篇，他的短篇处女作叫《爆破》，现在已经很难读到了。也就是说您的写作以小说开始，但后来差不多有20多年的时间，就没有再写小说，而是专事现代戏创作。重新写小说的标志就是第一部长篇小说《西京故事》，这部作品写作于 2013 年，2014 年初由人民文学出版社和太白文艺出版社联合出版。回过头来看，2013 年写这个长篇小说《西京故事》时，其实也是有一个机缘，当时您给陕西戏曲研究院创作现代戏《西京故事》时，收集了大量关于城中村的资料。这些资料极为丰富地呈现了新世纪的第二个十年间，尤其是 2010 年前后，中国社会城乡二元结构的复杂面向。在这个宏大的社会背景下，一个普通家庭，像罗甲成、罗甲秀、罗天福这样的普通人，身处底层，从一个相对偏僻的地方来到西京城，寻找自己的西京梦。在西京寻梦的过程中他们面临很多复杂的社会、个人命运选择的问题。作品写出的虽然是这一家人追寻"西京梦"的故事，整体展现的却是这个时代普通人和大时代之间的互动关系。因为现代戏长度的局限，很多思考和一些重要的材料无法纳入其中，而有更为丰富和广阔的呈现。所以您以长篇小说的方式，最大限度地写出了您对罗天福一家的命运及其时代意义的思考。所以当这个戏出来之后，当时影响是非常大的。但是现代戏我印象中好像是不到三个小时吧？

陈彦： 不到三个小时，但那已经够长了。我们现在看戏，两个小时十五分钟都嫌长。上一次俄罗斯来了一个戏，《静静的顿河》，八个半小时，好像北京观众都觉得挺好。就是对我们自己的东西接受起来就不行，当然可能也是没弄好，弄好了人家可能就能接受时间长。当时《西京故事》三个小时，来的专家不停地让压缩，我说那再没办法压缩了，要再压缩你就把我腿锯了算了。

杨辉： 所以现代戏《西京故事》当时篇幅已经算比较长了，如今也已经是陕西戏曲研究院的保留剧目，有着一定的典范意义，被认为是该时段现代戏的重要收获。但从小说后来写成的情况看，因为现代戏篇幅的限制，您当时搜集的大量的资料，包括您对这些大的生活问题、人的命运问题的这种很深刻的思考，是没办法在短短的哪怕是三个小时的长篇幅之内有一个非常好的或者说是淋漓尽致的表达。所以正因您那个时候涉及且深入思考的问题比较多，搜集的资料也比较丰富，写完现代戏后觉得意犹未尽，很多材料就此舍弃也有些可惜，所以就开始以这些材料为基础写了第一部长篇小说《西京故事》。回到刚才的论题，虽然我们说戏剧和小说之间没有截然分明的界限，但是对创作者来说，好像还是存在一个跨越的问题。其实莫言近期写戏剧以后，我发现很多朋友发朋友圈的时候都写的是莫言跨界了。这说明大家还是觉得一个小说家，一个专事小说那么多年，而且卓有成就的小说家，突然去创作戏剧作品，好像觉得是一种"越界"行为。而且这两者在具体的转换过程中，对一般的写作者而言，几乎存在着无法克服的困难。那么您在写现代戏《西京故事》之后，然后又几乎是延伸了这个现代戏的思考，扩大了限制现代戏的容量，然后写成长篇小说《西京故事》，在这个写作的转换过程中，您有没有面临过一些写作的困难？比如说结构呀，或者是形象塑造呀，展现生活的深广度呀……有没有面临过类似的这种转换的问题？

陈彦：我觉得这关涉到一个故事转换成戏剧和转换成小说的发酵过程的具体问题。如果放宽视野，从古典戏曲史的角度看，可以有更好的解答。比如说《窦娥冤》，大家都知道这是元杂剧里面非常有名的一出戏，作者是关汉卿。不管别人怎么排，我始终认为它是中国十大悲剧之首，论思想的深刻性和对底层人民生存状态关注的深切，我觉得始终要排在第一位。这是刘向收在《列女传》里面的一个故事。窦娥因家境贫寒，做了人家的童养媳，丈夫病死后她奉养着丈夫的母亲，但母亲觉得自己身体不好太拖累别人，选择了自杀。官府于是问责窦娥，说窦娥把母亲杀死了，要处斩刑。窦娥说要是把她杀了，天地将大旱三年，杀她的那一天天空将六月飘雪，她的血会飞溅在白绫上，这就是她冤屈的体现。这个故事后来被关汉卿改造，成为一个由元代统治者的残暴和对人民的戕害，加上地痞流氓的勾结导致的悲剧。关汉卿怎么改的，他加入了一个地痞流氓张驴儿。窦娥的婆婆讨债遇险，被张驴儿父子碰巧搭救。这父子俩其实是流氓无赖，他们听说这家只有婆婆和儿媳妇，就商量想要搭伙过日子，但窦娥坚决不从，于是就制造了一场悲剧。本来张驴儿（儿子）想把婆婆毒死，然后他好霸占窦娥，结果没想到把他亲爸毒死了。之后他到官府去告状，给官府使了银子，导致判了窦娥的死罪。窦娥最后就说要是把她杀了,天地将大旱三年,杀她的那一天天空将六月飘雪,她的血会飞溅在白绫上。果然杀了以后就出现了这种情况,三年大旱使老百姓吃不上喝不上,直到来了清官把冤案昭雪,然后马上降雨。这就是关汉卿写的杂剧《感天动地窦娥冤》,基本材料取自《列女传》,但吸纳了很多时代性的内容,使得故事有了更为宽广的社会历史背景,也因此有了更为复杂的意义。这个转换极为成功,也堪称典范。

转换精彩的还有《赵氏孤儿》,也是元杂剧,纪君祥的大作。是《左传》里面记载的一个故事。晋灵公手下的一个文臣叫赵盾,武将叫屠岸贾,二人不合,屠岸贾就设计陷害赵盾,杀害了赵氏一家三百余口,仅留存一个刚出生的婴儿。众人觉得赵盾是国家的功臣,所以想营救这个孤儿。纪君祥把故事讲得非常精彩,首先是要把这个孤儿带出宫门。在出宫门时草泽医生、也是这个戏的主角程婴,用一个医药箱把孩子放在里面带出去,遇见了对屠岸贾忠心耿耿的门官韩厥,后者觉得此乃忠良之后,不忍杀害,就把这个孤儿放走了,"私放婴儿"之后韩厥自刎了。因为孤儿被带到民间,屠岸贾害怕赵盾唯一的后代以后会找他报仇,就下令将全城出生一个月到半岁之间的婴儿统统囚禁起来,并声称如果私藏赵氏孤儿,不把这孩子交出来,他就要将囚禁的婴儿全部杀掉。为救一国的婴孩,程婴找到赵盾过去的朋友公孙杵臼,公孙也是朝廷退休的官员,颇有正义感。程婴说:赵氏就剩了这一个孩子,咱得保,我现在把我的孩子献出来放到你这,顶替孤儿。然后故意让屠岸贾去搜查公孙杵臼家,把这个孩子杀掉了,一国的婴儿也保住了。而这个被杀的婴儿其实是程婴的亲生孩子,两人"为救忠良之后",也是为更多的无辜生命,而演了一折"苦肉计"。总之十几年后,这个孩子长大成人,程婴把故事原原本本告诉了他,赵氏孤儿最后完成了复仇。有一个戏名就叫《赵氏孤儿大报仇》。

这个故事在世界范围流传都很广,国外把这叫"中国孤儿",这是中国一个非常有名的古典悲剧。当然现在有很多不同的解读。比如有一种解读,讨论程婴等人有什么权利剥夺一个无辜者的生命去解救别人的生命，这就是现代意识和当时的历史观念间的差异。我们是不是都要用今天的观念去把历史的生命生存意识都反转一下？这个值得深入探讨研究。比如我们今天看《二十四孝》的故事，有些已是糟粕，但当时为什么要编这些故事，因为物质不够丰富，很多人自己都顾不住，怎么能顾住老人？我估计《二十四孝》里面的故事，可能更多是年长的人编的，尤其"郭巨埋儿"，今天看肯定是有很大问题的，但是在当时的历史发展阶段，物质极大不丰富的时候，可能就有其伦理上存在的理由。历史在不断发展演进，我们也在进化，这个进化一定是和物质基础有巨大的联系，如果我们物质基础越来越差，我们的精神文明就很难螺旋式上升。精神文明的发展和物质文明之间是有着巨大关联的。

怎么将历史故事写成一个让当下人觉得很好看，同时又具有现代性的作品，转换非常紧要。转换当然是一个很复杂的过程，涉及很多重要的观念、意识和艺术问题。同样一个故事，会写成完全相反的内涵。刚才我讲到《赵氏孤儿》的转换，近几年出现很多版本，我觉得有一些探索是有价值的，而有些对传统一味否定的大反转是需要警惕的。古典作品中有很多美好的东西，需要很好地把它继续擦亮。缺少对优秀传统文化的继承和弘扬，人的精神就如同失去了源头活水，如何选择路向，人类怎么前行？可能都会面临困惑和彷徨。我们都是现代人，我们今天穿着很现代的衣服，但是你的语言里面无形中就有孔子的话，老子、庄子的话，有司马迁的话，有柏拉图的话，你的精神、心理也或隐或显地受这些古圣先贤的观念的影响。因此，传统和现代的关系有时候是没有明确界限的，我们就活在传统中，我们今天的努力，也会成为明天的传统。因此在作品的转换时，作家应该清楚传统、现在和未来的交互关系。

《西京故事》的转化也是这么一个过程。我出生在镇安县，这个地方山大沟深。我在十几岁的时候从家乡偷着逃出来过一次，要出来看看西安。我当时是早晨五点半挤到县服务楼的车上，坐的是最后一排，我印象很深。到西安的时候，也就是出沣峪口的时候，天马上就要黑了。我在山里长了那么多年，在这个山上喊，那边山上的人就能听见，我是在这么个环境中长大的人。突然出来以后一看关中平原,我说我的天呀,世界上还有这么大的地方。(杨辉:这就是《西京故事》开篇罗甲成看到西安城时的第一感受。)对,《西京故事》第一个开场就是这个。罗甲成他爸原来出来过一次,是作为优秀民办教师到西安来领过奖。罗甲成一出来,乍一看到关中平原的开阔景象,吓得嘴张多大不知道合上。我当时就是这么一种状态,这个给我留下的印象很深。弗洛伊德好像表达过这样的意思,说是一个人五岁以前,你基本上思维中的很多东西都成熟了,至少是基本定型了。很多作家写得最好的作品基本上都是少儿时的记忆。当然写爱情这些东西,肯定是后来的经验。那时候不仅少年人没有爱情,大人可能也没有。其他的东西都是儿时的记忆的延伸。现在我写山民之间的关系,包括人和人之间的关系,我觉得就是那时候的记忆奠定的基础。《西京故事》中的很多东西,也都是来源于那个时候的记忆。

我 25 岁从镇安调出来以后,在戏曲研究院做了七年编剧,然后在青年团做了四年半团长,之后又到院里做了三年副院长,然后做了十年院长,对戏曲研究院很熟悉。当时戏曲研究院门口老有很多农民工。我记得政府在旁边拐角的地方,当时开了一个很大的劳务市场,但农民工似乎都不愿意在里边儿待。那里面可能要登记啊填表啊,他们不喜欢弄这个东西。老百姓为什么在这儿自发地有一个劳务市场,因为它很自由,也没有谁监管我。我在这儿弄个锤朝肩上一掮,我拿一个刷墙刷子朝这儿一放,有人来找了,我俩一说价钱我就走了,非常简单。我今天早晨从院里出来,看对面还有农民工,现在已经不多了,但大概还能有百十号人吧,过去那时候经常有两千多人呢。两千多人都拥到这里,城管要不停地来赶,开个昌河车,从这边撵到那边,从那边撵到这边。有一段时间还撵到我们研究院门口这边来了,我那时候当着院长,我说这咋办呀,简直是没办法出门。我说恐怕还要想办法疏导,让他们到对面那个街道上去,但最后好像也没做多少疏导,他们又过去了。我们研究院那个时候外边有一道水泥地比较平,晚上大概睡得最多的时候会有三十多人。夏天晚上把被子一铺开就睡在那里。我一个个在那儿数过,最多的时候有31个人。因为我比较关注这个。后来我们有一个作家孙见喜，有一次他带着我们院里的马老师的女儿马丽，说这些农民工可怜，都深秋了，还睡在水泥地上。他就买了几床被子去给人家送，还叫一个农民工把他骂了一顿："你凭什么给我送这？凭什么同情我？"大概就是这一种意思。最后孙老师又把被子给夹走了。那时候我就想，这里边有很多东西，是值得我们深入思考的。

为了更为深入地了解农民进城后的生活状况，后来我又跑到西安南郊比较大的城中村，像东八里村，西八里村，还有木塔寨这些地方实地调查、走访，我拿着笔记本反复去记录这些生活。当时戏曲研究院的一些熟悉城中村情况的人都带过我。我到村子里边跟他们去接触。去接触了才知道一些你想象不到的情况，比如木塔寨那个地方，当地的土著是三千五百七十几口人，而里边的农民工却住了五万多人。上下班的时候，就是一早和一晚我都去村口等过，那出来的人潮，很是壮观，也很震撼。东八里村，西八里村，它一个村子也就是几千人，但是东八里村西八里村农民工住了十二万多人。这么多的农民工住在这里，和我们的城市相安无事。哪个地方最脏乱差，最是污水横流的地方，就越是他们在的地方。一旦建设好，这个地方花园高墙盖起来，草坪铺起来，这个门他可能是再进不去了。但你看这么多年这么多农民工在我们西安市，最多可能也就是在哪儿把谁的井盖儿偷走了，把谁家里的或者门口的衣服或者是晾晒的吃食叫人家扭走了一点儿，其他的没有发生大的事情。他们即便很难融入城市，但仍然为这个城市默默地奉献着。中国农民是多么伟大的呀，底层人民是多么的伟大。这些东西我一想，经常是热泪盈眶。我写《西京故事》舞台剧的时候，就是浸泡在这样的精神和情感氛围中。写出来以后回头再看的时候，也经常眼泪都止不住。

罗天福打饼的这个事情，也是有原型的。那是一个普通家庭，父母为孩子上学来到西安，非常不容易。后来我写的舞台剧演出以后，大家给了比较高的评价，这也说明观众对普通人的生活和生命状态，也是有着浓厚的关切。因为当时做的笔记太多，故事太多，现代戏容纳不了，我就写成了50万字的长篇小说。这个创作过程就是这样。我觉得这其实就是生活的赐予，很多作家可能更多是靠想象，文学当然是要靠想象。《西京故事》如果没有想象，也不会成为舞台剧，也不会成为小说，但是基本的内容绝对是来自于生活，是生活对我的恩赐。是哪些人恩赐给我的呢？就是戏曲研究院门口二十多年来不断涌来涌去，或者住在我们门口的这些农民工。当我的创作取得一点成就或是当自己获了奖的时候，我觉得是这些人养育了自己。以前偶尔请他们到家里来帮忙维修一下防水什么的，他们生活和劳动的艰苦给我留下了很深的印象。我举一个例子，有一次因家里下水道下水不行，就请了两个农民工来帮忙疏通，到中午的时候，我请他们出去吃一顿饺子。我想一人给买一斤，估计就差不多了，因为咱一个人吃半斤就足够了。结果俩人吃完以后坐着没有动，我就知道没有够。我就问是不是还需要一点儿，这俩笑着不说话。我就说一人再来三两，吃完了又没动。我就想可能一人需要吃一斤半，我就说一人再来三两。就是一人吃了一斤六两，两个人吃完以后，我问咋样，他们说，好了好了。从他们这个饭量就可以看出他们的劳动强度有多大呀！很多人一天胡吃海喝，肚子上的油太多了，农民工没有这个东西。所以说如果粮食紧缺，我们可能感觉不明显，我们一顿二两三两就够了，农民工的感受就不一样。我在行政学院的时候，经常去洋县扶贫点的农民家里看，农民一顿要吃一斤多粮食，他们就是靠粮食。所以说中国这个粮食问题，城市人感觉不到，但在中国广大农村是非常严重的问题。我们常常就说，鸡肚子不知道鸭肚子的事儿，就是这么个情况。我们这些鸡肚子不知道人家鸭肚子的事。所以我们对很多事情都需要有一个深入了解的过程。在深入了解和观察的基础上，然后再进行创作。

　　至于形式转换，我觉得不是一个很神奇神秘的东西。我始终觉得反映生活、塑造人物、讲好故事就是最重要的。讲故事不要讲得太离奇，它一定是生活中可能真实发生的，对读者、对观众有一种代入感的。你塑造的人物，哪怕塑造的是一个叫花子，都可能有代入感。读作品的时候你自然会想，如果我是叫花子，我会不会像他这样的做法，这样的做法真不真实，等等。其实就是这样一种过程。我们现在有时候把创作讲得太玄虚，把技巧讲得太玄虚，我认为这个技巧你即便说得天花乱坠，要点还就那么几条。一是广泛地吸纳现实生活的，民间的素材；二是深刻地去挖掘和塑造有血有肉的丰满的人物；三是要能很好地讲好你的故事。这些东西都是十分重要的。当然从大处来说，还要处理好传统与现代性的关系。我们现在把现代性说得过于神奇，还经常把传统和现代割裂开来谈。但在我看来，二者并不能截然分开。我最近又把晚清四大谴责小说拿出来看，你说它里边没有现代意识吗？《孽海花》里边没有现代意识吗？《老残游记》没有现代意识吗？甚至包括蒲松龄的《聊斋志异》没有现代意识？《西游记》没有现代意识？这些作品里边也有对人性的启蒙，对自由的呼唤，对封建专制的批判，也有对正义的呼唤等因素。人类社会朝前行进，其过程无非就是这样。我们都希望活得好一点儿，活得愉快一点儿，活得自由一点儿，社会公平正义一些，不要吃了亏，不要让别人把我们伤害了，等等。这其实不就是法治吗？法治就是最现代的东西。也就是说，看似古老的东西，其中也包含着新的可能性和"现代"的内涵。所以在座的如果有喜欢创作的朋友，千万不要误入歧途，不要老在这一种观念上去思考现代和传统的关系。认为现代的就是先进的好的，传统的就是落后的需要超越的。不仅仅是这样，重新激活传统，也是创作的重要法门。当然，这里面涉及很多很复杂的问题，值得我们进一步深入思考。

再回到《西京故事》。在写完现代戏《西京故事》之后，之所以还想写长篇小说，就是希望能够最大限度地写下自己对生活、对时代的思考，对身处大时代中的普通人的命运的关切。这既是发挥一个作家社会责任感的重要方式，也是自己从事写作的根本命意所在。

杨辉：其实陈老师刚才谈到了几个比较重要的问题，并不局限于小说和戏剧创作的转换，比如谈到作家的现实关切、创作的核心要义等。可能对像陈老师这样擅长两种体裁写作的作家来说，转化时可能不存在任何问题。陈老师刚才最后还谈到传统和现代的关系问题，包括前面我们谈到，"五四"以来形成的这个体裁的划分方式，迄今也不过百余年的时间。但是这百余年前确立的对传统和现代关系的理解方式，几乎形塑甚至左右了我们现在的文学判断。尤其是八十年代之后，维新是举，唯洋是举，成为一时之盛。在此观念的影响之下，对小说技巧的重视达到了一种比较极端的状态。现在的好多作家其实是远离日新月异的现实生活的。他们更多地在关注文学作品的形式，或者说是技巧。有一次一位前辈学者对我说，他说有一位年轻作家曾很自豪地对他说，自己的小说就技巧而言，放到卡夫卡、博尔赫斯、福克纳等作家的短篇小说集里边也毫不逊色。我当时就很淡定地说了两个字，我说那不就是"高仿"嘛。你的技巧做得再好，也就好比耍杂技的，有的人能扔三个球，有的人能扔五个球，仅此而已。而更根本的东西就是陈老师刚才所说的，就是我们为什么要关注文学。怎么样把戏剧、传统的故事转换成对我们这个时代有作用，能够发挥其现实影响力的一些非常重要的作品？这其实还会涉及陈老师刚才最后谈到的，我们如何理解传统和现代的关系问题。

　　重要的堪称经典的作品，它本身在时间的大浪淘沙之后能够留存下来，它之于不同时期的人类精神的作用，是不可或缺的原因之一。如果说有些经典所蕴含的丰富意义隐而不显的话，我觉得其实可能是我们的传承者和接续者本身的眼光的问题，就是他没有能力完成经典精神的创造性转化，以使其发挥其之于当下社会的理论效力。比如说从20世纪80年代以来形成的文学观念，就是唯洋是举、唯新是举，认为效法西方的就是好的，所以文学界经常有人说谁是中国的卡夫卡，谁是中国的博尔赫斯。我觉得这种评价绝对是羞辱性的评价，你照博尔赫斯、卡夫卡的路子写，写得再纯熟，你能超越博尔赫斯吗？你能超越卡夫卡吗？那绝对是不可能的。读者阅读文学作品，包括文学史家去研究文学现象，最关键的可能是看你究竟给当代文学提供了什么样的新的东西。我们读文学作品，包括文学史家研究文学现象，所注意的关键问题之一，是看作家作品究竟给当代文学提供了什么新的东西。提供新东西的基本状态，切合儒家所论之文化"因、革、损、益"的路径。"因"就是传承，我们作为中国人怎么传承中国古典传统，我们从先秦以来的思想、文化、艺术的这些流脉逐渐积淀到我们这个时代，怎么在我们身上发挥作用。再一个是"革"。传统观念、传统艺术也需要发展，怎么样回应我们时代的精神难题，我们作为个体身处这个时代，我们时代里的个人的兴衰、喜怒哀乐、悲欢离合，怎么样激活传统价值观念来应对当下的现实问题，要革除其中不合适的东西。"损"，就是减损里面可能跟当下并不适合的部分。"益"就是增加新的东西。您曾经有一个文章题目便是"让文化从内心走过"。是说让这些文化典籍、文化流脉在这个时代怎么汇聚到个人身上，个人又面临自己的具体现实问题完成文化传统的"因""革""损""益"的过程，然后创造扎根于我们这个时代的新的文化。就像鲁迅所说的，我们就是一个"历史的中间物"，我们要完成类似于戏曲所说的传帮带的作用，我们接续传统，开出新路，然后再传给后代，一代一代人的精神变化，其实就是这样的。所以刚才陈老师谈到的这些问题，我觉得其实就涉及我们怎么样面对传统，怎么样面对现实，怎么样面向未来的这么一种状态。

再回到陈老师个人的创作，刚才谈到了戏曲改编的问题，谈到了戏曲怎么样对当下时代发言的问题。那么读过陈老师的作品的，尤其是小说的朋友肯定都注意到，在《主角》这部作品中，忆秦娥这个人物，11岁因为机缘巧合，从老家九岩沟来到了宁州，然后在剧团里边接受戏曲艺术的初步训练。在这个过程中，因他舅胡三元的生活遭际的起落，忆秦娥也经受了很多普通人难以想象的困难。但逐渐因为时代语境的大的变化，秦腔再度兴起，她也一步一步站到了戏曲舞台的中央，成长为能够代表一时代的艺术高度的表演艺术家。大时代核心主题的转换如何影响到个人命运的变化，在此有极为深入的表达。而个人命运的变化潜在地也是时代变化的显影。因缘际会，有一些人可能在一个恰当的时间里自己感应到这个时代的大的潮流，既借助时代的潮流顺势而为，兼又吸纳传承传统的东西，最后成为这个时代具有标杆性质的人物。《主角》主要写的就是忆秦娥的精神的变化，生活的变化，际遇的变化，包括她戏曲技艺的养成过程。之前当代文学里面也有很多作家写过戏曲人物，但是仅仅是以戏曲人物为主人公，作为一个普通行当去写，就像作家写一个画家一样，我们对他们的艺术本身修成的过程实际上是不甚了了的。但是在《主角》里边我们会注意到，陈老师特别细致地写到了忆秦娥在艺术人生的40年间，她整个戏曲技艺的不断变化的具体的过程。首先怎么学好扎实的基本功，又为何和如何以《打焦赞》"破蒙"，此后，又怎么不断地接受更新的训练，最后如何成为一代秦腔名伶的过程。如果将《主角》和陈老师的另一部书《说秦腔》对读的话，我觉得《主角》中其实包含了很多关于戏曲人物的养成过程的一些复杂的、细腻的、幽微的、一些非常重要的艺术义理。这些义理暗合庄子所述的艺术修养次第，并非艺术的虚构。即便在现实中，具体的个人的艺术修养，也是可以以此为参照的。那么在写作过程中，这些义理和思考是不是自然而然地成为一个人物塑造的基本选择？作为"历史的中间物"，我们就要完成历史传、帮、带的作用。这个作用和由之形成的生活和精神境遇，也是《主角》中忆秦娥所要面对的。但如何选择如何面对，既影响着人物的现实生活，也几乎左右着她的艺术进境。

陈彦：这个问题其实我也是说过很多次了。对我的写作来说，周围的东西给我生命的形塑确实很重要。我就多次谈到要向伟大的秦腔致敬，要向伟大的中国戏曲致敬。我的整个生命基本上就是和这些相关的。我的成长，我的形塑过程全部都是这些东西给予的。

秦腔在中国戏曲里面它的影响力是很大的，当然现在，由于我们陕西人，包括西北人的这种不注重宣传，因此秦腔好像在全国的这个位置，有时候还没有人家一些新兴剧种影响大。从秦腔的历史看，它对中国戏曲的滋养是伟大的。秦腔从东路、西路、南路、北路出去以后，就遍布全国，后来都有了地方性的取名，但其实都是秦腔。如果是梆子声腔，都应该到秦腔这儿认祖归宗。而曲牌呢，都要到昆曲那里认祖归宗。但是我们西北人厚道，不太宣传这些，我觉得也好。艺术创造需要沉潜下来，长期积累，厚积薄发，过分地宣传包装自己，我觉得并不合适。如果静不下心来，不去潜心创作，精心打磨，而是一个折子戏还没排两天，就想弄抖音把它发出去，这样一种浮躁的心态怎么能创造伟大的艺术呢？意大利有一个著名小提琴家叫帕格尼尼，大家可能看过电影

《琴魔》，他在剧场演出的时候，琴弦断了两根，他还能演奏得让底下掌声雷动，技术非常高超。大家都觉得这是个奇人，其实背后是每天练12个小时琴，只是不让你知道。你事情还没做，就先喊叫，那这个人是不可能成功的。这就如同陕西人说的，蒸馍老蒸不好，是因为老揭开看怎么样，最后肯定是跟鬼捏了一样，不可能蒸出好馒头来。所以能够静下心来，沉潜下来，去从事艺术创造，对艺术工作者而言非常重要。

　　过去的这些艺术家都是怎么练出来的？都是怎么成长的？道理就像庄子讲的《运斤成风》的故事所呈现的。一个人鼻子上涂了一点儿白粉，他就叫对面的匠人给他刮一下，然后这个叫石的匠人，就挥动斧子给他刮得干干净净，这需要技术啊，不是随便就可以。国君知道后，就说你技术这么好，给我再表演一下。他说我们哥俩都配合了多少年，有这种默契，换个人是不行的。技术的这种配合，艺术上这样的只可意会不可言传的东西，我们今天已经没有了。包括绘画，你看我们邢馆长的绘画，他下的什么功夫？每天在这儿画一种东西，逐渐画出它的风格，画出它的形象，是这样漫长的探索和创造的一个过程。但我们有的人到中午还没有人约晚上的饭局，还没有人约晚上的麻将，就急了，到下午就要主动约了。像这样一种生活状态，不可能产生伟大的艺术家。包括文艺复兴时期的那几位大艺术家，像米开朗琪罗，他到70多岁还每天在教堂顶上画画，油彩把脸上糊得像雕塑一样。所以他能成为文艺复兴三杰之一，最伟大的艺术家。我写忆秦娥，表达的其实是我内心对中国的艺术的这样一种期待。也就是说，在中国艺术的传统和现代观念的影响下，一个大的艺术家如何产生？他可能需要面对什么样一种生活和生命情境，这种情境又如何限制也成就他的艺术。我就是想从这个角度，写改革开放四十年间一个艺术家的精神和技艺的成长，里面当然包含着我对戏曲艺术的很多思考。所以我就根据我多年在文艺团体的感受，来思考这些问题。一个人一生能做的事很少很少，能做成一件事就不得了。我那时候在戏曲研究院对年轻人讲，你能把一个折子戏弄到中国不出外国不产，那你就是伟大的艺术家。别人都达不到你的高度，那你就是伟大的艺术家。但我们能不能做到这个？现在已经很难做到了，大家都在催生新的作品，催得这些作品都是皮焦里生，不成熟的东西就端出去。但这样的并不成熟的作品，即便一时口碑还好，但究竟能不能留得下，传得开，能够经得起时间和观众的考验，是需要我们进一步思考的。

我经常想，我们的秦腔艺术，甚至中国戏曲，之所以有这么高的成就，就是因为每一个时期都有一批艺术家能静下心来干一些事情，去推动戏曲艺术的发展。一个民族要有伟大的艺术，就是要把自己民族特色的东西做到极致。我有一年到南美三个国家去访问，智利、阿根廷和巴西。南美这些国家到处都是涂鸦，所有的墙上，你像这个美术博物馆，如果在南美墙上是不可能让你像这样白白的，肯定全是涂鸦，包括那儿的台阶上都是涂鸦。这些国家就形成了这么一种艺术的氛围。然后我们回头想马尔克斯的《百年孤独》，马尔克斯这个伟大的作家，他是怎么诞生的，一定是和他本土的艺术有关。包括博尔赫斯，他把各种经典故事进行梳理，梳理以后重新讲了一遍，无形中就把南美的这些文化特色带进去了。他是世界的作家，但是同时也是他本民族自己的作家。特色到底是什么？特色就是伟大的民间，伟大的人民性。特色就是一个民族把自己的一种特点做到极致，然后在这个极致上诞生了伟大的艺术家，再把这些极致用艺术的手段再做以极致的表达。我觉得这个民族就会诞生伟大的艺术家，诞生伟大的艺术精神。我们一味地跟在别人后边，人家做什么，我们做什么，菲薄自己的东西，轻视自己民族的伟大传统，这到最后我们什么都不是，就只是个模仿。

你就算能写像卡夫卡《城堡》一样的作品，说来说去你也就是个模仿。你不是真正的卡夫卡，卡夫卡最伟大的是他的创造性。还有像《喧哗与骚动》，这是一部意识流小说，福克纳把一个故事用四个人从不同的角度各讲一遍，讲出来以后完全不一样。包括日本的电影《罗生门》，每个人讲一遍这个故事，最后的案情都是不一样的。这里边有它的现代性，有很丰富、很复杂的东西。这些东西我们可以模仿，可以学习和借鉴，但我们最终要走的是扎根于自己的民族文化的独特创造的道路。比如我们的《西游记》。《西游记》里边有很多魔幻的东西，很多对人性的深度的解剖。我觉得这里面很多东西是具有现代性的，还很具有魔幻主义色彩的。所以我觉得我们要真正找到我们自己的、能够走到世界最前边的东西，要回到伟大的民间，要回到伟大的传统，要回到伟大的历史，然后在世界艺术、历史、哲学的基点上来进行反观，更加地把我们的东西推向极致。我想这可能是我们艺术发展最重要的目标。如果没有这样一种目标，我们今天颠来倒去，老跟在别人后边，不潜心研究、继承传统，不努力创造属于自己民族自己时代的伟大艺术，就算再过一百年，中国的文学艺术还是无法在世界文学中立住。你急着想融入西方，急着想在西方站住你的脚，急着想说话，你越急越不行。你把抖音再发，它又能有多大的价值？我有时候会看着我们一些演员，把一些不成熟的东西就急着用抖音发出去，我就想这样长期下去，我们的戏曲艺术怎么办呀？这样怎么能创造出好的作品呢？这必须是需要多少人静下心来，默默无闻地去做的事情啊。我们要呼唤真正优秀乃至伟大的艺术作品，需要有一大批艺术家甘于寂寞、潜心创造，创造立足当下、继承传统又朝向未来的新的艺术作品。

杨辉：在《主角》后记里边，陈老师写道，此前曾认真思考过这部作品要用什么样的形式去写。问题的关键点，就像刚才陈老师所说，就是拉美为什么会产生扎根于拉美而在世界文学中有一席之地的文学，而中国文学的根脉，它的思想观念和审美表达方式之所以异于同时期世界文学的特点到底在哪里？所以陈老师在写作《主角》时就明确意识到，《红楼梦》所代表的中国文学的传统仍然需要继承和发扬。熟悉20世纪中国文学的朋友肯定会注意到，我们从现代以来，小说观念其实已经发生很大变化了。这个变化的最为显著的特征，便是西方小说观念极大地改变甚至形塑了现代以来中国的小说观念。我们中国不是没有小说传统，我们有自己的小说传统。汉学家浦安迪就做过新的阐释的努力，在他看来，我们不要简单地用西方的小说观念来套中国文学传统，认为中国好像没有小说，只是没有现代意义上的、西方意义上的小说而已。中国小说有自己的起源，有自己的观念和审美表达方式，是西方小说观念所不能遮蔽的。就像我们经常听到这样的说法：中国没有哲学。我们是缺乏西方现代意义上的哲学观念和思想方式，但中国有中国的思想传统。法国汉学家于连曾以《圣人无意》这一部书来阐发中国思想的特出之处，极富洞见。说中国缺少小说传统的观念背后的潜台词，仍然是"五四"时期形成的那种"以西例律我国小说"的思维。这种思维在"五四"时期产生，当然有它的历史合理性，但在根本的现实和文化语境发生巨变的今天，这种观念的鄙陋之处已经非常明显。以西方的标准来衡量中国的文学，其弊甚多。比如一些人读中国古典文学，中国古典思想文本的时候，也是以西方现代的比较狭隘的观点去评价，还不是西方的广阔的丰富的那种思想，西方思想也不只是现代一路，即便上溯到希腊思想，也不止一种单一的面向。比如苏格拉底的现实关切和思想方式，就和亚里士多德以降的传统存在差别。如果对自身狭隘的观念不做反省，一味崇拜西方，就很容易形成刚才陈老师所谈到的很多问题。

如果扎根于我们这个时代，我们要创造出能够代表这个时代的重要的甚至伟大的作品，那么关键之处在哪里呢？其实还是要回到刚才我们谈的那个问题。就是我们可能首先要理解我们这个时代面临的基本问题到底是什么，然后我们怎么去接续和激活我们中国的传统，当然在这个过程中我们也吸纳西方的有价值的东西，然后最后融汇成的是一个扎根当下、接通传统并指向未来的全新的状态。这几年我们常谈中国传统文化的创造性转换和创新性发展，其实我觉得要从根本上解决这一问题，还是要超克"五四"以来形成的这种狭隘的今胜于古、西优于中的这样一种观念。在这样的观念里边，我们可能很难产生真正具有开创性的，但又扎根于民族传统的全新的东西。

所以恰恰就在这个时代，2018年《主角》这样一部具有多种传统融通汇聚意义的作品历史性地诞生。我们看《主角》会发现，其中有很多创造性地转化的中国古典思想和文学传统之处，比如忆秦娥的生命遭际有着类如《红楼梦》的更为宏阔的背景；忆秦娥戏曲艺术的修养过程，又与庄子艺术精神密切相关，其他吸取中国古典戏曲艺术经验之处也不在少数。以前我跟陈老师也聊过，就像《红楼梦》之所以好，他不是说曹雪芹仅仅写到了他的时代的这些问题，而是在《红楼梦》

里边，我们既可以辨识到比如《周易》思想，像春夏秋冬的四时转换的思维，对《红楼梦》肯定产生了巨大的影响。司马迁在《太史公自序》里边引用过他父亲司马谈《论六家要旨》的一段话：夫春生夏长，秋收冬藏，此天道之大经也，弗顺则无以为天下纲纪。那么从这个角度来理解《红楼梦》，我们会发现《红楼梦》里边历史的兴衰，家族命运的变化，人物命运的变化，其实都在这样一个潜在的思想状态里边，它代表的不是曹雪芹个人，而是从《周易》以来的中国古典思想所积淀的大的这种人世观察。像《礼记》《中庸》《春秋》中前贤所开启的这种思想路向，几乎在曹雪芹的这部作品里边，得到了一个非常好的融通和汇聚。

陈彦：它里边有关戏曲的内容也很多，有《西厢记》《牡丹亭》。还有老太太老爱看由《西游记》《水浒传》的故事改编的戏曲，她一点戏，就是要看这里边的故事。

杨辉：而且《鲁智深醉打山门》里面有一支《寄生草》，对贾宝玉的思想产生了非常大的启发和影响。《红楼梦》不光是容纳了戏曲的内容，之前的很多思想，也都汇集到这个作品里，被化用后形成了新的创造。它里边也有很多非常好的诗词，几乎就是一个多种文体的融通和汇聚之作。其实《主角》也是这样一部作品。我们可能注意到当忆秦娥面临人生的，用《红楼梦》的话来说，就是人生的"无可如何之境"时，不知道应该如何选择的时候，也就是在作品最后那一部分。其时，忆秦娥堪称内忧外患、身心俱疲，不知如何应对具体的精神和生命遭际。当我第一次读到这部分的时候，当时就非常震撼，因为陈老师是用一折戏来总括忆秦娥的整个命运的变化，思想的变化，生活的变化，个人艺术技艺的变化，甚至包括这些诸多变化背后的大的历史的变化。很明显，这使得小说的整体的艺术空间得到了极大的丰富和扩展。大家可能很想知道的是，陈老师在写作的过程中，对这么一个重要的段落独特的艺术处理，是之前就是有考虑还是神来之笔？

陈彦：写小说和写戏不一样，写戏要提前构思好结构，一遍一遍地构思和调整结构，第一场写什么，第二场写什么，结构确实很复杂。现在很多编剧的戏为什么写不好，有的头不行，有的后面不知道怎么办，越编越不行。好戏绝对是观众看完之后许久起不来，连鼓掌都没有办法，需要停一会儿才开始鼓掌。小说相对而言，可以信马由缰，信马由缰并不是胡写。究竟是谁在掌握着作者的命运？是小说里面的人物，他们的性格牵着作者走。就像沈从文所说的，"贴"着人物写。

比如我最近写的一个长篇，开始的时候写的和最后的呈现完全是两回事。尤其是写到中间，感到人物性格有些不合逻辑，就全部颠覆掉。包括《主角》里面我记得有几个人物，比如说胡三元。胡三元是剧团敲鼓的，一辈子就弄这一件事，其他的也不会，爱情也搞得乱七八糟，自己也掌控不了。舞台上鼓师在中间，旁边是敲锣的，边上坐五个，胡三元听着旁边锣音不对，他的鼓槌一下过去就把别人门牙打掉了。他一生打掉过五个人的门牙，最后把姐夫的门牙也打掉了。他敲鼓的技术可以说是鼓师里没人能达到的，开始是在县剧团，后来通过他外孙女忆秦娥来到省剧团，把人家牙弄掉了，人家不让他做了，后来到业余剧团敲，把业余剧团人牙又敲掉了，这就是他的命。七十多岁时他回到老家，就是出生的地方，当时他出来的时候大家都觉得他了不起，老家出了一个吃公家饭的，到最后老了公职什么都没有了又回村，在老家又敲鼓。他的姐夫唱皮影戏，有人提醒说千万不敢在胡三元跟前，他动不动就把人牙敲掉了。剧团里的胡彩香喜欢他，结果她丈夫不离婚，丈夫原来是修下水道的，还打了胡三元一顿。这个人活得非常悲凉，但是我觉得活得也非常伟大，艺术家可能就是这么一个状态。大家想想古往今来的很多大艺术家就是这种苍凉的命运，他把一切献给一件事情，最后活得什么都不知道，这样的人物历史上比比皆是，他有他的悲哀，也有他的伟大。

忆秦娥也是如此，她活到五十多岁，艺术在最高峰的时候需要从这个舞台上退下来，这对表演艺术家来说是很自然的事情。但忆秦娥真的是退不下来，觉得这个舞台多么美好，依恋着，每天晚上那么多人鼓掌欢迎，关中农村对艺术家还有一种尊重，你下去以后村长拿着红被面子给你身上披，你唱着他给你披着，身上披几十条。一切的一切都让她不愿意离开这个地方。最后忆秦娥还是要离开，她是一个非常可怜的孩子，从山里出来就是到城里混一口饭吃，来了以后她舅把她领回来，结果她舅犯罪被抓到监狱里，最后她到厨房给人家做饭，很可怜。也正是因为有过这样的经历，后来有一次她在乡下看演出，突然发现一个老太太在做饭，旁边有一个孩子烧火，9岁，跟她当时一模一样大。她突然非常同情这个孩子，了解到这个孩子的父母离婚没有人管，她说要把这个孩子带到城里，甚至让她上最好的大学。结果这个孩子又偷偷学上了戏，没想到孩子18岁时演得很精彩。这时候有一个新上的剧目让这个孩子演，忆秦娥必须退出，这是她自己的养女，这个时候内心的那种焦灼痛苦，我觉得已经无法表达了。此时出现舞台剧主人公大段的唱腔，一下跳出小说按戏剧写，写的全是唱词，也是一个探索，就这样写下来了。

　　我前边儿在写忆秦娥内心的那种焦灼时，也出现过几个梦境。在不停有人攻击她的时候，忆秦娥还曾有过几个梦。梦里牛头马面把她弄到地狱去了，她才发现地狱里捆绑着一些"名人"和所谓的"大师"，他们都是脸皮很"厚"，有很多头衔，每个头衔就是一层金粉，脸上不知都盖了多少层，弄得脸上厚厚一层。阎王在那里让人一个一个剐，凡是不真实的一层层往下剐，有的剐七十多层都剐不完。这启发忆秦娥明白艺术创造是需要实实在在地付出努力，来不得半点虚假。此时她也逐渐对人生很多东西看得越来越透，她的艺术也因此进入到一个新的境界。这个小说我写了忆秦娥40年的人生经验，希望把改革开放以来我所经历的时代各种生活都带入进来，也想融入更多的艺术经验。戏曲的表现手法和梦境的书写的用意也在这里。基本上就是这么一种情况。

　　杨辉：我后来还专门写过一篇文章，就是谈忆秦娥这个人物的。这个人物和她的生活和艺术观念的变化以及其中蕴含的义理，对我个人的启发也是非常大的。到了一定的年龄，我们可能也要面临跟忆秦娥大致相同的这种思想和生活困境，那么她选择的经验就可能成为一种重要的参照，对一个人的人生选择产生具体的影响。此外细心的读者还会注意到，这个人物和一般的"圆形"人物的多样的可能不大相同，她有她的专注点，也有她生活和观念的盲点。在塑造忆秦娥这个形象的时候，您反复写这个人是比较"瓜"的。我们陕西话说"瓜"，就是对现实不开窍。明明喜欢的是帅哥封潇潇，最后却落到纨绔子弟刘红兵手里，生的孩子有些痴傻，最后还不幸殒命。生活几乎是一团糟，她也无心和无力理顺。好像她所有开窍的东西，只是针对戏曲艺术，在生活中不是那种八面玲珑、左右逢源的人。而里面像楚嘉禾这样八面玲珑的人，反而很难达到艺术的最高境界。就像我们以前看《射雕英雄传》时，很难想象，郭靖那么傻，资质那么差的人，为什么最后能成为一代大侠。我觉得其中包含的这种复杂的东西，也是有相通之处的，是值得我们深入思考的。

其实昨天晚上陈老师还特意给我说，因为今天是节前的最后一天，可能大家都比较忙，另外一方面担心博物馆经常会来买菜的大叔大妈，过来以后发现不送鸡蛋，心里很失望，所以让我提前准备几个彩蛋。我还真准备了彩蛋，算是节前给在座诸位的一个福利，就是陈老师以戏曲人物作为主角的小说作品，除了《主角》之外，最近还有一部作品已经杀青。刚才陈老师大概还透露了一点，这部作品写的也是一个戏曲人物，但这次跟《主角》不一样的是，他不是一个正角，不是一个正剧或悲剧性的人物，他是一个喜剧性的人物。所以这部作品写了这个喜剧人物的悲欢离合、兴衰际遇，写了很多很痛苦但是又让人捧腹大笑的东西。我不多说了，还是请陈老师来给大家发福利吧。

陈彦： 我刚好原来有那么个构思。后来发生疫情，期间我基本上就在单位值班。值班除了正常工作呢，就是看看书，写写东西，写了一个长篇叫《喜剧》。《喜剧》还是以舞台人物为主，当然也辐射到社会上的一些人物。好像也没什么要透露的，虽然写完了，但也不敢说写得到底怎么样。当然自己不会觉得不好，不好我弄那干啥，但说好那又是吹牛，现在这吹牛确实是吹得也太厉害了。

杨辉： 没关系，反正您又没发抖音么。

陈彦： 我就想着可口可乐这个东西，本来喝了以后对肠胃也不好，还会引发骨质疏松等很多问题。但是这个可口可乐做广告的时候，老是用最健康的最漂亮的运动员,好像咱这一喝,就弹跳得也高,好像长得也美丽,腿也长了。如果他找一个气喘吁吁的胖子说,喝了这玩意儿真好啊!这肯定不行。所以我觉得我这广告回头还是让杨辉做,因为杨辉长得很帅,所以还是让他说。我做这个广告不免最后就是用个胖子做可口可乐的广告,会有负面的效果。

我最近其实正在构思一个新的小说,在思考一些新的问题。我想着今天因为中秋节前跟大家在一块儿,我一直在看外边这个天,看着天,我就在想创作的事情。像李白他们那一代人,"床前明月光,疑是地上霜。举头望明月,低头思故乡"。"花间一壶酒,独酌无相亲。举杯邀明月,对影成三人。"现在这些都没有了。我老家镇安,贾岛当年去过,还有诗一首:"一山未了一山迎,百里都无半里平。疑是老禅遥指处,只堪图画不堪行。"现在这也没有了,你到镇安去,从秦岭山洞过去90公里,一个小时就到了。

下一个作品,我写一个天文爱好者,所以我最近在研究这些东西。我小时候在山里边天天能看到星星,但现在你见不到了,很少能见到星星了。天空中多么浩瀚的东西,我们现在见不到了。所以我们现在的写作和过去也不一样,李白、杜甫他们成就了那么伟大的东西,而我们这一代人到底要写什么东西才能体现我们时代的特征?作为写作者应该如何面对现实,到底应该研究哪些内容,进而写什么?我觉得确实面临着巨大的困境,我们越对外太空探索,越会感觉到人的渺小。据说是一个科学家说,人身上的价值是多少呢?只有97美分。一个人身上的碳水化合物、钾、镁、钠、钙,大概11—17种物质,这些东西加起来据说就是97美分。不到十美元,你就这么个价值。但是你现在如果让生物学家或者化学家,把这些物质一件一件去卖,肾值多少钱,鼻子值多少钱,舌头值多少钱,肝脏值多少钱,1000万美金可能也能卖。所以,人的价值,要看你从哪个角度去思考。我们的文学艺术研究,最终就是研究人。如果把人和外太空相比,那是无法想象的渺小。太阳的体积是地球的130万倍,但是太阳在外太空并不属于一个大的星球。太阳系,我们觉得这就已经不得了,但在银河系又有亿万个以上的太阳系,而在宇宙中，又有亿万个银河系，你说这个宇宙有多大？所以，人类越探索宇宙，人类其实越在降级。说实话，我们就是一粒尘埃。如果在广漠的宇宙中去认识人，连一粒尘埃都算不上。但是，人却是这样一个特殊的、珍贵的物种。因为截至目前，人类在外星空并没有发现有其他的生命。我们都估计，在太阳系以外，在银河系以外肯定有生命，但是也联系不上。太空中的距离是以光年计算，我们现在要飞出太阳系都不可能。人类在不断降级的情况下，在只值97美分的情况下，我们的生命又是多么珍贵。尽管我们的价值只有97美分，但科学家要重新组装起一个人来，那又是千万美金都达不到的。所以生命又是无限重要的一个东西。

因此，无论是戏剧，还是小说，无论是过去的戏剧，过去的小说，还是未来的戏剧，未来的小说，不管是要对太空进行什么样的探索，我觉得仅仅我们人类的这些生命的丰富性，人性的丰富性，包括我们故事的丰富性都是写不完的。因此，我觉得我们要写作的东西还很多。对于我个人来讲，要写的东西也很多很多。我写这个的时候，那个就跑出来，总有新的想法。包括今天和朋友们在一块儿，和老师们在一块儿，在交流的过程中，其实我也在不断地在给自己增强压力。好好地写作，也许还能写出一点自己更加满意的东西。

杨辉：您不说《喜剧》，那我就说两句。其实《喜剧》和《主角》一样，写的都是戏曲人物，是舞台上的"角儿"，但这些角儿的情感和生活的起落、成败、荣辱，却也可以指称普通人的命运遭际，还是通过一类人的生命变化，去写更为普遍的生活状态。《主角》近80万字，《喜剧》40余万字，篇幅有较大的差别，写法也不尽相同。《主角》底色悲凉，但整体应属"正剧"，《喜剧》是用喜剧笔法写的喜剧人物的故事，非常好读。我觉得应该比《主角》还要好看。

陈彦：其实比《主角》更悲凉。我觉得喜剧里边其实含着更大的悲凉，而悲剧有时却含着巨大的喜剧因素。有时候我们看着一个人在过悲剧的生活，其实它未必不是未来的喜剧。有时候正在过着喜剧的生活，突然从一个拐角伸出一只手来，把你一阵胡拖，拖着拖着就被拖成悲剧了。就是拿破仑的一句话，伟大离可笑就是一步之遥。《喜剧》就是想写出生活的复杂性，命运的复杂性，写出悲喜交织的一种生活和生命状态。

杨辉：所以在陈老师的作品里边，无论是《装台》《主角》还是《喜剧》，其实背后都有非常大的透骨的悲凉的底色。但是可能陈老师作品跟其他人不一样的一点，很多人可能洞见了人之存在的根本境遇，就像陈老师方才所说，不光是在人世间，更是在整个宇宙中的根本性的命运以后，可能就滑向虚无主义了。陈老师的作品底色是大的悲凉，但仍然在悲凉中要升腾起巨大的希望，他写的其实还是我们在洞见了人之在世经验的根本局限性之后的一种富于创造性的生命的精进状态。正是这种精进的生命状态，推动了社会包括文学的发展。

我今天本来就是一个捧哏的角色，刚才承诺有彩蛋，但是大家可能也注意到，除了彩蛋之外，其实还有惊喜。陈老师刚才除了谈新近完成的作品《喜剧》之外，还谈了他正在构思的另外一部新的作品，写天文爱好者的一部作品。

陈彦：是一个仰望星空的人和一个眼望大地的人，两个人之间的一个故事。也就是一个形而下和形而上的故事。这样说太概念，其实这两个人物也是有生活中的原型的，我熟悉他们，觉得他们两个的故事挺有深刻性，能够启发我们去思考一些重要的命题。目前我正在搜集材料，可能会很慢，大概五年以后吧。

杨辉：所以就是我方才说的，不但有彩蛋，而且还有惊喜。我觉得我今天应该是比较圆满地完成了捧哏的任务。我们共同期待陈老师的新作早日出版。谢谢大家！谢谢邢老师和博物馆的工作人员！

参考文献

一 著作

（明）冯梦龙：《警世通言》，时代文艺出版社 2001 年版。
（明）谢肇淛：《五杂组》，上海古籍出版社 2012 年版。
（清）曹雪芹、高鹗：《红楼梦》三家评本，上海古籍出版社 1988 年版。
蔡仁厚：《儒家思想的现代意义》，台北：文津出版社 1988 年版。
蔡翔：《革命/叙述：中国社会主义文学—文化想象（1949—1966）》，北京大学出版社 2010 年版。
陈鼓应：《庄子浅说》，生活·读书·新知三联书店，2012 年版。
陈国球：《抒情中国论》，三联书店（香港）有限公司 2013 年版。
陈国球、王德威编：《抒情之现代性："抒情传统"论述与中国文学研究》，生活·读书·新知三联书店 2014 年版。
陈思和：《海藻集》，广西师范大学出版社 2007 年版。
陈彦：《边走边看》，上海文化出版社 2012 年版。
陈彦：《陈彦精品剧作选：西京三部曲》，太白文艺出版社 2018 年版。
陈彦：《坚挺的表达》，上海文化出版社 2012 年版。
陈彦：《说秦腔》，上海文艺出版社 2017 年版。
陈彦：《西京故事》，太白文艺出版社 2013 年版。
陈彦：《主角》，作家出版社 2018 年版。
陈彦：《装台》，作家出版社 2015 年版。
陈彦、陈梦梵：《长安第二碗》，未刊稿。

陈引驰：《无为与逍遥：庄子六章》，中华书局 2016 年版。

程光炜、杨庆祥编：《重读路遥》，北京大学出版社 2013 年版。

杜保瑞：《庄周梦蝶——庄子哲学》，台北：五南图书出版股份有限公司 2007 年版。

芳菲：《身在万物中》，《沿着无愁河到凤凰》，中信出版社 2015 年版。

丰子恺：《渐》，见陈平原编：《佛佛道道》，复旦大学出版社 2005 年版。

甘阳：《通三统》，生活·读书·新知三联书店 2014 年版。

甘阳：《文明·国家·大学》，生活·读书·新知三联书店 2018 年版。

高友工：《中国美典与文学研究论集》，台北：台大出版中心 2016 年版。

郭玉雯：《〈红楼梦〉渊源论：从神话到明清思想》，台北：台大出版中心 2006 年版。

何吉贤、张翔编：《理解中国的视野：汪晖学术思想评论集（二）》，东方出版社 2014 年版。

贺桂梅：《赵树理文学与乡土中国现代性》，北岳文艺出版社 2016 年版。

贺桂梅编：《"50—70 年代文学"研究读本》，上海书店出版社 2018 年版。

贺照田、余旸等：《人文知识思想再出发》，台湾社会研究杂志出版 2018 年版。

胡文英：《庄子独见》，华东师范大学出版社 2011 年版。

黄景进：《意境论的形成——唐代意境论研究》，台北：学生书局 2004 年版。

黄平：《大时代与小时代》，北京大学出版社 2014 年版。

贾平凹：《山本》，人民文学出版社 2018 年版。

赖世炯，陈威瑨，林保全：《从〈易经〉谈人类发展学》，台北：文史哲出版社 2013 年版。

赖锡三：《〈庄子〉的跨文化编织：自然·气化·身体》，台北：台大出版中心 2019 年版。

李伯钧主编：《贾平凹研究》，陕西师范大学出版社 2014 年版。

李劼：《历史文化的全息图像：论红楼梦》，广西师范大学出版社 2016

年版。

李敬泽：《会议室与山丘》，中信出版社2018年版。

李敬泽：《为文学申辩》，作家出版社2009年版。

李杨：《50—70年代中国文学经典再解读》，山东教育出版社2002年版。

李杨：《抗争宿命之路——"社会主义现实主义"（1942—1976）研究》，时代文艺出版社1993年版。

林建法、李桂玲主编：《说贾平凹》，辽宁人民出版社2014年版。

路遥：《早晨从中午开始》，北京十月文艺出版社2012年版。

罗岗：《人民至上：从"人民当家做主"到"社会共同富裕"》，上海人民出版社2012年版。

蒙培元：《心灵超越与境界》，人民出版社1998年版。

蒙万夫等编：《柳青写作生涯》，百花文艺出版社1985年版。

秦兆阳：《文学探路集》，人民文学出版社1984年版。

丘为君：《启蒙、理性与现代性：近代中国启蒙运动，1895—1925》，台北：台大出版中心出版2018年版。

沈从文：《沈从文全集》，北岳文艺出版社2009年版。

孙郁：《写作的叛徒》，海豚出版社2012年版。

谈远平：《论阳明哲学之圆融统观》，台北：文史哲出版社1994年版。

谭帆等：《中国古代文体文法术语考释》，上海古籍出版社2013年版。

唐华：《中国易经历史进化哲学原理》，台北：大中国图书公司1996年版。

汪朗、汪明、汪朝：《老头儿汪曾祺：我们眼中的父亲》，中国青年出版社2015年版。

王邦雄：《庄子七讲》，台北：远流出版事业股份有限公司2018年版。

王德威：《现代"抒情传统"四论》，台北：台大出版中心2011年版。

王晓明、王海渭、张寅彭编：《胡河清文集》，安徽教育出版社2014年版。

吴飞：《生命的深度：〈三体〉的哲学解读》，生活·读书·新知三联书店2019年版。

吴文英：《庄子独见》，华东师范大学出版社2011年版。

吴应文：《庄子的人生哲学》，硕士学位论文，台湾大学，1975年。

谢保杰:《主体、想象与表达:1949—1966年工农兵写作的历史考察》,北京大学出版社2015年版。
徐复观:《两汉思想史》,华东师范大学出版社2001年版。
颜昆阳:《反思批判与转向——中国古典文学研究之路》,台北:允晨文化实业股份有限公司2016年版。
颜昆阳:《六朝文学观念丛论》,台北:正中书局1994年版。
颜昆阳:《庄子的寓言世界》,台北:汉艺色研文化事业有限公司2005年版。
颜昆阳:《庄子艺术精神析论》,台北:华正书局1985年版。
杨庆祥:《重读路遥》,北京大学出版社2013年版。
杨儒宾:《五行原论:先秦思想之太初存有论》,台北:联经出版事业股份有限公司2018年版。
叶程义:《王国维词论研究》,台北:文史哲出版社1991年版。
余华:《灵魂饭》,南海出版公司2002年版。
张爱玲:《散文卷二:1939—1947年作品》,哈尔滨出版社2003年版。
张庆善:《〈妙复轩评本·绣像石头记红楼梦〉序》,北京图书馆出版社2002年版。
张文江:《〈庄子〉内七篇析义》,上海人民出版社2012年版。
张文江:《古典学术讲要》(修订本),上海古籍出版社2018年版。
张文江:《渔人之路和问津者之路——〈桃花源记〉阐释》,复旦大学出版社2006年版。
张新颖:《此生》,上海书店出版社2012年版。
张新颖:《沈从文九讲》,中华书局2015年版。
张新颖:《沈从文与二十世纪中国》,复旦大学出版社2014年版。
张新颖:《斜行线:王安忆的"大故事"》,商务印书馆2017年版。
张新颖:《置身其中》,上海文艺出版社2011年版。
张旭东:《文化政治与中国道路》,上海人民出版社2015年版。
郑峰明:《庄子思想及其艺术精神之研究》,台北:文史哲出版社1987年版。

郑力为:《儒学方向与人的尊严》,台北:文津出版社1987年版。

郑毓瑜:《引譬连类:文学研究的关键词》,台北:联经出版事业股份有限公司2012年版。

[丹麦]基尔克郭尔:《重复》,京不特译,东方出版社2011年版。

[德]布洛赫:《希望的原理》(第一卷),梦海译,上海译文出版社2012年版。

[德]汉斯·科赫:《马克思主义和美学》,漓江出版社1985年版。

[德]何乏笔编:《跨文化漩涡中的庄子》,台北:台大人社高研院东亚儒学研究中心2017年版。

[法]罗杰·加洛蒂:《论无边的现实主义》,吴岳添译,上海文艺出版社1986年版。

[荷]佛克马、[荷]易布思:《二十世纪文学理论》,林书武等译,生活·读书·新知三联书店1988年版。

[美]布鲁姆:《人应该如何生活:柏拉图〈王制〉释义》,刘晨光译,华夏出版社2009年版。

[美]戴维斯·麦克罗伊:《存在主义与文学》,沈华进译,春风文艺出版社1988年版。

[美]弗雷德里克·詹姆逊:《马克思主义与形式——20世纪文学辩证理论》,李自修译,百花洲文艺出版社1995年版。

[美]浦安迪:《浦安迪自选集》,生活·读书·新知三联书店2011年版。

[美]浦安迪:《中国叙事学》,北京大学出版社1995年版。

[美]威廉·巴雷特:《非理性的人:存在主义哲学研究》,段德智译,上海译文出版社2007年版。

[美]余国藩:《〈红楼梦〉、〈西游记〉与其他:余国藩论学文选》,生活·读书·新知三联书店2006年版。

[美]宇文所安:《他山的石头记——宇文所安自选集》,田晓菲译,江苏人民出版社2006年版。

[美]詹姆逊:《马克思主义与形式》,李自修译,中国人民大学出版社2018年版。

［美］詹姆逊：《政治无意识：作为社会象征行为的叙事》，王逢振、陈永国译，中国社会科学出版社1999年版。

［瑞士］毕来德：《庄子四讲》，宋刚译，中华书局2009年版。

［苏］奥泽洛夫：《社会主义现实主义的若干问题》，新文艺出版社1957年版。

［苏］别尔金：《契诃夫的现实主义》，徐亚倩译，新文艺出版社1954年版。

［苏］法捷耶夫等著：《论作家的劳动》，中国人民解放军华北军区政治部出版，1951年版。

［苏］缅斯尼柯夫：《论社会主义现实主义的基本特征》，新文艺出版社1953年版。

［苏］乔·米·弗里德连杰尔：《马克思恩格斯和文学问题》，郭值京等译，上海译文出版社1984年版。

［苏］西蒙诺夫等著：《论作家的劳动本领》，周若予等译，新文艺出版社1955年版。

［匈牙利］卢卡奇：《历史和阶级意识：关于马克思主义辩证法的研究》，杜章志、任立、燕宏远译，商务印书馆1999年版。

［匈牙利］卢卡奇：《小说理论》，燕宏远、李怀涛译，商务印书馆2012年版。

［匈牙利］卢卡契：《卢卡契文学论文集（二）》，中国社会科学出版社1981年版。

［英］艾略特：《艾略特文学论文集》，百花洲文艺出版社1994年版。

［英］雷蒙德·威廉斯：《马克思主义与文学》，王尔勃、周莉译，河南大学出版社2008年版。

二　文章

（清）姚鼐：《复鲁絜非书》，载贾文昭编著《桐城派文论选》，中华书局2008年版。

艾伟：《对当前长篇小说创作的反思》，《当代作家评论》2006年第2期。

艾伟：《中国当下的精神疑难》，《当代作家评论》2009 年第 2 期。
陈少明：《经典世界中的人、事、物——对中国哲学书写方式的一种思考》，《中国社会科学》2005 年第 5 期。
陈晓明：《萤火虫、幽灵化或如佛一样——评贾平凹新作〈带灯〉》，《当代作家评论》2013 年第 3 期。
陈彦：《艺术家要有大气象大格局》，《中国艺术报》2015 年 4 月 1 日。
陈彦：《直面现实 拥抱生活》，《当代戏剧》1999 年第 2 期。
陈彦：《中国戏曲现代戏从延安出发》，《光明日报》2012 年 5 月 21 日。
丁帆、陈思和、陆建德等：《贾平凹长篇小说〈带灯〉学术研讨会纪要》，《当代作家评论》2013 年第 6 期。
丁帆、杨辉：《文学史的视界——丁帆教授访谈》，《美文（上半月）》2014 年第 4 期。
甘阳、王钦：《用中国的方式研究中国用西方的方式研究西方》，《现代中文学刊》2009 年第 2 期。
龚鹏程：《不存在的传统：论陈世骧的抒情传统》，《美育学刊》2013 年第 3 期。
龚鹏程：《成体系的戏论：论高友工的抒情传统》，《美育学刊》2013 年第 4 期。
郭冰茹：《〈废都〉与中国古典小说的叙事传统》，《文艺争鸣》2014 年第 6 期。
郭冰茹：《回归古典与先锋派的转向——论格非回归古典的理论建构与文本实践》，《文艺争鸣》2016 年第 2 期。
郭冰茹：《赵树理的话本实践与"民族形式"探索》，《文艺研究》2016 年第 3 期。
何浩：《历史如何进入文学？——以作为〈保卫延安〉前史的〈战争日记〉为例》，《文学评论》2015 年第 6 期。
何吉贤：《"流动"的主体和知识分子改造的"典型"——1940—1950 年代转变之际的丁玲》，《中国现代文学研究丛刊》2018 年第 4 期。
贺桂梅：《"总体性世界"的文学书写：重读〈创业史〉》，《文艺争鸣》

2018 年第 1 期。

贺桂梅:《柳青的"三所学校"》,《读书》2017 年第 12 期。

贺雪峰:《新农村建设与中国道路》,载薛毅编《乡土中国与文化研究》,上海书店 2008 年版。

黄平:《"总体性"难题——以李敬泽〈会饮记〉为中心》,《文学评论》2019 年第 2 期。

黄平:《破碎如瓷:〈古炉〉与"文化大革命",或文学与历史》,《东吴学术》2012 年第 1 期。

金理:《历史深处的花开,余香仍在?——〈古炉〉读札》,《当代作家评论》2011 年第 5 期。

李今:《论余华〈许三观卖血记〉的"重复"结构和隐喻意义》,《中国现代文学研究丛刊》2013 年第 8 期。

李敬泽:《〈红楼梦〉影响纵横谈》,《红楼梦学刊》2010 年第 4 期。

李敬泽:《飞于空阔》,《扬子江评论》2019 年第 2 期。

李敬泽:《很多个可能的"我"》,《当代作家评论》2019 年第 1 期。

李敬泽:《修行在人间——陈彦〈装台〉》,《西部大开发》2016 年第 8 期。

李敬泽:《庄之蝶论》,《当代作家评论》2009 年第 5 期。

李敬泽、李蔚超:《历史之维中的文学,及现实的历史内涵——对话李敬泽》,《小说评论》2018 年第 3 期。

李杨:《"右"与"左"的辩证:再谈打开"延安文艺"的正确方式》,《中国现代文学研究丛刊》2017 年第 8 期。

李杨:《"赵树理方向"与〈讲话〉的历史辩证法》,《文学评论》2015 年第 4 期。

李杨、洪子诚:《当代文学史写作及相关问题的通信》,《文学评论》2002 年第 3 期。

李云雷:《"新社会主义文学"的可能性及其探索——读刘继明的〈人境〉》,《当代作家评论》2017 年第 3 期。

李云雷:《秦兆阳:现实主义的"边界"》,《文学评论》2009 年第 1 期。

罗岗:《"人民文艺"的历史构成和现实境遇》,《文学评论》2018 年第 4 期。

罗岗:《现代国家想象、民族国家文学与"20 世纪中国文学"的重构》,《文艺争鸣》2014 年第 5 期。

罗岗、张高领:《在新的历史条件下重返"人民文艺"——罗岗教授访谈》,《当代文坛》2018 年第 3 期。

梅新林,纪兰香:《〈海上花列传〉的季节叙事及其与〈红楼梦〉之比较》,《红楼梦学刊》2013 年第 5 期。

裘新江:《春风秋月总关情——〈红楼梦〉四季性意象结构论之一》,《红楼梦学刊》2003 年第 4 期。

舒晋瑜、李敬泽:《回到传统中寻找力量》,《长江文艺评论》2019 年第 1 期。

谭帆:《术语的解读:中国小说史研究的特殊理路》,《文艺研究》2011 年第 11 期。

汪曾祺:《贾平凹其人》,《瞭望周刊》1988 年第 50 期。

汪曾祺:《捡石子儿——〈汪曾祺选集〉代序》,《中国文化》1992 年第 1 期。

王兆胜:《〈红楼梦〉与 20 世纪中国文学》,《中国社会科学》2002 年第 3 期。

吴义勤:《回归混沌的历史叙述美学》,《探索与争鸣》2018 年第 6 期。

吴义勤:《如何在今天的时代确立尊严?——评陈彦的〈西京故事〉》,《当代作家评论》2015 年第 2 期。

吴义勤:《生命灌注的人间大音——评陈彦〈主角〉》,《小说评论》2019 年第 3 期。

吴义勤:《作为民族精神与美学的现实主义——论陈彦长篇小说〈主角〉》,《扬子江评论》2019 年第 1 期。

杨辉:《"大文学史观"与贾平凹的评价问题》,《小说评论》2015 年第 6 期。

杨辉:《"一代人"的"表述"之难——杨庆祥〈80 后,怎么办?〉读札》,《中国现代文学研究丛刊》2018 年第 3 期。

杨辉:《陈彦与古典传统——以〈装台〉〈主角〉为中心》,《小说评论》2019 年第 3 期。

杨辉:《历史、通观与自然之镜——贾平凹小说的一种读法》,《当代文坛》2020 年第 1 期。

杨辉:《路遥文学的"常"与"变"——从"《山花》时期"而来》,《中国现代文学研究丛刊》2018 年第 2 期。

杨辉:《现实主义的广阔道路——论陈彦兼及现实主义赓续的若干问题》,《中国现代文学研究丛刊》2018 年第 10 期。

杨辉:《再"历史化":〈创业史〉的评价问题——以洪子诚〈中国当代文学史〉为中心》,《西北大学学报》(哲学社会科学版) 2016 年第 1 期。

杨庆祥:《"八〇后",怎么办?》,《东吴学术》2014 年第 1 期

杨庆祥:《路遥的自我意识和写作姿态——兼及 1985 年前后"文学场"的历史分析》,《南方文坛》2007 年第 6 期。

杨庆祥:《社会互动和文学想象——路遥的"方法"》,《南方文坛》2015 年第 4 期。

杨庆祥:《重建一种新的文学——对我国文学当下情况的几点思考》,《文艺争鸣》2018 年第 5 期。

杨晓帆:《怎么办?——〈人生〉与 80 年代"新人"故事》,《文艺争鸣》2015 年第 4 期。

尤西林:《学术的源与流——当代中国学术现时代定位的根本意义》,《中国高校社会科学》2019 年第 6 期。

尤西林:《学术生命根基于时代感应》,《人文杂志》2017 年第 11 期。

张光芒:《马原〈纠缠〉和〈荒唐〉读札》,《当代作家评论》2014 年第 3 期。

张惠:《发现中国古典文论的现代价值——西方汉学家重论中国古代小说的独特结构的启示》,《中山大学学报》(社会科学版) 2012 年第 3 期。

张均:《"十七年文学"研究的分歧、陷阱与重建》,《文艺争鸣》2015年第2期。

张均:《〈创业史〉"新人"梁生宝考论》,《武汉大学学报(哲学社会科学版)》2019年第1期。

张均:《当代文学研究中的"纯文学"问题》,《首都师范大学学报》(哲学社会科学版)2017年第2期。

张均:《当代文学应该暂缓写史》,《当代文坛》2019年第1期。

张均:《革命、叙事与当代文艺的内在问题——小说〈暴风骤雨〉和记录电影〈暴风骤雨〉对读札记》,《学术研究》2012年第6期。

张均:《重估社会主义文学"遗产"》,《文学评论》2016年第5期。

张均等:《"社会主义文学"作为"遗产"是否可能?》,《海南师范大学学报》(社会科学版)2013年第2期。

张文江:《道近乎技——〈庄子〉中的几个匠人》,《上海文化》2016年第9期。

张文江:《读〈桃花源记〉一得》,《学术月刊》1989年第11期。

张旭东:《"革命机器"与"普遍的启蒙"——〈在延安文艺座谈会上的讲话〉的历史语境及政治哲学内涵再思考》,《中国现代文学研究丛刊》2018年第4期。

张志扬:《归根复命——古典学的民族文化种性》,《海南大学学报》(人文社会科学版)2013年第1期。

张志扬:《中国人问题与犹太人问题(代前言)》,载张志扬《"中国人问题"与"犹太人问题"》,生活·读书·新知三联书店2011年版。

张志扬:《中国学术:"以用代体",还是"以体制用"?——试谈"中国学术的研究范式"的背景与前提》,《海南大学学报》(人文社会科学版)2016年第1期。

赵学勇:《"路遥现象"与中国当代文坛》,《小说评论》2008年第6期。

周昌义:《记得当年毁路遥》,《文艺理论与批评》2007年第6期。

周展安、蔡翔:《探索中国当代文学中的"难题"与"意义"——蔡翔教授访谈录》,《长江文艺评论》2018年第2期。

后　记

　　如果说一个文学评论的写作者能够拥有一种与评论对象的理想关系的话，那极有可能是一种精神的相互印证，进而互相成就的过程。前者经由与后者作品所敞开的世界的对视和对话，最终似乎无意间完成了自我精神的"生长"甚至阶段性的"完成"。那真是令人心醉神迷的重要时刻，柏拉图所谓之神赐的迷狂之境也不外如是。此境亦庶几近乎庄书所述之"以神遇而不以目视"，要在以"人"合"天"。当时是也，不惟个人之情感之才情之创造力可得较为充分的发挥，亦可更为充分地抉发文本世界之显白或隐微的意义。"自我"与"世界"之交互关系所蕴含之巨大的互证互成的力量，亦源出于此。苟能如是，则个人于文本沉潜往复、从容含玩既久，如何不会生出若干精神之进境，从而抵达"物""我"互证，交互生成之理想境界?！

　　本乎此，此书或非四平八稳、严格切合所谓的学术"规矩"和"绳墨"的"学术专著"，但作者并非没有基于整体性视野的严谨的构想，也并非不愿表达对文本深入腠理、条分缕析的意义阐发。在兼顾上述"学术性"的同时，作者还希望能够表达个人的世界关切，个人对于生活世界所呈示之诸般际遇精神应对过程中的心性和情感。毕竟，如果说文学研究除了世俗所谓的具体的名利外，还葆有一些精神的价值的话，那这种价值或正在自我与生活世界复杂关系自我调适之独特经验上。如程伊川所论：

　　　　学莫大于致知，养心莫大于礼义。古人所养处多，若声音以养其耳,舞蹈以养其血脉。今人都无,只有个义理之养,人又不知求。

古人为学易。自八岁入小学,十五入大学,舞勺舞象,有弦歌以养其耳,舞干羽以养其气血,有礼义以养其心,又且急则佩韦,缓则佩弦,出入闾巷,耳目视听及政事之施。如是,则非僻之心无自而入。今之学者,只有义理以养其心。

或者,连"义理""养心"也无。这一部小书,因此还包含着"养心"的尝试,如《主角》中的忆秦娥,无意间完成着合乎庄书义理的自我成就。她作为一代名伶所完成之戏曲技艺"因""革""损""益"之意义,其要即在此处。作为"历史的中间物",个人及其写作的价值和意义,约略亦与此同。

此书中的若干篇章,虽不属以严格的整体思维分章写就。但在成书过程中仔细梳理,则可知诸多原本分散的章节可自成其统,具内在的连贯性。各章节之间也相互照应,彼此重心虽有不同,但总体呈现为对陈彦创作"广大"和"精微"处的细致把握。兼以附录所收诸篇为参照,则在"通三统"的视域中整体性理解陈彦作品及其意义的文学史视界得以朗现。如书中所述,陈彦的写作,起步于20世纪80年代,先做小说,后因偶然机缘转事戏曲现代戏创作三十余年,后又因缘际会,再度转向小说写作。其间散文、诗歌作品亦不在少数,如此可谓巨大的创造力,实在令人惊叹。此书呈现的,也只是其庞大的文学世界的一个部分。窃以为,陈彦研究论文虽为数不少,但仍然处于初步的积累阶段,真正具有总括性的研究,仍然有待后之来者。何况陈彦先生的写作仍在继续,就在本书作者写作此书中的若干篇章的同时,他的第一部话剧作品《长安第二碗》正在西安新城剧场演出,并引发广泛关注。而新的长篇《喜剧》已然杀青许久,且已到二校阶段,至晚将在次年初推出。随着他的写作的不断延伸,新的作品的陆续出版,由既往作品所持存形塑之文学格局自然因之不断调整。就此而言,本书只是对陈彦此前写作的一个阶段性的概括。因种种个人原因,此书并未详细论及陈彦的现代戏创作,也未及纳入他近期的长篇《喜剧》。这部以《陈彦论》为名的小书因此也具有一定的朝向未来的开放性,日后如有机缘,再做进一步的修订完善,或者,干脆另起炉灶,再写一部《陈彦续论》也未可知。

书中各章节曾先后刊发于《中国现代文学研究丛刊》《文艺争鸣》《小说评论》《光明日报》《长篇小说选刊》《文艺报》《中国科学报》《解放军报》等报刊。感谢为之费心的李敬泽先生、吴义勤先生、王双龙先生、穆涛先生、李国平先生、王春林先生、王国平先生、王秀涛先生、杨帆老师、易晖老师、陈艳老师、张文静老师,以及张涛、傅逸尘、宋嵩、崔庆蕾等师友。

这部书既是我晚近十年间阅读陈彦先生作品的记录,同时也是个人精神和心迹的记录。一部小书的写作能够获得这样的效果,真可谓是殊胜的缘分。文学研究作为一种个人写作的意义,正因此让人沉迷其间不能自拔。其境庶几近乎庄书所论之"人相忘乎道术"。有得于此,外部世界所谓之得失、荣辱、进退种种牵绊,实不足论也!

杨 辉

2020 年 12 月 18 日